In diesem atemberaubenden Weltraumabenteuer der fernen Zukunft erzählt Farmer die Geschichte von Kapitän Ramstan und der *al-Burag*. Die *al-Burag* ist ein spezielles Raumschiff, von dessen Typ die Menschheit nur drei Modelle besitzt. Sie ist halborganisch, kann ihre Form verändern, mit der Besatzung kommunizieren und ist mit dem *alaraf*-Antrieb ausgestattet, der den Sprung von einem beliebigen Ort zum anderen ohne Zeitverlust erlaubt. Mit den drei *alaraf*-Schiffen ist es möglich geworden, ferne Welten zu erforschen und Kontaktr zu den vielen bewußten Lebensformen im Kosmos aufzunehmen.

Philip José Farmer wurde 1918 in North Terre Haute/Indiana geboren. In seiner dreißigjährigen Karriere als SF-Autor erregte er immer wieder Aufsehen. Zunächst durch seine gewagten Kurzgeschichten, mit denen er in den fünfziger Jahren eine Reihe von Tabus brach, dann mit seinen großangelegten Bestsellerserien »World of Tiers« (unter dem Titel »Die Welt der tausend Ebenen« als Knaur-Jubiläumsband 5766 in einem Band erschienen) und »Flußwelt« in den sechziger und siebziger Jahren. Farmer, der mehrfach den Hugo-Gernsbach-Award – die höchste Auszeichnung innerhalb der Science Fiction – gewann, legt mit diesem Roman sein visionärstes und überraschendstes Werk vor.

Von Philip José Farmer erschienen ebenfalls in der Knaur-Taschenbuchreihe *Science Fiction:*

»Die Liebenden« (Band 5703)
»Welten wie Sand« (Band 5718)
»Lord der Sterne« (Band 5723)
»Die Welt der Wiyr« (Band 5744)
»Vermächtnis der Zeit« (Band 5764)
»Pater der Sterne« (Band 5767)
»Bizarre Beziehungen« (Band 5771)
»Erlöser vom Mars« (Band 5777)
»Schockvisionen« (Band 5779)

Deutsche Erstausgabe

Titel der Originalausgabe »The Unreasoning Mask«

Aus dem Amerikanischen von Thomas Ziegler
Umschlaggestaltung Franz Wöllzenmüller
Umschlagillustration Ashley Walker
Satz Compusatz, München
Druck und Bindung Clausen & Bosse, Leck
Printed in Germany · 1 · 9 · 485
ISBN 3-426-05833-2

1. Auflage

Philip José Farmer

Die toten Welten des Bolg

Science-Fiction-Roman

Deutsche Erstausgabe

Knaur

ISBN 3-426-05833-2 980

Für meine Eltern, George Farmer (1895-1950) und Lucile Theodora Jackson (1899-   ), die mir Liebe und Geborgenheit geschenkt haben.

»Was ich im Spiegel gesehen habe, war nicht das, was der Spiegel gesehen hat.«

Lord Ruthven's Prisoner

»Wo nur einer ist, da ist stets ein anderer; wo zwei sind, dort sind immer auch drei.«

Nur el-Musafir

»Was du siehst, ist immer nur der Schein. Aber durch die Larve hindurch, durch das Blinde hindurch: In allem, was geschieht, überall, wo ein lebendes Wesen auftritt, in jeder Tat, die getan wird, erscheint der Schatten des Unbekannten. Das denkt und sinnt. Und wer zuschlagen will, muß die Larve in Stücke schlagen. Wie soll der Gefangene hinaus, wenn er die Mauer nicht niederreißt?«*

Moby Dick

* Herman Melville: *Moby Dick*, Diogenes-Verlag 1977, aus dem Amerikanischen von Thesi Mutzenbecher und Ernst Schnabel

1.

»DER *BOLG* TÖTET ALLE BIS AUF EINEN!«
Die Stimme klang matt, flüsternd und feucht. Besäße ein Schatten unter Wasser eine Stimme, so wäre sie wie diese.
Dann dröhnte die Stimme wie die eines Riesen im Himmel, wie eine Rakete, die dicht an seinem Ohr explodierte. Sie schleuderte ihn hoch hinauf in graues Nichts. Dann stürzte er durch einen Brunnenschacht, und die schimmernden Wände schossen schräg an ihm vorbei, blieben aber immer sichtbar.
Ramstan hatte sich noch nie so gefürchtet.
Er sauste im Zwielicht auf zwei nackte Riesen zu, die wie Menschen aussahen, aber geschlechtslos waren und mit dem Kopf nach unten an Ketten hingen, die ihre Fußknöchel umschlossen. Harut und Marut? Die gefallenen Engel, die auf ewig bestraft wurden, weil sie kein Mitleid mit den Kindern von Adam und Eva gehabt hatten?
Sie huschten an ihm vorbei und verschwanden in der Finsternis, und der Brunnenschacht mündete in den Weltraum, in dem Myriaden Materiesplitter glitzerten. Sterne? Augen?
Plötzlich flog er über die Oberfläche eines weißen Sterns hinweg. Er hielt einen Eimer in der Hand und schöpfte damit feinen Staub, der in einem kalten Licht brannte, in einem Licht so hell, daß es sogar seinen Schädel erfüllte und ihn blendete, wenn er den Kopf abwandte.
Dann befand er sich in Dunkelheit und wurde von etwas zusammengepreßt, das weder trocken noch feucht, weder heiß noch kalt war und weder ruhte noch sich bewegte.
Die Stimme flüsterte.
»Gott ist krank. Unlöschbare Flammen fallen vom schwarzen Himmel. Die Erde bebt. Meere fluten heran. Blut lodert. Fleisch verkocht. Knochen brennt. Die Bösen und die Unschuldigen fliehen. Alle sterben. Wohin kann man fliehen?«
Jetzt war er der einzige Überlebende des Schiffsunglücks, und Dunkelheit und Kälte hielten ihn umklammert. Er kämpfte sich hinauf zum Licht, zur Wärme und zur Luft.
»Lauf, Ramstan, lauf!« schrie die Stimme.

Laufen? Er drohte in einem Element zu ertrinken, das Laufen nicht erlaubte.
Aber er entkam der Schwärze, der Kälte, der Tiefe. Er war ein Fischer, der den Fisch, sich selbst, am Angelhaken hatte, und so zog er sich selbst nach oben. Der ölige, eisige Schlund tropfte von ihm ab, während er wie ein Fisch an Land nach Luft schnappte.
Die Stimme. Wo hatte er sie schon einmal gehört? Vor langer Zeit? Hatte sie damals in Terrisch oder in Arabisch, seiner Muttersprache, gesprochen? Was hatte sie soeben zu ihm gesagt? Er erinnerte sich nicht.
»Ich bin eingeschlafen! Trotz des Lärms!«
Er saß auf einem steinernen, mit dickem Leder gepolsterten Stuhl. Die Tischplatte vor ihm bestand aus hartem, hellbraunem Holz und besaß die Form eines symbolischen Vogels. Sie war flach und sichelförmig, die beiden Spitzen waren nach oben gerichtet und erinnerten an Flügelfedern. Auf dem Tisch stand ein doppelstieliger Kelch, geschnitzt aus den grünroten fossilen Knochen eines Reptils. Er war halb mit einem dicken gelben Wein gefüllt, in dem blutrote Würmer schwammen, die dünn waren wie die Äderchen im Auge eines Säufers.
Er nippte am Wein, der nach Honig und Trauben und leicht nach Mandeln schmeckte. Das letzte Aroma, vermutete er, stammte von den Würmern. Sie waren so fein und zart, daß die Zunge sie nicht fühlte, wenn man sie in die Kehle hinunter stürzte. Außerdem lag hinter der Süße des Kalafalanischen eine kaum merkliche Bitterkeit versteckt.
Das Leben konnte manchmal gut sein, aber das Böse war nie abwesend. Das Ende jeglichen Lebens, ob nun gut, böse oder gut und böse, war Tod und Verfall. Alles Kalafalanische, trotz all seiner sphärischen und delikaten Zutaten, war dem Zerstörer zugeneigt.
Die Einrichtung der Taverne erinnerte an ein von betrunkenen Römern erbautes Colosseum. Von oben betrachtet bildeten die Enden der Sitzreihen Sinuswellen. Die Sitze wurden von durchscheinenden, muschelschalenförmigen, drei Meter hohen Scheidewänden getrennt. In den Nischen saßen noch im-

mer die gleichen Gäste wie zu dem Zeitpunkt vor seinem Schlummer. Niemand war gegangen, niemand gekommen. Ramstans Nische lag auf halber Höhe und war dem Eingang zugekehrt, der sich oberhalb der Sitzreihen befand. Der Boden im Zentrum war glatt und schimmernd und diente manchmal zum Tanz oder Opferungen. In seiner Mitte erhob sich eine Theke. Hinter der Theke standen vier Büfettiers. Das ovale Büfett wurde von vier schlanken Säulen aus weiß und schwarz gestreiftem Stein umringt, die sich senkrecht in die Höhe reckten und mit schartigen Ketten miteinander verbunden waren. Auf der sich trichterförmig erweiternden Spitze einer jeden Säule stand ein Sessel, und in den Sesseln saßen der Harfenspieler, der Flötist, der Violinist und der Fagottist. Sie spielten die irrwitzige, an Mozart gemahnende Kalafalamusik.
»Der *Bolg* tötet alle bis auf einen!«
Falls diese Stimme seinem Unterbewußtsein entstammte, welchen Ursprung besaß dann der Begriff *Bolg*? Welche dunklen Blumen waren aus der noch weit dunkleren Erde seines Unbewußten gepflückt und zu dem Bukett *Bolg* zusammengestellt worden? Und warum sollte dieser verborgene Teil seines Selbst in einem Kode sprechen?
Bolg.
Eine Serviererin ging an ihm vorbei. In den ovalförmigen Spiegeln, die wie ein Gürtel um ihre Taille lagen, sah er zahllose Spiegelbilder seiner Selbst. Seinen Mantel mit der Halskrause und den Kokardenhut, seine lange, hakenförmige Nase, buschige, schwarze Augenbrauen, große schwarze Augen; und die Maske, die heruntergerutscht war und um seinen Hals hing, gab ihm das Aussehen eines großen Vogels. Er war ein riesiger, stattlicher, häßlicher Adler, der über dem Kelch aus versteinertem Knochen kauerte und dann und wann den Kopf neigte, um die Flüssigkeit und die Würmer zu schlürfen.
Doktor Toyce schälte sich aus den Schatten des Eingangs. Ihre Maske hing unter ihrem Kinn und sah aus wie ein Kropf. Sie war klein, wenn auch größer als jeder Kalafalane, blond, bronzehäutig und stupsnäsig. Sie verharrte und äugte durch die grünblauen Rauchschwaden und das fahle, unterseeische Licht,

das von der mit buntem Glas verkleideten Decke fiel. Sie winkte Ramstan zu und schritt die gewundene Rampe hinunter, verschwand hinter einer Sitzreihe und kam aus einer dunklen, ovalen Öffnung wieder heraus, die zwei Nischen von Ramstans Platz entfernt war.
Es gab keinen geraden oder sichtbaren Weg, in die Taverne zu gelangen oder sie zu verlassen. Alles war gewunden und verdreht, gebogen und miteinander verknüpft. Die Seele der Kalafalaner war ein Möbiusstreifen; alles, was sie sagten, taten oder machten, war ein Anfang ohne Ende, ein Ende ohne Anfang. Dennoch war alles wunderschön, wenn auch von der Traurigkeit des Unausweichlichen überschattet.
Toyce gab dem Büfettier ein Zeichen. Er lächelte und entblößte zwei Reihen Haifischzähne. Selbst das kalafalanische Gesicht reflektierte die Persönlichkeit. Humanoid, die hellroten Lippen mit der Nase und dem Kinn durch zwei Dreiecke aus rotem Knorpel verbunden, die ihnen etwas Clowneskes verliehen. Die schwarzen Brauen zogen sich um die Augen bis zu den hervorstehenden, fast pyramidenförmigen Wangenknochen. Der Kalafalane war ein Clown bis er lächelte, denn dann blitzten Zähne auf, die wie die des Todes selbst waren.
»Der *Bolg* tötet alle bis auf einen«, sagte Ramstan in Urzint.
Toyces helle Wimpern flatterten. Sie setzte sich und fragte: »Was?«
»Der *Bolg* tötet alle bis auf einen.«
»Was, zum Teufel, ist ein *Bolg?*«
»Ich weiß es nicht. Ich habe das jemand sagen hören, als ich aus einem Nickerchen erwachte. Aber der, der es gesagt hat, ist verschwunden. Hast du jemand herauskommen sehen?«
Toyce schüttelte den Kopf und winkte Wilimu zu, einem der Büfettiers. Wilimu schlug einen kleinen Gong, der die Form eines Schmetterlings besaß, und bedeutete einer Serviererin, sich um die neue Kundin zu kümmern. Sie verschwand in einem Eingang, der unterhalb der beiden Erdmenschen lag, und trat schließlich durch die Öffnung, die auch Toyce benutzt hatte. In ihrer reizenden dreifingrigen und sehr langdäumigen Hand hielt sie eine Flasche des schwarzen Likörs, den Toyce so

sehr mochte. Er glitzerte im Kelch wie Obsidian. Er kribbelte in der Kehle wie ein Zitteraal. Er explodierte im Magen zu funkelnden Sternen und im Kopf zu Kometen.
Toyce verschlang die Serviererin mit ihren Augen.
»Beantworte meine Frage«, bat Ramstan.
»Wie? Nein, ich habe niemand gesehen.«
Ramstan kritzelte drei *X* und eine Spirale auf die Rechnung und erhob sich.
»Ich kehre zum Schiff zurück. Das war kein Traum. Ich habe das Gefühl...«
»Ich dachte«, unterbrach Toyce, »wir könnten uns zusammen betrinken. Du könntest deine Sorgen vergessen und ...«
»Ich bin weder besorgt noch in Schwierigkeiten, Aisha.«
»Wie du meinst, Hûd. Oder bist du in deiner offiziellen Eigenschaft hier, so daß ich dich Captain Ramstan nennen muß?«
»Versuch nur dieses eine Mal, nicht zu tief ins Glas zu schauen und die Finger von fremdem Fleisch zu lassen. Vielleicht wird bald Alarm gegeben.«
»Dann erwartest du Schwierigkeiten. Aber wenn du niemand sagst, um was es geht, wie kannst du dann erwarten, daß... Schau, entweder haben wir Landurlaub, oder wir haben keinen. Was ist nun?«
»Ich werde... Im Augenblick noch Landurlaub. In der Zwischenzeit... was soll's... vergiß es. Diese Stimme...«

2.

Er schob die Maske über das Gesicht. Ihre Ränder saugten sich an seiner Haut fest und schirmten Mund und Nase ab. Er schritt durch drei Gänge und vier Türen und badete in Schallwellen, die automatisch abgestrahlt wurden, sobald sich eine Tür öffnete. Dies diente der Sicherheit der Nichtkalafalanen. Draußen neigte sich die Sonne, die sehr an die irdische erinnerte, dem Abend entgegen. In der Temperaturzone der nördlichen Hemisphäre war es Hochsommer, aber kühler Westwind bauschte seinen Mantel. Der Raumhafen, der vor langer Zeit

von den Eingeborenen für Besucher erbaut worden war, lag auf dem Gipfelplateau eines niedrigen Berges. Ramstan sah an den Häusern vorbei und betrachtete die am Fuß des Berges liegende große Stadt, die sich über die Ebene ausbreitete.
Zweihundert Kilometer weiter östlich erstreckte sich eine dunkle, purpurne Bergkette. Die Kalafalaner nannten dieses zwanzig Kilometer hohe Massiv *Tha'ufukwilala*. Das Westwärtsungeheuer.
Über ihm, vielleicht hundert Meter in der Höhe, glitten zwei purpurfarbene Geschöpfe in Richtung der Purpurkette. Sie sahen aus wie bucklige Kastendrachen mit dicken Scheiben am Bauch. Geboren in den flachen Bergen an der Westküste, wurden sie nun von den Westwinden ihrem letzten Ziel entgegengetragen.
Wenn sie das Westwärtsungeheuer erreichten, würde das Gas in ihren Buckeln explodieren und das dünne, spröde Skelett zersplittern. Die Knochensplitter würden ihren winzigen Beitrag zu den 3 Millionen anderen leisten, die ihnen vorausgegangen waren. Ihre Fleischfetzen würden Larven füttern, die sich ihren Weg aus den gummiartigen Kapseln fraßen, die die Explosionen abgesprengt hatten.
Die Larven würden das zerklüftete Antlitz der Bergkette hinunterkriechen und sich auf die langsame Reise zur Küste begeben. Dort würden sie dann, wie ihre Vorfahren, metamorphieren und die fliegende, zum Tode verurteilte Gestalt annehmen.
In einigen tausend Jahren schließlich würde das Westwärtsungeheuer diesen Berg emporgekrochen sein und die Stadt im Tal erreicht haben. Nur Jahrhunderte später würde dieses Gebiet verschüttet sein. Zuvor jedoch würden die Städte, Dörfer, Siedlungen und Bauernhäuser, die sich von der Nord- bis zur Südküste zogen, zweihundert Kilometer weiter westwärts wandern.
»Warum habt ihr die Larven nicht schon vor langer Zeit getötet und so verhindert, daß euer Land und alle Lebewesen begraben werden?« fragten viele Besucher von vielen Planeten. »Warum habt ihr dies nicht schon vor zweitausend Jah-

ren gemacht? Warum habt ihr nicht die Nester an den westlichen Küstenbergen zerstört? Irgendwann werdet ihr ins Meer geworfen.«
»Oh, nein«, entgegneten die Kalafalaner. »Ihr versteht nicht. Die Knochendecke vermodert und bildet den Grundstock für überaus fruchtbaren Boden. Wenn die Zeit kommt, werden wir die oberen Schichten entfernen, Pflanzen säen und eine neue Welt erschaffen. Dann werden die *Awawa* unter den Knochen ihrer Vorfahren begraben sein, und wir werden ein Land besitzen, das fruchtbarer ist als das Land, das wir jetzt haben.«
»Wenn die Zeit kommt, dann werden nicht mehr genug von euch leben, um dieses Werk zu vollenden. Und auch ihr werdet begraben sein«, erklärten die Erdmenschen.
Die Kalafalaner lächelten. Sie vertrauten ihrer Gottheit und ihren Plänen.
Ramstan hatte mit Klizoo, dem Hafenverwalter, über dieses Thema gesprochen. Jetzt sah er Klizoo aus einem nahegelegenen Park kommen. Ramstan formte mit Daumen und Zeigefinger das eckige *O* der Begrüßung und rief in der *Lingua franca* des Raumhafens, dem Urzint: »Klizoo, Größe und Vollkommenheit, verzeiht meine Plötzlichkeit, aber habt Ihr kürzlich einen Euch unbekannten Nichtkalafalaner gesehen?«
Klizoo lachte und entblößte seine haifischähnlichen Zähne. Ramstan konnte den schlanken Fleischstalaktiten sehen, der an seinem Gaumen hing. Es war dieses Organ, das die Erzeugung von zwei summenden Konsonanten ermöglichte, durch die es Nichtkalafalanern verwehrt blieb, diese Sprache zu beherrschen. Urzint war glücklicherweise einfach in der Aussprache und relativ leicht für die meisten Fremden zu erlernen.
Klizoos Lachen verstummte. »Ich habe keine Fremden gesehen, obwohl offen gestanden alle Auswärtigen einander sehr ähnlich sind. Aber eine Erdfrau ist vor kurzem in der Stadt eingetroffen. Von der Nordküste. Vor einer knappen Stunde ist sie im Hotel abgestiegen. Sie heißt Branwen Davis und gehört zur Mannschaft von Irions Schiff.«
»Irion? Aber die *Pegasus* ist vor Monaten gestartet! Was treibt diese Frau hier?«

»Fragt sie.«
Ramstan war verärgert. Die Behörden Kalafalans mußten gewußt haben, daß diese Frau, Davis, zurückgeblieben war (um Forschung zu betreiben?), und dennoch hatten sie es nie für nötig befunden, dies zu erwähnen. Und vermutlich – nein, zweifellos – hatte das Hotelpersonal Davis gegenüber nie erwähnt, daß Ramstans Schiff gelandet war. Hätte sie davon gewußt, wäre sie gewiß sofort zu ihm gekommen.
Er verstand die Kalafalaner einfach nicht, und er würde sie auch nie verstehen.
Aber die Kalafalaner behaupteten das gleiche von den Erdmenschen.
»Oh, ja«, fügte Klizoo hinzu. »Die Tenolt sind eingetroffen. Sie sind soeben gelandet.«
Ramstan machte einen Satz, als wäre er barfuß auf einen Skorpion getreten. Sein Interesse an der geheimnisvollen Erdfrau verblaßte.
»Die Tenolt?«
Er hob die rechte Hand, führte den Handrücken dicht zum Mund und sprach durch seine Maske in das Hautkom.
»Alif Rho Gimel spricht. Alif Rho Gimel. Bitte melden, Hermes.«
Lieutenant-Commodore Tennos Stimme antwortete: »Hier ist Hermes, Alif Rho Gimel. Ein Tolt-Schiff, das wie die *Papacapyu* aussieht, ist vor dreißig Minuten gelandet. Es hat sich auf unkonventionelle Weise genähert; es muß auf der anderen Halbkugel Kalafalas niedergegangen und in geringer Höhe weitergeflogen sein, bis es die Berge erreicht hat. Die Hafenbehörde reagierte mit Beschwerden, aber der Tolt-Kapitän behauptete, das Schiff hätte Schwierigkeiten mit dem Antrieb und sie müßten es schnell einbringen.«
»Warum haben Sie mich nicht sofort unterrichtet?«
»Es erschien mir nicht notwendig zu sein. Kaum war die *Papacapyu* gelandet, da öffneten sich ihre Schleusen, und ein Teil der Besatzung stieg aus. Unverzüglich wandten sie sich zum Kontrollturm, danach begaben sich einige zum Hotel und zur Taverne. Nichts deutete auf feindliche Absichten hin, Sir.

Nebenbei bemerkt, es gibt für uns keinen Grund, sie irgendwelcher Feindseligkeiten zu verdächtigen.«
War da ein fragender Unterton in Tennos Stimme?
Er fügte hinzu: »Sir, weitere Tenolt haben das Schiff verlassen. Sie sind unbewaffnet – wie die anderen.«
Ramstan war weitergegangen. Unter einem Baum am Rande des Landefeldes blieb er stehen. Er konnte sein Schiff, die *Al-Buraq*, nicht sehen, denn es befand sich in einem niedriger gelegenen Dock im Zentrum eines großen Betonkessels. Aber der obere Teil des austerförmigen Tolt-Schiffes war erkennbar. Der Großteil des Schiffes wurde verhüllt von einer Dreierreihe riesiger pappelähnlicher Bäume. Nur Kalafalaner konnten auf den Gedanken kommen, mitten auf einem Raumhafen Bäume und Blumen zu pflanzen.
Das Schiff mußte die *Papacapyu* sein, die neben der *Al-Buraq* auf dem Tolt-Hafen angedockt gewesen war – in jener Nacht, in der die *Al-Buraq* plötzlich und ohne Genehmigung der Tolt-Behörden gestartet war.
Jetzt, da die *Papacapyu* hier war – wie hatten die Tenolt die *Al-Buraq* überhaupt gefunden? – würde ihr Kapitän früher oder später Ramstan einen Besuch abstatten. Er würde fragen, warum das Erdschiff ohne Erlaubnis abgehoben hatte. Oder nicht? Schließlich kannte er den Grund.
Ramstan setzte sich wieder in Bewegung. Als er den Rand des Landefelds erreichte, ließ er die Bäume hinter sich zurück und wandte sich nach Süden. Nachdem er so weit bergab marschiert war, daß man ihn vom Tolt-Schiff aus nicht mehr beobachten konnte, wandte er sich nach Osten und schritt weiter über den Bergrücken. Der Umweg kostete ihm eine halbe Stunde, dann erreichte er von Osten her die *Al-Buraq*.
Er hielt inne, um sich an die korkenzieherähnliche Verstrebung eines Regierungsgebäudes zu lehnen, Atem zu holen und – zum wievielten Mal? – sein Schiff zu bewundern.
Von dieser Seite des Landefeldes konnte er seine Spitze erkennen. Der Rumpf lag in einer tiefen, vertikalen Einkerbung der gegenüberliegenden Wand. Auf dieser Seite führten vom Schiff Rampen hinauf, um der Mannschaft Ein- und Ausstieg

zu ermöglichen und die Ladung an Bord zu bringen. Viele Kalafalaner standen am Rand der Vertiefung und betrachteten die *Al-Buraq*. Sie kauerte in ihrem Dock und schimmerte in einem hellroten, zu- und abnehmenden, pulsierenden Licht. Ein monströser Seestern, so hell wie ein heißes Kohlenstück, das soeben aus dem Ofen gefallen war, mit fünf Armen, die vom fetten Zentralkörper ausgingen. Sie hatte diese Form angenommen, um Fracht und Versorgungsgüter zu laden und entladen und dem Personal das Betreten und Verlassen des Schiffes zu gestatten. Wurde ein Schnellstart notwendig, konnte sie binnen zwei Minuten ihre Raumform annehmen, obwohl sie dafür nicht metamorphieren mußte. Die fünf Arme, die mit Hunderttausenden Panzerplatten bedeckt waren, würden an Länge verlieren und an Umfang gewinnen, sich aufrichten und Teil des untertassenförmigen Rumpfes werden. Oder für den Flug in einer Atmosphäre konnte sie die Form einer Nadel annehmen. Es bestand keine Gefahr, daß die Mannschaft während der Veränderung in den Kabinen oder Korridoren zerdrückt wurde. Die Kabinensensoren verhinderten, daß jemand zu Schaden kam. Nur ein mündlicher Befehl des Kapitäns – oder einer von ihm autorisierten Person – setzte die Sicherheitsvorkehrungen außer Kraft. Erst dann konnte die Veränderung die Mannschaft gefährden.

Ramstan überquerte das Landefeld und schob sich sanft durch die aberhundert Schaulustigen, die sich versammelt hatten, um das Schiff zu bewundern. Sie lächelten und schwatzten in ihrer Muttersprache oder in Urzint auf ihn ein. Viele berührten ihn scheu. Ihre Finger strichen über Meteorstaub, Kometenpuder, den Lichtschweiß der Sterne und das Fleisch der Erde. Oder zumindest bildeten sie sich das ein.

Ramstan lächelte diplomatisch, wenn er die Berührung der Finger spürte. Er lächelte ein Baby an, das ihm entgegengehalten wurde, und er lächelte einer ausgesprochen feenhaften Frau zu. Sie gestikulierte mit einer Hand, krümmte den Daumen und einen Finger, um ihm zu bedeuten, daß sie sich gerne mit ihm treffen würde.

In diesem Moment beneidete er jene Mitglieder seiner Mannschaft, die ihre Einladung angenommen hätten. Aber er war hier als Repräsentant der Erde. Ob er nun wollte oder nicht, er war in einen moralischen Panzer gehüllt. Nicht in einen kalafalanischen, sondern in einen irdischen. Und in seinen eigenen. Die Eingeborenen verstanden sein Verhalten nicht. Einiges an seinem Benehmen stieß sie ab, obschon sie es ihm nicht direkt gesagt hatten. Dennoch berührten sie ihn mit neugierigen, tastenden Fingern. Er mochte vielleicht so kalt wie der interstellare Raum sein, aber auch dies war erregend. Kälte glühte vor Schönheit.

»*Kala!watha! Kala!watha!*«

Das Gemurmel begleitete ihn. *Kala-* bedeutete »Person«, »Fühlender« oder »Sprache«; *-!watha* kam dem Wort Erde so nah, wie es ihnen ihr Idiom gestattete. Die Terraner konnten nicht jenen zischenden Konsonanten aussprechen, der in der phonetischen Transkription von den irdischen Linguisten mit *!* umschrieben wurde.

Hier und dort brandete Gewisper auf, das wie *p+hawaw!sona* klang. *Doppelmaske*. Erdmenschen trugen hier Masken, um die psychedelischen Sporen abzuhalten. Und gleichgültig wie ausdrucksstark oder ausdruckslos die menschlichen Gesichtszüge auf andere Menschen wirkten, für die Kalafalaner war jeder Erdmensch mit halb erstarrtem Beton maskiert.

Ramstan schritt an dem Schild mit dem Idiogramm vorbei, das den Eingeborenen ein weiteres Vordringen untersagte. Er stieg die Rampe bis zum Grund der Vertiefung hinab und dann die neun Steinstufen des Sockels hinauf, auf dem die *Al-Buraq* ruhte. Normalerweise war der Stein grau. Jetzt schien er leicht zu erröten. Einen Moment später wurde er dunkelrot.

Das Schiff emittierte rotes Licht durch die halbtransparente Hülle. Der untere Teil des diskusförmigen Rumpfes und die fünf Arme preßten sich an den Sockel wie ein Gigant, der von seinem eigenen Gewicht zu Boden gedrückt wurde.

Ramstan blieb vor den beiden maskierten Wachen an der Luke stehen, nannte ihnen die Parole – obwohl ihn beide natürlich erkannten – und streckte die rechte Hand aus, so daß sie mit ihren UV-Brillen den Kode lesen konnten, der in seinen Handballen eingeprägt war. Er trat durch die Luke, aus der ihm unter Überdruck stehende Luft entgegenblies, und schritt einen kurzen Gang hinunter. Das Schott vor ihm lächelte. Er trat durch die Lippen. Sieben Sekunden blieb er reglos stehen, während Ultraschallwellen die Sporen auflösten, die im Gang abgetötet worden waren.

Ein Pfiff erklang; die Schotts blitzten rot auf. Er nahm die Maske ab, faltete sie zusammen und schob sie in die Innentasche seiner Jacke. Er erreichte einen Korridor, vier Meter hoch und gewölbt, der zur Zentralmesse der Besatzung des dritten Decks führte. Der Boden war knorpelig und elastisch. Kreis- und rautenförmige Leuchtplatten säumten den Gang zu beiden Seiten. In unregelmäßigen Abständen befanden sich in den Korridoren geöffnete oder geschlossene Iris. Im Innern des Schiffes war das Licht weiß, kein Schatten begleitete Ramstan.

Die kreisförmige Leuchtplatte zu seiner Rechten wurde dunkler und lieferte dann mosaikartige Bilder von den wichtigen Einrichtungen des Schiffes. Acht Dreiecke, getrennt durch eine dünne schwarze Linie, bildeten den Kreis und zeigten ihm drei verschiedene Ansichten der Brücke, den Platz des Chefingenieurs, des Waffenmeisters, zwei Laboratorien und das Büro des Chefarztes.

»V-1 löschen«, sagte Ramstan, und das Mosaik verschwand in Lichtgefunkel. Ein Pfiff gellte auf. Eine Raute am rechten Schott zeigte das Gesicht von Lieutenant-Commodore Tenno.

»Im Moment keine Befehle«, brummte Ramstan. »A-1 löschen.«

Tenno löste sich in einem Lichtermeer auf. Das war einer der Nachteile, wenn man Metall und Plastik durch Protoplasma, Kabel durch Nerven und Computer durch Gehirne ersetzte. Wie ein Hund, der bei der Heimkehr seines Herrn vor toller Liebe herumsprang und mit dem Schwanz wedelte, war die *Al-Buraq* überglücklich, ihn nach seiner langen (zehnstündigen) Abwesenheit wiederzusehen.

Der Chefbioingenieur, Doktor Indra, beschäftigte sich damit, die Kontrolle über die *Al-Buraq* zu verstärken. Zumindest dachte er über das Problem nach, oder er sollte es eigentlich.

Ramstan hatte Indra mit verschränkten Beinen auf dem Boden kauern sehen. Er war wie erstarrt, selbst die Augenlider zwinkerten nicht. Einen sehnigen braunen Arm hatte er einem Schott entgegengestreckt – er preßte ein Mentoskop gegen eine Sensorplatte.

Ramstan verließ den Korridor und bog in einen Liftzubringer ab. Am Ende des Gangs befand sich ein Portal, das sich bei seinem Nahen in eine Falltür verwandelte. Er betrat die graue Scheibe, die sich aus der Falltür schob, sagte: »Eins-drei. C-C.« Er wartete. Eine Iris öffnete sich in der Decke, und die Scheibe trug ihn mit einer kaum merklichen Bewegung durch die Iris hinauf. Die Wände rundeten sich und bildeten einen Schacht, die Scheibe stieg, die fleischfarbenen Wände glühten, und mit einem leisen schmatzenden Laut kam die Scheibe zum Stillstand. Der Schacht über ihm neigte sich, die Wand hinter ihm wurde zur Decke, der Rest des Schachtes verwandelte sich rasch zu einem Korridor.

Ramstan verließ die Scheibe, trat drei Schritte vor, wo sich der Schacht wieder nach oben krümmte, und wartete. Drei Sekunden später glitt die Wand vor ihm auseinander, er betrat sein Quartier. Es war ein kleiner Raum, der sich jetzt, wo sein Herr zu Hause war, vergrößerte. Er war hemisphärisch, die einzig sichtbare Einrichtung bestand aus einem Tisch, auf dem ein Elektronenmikroskop stand. Der Boden war bis auf einen drei Meter im Quadrat messenden Gebetsteppich, der vor einem Schott dicht bei der Iris lag, nackt. Er war aus Wolle gewebt, wie es von der Al-Khidhr-Sekte verlangt wurde. Abgesehen von einem roten, pfeilförmigen Muster in einer Ecke, war er dunkelgrün. Dies war das *kiblah*, das Symbol, das nach Mekka zeigen mußte, wenn der Gläubige auf dem Teppich kniete. Hier war es natürlich sinnlos, Mekkas Lage bestimmen zu wollen. Und für Ramstan spielte es eh keine Rolle. Seit dem Tod seines Vaters hatte er nicht mehr gebetet. Er wußte nicht, warum er den Teppich nicht auf der Erde zurückgelassen hatte, und er hatte auch nicht weiter darüber nachgedacht. Die meiste Zeit über bemerkte er ihn nicht einmal. Jetzt, während er ihn intensiv betrachtete, schien er sich zu bewegen.

Zum Aberglaube der Sekte gehörte die Überzeugung, daß sich ein zusammengerollter Gebetsteppich vor der Ankunft Al-Khidhrs, des Grünen, von selbst entrollte. War er ausgebreitet, so bewegten sich seine Ecken, um das Erscheinen Al-Khidhrs anzukündigen.
Ramstan wandte sich ab. Er war zu nervös, sagte er sich. Demnächst würde er auch noch Al-Khidhr persönlich halluzinieren.
Die Schotts waren leer und von einem mattgelben Schimmer erhellt gewesen. Nun erschienen auf ihnen Wandgemälde; das Schiff reproduzierte auf elektronischem Wege Ramstans eigene Bilder. Die meisten waren geometrische Abstraktionen, aber eines zeigte im naturalistischen Stil St. Georg, wie er den Drachen erschlug, ein zweites Aladin bei seiner ersten Begegnung mit dem *Djinn* der Lampe. Diese beiden waren seine neuesten Werke. Es hatte ihn viel Zeit gekostet, seine frühe Konditionierung gegen die künstlerische Darstellung von Lebewesen zu überwinden.
Obwohl Ramstan den Glauben seiner Vorfahren abgelegt hatte, konnte er noch immer kein Schweinefleisch essen, betrachtete er Hunde als unrein und benutzte er nach dem Stuhlgang seine linke Hand zur Säuberung. Aber er hatte seine Konditionierung gegen den Genuß von Alkohol überwunden.
Er stand vor dem Bild mit St. Georg und dem Drachen. Als er einen Kodesatz sprach, entstand im Auge des Drachen eine Öffnung, die immer größer und größer wurde, bis das Schott verschwunden war. Dahinter befand sich ein Ball, der an einer Seite offen war. In ihm lagen zwei Plastikschachteln von unterschiedlicher Größe. Die kleinere enthielt streng geheime Aufzeichnungen, die in kleinen, in Mulden ruhenden Kugeln gespeichert waren. Die andere – sie war der Grund, warum er den Befehl gegeben hatte, mit der *Al-Buraq* Tolt so rasch zu verlassen, und für die Anwesenheit des Tolt-Schiffes.
Er kämpfte mit dem Verlangen, das größere Kästchen zu öffnen und sich den Inhalt anzuschauen. Er seufzte, schauderte ein wenig und befahl dem Schott, sich wieder zu schließen. Dann streichelte er das Schott, und es erzitterte. *Al-Buraq*

beobachtete ihn, es hatte die Berührung seines Herrn als Zeichen der Zuneigung interpretiert. Irgendwo im Schiff, in der dunklen Kammer, in der das synthetische Gehirn schwamm, hatte sich, unbeabsichtigt von den Schöpfern, eine komplexe Synapsenballung entwickelt. Das »Gehorsamkeits«-Programm besaß nun einen »Zuneigungs«-Zusatz.
Ramstan wandte sich ab und murmelte ein anderes Kodewort. Ein Monitor an dem Schott der gegenüberliegenden Wand wurde größer und zeigte einen Film über die Kabine seit Ramstans Fortgang. Er sah zu, während seine Gedanken woanders weilten: bei den Tenolt, Branwen Davis und der körperlosen Stimme in der Taverne.
Er holte tief Luft – es klang wie das Scharren einer Messerklinge über einen Schleifstein. »Anhalten!« rief er.
Der Film lief weiter. »Stop!« sagte er, und der Film stoppte. In einer Ecke blitzte 10 : 31 SZ auf, die Uhrzeit, zu der dieses Einzelbild entstanden war.
Ramstan seufzte und befahl: »Rücklauf.« Und dann wieder: »Stop.« Der Film zeigte die leere Kabine. Dann, unvermittelt, erschien die Gestalt. Sie hatte nicht den Weg durch die Iris genommen, sie war einfach aus dem Nichts gefallen, wie ein Geist, der materialisierte.
Ihr Rücken war Ramstan zugewandt, sie betrachtete das Gemälde mit St. Georg und dem Drachen. Ihr Kopf wurde von einer grünen Kapuze und der Körper von einem grünen Mantel verhüllt. Die Handrücken waren faltig und besaßen dicke blaue Adern und dunkle Leberflecken.
Er stöhnte erneut. Er hatte schon einmal eine derartige Kapuze und einen derartigen Mantel und Hände wie diese gesehen. Vor langer Zeit auf der Erde.
Auf Ramstans Befehl hin begann der Film weiterzulaufen. Die Gestalt stand drei Minuten vor dem Gemälde, dann drehte sie sich um. Ramstan blickte in ein Gesicht, das er nur undeutlich erkennen konnte, denn es lag im Schatten der Kapuze. Aber er erkannte es. Es war alt, uralt, von Runzeln zerfurcht, und es hätte das Gesicht eines Greises oder einer Greisin sein können. Die umschatteten Augen schienen ihn anzustarren.

Dann verschwand die grün gekleidete Gestalt.
Ramstan rief: »Al-Khidhr!«

3.

Ramstan saß an dem Tisch in seiner Kabine. Licht pulsierte in Boden, Decke und den Schotts und vertrieb alle Schatten, bis auf jene, die sich in seinen Gedanken befanden. Seine einzige Verbindung mit der Außenwelt war das Audio zur Hauptbrükke, und die war nur einseitig.

Auf der Tischplatte, unter dem Elekronenmikroskop, lag ein eiförmiges Objekt. Für das bloße Auge besaß es eine schwache gelbweiße Färbung. Es fühlte sich glatt an, wenn man es berührte. Während Ramstan die Schärfeeinstellung veränderte und auf den Monitor sah, hatte er das Gefühl, in einem Luftboot zu sitzen und auf einen großen albinofarbenen Elefanten mit tiefzerfurchter Haut hinabzustürzen.

Die zerfurchte Fläche breitete sich weiter aus, die Enden des Eies verschwanden von der Bildfläche. Winzige Gestalten wurden sichtbar, zunächst nur verschwommen, dann, plötzlich, scharfgestochen. Die Oberfläche des Eies war mit Bildern übersät wie ein alter Hindutempel.

Ramstan drehte an den Reglern, so daß die Bilder am linken Ende des Eies ins Blickfeld gerieten. Dort, über die Oberfläche eines stürmischen Meeres emporragend, befanden sich zahllose Kreaturen. Ein Kalmar mit zwölf Tentakeln und einer knochigen, gezackten Steuerflosse; dahinter ein riesiges fischähnliches Geschöpf, dessen leviathanisches Maul mit krummen Zähnen gefüllt und weit aufgerissen war, um die verzweifelte Molluske zu verschlingen, die gegen die Strömung und die Wellen ankämpfte; eine gigantische Amöbe, die zu pulsieren schien, während ihre Pseudopodien ausgestreckt waren, um ein haiähnliches Tier einzukreisen und zu umklammern; das Maul des Hais klaffte auf und drohte sich um einen zwiebelförmigen, dicklippigen Fisch zu schließen, dessen Zähne sich in ein glotzäugiges Ding, halb Hummer, halb konische Muschel, bohrten;

die Zangen des Hybriden öffneten sich und entließen in seinem Todeskampf eine aalähnliche Kreatur mit einem Kakadukamm; ein Schwarm Tiere, die wie lebendige Blumen aussahen, flohen in die Tiefe; ein Schwarm Flossenfische, die im Meer schwimmen oder sich am Strand wie Krüppel dahinschleppen konnten, von denen zwei auf ihren krückenartigen Flossen sich gerade über den Sand auf verkümmerte Pflanzen zubewegten.

Ramstan justierte die Kontrollen erneut, und die Meeresoberfläche wurde durchsichtig. Weit in der Tiefe, obwohl die Entfernung eine Illusion sein mußte, gab es viele Wesen von vielfältiger Form, die durch den Schlamm des Meeresbodens krochen und die abgerissenen Körperteile und die Kadaver fraßen, die vom Schlachtfeld über ihnen herabsanken. Sie verzehrten das Aas und einander selbst, starben, wurden gefressen, während Mütter und Väter Eier ausstießen, die Eier platzten und die Jungen in alle Richtungen entschlüpften, um den Räubern zu entkommen, von denen einige ihre eigenen Eltern waren.

Verschwommen zeichneten sich im Schlamm die Umrisse einer seit langem begrabenen Stadt ab. Ein geborstener Tempel mit einem Altar und einem zur Seite geneigten Götzen, ein zerbrochener Rundbogen, ein umgekippter Dreimaster, an dessen Rumpf röhrenförmige Geschöpfe klebten. Der Schatten einer großen und fürchterlichen Kreatur, die in ihrer Grube zitterte; der Granitkopf einer wuchtigen Statue, die bis zum Mund im Schlamm, in Knochen und Muschelschalen steckte, und ihre lange gekrümmte Nase und die grausamen Steinaugen drohend, hochmütig und unbesiegbar einem unsäglichen Ding mit hundert dürren Beinen und einem Geierschnabel zuwandte.

Wieder drehte er an den Kontrollen. Unter dem Schlamm? Er konnte nicht feststellen, was es genau war. Etwas Fledermausähnliches, Grinsendes.

Er justierte die Kontrollen, ließ die Küste hinter sich zurück und drang in den Dschungel ein. Dort war ein seltsames Geschöpf, das kilometerlang zu sein schien, obgleich es sich in

Wirklichkeit um ungezählte Tiere und Vögel handelte, die aus den krückenähnlichen, an das Land angepaßten Geschöpfen entstanden, sich weiterentwickelten und wieder degenerierten. Viele Wesen schufen so ein einziges Wesen, teilten sich, bildeten Verästelungen, neue Triebe, so daß manchmal ein Ast sich zurück in Richtung Meer wandte. Ein vielgestaltiger, vielgliedriger, vielköpfiger Strom aus Fleisch.
Ramstan griff nach dem Ei, um es ein wenig zu drehen. Plötzlich hielt er inne, noch bevor seine Fingerspitzen es berührten. Er fürchtete, es würde ihn verbrennen oder sich an sein Fleisch klammern und ihn aufsaugen. Nach einigen Sekunden des Zögerns berührte er es dann doch, und wie immer war es kühl und glatt. Aber er konnte das wimmelnde Leben und die Plötzlichkeit und Schwammigkeit des Todes und das Prickeln matter Entladungen aus Entsetzen und Schmerzen und Gelächter und Freude und Triumph und Verzweiflung fühlen.
So saß er da, drehte das Ei, justierte das Mikroskop und folgte langsam den spiralförmig angeordneten Bildern.
Dort war eine Stadt, stolz und mit hohen Mauern, deren Zerstörung durch Barbaren bevorstand, einer Horde, die jahrzehntelang durch Wüsten gewandert war und nun Milch und Honig, das Gold und die Juwelen, Luxus und Zierat, die Frauen und die Tierherden begehrte.
Da war eine andere Stadt, die nur von der Zeit besiegt worden war. Der Regen war ausgeblieben, das Land war vertrocknet, die Menschen waren gestorben oder fortgegangen, um einen Ort zu suchen, wo die Erde feucht, schwarz und fett, der Himmel feucht und bewölkt war. Ein schakalähnliches Tier überquerte die breite Straße, die jetzt mit Sand bedeckt war und über die einst siegreiche Armeen gezogen waren, mit Gefangenen im Schlepptau, mit Wagen voller Beutegut, während die Bürger jubelten und laute martialische Musik gespielt wurde. Jetzt war der einzige Laut das Pfeifen des Windes durch leere, staubige Räume, der Ruf einer Eule, das Zischen einer Schlange. Jenseits davon trieben die Nachkommen der Flüchtlinge ihre Herden über ausgedehnte Steppen und näherten sich einem fernen Land mit befestigten Städten, vielen Flüssen und reicher Beute.

Und dort waren Raketen, die für den ersten bemannten Raumflug zu einem anderen Planeten vorbereitet wurden. An ihnen arbeiteten behelmte Gestalten.
Und hier war das erste Sternenschiff, und dahinter die erste Begegnung zwischen den Forschern und Außerirdischen.
Und dort war ein Bild, das Ramstan bei den ersten drei Betrachtungen verwirrt hatte. Jetzt begriff er, daß es aus symbolischen Szenen bestand, die das Universum darstellten, oder *ein* Universum, das kollabierte und in dem jedes Materieteilchen, von roten Riesensternen bis hinunter zu freien Wasserstoffatomen zu seinem Ursprung zurückstürzte. Jenseits davon befand sich eine weitere, leicht zu interpretierende Szene: Die Explosion des einen, ursprünglichen, ungeheuren Sternes. Dahinter bildeten sich Sonnen. Dahinter Planeten. Dahinter erstreckte sich das träge Meer, in dem Leben entstand.
Und hier und dort und da gab es Szenen, die ihn frösteln ließen. Im Zentrum des Lebens und Sterbens der Universen war ein winziges, oft vorkommendes, eiförmiges Objekt. Immer befanden sich drei maskierte Gestalten in seiner Nähe.
Ramstan verstand, was ihre Allgegenwart bedeutete, oder er meinte es zu verstehen, aber er konnte es nicht glauben.
Der Fluß des Werdens und Vergehens und Neuwerdens wand sich spiralförmig um das Ei. Aber an seinem einen Ende gab es eine leere Fläche. Entweder hatten die Bildhauer nicht lange genug gelebt, um ihr Werk zu vollenden, oder sie hatten es absichtlich unvollendet gelassen. Falls das Letztere zutraf – warum?
Das *Glyfa* konnte es ihm sagen, aber es schwieg, und zwar schon seit einiger Zeit.
Ramstan hatte das *Glyfa* aus dem Schottsafe geholt und es mühelos zum Tisch getragen, denn A-G-Einheiten an seinen Seiten reduzierten sein Gewicht von fünfhundert Kilogramm auf fünf Gramm. Aber die Stimme war verstummt.
Schwieg es, weil es wollte, daß er die Abertausende Bilder studierte, um etwas aus ihnen zu lernen, das es ihm durchaus sagen konnte, was er aber nur glauben würde, wenn er es selbst herausfand? War es mit seinen eigenen Gedanken, oder was

auch immer unter seiner undurchdringlichen Oberfläche vor sich ging, beschäftigt?
Obwohl es das *Glyfa* niemals angedeutet hatte, spürte Ramstan, daß sich im Innern des Eies eine Welt befand, die so viele Einwohner aufwies wie ein Dutzend Planeten. Innerhalb des weißen Gebildes herrschte Erregung, Unruhe. Manchmal stellte er es sich als ein Nest voller sich windender und zischender Schlangen vor, manchmal als ungezählte Engel auf Nadelspitzen, manchmal als Schlangen mit Engelschwingen.
Mehr als einmal stellte er sich im Innern des hohlen Eies eine winzige Sonne vor. Sie beschien die gekrümmte Oberfläche, eine abgeschlossene Unendlichkeit aus lebendigen Bildern, die millionenfach komplizierter und umfassender waren als jene auf der Außenseite. Zwischen ihnen wanderte ein winziger alter Mann, der Schöpfer der Eiwelt, freiwillig im Exil, freiwillig eingeschlossen, nomadisch und monadisch.
Warum sah er dort einen alten Mann? Warum keine alte Frau oder einen männlichen oder weiblichen Nichtmenschen, einen Hermaphroditen oder ein Neutrum?
Ramstan glaubte den Grund zu kennen. Ein Erwachsener neigte dazu, die seelischen Bilder zu übernehmen, die ihn in der Kindheit beherrscht hatten. Er war von einer moslemischen Sekte erzogen und ausgebildet worden, die ein orthodoxes Weltbild pflegte – sah man von ihrer Fixierung auf den geheimnisvollen Al-Khidhr ab, auf den Grünen, der in *Sure 18* des *Qu'rans* erwähnt worden war, ohne daß sein Name fiel.
Aber Al-Khidhr war schon lange eine Gestalt des arabischen Sagenschatzes gewesen, bevor Mohammed die Stimme Allahs geworden war. Von den Gelehrten wurde er für Elias gehalten, den hebräischen Propheten. Gewiß existierten von beiden viele identische Geschichten und sie wurden von den Menschen oft gleichgesetzt. Jedoch im späten zwanzigsten Jahrhundert hatte die Forschung herausgefunden, daß die Legenden über Al-Khidhr lange vor Elias' Geburt bestanden hatten.
Ramstan kannte nicht die Wahrheit über den Grünen, und es kümmerte ihn auch nicht. Als Kind hatte er geglaubt, daß es zumindest einen Unsterblichen mit magischen Kräften geben

mußte. Aber während er aufwuchs, war ihm klargeworden, daß Al-Khidhr nur eine von vielen Sagengestalten und nicht wirklicher war, als Mullah Nasruddin, Paul Bunyan oder Sindbad der Seefahrer. Ihm fiel außerdem auf, daß die Khidhratisten viele Elemente der anderen geheimnisvollen Gestalt der moslemischen Legende, Loqman, mit Al-Khidhr verschmolzen hatten. Doch obwohl sein Verstand seine Realität leugnete, waren seine Gefühle – die dem Kind in ihm entstammten und fast übermächtig waren – bereit, das Bild des Grünen zu erwecken, wenn der richtige Stimulus auftauchte. In seinem Innern, wie auch im Innern des Eies, schien ein alter Mann – Melchizedekean, Prä-Mohammed, Prä-Kaaba, Prä-Mekka – durch die von Löwen wimmelnde, löwengelbe Wüste zu wandern, zusammen mit Ishmael, diesem »wilden, närrischen Mann«, der nun ein seniler Ururururgroßvater war und von Ibrahim und Hagar und der Geliebten seiner Jugend brabbelte, der göttlichen Ashdar. Der erwachsene Ramstan klassifizierte Al-Khidhr als eine mythische, als symbolische Gestalt, oder als Archetype, die nur in den Träumen fleischlich wurde.
Aber da gab es diese rätselhafte und irritierende Begegnung – falls man sie als solche bezeichnen konnte –, die ihm unvergeßlich blieb...
Er war Kadett im dritten Jahr an der Raumfahrtakademie von Sirius Point, Region Australien. An jenem Tag nahm er an einem Spiel gegen die Universität von Tokio teil. Das Spiel stand 6 : 6, und er hatte soeben zwei Gegner ausgetrickst. Der nächste war Jimmy Ikeda, der beste Schläger Tokios. Daishonin Smith hatte ihnen gerade einige wertvolle Sekunden gekostet. Und dann, als Ramstan sich bereit machte, Ikeda den ersten Ball zuzuwerfen, war er vom Platz gerufen worden. Ein Bote teilte ihm mit, daß der Kommandant ihn unverzüglich in seinem Büro zu sehen wünschte.
Ramstan war wütend gewesen, dann hatte ihn Furcht erfüllt. Noch vor wenigen Minuten hatte der Kommandant in der ersten Reihe der Ränge gesessen, die den höheren Offizieren vorbehalten waren. Jetzt war er verschwunden. Und welches schreckliche, ernste Ereignis mochte ihn veranlaßt haben, das Spiel an

dieser Stelle zu unterbrechen? Ramstan konnte sich nur einen Grund vorstellen. Er war wie betäubt, als er – noch immer im Trikot – in das Büro des Kommandanten eilte.
»Ihr Vater ist gestorben«, sagte der Kommandant. Einen Moment später sah er auf dem Video das bedrückte Gesicht seiner Mutter. Sie schluchzte und erzählte ihm von dem Herzanfall. Sein Vater war so rasch wie möglich ins Krankenhaus gebracht worden, das nur einen halben Kilometer weiter auf dem gleichen Korridor des Megagebäudes lag. Aber sein Vater hatte darauf bestanden, wieder nach Hause zurückzukehren, und nun lag er dort in seinem eigenen Bett.
Eine halbe Stunde später war Ramstan an Bord der Fähre nach Neu Babylon. Achtzig Minuten nach der Abreise war er in der zwanzigsten Etage, in der sich die Universität und die Stabsbüros befanden. Als er die Tür zur Wohnung seiner Eltern öffnete, fand er den Durchgang von jemand versperrt, der soeben hinausging. Er oder sie war groß, nur um einen halben Kopf kleiner als Ramstan. Unter einer grünen Kapuze schaute das tief zerfurchte Gesicht eines Hundertjährigen hervor, lippenlos, als hätte der Zahn der Zeit die Lippen selbst fortgenagt. Die Nase war lang, scharf und dünn, wie von einem unermüdlichen Wetzstein abgeschmirgelt. Das Kinn war knochig; an ihm wucherten einige lange Barthaare. Unter vorspringenden Brauen lagen außergewöhnlich große Augen, weit voneinander abstehend, die Farbe vom Schatten der Kapuze verborgen. Leib und Beine wurden von einer weiten grünen Robe verhüllt, aus der runzlige, sandalenbeschuhte Füße hervorsahen. Unter einem Arm trug er ein sehr großes, schwarzes Buch von der altmodischen gedruckten Art, ein Sammlerstück. Der Arm verdeckte einen Teil der großen arabischen Buchstaben auf dem Einband.
Zu einer anderen Zeit hätte Ramstan dem Alten in der archaischen Kleidung seine ganze Aufmerksamkeit zugewandt. Aber jetzt, als der Fremde an ihm vorbeigeschlüpft war, betrat er die Wohnung, in der sich die Verwandten und Freunde eingefunden hatten.
Sie sangen die *Sure Ya-Sin*, als er sich einen Weg durch die

Menge bahnte und das Schlafzimmer erreichte, wo das hagere, adlergleiche Gesicht seines Vaters noch immer unbedeckt war.
»Als Wir ihnen zwei sandten und sie beide verleugneten, verstärkten Wir sie um einen dritten, und sie sagten: Wir bringen euch Botschaft.
Sie sagten: Ihr seid nur Sterbliche wie wir. Der Barmherzige hat niemand zu uns gesandt. Ihr seid Lügner!«
Nach dem Begräbnis fragte Ramstan seine Mutter: »Wer war dieser alte Mann, der fortgegangen ist, als ich ankam?«
Inzwischen glaubte er, daß der Fremde ein Mann gewesen war.
»Welcher alte Mann?«
»Er schien mindestens hundert Jahre alt zu sein. Er trug eine grüne Robe mit Kapuze und unter dem Arm ein großes schwarzes Buch.«
»Ich habe ihn nicht gesehen«, erklärte seine Mutter. »Aber es waren ja auch so viele Trauergäste da. Er muß ein Freund deines Vaters gewesen sein.«
Sie keuchte, schlug die Hand vor den Mund und riß die Augen auf. »Ein alter Mann in grünem Gewand mit einem schwarzen Buch! Al-Khidhr!«
»Sei nicht töricht.«
»Er ist gekommen, um den Namen deines Vaters in seinem Buch einzutragen!
»Unsinn!«
Ramstan hatte kurz danach aufbrechen müssen, um die Fähre nach Sirius Point zu erreichen. Aber am nächsten Abend rief ihn seine Mutter an.
»Sohn, ich habe jeden gefragt, der bei dem Tod deines Vaters anwesend war, aber niemand hat den alten Mann mit der grünen Robe und dem großen schwarzen Buch gesehen. *Du* bist der *einzige* gewesen, der ihm begegnet ist! Glaubst du nun, daß es Al-Khidhr war? Und da du ihn allein gesehen hast, muß es ein Zeichen sein! Ein gutes, wie ich hoffe!«
»Es ist ein Zeichen dafür, daß du hoffst, ich werde wieder zum Glauben zurückkehren.«
»Aber wenn du doch der einzige gewesen bist, der ihn gesehen hat!« rief sie klagend.

»Dann war es mein Kummer. Wenn der Vater stirbt, wird der Sohn wieder ein Junge, wenn auch nur für eine kleine Weile.«
»Nein, es war Al-Khidhr! Denk darüber nach, Hûd. Dein Glaube ist also noch nicht tot! Allah hat dir eine neue Chance gegeben!«
Ramstan hatte seinen Eltern nie davon erzählt, daß er mit zwölf, als er krank und gerade aus einem Traum erwacht war, einen alten Mann – den gleichen? – gebeugt über ihm stehen sehen hatte. Der alte Mann, natürlich, Überbleibsel einer vom Fieber ausgelösten Halluzination gewesen. Als ihn die Trauer um den Tod seines Vaters überwältigt hatte, mußte sich irgendwo in seinem Gehirn ein Schaltkreis geschlossen haben, und der alte Mann aus dem Fiebertraum war wieder zum Vorschein gekommen. Das war alles. Selbstverständlich würde er an der Akademie nichts davon erwähnen. Falls die Behörden davon erfuhren, würde man eine geistige Störung argwöhnen. Selbst wenn er dann erneut den Psychotests unterworfen wurde und man einen hohen Grad seelischer Stabilität ermittelte, würde er nicht einmal einfaches Mannschaftsmitglied an Bord eines Alaraf-Schiffes werden können, von einem Offizier ganz zu schweigen.
Zu dieser Zeit war das erste Alaraf-Schiff noch nicht gebaut, aber es war bekannt, daß es nicht mehr lange dauern würde und weitere Einheiten in Planung waren. Ramstan war fest entschlossen, auf einem dieser Schiffe Offizier und dann, eines Tages, Kapitän zu werden.
Er hatte sein Ziel erreicht, um es dann fortzuwerfen.
»War es das wert?« fragte er laut, obwohl er nicht sprechen mußte, um gehört zu werden.
Es gab keine Antwort.
»Rede schon, verdammt!« rief er und hieb mit der Faust auf das Ei. Er keuchte vor Schmerz. Das Ei war so hart und unnachgiebig wie der Tod.
Er hörte ein Kichern – oder glaubte es zu hören. War er das, der da über sich selbst lachte? Hatte er zu sich selbst gesprochen? Wenn das *Glyfa* sprach oder er meinte, daß es sprach, glaubte er es nicht. Aber wenn es still war, dann fragte er sich, ob er für sich und für das Ei gesprochen hatte.

Wenn ein Mann fürchtete, daß sich seine Persönlichkeit spaltete, und wenn dieser Mann verantwortlich war für das Wohlergehen von vierhundert Männern und Frauen, dann sollte er sein Kommando abgeben und sich selbst der Obhut des Chefmedizinoffiziers anvertrauen. Aber wenn Ramstan diese Entscheidung traf, konnte er die Existenz des *Glyfas* nicht mehr verbergen. Nein, er würde es *nicht* abgeben. Er konnte nicht zulassen, daß Benagur das Kommando übernahm. Benagur würde das Quartier des Kapitäns durchsuchen und das *Glyfa* finden. Aber vielleicht würde Benagur, wie Ramstan, Stillschweigen bewahren, wissend, daß die anderen es wegschließen oder untersuchen würden, falls sie davon erfuhren. Benagur würde ebenfalls den Besitz des *Glyfas* leugnen – oder umgekehrt.

Die Stille, die aus dem Ei drang, wurde von Decke, Boden und den Schotts zurückgeworfen und brodelte wie höllisches Wasser um eine Tiefseekapsel.

»Ich spreche!«

Ramstan fuhr zusammen, sein Herz zersprang fast in der Brust.

Als das *Glyfa* zu ihm gesprochen hatte, während er es aus dem Tolt-Tempel trug, hatte es die Stimme seines Vaters benutzt. Und wie sein Vater sprach es vertrautes Neu-Babylonisch, das auf dem kreolisierten Arabischen basierte, aber zumindest fünfzig Prozent seines Vokabulars stammte aus dem Chinesischen oder Terrischen.

»Es ist lange Zeit her«, murmelte Ramstan, »sehr lange Zeit... seit du zum letztenmal gesprochen hast.«

»Unsterblichkeit«, antwortete die Stimme seiner Mutter. »Ich habe sie dir angeboten, aber du hast sie weder angenommen noch abgelehnt.«

»Es gibt zwei Arten von Unsterblichkeit«, entgegnete Ramstan. »Eine Chance von eins zu zwei. Eine davon ist nicht die wahre Unsterblichkeit. Ich mag Milliarden Jahre leben, aber ich werde möglicherweise altern, wenn auch sehr langsam. Und ich werde möglicherweise an Altersschwäche sterben. Obwohl ich wahrscheinlich schon lange vorher den Tod finden

werde. In einer derart langen Lebenszeit werden Unfälle, Anschläge oder Selbstmorde mir gewiß ein Ende bereiten. Die statistische Wahrscheinlichkeit wird schon dafür sorgen.
Und was die andere Art betrifft, ist sie möglicherweise ebenfalls keine wahre Unsterblichkeit. Ich kann ewig leben – sagst *du* – in Gestalt eines magnetischenen Nervenimpulskomplexes in deinem Innern. Was bedeutet, daß ich unter deiner Kontrolle stehen würde...«
»Nein! Ich habe dir versprochen, daß du ganz nach Gutdünken leben kannst. All deine Wünsche werden wahr – für ewig.«
»Woher soll ich wissen, daß ich auf dein Wort vertrauen kann? Sobald ich erst einmal in deiner Gewalt bin...«
»Was würde ich dadurch gewinnen, wenn ich dich verriete?«
»Das würde ich erst wissen, wenn es zu spät ist, um noch etwas dagegen zu unternehmen.«
Nach langem Schweigen fuhr Ramstan fort: »Ist dir schon in den Sinn gekommen, daß ich gar nicht daran interessiert sein könnte, ewig oder länger zu leben, als meine natürliche Lebensspanne bemißt?«
Schweigen.
»Auf irgendeine Weise«, bemerkte Ramstan, »hast du in mir den überwältigenden Wunsch erweckt, dich von den Tenolt zu stehlen. Ich wurde ein Verbrecher. Ich verletzte meine Pflicht, brach das in mich gesetzte Vertrauen, verlor meine Ehre. Ich habe alles fortgeworfen, für das ich so hart gearbeitet habe, als wäre es ein rostiger alter Harnisch. Wie hast du mich dazu gebracht?
Lag es daran, daß es in mir einen – wenn auch schwachen – kriminellen Trieb gab, den du entdeckt und verstärkt hast, bis ich ihm nicht mehr widerstehen konnte? Ein Trieb, der abgestorben hätte sein sollen, aber sich in eine Besessenheit verwandelte, weil du den erlöschenden Funken in eine flammende Feuersbrunst verwandelt hast?
Aber wenn dies in deiner Macht steht, warum kannst du mich nicht dazu bringen, die Unsterblichkeit anzunehmen und dir als Gegenleistung das zu geben, was du verlangst? Weil du nicht erkannt hast, daß ich – im Gegensatz zu den meisten

Menschen – nicht den Wunsch verspüre, ewig zu leben? Daß ich etwas anderes will?
Oder ist es dir gleich, ob es mir nun nach Unsterblichkeit verlangt oder nicht? Du kannst mich manipulieren, und du hast mich oft genug als deinen Agenten benutzt, und das ist alles, um was es dir geht. Du hast so viel erreicht, *Glyfa*, aber du bist mit mir so weit gekommen, wie es überhaupt möglich ist. Ich bin ungebrochen. Ich werde erst dann noch etwas für dich tun, wenn ich dein Ziel kenne, vielleicht selbst dann nicht. Was willst du von mir. Was *willst* du?«
»Was willst *du*?« sagte die Stimme seiner Mutter.
Einige Minuten vergingen, ohne daß gesprochen wurde. Er wollte nichts darauf erwidern, denn er hatte keine Antwort auf diese Frage, und das *Glyfa* hatte kein Interesse mehr an dem Gespräch. Aber an ihm.

4.

Maskiert und mit einem Koffer, in dem sich Kleidungsstücke und das *Glyfa* befanden, verließ Ramstan die *Al-Buraq*. Er hatte den Entschluß, das Glyfa mit ins Hotel zu nehmen, lange hinausgezögert. Vielleicht war es noch nicht zu spät, es seinen Verehrern zurückzugeben. Die Tenolt beobachteten sicher, wie er das Schiff verließ. Sie würden rasch herausfinden, daß er im Hotel abgestiegen war. Natürlich würden sie vorsichtig an ihn herantreten. Vorsichtig, weil sich viele Erdmenschen während ihres Landurlaubs im Hotel aufhielten. Oder irrte er sich? Sie waren Fanatiker, und sie wollten ihren Gott zurückhaben. Aber sie wußten nicht, daß er das *Glyfa* bei sich trug. Nun, jedenfalls bestand die Möglichkeit, daß sie ihn entführten oder es zumindest versuchten und ihn als Geisel festhielten, bis das *Glyfa* an sie zurückgegeben wurde.
Er wußte nicht, wie sie reagieren würden. In diesem Moment wußte er nur, daß er froh sein würde, wenn sich das *Glyfa* nicht mehr in seinem Besitz befand. Und wenn er es auf irgendeine Weise zurückgeben und verhindern konnte, daß seine Leute

erfuhren, was er getan hatte, dann würde er nie wieder, niemals, seine Pflicht vergessen.
Glaubte er das wirklich? Er wußte es nicht.
In der Nähe des Hotels begegnete ihm Stabsbootsmann Deva Kolkoschki. Sie salutierte trotz seiner Anweisung, außerhalb des Schiffes während des Landgangs darauf zu verzichten. Unterschwellig oder vielleicht gar nicht so unterschwellig forderte sie ihn heraus. Auf eine Weise, die ihr wahrscheinlich selbst nicht klar war, zeigte sie ihm ihren Haß, den sie für ihn empfand.
Er ging an ihr vorbei, und Kälte strich über seinen Rücken. Eisdolche schienen sein Herz und seine Genitalien zu durchbohren. Deva war jähzornig, allein ihr stabiler Seelenzustand, ihre Moral und die Jahre militärischer Disziplin hielten sie davon ab, ihm ein Messer zwischen die Rippen zu stoßen, dessen war sich Ramstan sicher. Vielleicht irrte er sich. Sibirierin zu sein und einer Kultur zu entstammen, die ebenso gewalttätig war wie die einstige amerikanische, bedeutete noch lange nicht, daß sie das Verlangen unterdrücken mußte, ihn umzubringen. Möglicherweise projizierte er seine Schuldgefühle nur auf sie.
Nein. Er empfand keine Schuld. Warum sollte er auch? Er hatte ein Verhältnis mit ihr gehabt, wie mit zwanzig anderen Frauen an Bord der *Al-Buraq*. Dann hatte sie, wie so viele andere, ihm vorgeworfen, daß er sie nicht liebte und nicht einmal an sie dachte, wenn sie miteinander schliefen. Seine Gedanken, hatte sie gesagt, weilten bei anderen Dingen. Bei welchen? Worüber grübelte er nach, wenn er ganz mit ihr verschmelzen, mit ihr eins werden sollte? Was immer es auch war, es verletzte sie und entfachte in ihr das Gefühl, mehr ein Objekt denn ein menschliches Wesen zu sein.
Ramstan hatte es nicht erklären können. Aber seine Verhältnisse endeten alle auf diese Art, auch wenn ihn nicht alle Frauen so intensiv zu hassen schienen wie Deva.
Das war das Problem mit den sensitiven Techniken und der Entwicklung der Bcwußtseinsdisziplinen, die zu der Ausbildung aller Erdmenschen gehörten. Manchmal wünschte er,

daß sein Jahrhundert die gleiche beiläufige Haltung zu Liebesbeziehungen besitzen würde wie sie den Menschen des zwanzigsten Jahrhunderts zu eigen gewesen sein sollte. Das Problem mit seiner eigenen Zeit war, daß Liebe den Bürgern aufgezwungen wurde. Nicht jede gemästete Gans behielt das Futter bei sich und wurde fett. Manche würgten es wieder aus.
Von derartigen Gedanken erfüllt, stieg er die breiten Steinstufen des Hotels hinauf, durchschritt die große Säulenhalle und zwei Zimmer, von denen jedes eine schwere, dicke Tür besaß, die sich automatisch hinter ihm schlossen. Sie würden sich nicht öffnen, sollte Sekunden später eine andere Person nach ihm eintreten wollen, oder wenn kurz zuvor jemand hindurchgegangen war. Erneut unterzog er sich dem sporenabtötenden Prozeß.
Er passierte ein großes ovales Portal und erreichte das Foyer. Der Boden bestand aus polierten chrysantemenweißen und klatschmohnroten Steinplatten. Säulen mit gebogenen Kanellierungen reckten sich den Schatten der Decke entgegen. Jenseits des Steinwaldes, an der gegenüberliegenden Wand, stand der meeresgrüne Empfangstisch des Portiers. Sein Name war Biza!a, und er war der einzige Anwesende. Ramstan schob seine Maske zur Seite, aber der Portier, der Ramstan trotz der Maske erkannt hatte, hielt bereits die Schlüssel in der Hand. Er war von einem Mannschaftsmitglied informiert worden, daß Ramstan ein Zimmer wünschte.
Biza!a lächelte, aber verriet unterdrückte Abneigung, als er Ramstan die Schlüssel reichte.
Die Abneigung galt den Schlüsseln, nicht Ramstan. Vor der Landung der ersten Besucher aus dem Weltraum, den Urzint, waren Schlüssel auf diesem Planeten ungebräuchlich gewesen. Biza!a mußte am Ende seines Dienstes immer eine rituelle Waschung vornehmen, weil er sie berührt hatte.
Ramstan sah sich im leeren Foyer um. Die meisten Sessel waren monströs hoch, langgestreckt und wiesen an den Armlehnen unfunktionelle Rillen auf. Zumindest unfunktionell, soweit es Menschen betraf. Sie waren für keines der Wesen gebaut worden, die jetzt hier wohnten. Wie die meisten ande-

ren Möbel und Einrichtungsgegenstände des Hotels waren sie auf die Bedürfnisse der Urzint zugeschnitten. Sechs ihrer Schiffe hatten lange Zeit diesen Raumhafen benutzt. Dann, eines Tages, waren sie nicht mehr wie geplant gekommen, obwohl sie versprochen hatten, den Hafen jahrtausendelang anzufliegen. Warum blieben sie verschwunden?

Ramstan erreichte über die breite, gewundene Rampe den dritten Stock – es gab keine Aufzüge – und schloß leise seine Zimmertür auf. Mit einem Ruck öffnete er sie, sprang in den Raum und sah sich schnell um. Er war leer und still. Das Sonnenlicht fiel durch das einzige riesige Fenster auf das ungeheure Bett. Das Badezimmer – so groß, daß er sich nicht beschwert hätte, wäre es das Schlafgemach gewesen – war ebenfalls leer. Eine bewegliche Plattform aus schimmerndem, gelbem Hartholz stand vor dem Waschbecken, das er als Badewanne benutzte. Eine andere, mit Stufen ausgerüstete Plattform stand vor dem Klosett, dessen Abdeckung ein Monstrum aus gelbem Hartholz war. Die Kalafalaner hatten zahlreiche Veränderungen vorgenommen, um der geringeren Größe der neuesten Gäste Rechnung zu tragen. Nun, sollten jene, für die das Hotel erbaut worden war, zurückkehren, so würden sie alles für sie bereit vorfinden.

Ramstan schaltete die elektronischen Fallen des Koffers ein und stellte ihn in den höhlenartigen Kleiderschrank. Nachdem er die Schranktür verschlossen hatte, trat er auf den Korridor und sicherte das Schloß seiner Zimmertür. Er kehrte in das Foyer zurück und fragte Biza!a, ob in den letzten vierundzwanzig Stunden neue Gäste eingetroffen waren.

»Sechs Tenolt.«

»Sonst noch jemand? Eine Erdfrau vielleicht?«

»Ah! Sie ist hier nicht abgestiegen, obwohl sie es vorgehabt hatte. Sie fragte nach Euch, und ich sagte, Ihr seid in der Stadt. Sie ging unmittelbar darauf fort.«

»Zu meinem Schiff oder in die Stadt?«

»Das hat sie nicht gesagt. Es gibt natürlich die Möglichkeit, daß sie ein drittes Ziel gehabt hat. Oder überhaupt keins.«

Biza!a hatte recht, aber Ramstan war dennoch verärgert. Diese

Kalafalaner! Sie verbrachten soviel Zeit damit, all ihre Handlungen unter jedem möglichen Aspekt und Blickwinkel zu betrachten, daß sie nur selten irgend etwas beendeten. Nun, wie Toyce festgestellt hatte, wirkten sie so glücklich wie Terraner oder jede andere Rasse, der man bereits begegnet war. Fortschritte in Wissenschaft und Technik waren nicht unbedingt ein Indiz für eine hochentwickelte Zivilisation.
Abrupt kehrte Ramstan zu seinem Zimmer zurück. Seine Stiefelschritte klangen hohl in dem riesigen, unverkleideten Foyer, im Treppenhaus und im Korridor. Bevor er sein Zimmer erreichte, sprach er in seinen Handrücken. »Alif Rho Gimel. Hermes, bitte kommen. Haben seit unserem letzten Gespräch irgendwelche Fremde mit Ihnen Kontakt aufgenommen? Und gibt es sonst irgendwelche Neuigkeiten?«
»Hier ist Hermes. Beide Fragen negativ.«
»Gibt es etwas über Hundegesichter zu berichten?«
»LU berichten vom Kontakt mit vieren, wo etwas läuft. Abneigung negativ.« *(Übersetzung:* Unsere Leute, die Landurlaub haben, sind in der Stadt vier Tenolt begegnet, und sie machten keinen unfreundlichen Eindruck.)
»Haben Hundegesichter nach mir gefragt?«
»Positiv.«
»Haben Hundegesichter nach mir gesucht?«
»Nicht direkt, Alif Rho Gimel. Sie haben gefragt, ob Sie sich in der Stadt befinden.«
»Was sagten die LU?«
»Sie sagten, sie wüßten es nicht.«
»Alif Rho Gimel Ende.«
Obwohl es noch nicht Mittag war, holte er seine Mahlzeit aus dem Koffer. Er hatte sie schon vor dem Einschalten der Fallen herausnehmen wollen, war aber durch wichtigere Angelegenheiten davon abgehalten worden. Er entsicherte die Fallen, indem er mit dem als Kugelschreiber getarnten Kodegeber ein negierendes Frequenzbündel auf den Koffer abstrahlte. Nachdem er den Behälter herausgenommen hatte, schaltete er die Fallen wieder ein. Die Zubereitung der Mahlzeit nahm drei Sekunden in Anspruch, nachdem er den Schalter am Boden des

Behälters umgelegt hatte. Er aß ohne großen Appetit. Er wagte nicht, sich Wein aufs Zimmer bringen zu lassen. Eine einfache Droge konnte ihn aus dem Weg schaffen und den Tenolt Gelegenheit geben, seinen Koffer zu durchsuchen. Er glaubte nicht im Ernst, daß sie Gift benutzen würden, da sie gute Gründe besaßen, ihn am Leben zu lassen. Zumindest im Augenblick.

Nun, es gab andere Kräfte, die im Dunkeln agierten, und deren Absichten und Ziele kannte er nicht. Der Tod mochte ihm von ihnen drohen.

Er warf die Tassen und Teller in die Toilette, in der sie sich binnen zehn Sekunden auflösten. Er kehrte zum Sessel zurück und schob das schwere Möbel auf seinen sechs Rädern zur Seite, damit er den Sonnenuntergang beobachten konnte. Angesichts seiner Schönheit seufzte er vor Entzücken. Es gab wundervolle Sonnenuntergänge auf der Erde, auf Tolt, auf Raushghol, aber gegen Kalafalas verblaßten alle. Vulkanstaub aus den nördlichen und westlichen Randgebieten des Kontinents schuf das Farbenspiel, aber das war nicht der Grund für die überwältigende Schönheit.

Goldene Sterne, winzig und funkelnd, trieben von Westen nach Osten. Sie waren in Wirklichkeit weit entfernte, kastendrachenähnliche Objekte, tanzende Linsen, die das Sonnenlicht brachen. Eine rosa Wolke stieg höher, formte rötliche Finger, grünliche Köpfe, silberne Schultern, orangefarbene und smaragdgrüne rohe Augen, gezackte Köpfe aus gelben Türkisen, mürrische Münder mit karmesinroten Lippen und gesplitterten, schiefen Zähnen aus Samtschwarz und Flamingorosa.

Ein Komet von der Farbe Zigarettenrauches formte sich gegen den Himmel, der durchzogen war von schwächer werdenden Sinuswellen aus bleichem Violett, Blutrot und Karottengelb. Er wuchs, den Kopf nach unten gerichtet, den Schwanz lang hinter sich hergezogen, bis die Farben verschwanden, als hätte Gott sie fortgewaschen, und der Komet kollidierte mit einer kurzlebigen Sonne aus Amethystgrün, so daß sich beide auflösten.

Zwölf Kilometer weiter westlich verließen Millionen vielfarbi-

ger Insekten mit durchscheinenden Flügeln ihre Futterplätze und flogen zu den großen, spindelförmigen Nestern, in denen sie schliefen und sicher waren vor den Dämmerungs- und Nachtvögeln und anderen fliegenden Tieren. Obwohl sie aus dieser Entfernung nicht sichtbar waren, erzeugten sie das Farbenspiel. Die Schönheit des Sonnenuntergangs war ein Nebenprodukt von Hunger, Angst und Tod.
Dann ging die Sonne hinter dem Horizont vor Anker; der Himmel wurde schwarz. Er war unbewölkt, aber sternenlos. Kalafala befand sich am Rand des Universums, und wenn der Planet sich auf dieser Seite der Sonne befand, war der Nachthimmel leer.
BOOOOONG! Einhunderttausend Bronzegongs ertönten zur gleichen Zeit. In den Gärten der Häuser auf dem Plateau und in der Stadt im Tal schlugen die Kalafalaner auf ihre Hausgongs, um den Untergang der Sonne zu verkünden. Der eine Ton erhob sich wie ein Bronzevogel, sein Flügelschlag erschütterte das Hotel und ließ die Fenster klirren.
Fackeln flammten in der Raumhafenstadt auf, Tausende von Fackeln würden die unsichtbare Stadt im Tal erhellen. Ein erschöpfter, zittriger Schrei jammerte vor dem Fenster, und die Fackeln tanzten dem Tempel im Nordwesten des Hotels entgegen. Ramstan fühlte leichtes Heimweh nach der Erde. Der Schrei erinnerte ihn an den Abendruf der *Muezzins* aus den Lautsprechern in seinem Stockwerk von Neu-Babylon. Obwohl er den Glauben an Allah oder einen anderen Gott wie einen Mantel an einem heißen Tag abgelegt hatte, reagierte er manchmal auf Pawlows Glocke; seine Emotionen wurden angesprochen. Ein Ruf wie der eines *Muezzins* wurde zur Hand eines Engels, die sein Herz zusammenpreßte, zu einem piezoelektrischen Reflex.
Am Himmel gab es noch immer Licht. Das Landefeld war bis auf das nun gelbe Pulsieren der *Al-Buraq* und dem weißen Glanz aus zwei geöffneten Schleusen des Tolt-Schiffes dunkel. Gestalten hoben sich in einer Schleuse gegen den hellen Hintergrund ab, verbargen einen Großteil des Lichtes, dann wurden die Tenolt eins mit den Schatten.

Er erhob sich aus dem Sessel und ging in der Dunkelheit auf und ab, bis seine Muskulatur entkrampft war. Dann kehrte er zum Sessel zurück, blieb lange Zeit dort sitzen und hielt den Blick auf das Schwarz-Weiß jenseits des Fensters gerichtet. Er bewegte sich unbehaglich. Er sollte zum Schiff zurückkehren, aber er würde es nicht tun. Wenn er hier blieb, würde er vielleicht jene anlocken, die das Ding in der Schachtel in seinem Koffer an sich bringen wollten.

Er wartete eine Stunde lang und schob dann den Sessel vom Fenster fort in den Schatten einer Wand. Er legte zwei Olson-Strahlpistolen in die Furchen der Armlehnen und setzte sich. Hin und wieder vernahm er leises Knirschen und Scharren, dessen Ursprung er nicht identifizieren konnte, obwohl es ihn nicht sonderlich beunruhigte. Das Wechselspiel der Anziehungskraft von Sonne und Monde, die wechselnde Temperatur und Luftfeuchtigkeit und die matten Erdbewegungen streckten und drückten das Hotel wie ein Akkordeon. Er ignorierte die kaum hörbaren Laute und wartete auf das Klicken von Metall im Schloß und die vorsichtige Drehung des Türknaufes.

Und dann, während die Zeit und die Nacht verstrich, kam ihm ein seltsamer Gedanke. Was war, wenn der Schlüssel nicht in das kleine Schloß in Höhe seiner Hüfte, sondern in das große Schloß in Höhe seines Kopfes gesteckt wurde? Wenn die mächtige Tür aufschwang und sich ein turmköpfiger, halsloser, knöcherner Urzint mit dreieckigem Leib und säulenartigen Beinen silhouettenhaft gegen das Licht des Korridors abzeichnete? Und der Gast aus der Vergangenheit mit dem schweren Schritt eines Rhinozeros geradewegs zum Kleiderschrank ging, den Koffer öffnete, das zeltgroße Nachtgewand herausholte und sich ohne ein Wort zu seinem kleineren Zimmerkameraden zu sagen ins Bett legte? Was dann?

Er war in einem dunklen Wald und rannte verzweifelt, aber mit langsamen, mühseligen Bewegungen davon, und die Luft stemmte sich ihm entgegen, während ihn ein finsteres, unsichtbares, namenloses Etwas verfolgte. Das Etwas schnaubte. Ramstan versuchte vor Entsetzen zu schreien, aber kein Laut entrang sich seiner Kehle, die zu Stein geworden war. Dann schob er die Hand in die Tasche und griff nach einem kleinen Kamm. Ihn warf er hinter sich und wußte, daß die harten Zähne des Kamms sich in einen verfilzten Urwald verwandeln würden. Sein Verfolger brüllte vor Enttäuschung. Das Krachen, mit dem sein Körper gegen die dicken Baumstämme und das dichte Gewirr des Unterholzes rammte, war wie das Bersten eines Berges.

Schließlich war das Etwas hinter ihm und atmete röchelnd. Er griff in seine Tasche, holte einen kleinen Spiegel hervor und warf ihn hinter sich. Erneut erklang ein enttäuschtes und wütendes Gebrüll, gefolgt von einem Klatschen wie von einem Gletscher, der ins Meer stürzte. Ramstan kämpfte weiter gegen die zähe Luft an. Er befand sich auf einer Ebene aus festgestampfter Erde ohne Pflanzenwuchs, und die Luft wurde noch grauer. Dann ertönte das Klatschen von feuchten Pranken auf dem Boden, und der Atem war erneut dicht hinter ihm zu hören. Ramstan holte sein drittes und letztes Geschenk – von wem? – aus der Tasche, einen Schleifstein. Er warf ihn hinter sich. Obwohl er sich nicht umsah, wußte er, daß der sich in eine hohe Bergkette verwandelt hatte. Das Gebrüll des Etwas erreichte ihn als matter Laut, aber er hörte, wie sich seine Klauen in die Steilhänge gruben und wie es angestrengt atmete, während es immer höher und höher kletterte. Und dann, während er weiter hastete, vernahm er sein Triumphgeheul, als es den höchsten Gipfel erklommen hatte und auf der anderen Seite mit dem Abstieg begann.

Stöhnend und schwitzend erwachte Ramstan. Neben der Tür, an der Wand, stand eine verschwommen erkennbare Gestalt. Sie trug ein dunkles Gewand, ihr Gesicht wurde durch eine Kapuze verhüllt. Das Antlitz war bleich wie Mondlicht und erinnerte an das eines alten Mannes oder einer sehr alten Frau. Es war entweder menschlich oder bemerkenswert humanoid. Ramstan blinzelte, die Gestalt flackerte und war dann verschwunden.

Sie gehörte zu seinem Traum und hatte sich bei seinem Erwachen als Trugbild manifestiert. Al-Khidhr, der Grüne? Er hatte auf das Schloß gedeutet. Ramstan erhob sich, nahm automatisch eine Olson von der Armlehne und näherte sich rasch der Tür. Er sah den gespenstischen Schlauch aus dem Schlüsselloch ragen, hielt den Atem an, drehte sich herum und lief zum Fenster. Er wollte gerade die Verriegelung lösen, die die beiden Fensterhälften luftdicht verband, als ihm seine Maske einfiel. Er hielt weiter den Atem an, suchte den Sessel ab, bis er sie fand, und setzte sie auf. Erst dann riß er die beiden Fensterläden auf, lehnte sich nach draußen und atmete tief ein.

Als seine Lunge gefüllt war, lief er zu dem Schlauch zurück. Das leise Zischen aus der Schlauchöffnung hatte ihm verraten, daß es sich dabei um keine Olson, sondern um ein Gasventil handelte. Es hatte keinen Sinn, die Röhre mit einem Feuerstoß aus seiner Olson zu zerschmelzen. Vielleicht war das Gas explosiv.

Ramstan trat wieder ans Fenster und lehnte sich rückwärts hinaus, ohne die Röhre aus den Augen zu lassen. Schließlich wurde die Röhre zurückgezogen. Klicken ertönte, als sich jemand mit einem Werkzeug am Schloß zu schaffen machte. Er kauerte hinter dem Sessel nieder. Als sich die Tür zu öffnen begann, preßte er den Rücken gegen die Wand, zog ein Bein an und versetzte dem riesigen Sessel damit einen Stoß. Der Sessel schoß auf seinen sechs Rädern auf den Eingang zu und gab lediglich ein leises Quietschen von sich. Die Tür war offen. Der Sessel kollidierte mit der Gestalt, die für einen Moment silhouettenhaft gegen das Licht zu erkennen war. Die Gestalt taumelte und stürzte durch den Zusammenprall mit dem Sessel rücklings zu Boden.

Ramstan war gebückt und mit entsicherter Olson dem Sessel in dichtem Abstand gefolgt. Er lugte vorsichtig aus der Tür, bereit, den Kopf sofort wieder zurückzuziehen. Aber im Korridor drohte keine Gefahr. Ein Arm mit einer menschlichen Hand sah unter dem mächtigen Klotz des Sessels hervor.

Ramstan kroch lautlos um den Sessel herum. Der Mann auf dem Boden konnte in seiner verborgenen Hand eine Olson halten. Aber auch sie war leer und reglos. Dann blickte er in die geröteten, glasigen Augen von Benagur.

5.

Benagurs Kopf war kantig. Sein Haar war so schwarz und kraus wie das Fell eines Bären und fiel ihm bis auf die Schultern. Sein Bart war lang und eckig geschnitten. Sein Gesicht wirkte wie das halbverrückte, halb göttliche Gesicht eines steingeflügelten Stiermenschen vor einem alten assyrischen Tempel.
Benagur stöhnte und drehte sich auf die rechte Seite. Sein Hinterkopf war blutig. Neben dem Sessel lag die mit einem Plastikzylinder verbundene Röhre auf dem Boden, die durch das Schlüsselloch geschoben worden war.
Ramstan half dem Commodore auf die Beine und ließ ihn los, als er brummte: »Mit mir ist alles in Ordnung.«
Ramstan schob den Sessel zurück in das Zimmer und schaltete das Licht ein. Benagur folgte ihm taumelnd und ließ sich in einen aufblasbaren Sessel sinken. Ramstan holte die Röhre und den Zylinder herein und verriegelte die Tür. »Was ist geschehen, Benagur?«
»Als ich den Korridor entlangkam, sah ich zwei maskierte und mit Mänteln und Handschuhen bekleidete Personen an Ihrer Tür. Sie schlossen auf und entdeckten mich...«
»Haben Sie gerufen?«
»Ja. Haben Sie mich nicht gehört?«
»Nein. Die Wände und die Tür sind zu dick.«
»Die beiden flohen vor mir den Korridor hinunter. Einer von ihnen ließ den Zylinder fallen – oder was immer das sein mag. Sie liefen nicht so wie man es von Menschen gewohnt ist...«
»Tenolt?«
»Ich weiß es nicht. Ich stieß die Tür auf, und das ist das letzte, an das ich mich erinnere, bis ich auf dem Boden wach wurde. Ich habe Kopfschmerzen.«
»Es muß einen dritten Mann gegeben haben. Vielleicht lauerte er hinter der Tür des gegenüberliegenden Zimmers. Er kam heraus und hat Sie auf den Hinterkopf geschlagen. Sie haben einen Teil Ihres Bewußtseins wiedererlangt, sind auf die Beine gekommen, dann kam ich auch schon mit dem Sessel herausgeschossen. Er hat Sie ein zweites Mal niedergeworfen.«

Ramstan fiel ein, daß er das Fenster offen gelassen hatte. Fluchend schloß er die Läden. Er trug noch immer seine Maske, aber Benagur hatte die Sporen eingeatmet. In drei oder vier Stunden würde bei ihm die psychedelische Wirkung einsetzen. Erst nach acht oder zehn Tagen würde sein Körper wieder sporenfrei sein.
Ramstan schlug die Tür zu, um zu verhindern, daß der Luftzug die Sporen hinaus auf den Gang blies.
»Wenn Sie ins Schiff zurückkehren, Benagur, melden Sie sich im Schiffslazarett.«
»Nein! Ich will nicht wieder ins Krankenhaus. Ich bin gerade erst herausgekommen. Zuviel...«
»Zuviel was?«
»Zuviel geschieht. Die Tenolt, alles... Warum wollten sie Sie mit dem Gas betäuben?«
»Ich bezweifle«, entgegnete Ramstan, »ob wir es jemals erfahren werden. Aber ich möchte unverzüglich von Ihnen erfahren, was Sie hier zu suchen haben.«
»Sollten Sie nicht nach den Sanitätern rufen?« fragte Benagur.
Ramstan gefiel der Vorschlag nicht. Aber Benagur hatte recht. Er rief das Schiff an und wurde mit Oberbootsmann Wang verbunden. Sie versprach, in fünf Minuten mit ihrer Gruppe einzutreffen. Ramstan befahl ihr, einen Arzt und einen Trupp Soldaten mitzubringen.
Ramstan sah Benagur scharf an, der noch immer auf dem aufblasbaren Sessel saß.
»Ich frage Sie erneut. Was hatten Sie hier zu suchen?«
Benagur richtete sich auf und blinzelte.
»Ich wollte etwas mit Ihnen klären.«
»Ja?«
»Sie wissen, was«, fuhr Benagur laut fort.
»Sagen Sie es mir«, bat Ramstan mild.
»Ich wollte Ihre Erklärung hören, privat, bevor ich etwas unternehme. Das heißt, falls es dazu kommt. Ich hoffe, daß es nicht nötig sein wird.«
»Ich weiß nicht, wovon Sie reden«, erwiderte Ramstan. »Es

klingt, als ob Sie etwas gegen mich im Schilde führen. Ist es so?«

»Warum haben Sie die Soldaten angefordert? Damit Sie mich unter Arrest stellen können?«

»Sie weichen meinen Fragen aus. Ich habe entschieden, daß eine Eskorte Sie ins Lazarett begleiten wird. Ich weiß nicht, wie stark die Sporen auf Sie wirken werden. Sie könnten sogar...«

»Was?«

»Gewalttätig werden. Es geschieht zu Ihrem eigenen Besten.«

»Natürlich!« rief Benagur. »Natürlich! Hören Sie zu! Ich bin sehr von Ihrem seltsamen Verhalten auf Tolt irritiert und verwirrt worden. Sie haben eine Zeitlang das Schiff verlassen. Plötzlich waren Sie wieder da, wie ein Dieb in der Nacht, und trugen diese Tasche und brüllten, daß das Schiff sofort starten müsse. Und Sie haben nie ein Wort der Erklärung gesagt. Niemand hat gewagt, Sie zu fragen, was sich in der Tasche befand. Aber, glauben Sie mir, jeder hat davon gesprochen. Und seitdem habe ich nie eine Nacht gut geschlafen.«

»Wie ein Dieb in der Nacht«, wiederholte Ramstan. »Nun, heraus damit, Mann! Was genau argwöhnen Sie?«

Sein Gesicht war ausdruckslos, aber sein Herz arbeitete wie ein gefangenes Tier, und er schwitzte.

»Ich wollte es nicht tun, Kapitän! Deshalb bin ich hierher gekommen, damit wir allein sprechen und dieses Problem lösen können, ohne daß die Mannschaft etwas davon erfahrt. Vielleicht ist es noch nicht zu spät, um die Angelegenheit ungeschehen zu machen. Vielleicht können wir nach Tolt zurückkehren und es einfach dort zurücklassen und starten, in der Hoffnung, die Tenolt werden darüber so froh sein, daß sie sich um uns nicht kümmern.«

»Was ist *es*?« fragte Ramstan.

Benagurs Gesicht hatte sich gerötet. Er zitterte, als ob seine Knochen zersplitterten. Ramstan hatte ihn bereits wütend erlebt, aber noch nie hatte er ihn ängstlich gesehen. Oder schätzte er ihn falsch ein? Hatte rasende Wut Besitz von ihm ergriffen?

»*Es, es!*« schrie Benagur. »Sie wissen, um was es geht! Um das *Glyfa*! Das *Glyfa*! Den Tolt-Gott!«
»Sie beschuldigen mich, das *Glyfa* gestohlen zu haben?« fragte er. Und er wunderte sich über die Festigkeit seiner Stimme.
»Ich beschuldige Sie nicht!« wehrte Benagur ab. »Ich sage Ihnen, was Sie und ich wissen!«
»Ich frage mich, ob Sie nicht schon vor heute nacht unabsichtlich einige Sporen eingeatmet haben. Es gibt keine andere Erklärung für diese verrückten Vorwürfe.«
Benagur biß die Zähne zusammen. Er erhob sich, schwankte und machte drei Schritte auf Ramstan zu. Seine mächtigen Hände waren zu Fäusten geballt, aber er hob sie nicht. Seine Stimme klang heiser vor erzwungener Ruhe.
»Was ich Ihnen ins Gesicht sage, erzählt sich die ganze Mannschaft hinter Ihrem Rücken.«
»Ich weiß nicht, warum die Tenolt hier sind«, erwiderte Ramstan. »Hören Sie zu. Ist es Ihnen oder diesen anderen Idioten in den Sinn gekommen, daß ich einen Geheimauftrag der Regierung ausführe und Ihre überflüssige Neugier ihn gefährdet?«
Er zitterte. Zum ersten Mal seit zweiundvierzig Jahren hatte er gelogen. Al-Khidhr möge ihm vergeben. Allah möge ihm vergeben.
Unsinn. Beide existierten nicht oder nur in der Vorstellung. Aber Vorstellungen waren so real, so lebendig, wie der Mensch, der sie für real und lebendig hielt.
»Möge Gott Ihnen vergeben«, sagte Benagur.
»Möge er uns allen vergeben«, entgegnete Ramstan, aber er wußte nicht, was er damit meinte.
Benagur schloß die Augen und bewegte lautlos seine Lippen. Entweder betete er, oder er benutzte mentale Techniken, um die verletzten Zellen an seinem Hinterkopf zu lokalisieren und die Heilkräfte seines Körpers zu sammeln. Vielleicht traf beides zu.
Mit hinter dem Rücken verschränkten Armen ging Ramstan auf und ab. Als er an dem bis zur Decke reichenden Spiegel vorbeikam, der für Riesen konstruiert war, sah er einen Jagd-

falken, dessen Kappe ihm über den Schnabel gerutscht war. Seine Augen waren geweitet und glühten vor Wahnsinn und Verzweiflung. Er mußte seine Gelassenheit zurückgewinnen oder sich zumindest den Anschein dessen geben. Andernfalls würden die Soldaten vielleicht denken, daß auch er die Sporen eingeatmet hatte, wenn sie Benagur abholten.
Es klopfte an der Tür. Ramstan vergewisserte sich mit seinem Hautempfänger, daß es die Mannschaft des Schiffes war, die draußen vor der Tür stand. Er begrüßte Lieutenant Malia Fu'a, eine Biochemikerin im Range eines Offiziers, Oberbootsmann Wang, den Arzt und die Raumsoldaten. Fu'a war eine schöne Samoanerin, zu der Ramstan ein gutes Verhältnis hatte, auch wenn sie nicht mehr zusammen schliefen. Sie war die einzige Ex-Geliebte, die ihn nicht zu hassen schien. Aber sie *konnte* auch eine gute Schauspielerin sein.
Den Soldaten wurde befohlen, Benagur nach der äußerlichen Desinfizierung ins Schiffshospital zu bringen. Fu'as Gruppe besprühte sein Zimmer und den Korridor mit einem Stoff, der wie frisches Lavendel roch. Ramstan zog sich aus und zitterte, während seine Kleidung eingesprüht wurde. Er schlüpfte in seinen Schlafanzug und zündete eine Zigarre an, während die Soldaten das Zimmer und den Korridor mit einem Meßgerät absuchten. Das kleine, pistolenförmige Gerät ließ eine rote Lampe aufblitzen, und die infizierten Stellen wurden erneut besprüht. Inzwischen war der Flüssigkeitsnebel getrocknet, doch der Lavendelduft hing noch immer in der Luft.
Benagur hatte die ganze Zeit über geschwiegen. Als ein Soldat ihn aufforderte, nun mitzukommen, *Sir*, ging er nach draußen, ohne sich noch einmal umzusehen. Fu'a, die als letzte das Zimmer verließ, nahm Gasventil und Zylinder in einer Plastiktasche mit. Man würde seinen Inhalt bis zum Morgen analysiert haben.
Ramstan erklärte, daß Unbekannte versucht hatten, sein Zimmer mit Gas zu fluten und Benagur sie vertrieben, dabei aber einen Schlag auf den Kopf erhalten hatte. Er sagte nichts davon, später eine Untersuchung des Vorfalls einzuleiten. Obwohl Fu'a neugierig wirkte, hatte sie ihm natürlich keine Fra-

gen gestellt. Und allen war befohlen worden, kein Wort zu irgend jemand über diese Angelegenheit zu sagen.
Es wäre vernünftig gewesen, eine Wache vor der Tür zu postieren, aber Ramstan glaubte nicht, daß die Tenolt – er war überzeugt, es handelte sich bei den Unbekannten um Tenolt – zurückkehren würden.
Ein paar Minuten später, als er trotz seiner angespannten Nerven einzuschlafen begann, da hörte er es an seiner Tür klopfen. Er griff nach den Olsons, rollte sich aus dem Bett und ging zur Tür.
Er sprach zuerst in Urzint, dann in Terrisch durch das Schlüsselloch.
»Wer ist da?«
Eine Frauenstimme antwortete leise auf Terrisch: »Lieutenant Branwen Davis von der *Pegasus*, Sir. Ich *muß* mit Ihnen reden. Darf ich hereinkommen?«
Sie sprach mit einem leichten Akzent. Irisch?
Er spähte durch das Schlüsselloch, richtete sich auf, entriegelte die Tür und trat zurück. Die Tür öffnete sich, eine wunderschöne Frau trat ein.

6.

Sie war ungefähr zwei Meter groß, ein wenig größer also als eine durchschnittliche Frau. Ihr schwarzes, dichtes und glattes Haar war zu einer Pagenfrisur geschnitten. Ihre Augenbrauen waren dicht und dunkel, die weit voneinander abstehenden, schrägen Augen groß und so grün wie der Persische Golf. Ihre Haut besaß einen matten, goldbraunen Ton. Die Gesichtshaut unter den Augen war blasser als die der Stirn. Der Kontrast verlieh ihren Zügen etwas nahezu Clowneskes.
Die Mannschaft der *Al-Buraq* trug bei ihrem Aufenthalt auf Kalafala grüne Masken, in deren einer Ecke ein geflügeltes Maultier mit dem Gesicht einer Frau abgebildet war. Die Maske, die an ihrem Hals hing, war von jenem Scharlach, das die Mannschaft der *Pegasus* benutzte. In der unteren rechten Ecke befand sich ein Pferd mit silbernen Schwingen.

Sie trug ein glänzendes, hellgrünes Kleid von Kniélänge, das von den Hüften an abwärts breiter wurde. Die Ärmel reichten bis zum Ellbogen, der V-Ausschnitt war breit und tief. Er brauchte sie nicht zu fragen, um zu wissen, daß sie es von einem Kalafalaner bekommen hatte. Ihre Beine und Füße waren bloß und schmutzig, ihre rechte Hand dick verbunden.
Sie stellte die Tasche ab und salutierte. Sein Gruß fiel lustlos aus und erinnerte an eine abwehrende Geste.
»Sie sehen müde aus, Davis. Sie müssen eine lange, beschwerliche Reise hinter sich haben. Setzen Sie sich, bevor Sie umkippen. Mögen Sie etwas trinken, ehe Sie Ihren Bericht abliefern?«
Sie lächelte und entblößte schöne weiße Zähne. Seufzend ließ sie sich in den aufblasbaren Sessel sinken, als hätten ihre Beine den Dienst aufgegeben.
»Ich würde gern etwas trinken, danke.«
Er deutete auf die Bar, die von dem Hotel für seine kleineren und neuesten Gäste installiert worden war. »Dort stehen eine Menge einheimischer Spirituosen. Aber in meinem Koffer habe ich eine Flasche Scotch.«
»Scotch ist eine ausgezeichnete Idee.«
»*On the rocks?*«
»*Rocks*? Oh, Sie meinen... Es ist schon so lange her. Ich meine... Ich habe schon so lange Urzint gesprochen, daß ich vergessen... Ja, Scotch *on the rocks.*«
Er fragte sie, wann sie die *Al-Buraq* im Hafen entdeckt hatte. Sie sagte, sie hätte das vor ein paar Minuten erst herausgefunden. Sie wäre ins Hotel zurückgekehrt, hätte sich ein Zimmer genommen und wäre sofort eingeschlafen. Zuvor hätte sie sich nicht einmal die Mühe gemacht, sich zu waschen. Aber fünfzehn Minuten später wäre sie aufgewacht und hätte durch ihr Fenster einige Erdmenschen auf der Straße gesehen. Sie wäre sofort die Treppe hinuntergelaufen. Der Portier hätte ihr gesagt, daß sich Captain Ramstan auf seinem Zimmer befände. Sie wäre dann augenblicklich zu ihm gekommen.
Er reichte ihr ein Glas und nippte an seinem *Djinn's Delight*.
»Was ist geschehen?« erkundigte er sich.

»Ich bin Biologin. Auf meine Bitte hin wurde ich zurückgelassen, um meine Experimente in einer Station an der kalafalanischen Nordwestküste fortzusetzen. Als es für die *Pegasus* langsam Zeit wurde, aus dem Raushghol-System zurückzukehren, habe ich meine Sachen gepackt, meinen kalafalanischen Freunden unter den Wissenschaftlern und Technikern Lebewohl gesagt und bin mit meinem Jeep losgefahren. Sein A-G-Generator versagte über tausend Kilometer nördlich von hier. Der Jeep stürzte ab, aber glücklicherweise befand er sich nur zwei Meter über dem Boden. Unglücklicherweise aber am Rande einer Klippe. Er fiel ins Meer. Als er über die Klippe ins Leere kippte, sprang ich hinaus, wäre aber fast selbst hinuntergestürzt. Ich schürfte mir die Hand tief genug auf, um meinen Hautempfänger außer Betrieb zu setzen. Mein NI-Funkgerät war mit dem Jeep verschwunden, und so konnte ich keine Verbindung mit dem Raumhafen aufnehmen. Zudem verlor ich meine TR-Box. Und meine Kleidung. Ich mag Sonnenbäder, deshalb war ich nackt, als das Unglück passierte. Ich lieh mir ein Kleid von einer Bauersfrau und begann mit dem Fußmarsch. Nach einer Woche erreichte ich den Fluß Kurodan. Ich ging an Bord eines Fischdampfers, der auf dem Rückweg zur Hauptstadt war. Und hier bin ich.«

»Die *Pegasus* ist nicht zurückgekehrt«, sagte er. »Sie sollte sich mit der *Al-Buraq* auf Sigdrauf treffen. Wir haben einen Monat auf sie gewartet. Dann flogen wir nach Tolt, ihrer letzten Station vor der Reise nach Sigdrauf. Auch dort ist sie nicht eingetroffen.«

Sie war blaß, ihre Stimme sehr leise.

»Was glauben Sie…?«

»Ich weiß es nicht. Wir können nur vermuten, daß die *Pegasus* verlorengegangen oder aus irgendwelchen Gründen aufgehalten worden ist. Vielleicht hatte oder hat sie mit biomechanischen Problemen zu kämpfen, und sie kann auf irgendeinem Planeten notgelandet sein. Wie dem auch sei, die *Al-Buraq* wird nicht mehr lange hier bleiben. Ich werde Sie meinem Kommando unterstellen. Was waren Ihre Aufgaben an Bord der *Pegasus*?«

»Sie bezogen sich nur auf die Biologie-Laboratorien.«
»Unter diesen Umständen ist es eine lächerliche Routineangelegenheit«, erklärte er, »aber die Vorschriften verlangen, daß Ihre Identität überprüft wird.«
Er hob die linke Hand. Mit seiner rechten zog er aus der Jackentasche einen runden Gegenstand aus einem glasähnlichen, in Metall eingefaßten Material. Er hielt ihn vor das rechte Auge und betrachtete durch das Glas ihre Hand. Er konnte die mattvioletten Zeichen erkennen, die dem bloßen Auge verborgen waren.
»Branwen Sacajawea Davis«, las er laut.
Geboren A. D. 2238/1616 A. H. im kymrischen Bezirk der Nordwesteuropäischen Region.
Er blickte in das aufgerichtete, dunkle, liebliche Gesicht. Ihre grünen Augen waren groß und glänzend. Zu glänzend.
Er ließ ihre Hand los und erklärte: »Ich werde eine Wache rufen, die Sie zum Schiff begleitet. Nebenbei bemerkt, Ihre Hand fühlt sich sehr warm an. Haben Sie Fieber?«
»Ich bin ein wenig erhitzt. Aber soweit ich weiß, bin ich mit keinem kranken Eingeborenen in Kontakt gekommen. Natürlich kann man das nie mit letzter Sicherheit sagen.«
Er rief das Schiff mit seinem Hautkom an. Nachdem er fertig war, fragte er sie: »Ist Ihnen klar, daß man sie vor ein Kriegsgericht stellen wird?«
Davis wurde blaß, sagte aber nichts.
»Reine Routine. Immer wenn Eigentum der Raummarine verlorengeht, kommt es automatisch zu einem Kriegsgerichtsverfahren. Ich bin sicher, daß man Ihnen keine Schuld geben wird. Machen Sie sich deswegen keine Sorgen.«
Einige Minuten später erschienen die Raumsoldaten. Davis griff nach ihrer Tasche, grüßte ihn und ging hinaus. Ramstan betrachtete ihre langen, schlanken Beine und ihre wackelnden Hüften und seufzte. Er stieg eine fahrbare Treppe hinauf und kroch in ein Bett, das halb so groß war wie ein Basketballfeld.
Mitten in einem Traum über ein schattenhaftes, boshaftes, flüsterndes Etwas erwachte er. Seine Tür erbebte unter heftigem Klopfen, und das Hautkom summte. Er hob das Handge-

lenk zum Mund und murmelte verschlafen: »Alif Rho Gimel. Was ist, Hermes?«
»LU Waw wird gleich mit einer dringenden Nachricht erscheinen. Sie will mit Ihnen sprechen.«
»Ich glaube, sie ist schon hier«, erwiderte Ramstan. »Warten Sie einen Moment.«
Er rollte sich aus dem Bett und sprang auf den Boden, ohne die Treppe zu benutzen. Erst vergewisserte er sich durch das Schlüsselloch, dann öffnete er die Tür. Toyce schwankte herein, und für einen Moment befürchtete Ramstan, sie sei verletzt. Aber sie war nur sturzbetrunken.
»LU Waw ist hier«, sagte Ramstan. »Ende, Hermes.«
Toyce ließ sich in den Sessel fallen, in dem sich auch Davis niedergelassen hatte. »Ich brauche etwas zu trinken, Hûd.«
»Am besten Wasser«, brummte Ramstan. »Was ist los?«
»Du kennst doch dieses Barmädchen, auf das ich ein Auge geworfen habe. Nun, sie sagte mir, die Tenolt hätten ihren Laden aufgesucht. Sie haben nach dir gefragt und, wie gewöhnlich, indirekte Antworten auf direkte Fragen bekommen. Thima, das ist das Barmädchen, berichtete, einer der Tenolt sei entweder betrunken gewesen, oder hätte kurz vor einem Nervenzusammenbruch gestanden. Er begann plötzlich über das *Klakgokl* zu brabbeln...«
»Das *Klakgokl*?«
»Ja. Es ist eine Art Monster in der toltschen Eschatologie. Es wird am Ende der Zeit auftauchen und die Welt vernichten, alles Leben auffressen. Und ähnlichen Unsinn mehr. Nun, er hatte kaum ein paar Sätze von sich gegeben, da zerrten ihn seine Begleiter auch schon davon. Das Barmädchen kann ihre Sprache gerade gut genug, um zu verstehen, daß etwas Schreckliches auf Tolt geschehen ist. Sie hörte auch deinen Namen, als der schreiende Tolt davongeschleppt wurde. Sie hatte den Eindruck, daß der verrückte Tolt Rache schwor.«
»Noch etwas?«
»Nein. Aber was immer das zu bedeuten hat, meine ganzen Pläne mit Thima sind zunichte gemacht worden. Ich mußte dich darüber informieren, ganz gleich, was dahintersteckt.«

Ramstan sprach rasch, aber ruhig in das Hautkom.
»Alif Rho Gimel. Hermes, bitte kommen.«
»Hier ist Hermes.«
»Brennendes Troja! Wiederhole: Brennendes Troja!«
Eine Pause, dann antwortete Hermes: »Verstanden! Brennendes Troja, Sir!«
Bevor sie das Schiff erreichten, erhielt Ramstan eine Meldung des Chemo-Laboratoriums. Die Gasspuren in dem Behälter waren analysiert worden. Das Gas war harmlos. Selbst die gesamte Menge in dem Zylinder hätte ihn höchstens für ein paar Stunden in Schlaf versetzt.

7.

Die *Al-Buraq* hatte ihre Seesternform und den hellroten Glanz verloren. Sie war nun ein Zylinder mit flacher Grundfläche, der gelb pulsierte. Lichtblitze enthüllten Raumfahrer, die durch verschiedene Schleusen das Schiff betraten.
Als Ramstan auf der Brücke stand, war die gesamte Mannschaft an Bord, die Betrunkenen und Drogenberauschten lagen in den verschiedenen Lazaretts, der Bereitschaftsalarm war abgeblasen. Die sichelförmige Brücke wurde aus dem schwammigen Boden und jenen Schotts, die keine Beobachtungs- oder Kontrollschirme besaßen, von weißer, pulsierender Helligkeit überschüttet. Die sechs diensthabenden Offiziere und sieben Stabsbootsmänner saßen an ihren Plätzen. Ramstan ließ sich auf dem Sitz im Zentrum der Sichel nieder. Der Sitz war, wie die anderen, ein Pseudopodium des Bodens, vom Schiff erschaffen und so geformt, daß er sich fast perfekt seinen Konturen anpaßte.
Zu Ramstans Rechten saß Lieutenant-Commodore (und Stellvertretender Kommandant) Jimmy Tenno. Links saß Commander Erica Hannay. Fünf Meter vor ihnen wölbte sich das IC-Pult bis in eine Höhe von 2,8 Metern auf. Dreizehn schwarzumrandete Kreise, die vom Boden bis zur Decke reichten, erstreckten sich nebeneinander über die Schaltwand. Vor

einem saßen ein diensthabender Offizier und ein Stabsbootsmann.
»Alles in Ordnung?«
Ein Oktagon im unteren linken Teil des Kreises direkt vor ihm blitzte *gelb-gelb-gelb*.
»Antrieb klar?«
Zwei winzige Pfeile blitzten auf; einer *grün-grün-grün* und einer *scharlach-scharlach-scharlach*.
»Alaraf-Antrieb ein«, befahl Ramstan.
Das grüne Licht hörte auf zu pulsieren.
»Rücksprung Nummer Eins – RSN1 – aktivieren.«
Es gab keine Erschütterung, keinen Anhaltspunkt dafür, daß das Schiff Kalafala zahllose Parseks oder womöglich Jahrtausende hinter sich gelassen hatte.
Das scharlachfarbene Licht erlosch.
»EV und Koordinaten.«
Der Kreis wurde schwarz, und Ramstan sah den Weltraum vor sich. Sterne funkelten weiß, rot, orange, grün, blau, gelb und violett. Eine Spiralgalaxie, von »oben« aus gesehen, war wie ein sterbender Albinokrake, der von einer Schrotladung aus Juwelen erlegt worden war.
Die Beobachtungskameras bewegten sich weiter über den Kreis, und der Krake glitt nach rechts und aus dem Blickfeld. Weitere Sterne; eine gewaltige rote Sonne, die nicht weiter als drei Lichtjahre entfernt war, wanderte so hell wie eine Lampe über einen Nebel. Der obere Teil der Gaswolke besaß die verschwommenen Umrisse eines lauernden, grinsenden Wolfes.
Ramstan brauchte keinen Blick auf die pulsierenden gelben Buchstaben am unteren Rand des Kreises zu werfen, um zu wissen, wo sie sich befanden. Es hatte nie einen Zweifel daran gegeben.
»Extern-Vision aus. M-GD, Walisk-Fenster«, sagte Ramstan.
Das Bild verblaßte. Der scharlachrote Pfeil leuchtete auf, pulsierte und würde weiter pulsieren, bis Ramstan ihm befahl, aufzuhören.
Ramstan blickte nach rechts und links und bemerkte, wie ihn

einige der Offiziere erwartungsvoll musterten. Er runzelte die Stirn und brachte sie dazu, daß sie starr geradeaus sahen. Jeder auf der Brücke, tatsächlich jeder auf dem Schiff, hoffte offensichtlich, eine Erklärung für den plötzlichen Start zu bekommen. Er brauchte ihnen keine zu geben, und er würde es so bald auch nicht tun. Wurden sie aber im unklaren gelassen, so würde dies Unwillen hervorrufen und der Moral schaden. Er mußte ihnen irgend etwas erzählen. Glücklicherweise hatten ihn Branwen Davis und Toyce in die Lage versetzt, sie mit Halbwahrheiten abzuspeisen.

Nachdenklich saß er da, während sich die Stille auf der Brücke wie ein Kabel zwischen zwei Kränen spannte. Es würde keine Schwierigkeiten geben, denn niemand würde es wagen, ihm Fragen zu stellen, wenn er den Befehl gab, zu normalen Verhältnissen zurückzukehren. Nicht einmal husten würde jemand, weil ihm seine Frage in der Kehle steckengeblieben war.

Plötzlich erhob er sich. Erica Hannay seufzte. Tenno, dessen dunkelbraunes Gesicht ölig vom Schweiß war, lächelte und ließ seine großen, rechteckigen, weißen Zähne aufblitzen. Oberstabsbootsmann Vilkas, der weit links von ihm saß, begann heftig zu husten.

Ramstan wartete, bis sich Vilkas wieder beruhigt hatte. Laut sagte er: »Eine Erklärung für alle Stationen.«

Seine Stimme dröhnte aus dem Kontrollpult, dröhnte durch das ganze Schiff. Drei Glockenschläge und ein kurzer Pfiff folgten.

»Sie alle fragen sich, warum ich Brennendes Troja befohlen habe«, fuhr er fort. Er hatte sich inzwischen umgedreht und sah die Offiziere an. Die meisten starrten ihn nur weiter an, aber einige nickten.

»Bevor ich Ihnen sage, warum ich angeordnet habe, daß das Schiff Kalafala verläßt, muß ich Sie an eines erinnern. Wir sind vor allem in wissenschaftlicher Mission unterwegs. Obwohl die *Al-Buraq* zur Flotte gehört, setzen wir unsere Waffen nur zur Selbstverteidigung ein. Und dann auch nur, wenn es keinen anderen Ausweg mehr gibt. Wie Sie alle wissen, habe ich den Befehl, allen militärischen Auseinandersetzungen auszuweichen, selbst wenn die *Ehre* dabei auf dem Spiel steht. Bis jetzt sind wir noch keinen Wesen mit offen feindseligen Absichten begegnet. Aber die plötzliche Landung des Tolt-Schiffes, das ungewöhnliche Manöver, Kalafala als Schild gegen unsere Ortungsgeräte zu benutzen, ein Manöver, das ungeheure Energiemengen verschlingt, und die Rücksichtslosigkeit, dicht über den Bäumen heranzufliegen und buchstäblich über den Raumhafen herzufallen, war ein seltsames Verhalten.«

Ramstan wußte, was sie dachten. Warum haben Sie dann nicht sofort Brennendes Troja befohlen? Warum haben sie statt dessen Ihr Hotelzimmer aufgesucht? Und was ist mit unserem überstürzten Aufbruch von Tolt?

»Obwohl das Verhalten der Tenolt verdächtig war«, sagte er, »glaubte ich nicht, daß sie einen Angriff planten. Hätten sie das gewollt, so hätten sie uns bei ihrer Landung auf dem Raumhafen weit unvorbereiteter und schutzloser treffen können. Dennoch unternahmen sie nicht das geringste gegen uns. Ich vermutete, die Tenolt wollten offene Feindseligkeiten vermeiden. Andererseits war es offensichtlich, daß sie etwas im Schilde führten. Ich habe keine Ahnung, was. Aber vielleicht hat es mit dem Zwischenfall während unseres kurzen Aufenthaltes auf Tolt zu tun.«

Das ließ die Männer und Frauen auf der Brücke ihre Augen aufreißen.

»Wie Sie wissen, wurden allein Benagur, Maija Nuoli und ich von den religiösen Oberhäuptern der Tolt zu den *Anuglyfa*-Feierlichkeiten eingeladen. Daß der Kapitän und der Stellvertretende Kommandant eingeladen werden würden, war zu erwarten, aber es blieb rätselhaft, warum man andere Offiziere zugunsten eines Lieutenant zurücksetzte. Ich schnitt diese Frage vorsichtig bei meinem Gespräch mit dem Hohepriester von Tolt an – ich wollte sichergehen, nicht gegen irgendwelche religiösen Vorschriften zu verstoßen –, und er antwortete, das *Glyfa* hätte selbst darum gebeten, uns dreien diese Ehre zu erweisen. Unser Rang hatte nichts damit zu tun. Er fügte nur

noch hinzu, daß wir drei offenbar die erforderliche *Sensitivität* besäßen. Ich wollte wissen, was das bedeutete, aber er schwieg. Und so wurden wir drei von einer Ehrengarde in das Allerheiligste geführt, in einen großen Raum aus Elfenbein, in dem es weder Ornamente noch Wandmalereien gab. Der einzige Einrichtungsgegenstand war ein Altar, der im Zentrum des Raumes stand, ein neuneckiger Block aus massivem Elfenbein und hüfthoch – er wurde aus dem Zahn eines Tieres geschnitzt, das einer ausgestorbenen Spezies angehörte –, und auf dem Altar lag ein Diamant. Er war doppelt so groß wie mein Kopf, und auf seiner Spitze befand sich das *Glyfa*. Es sah aus wie ein Ei aus Elfenbein. Es war weiß und zwischen vierzehn und fünfzehn Zentimeter lang. Tzatlats, der Hohepriester, sagte, es wäre so schwer, daß es vier Männer nicht heben könnten.
Tzatlats erzählte uns, das *Glyfa* sei vor ungefähr zehntausend Jahren aus der Erde ausgegraben worden und Gott des steinzeitlichen Stammes gewesen, der es gefunden hatte. Nun würde das *Glyfa* vom ganzen Planeten als Gott verehrt. Das *Glyfa* war lange vor der Entwicklung der Tenolt zu einer intelligenten Rasse vom Himmel gefallen. Ich hielt das *Glyfa* für ein Symbol des Schöpfers, wie ein Kruzifix oder eine Wischnu-Statue lediglich Symbole sind. Aber nein. Tzatlats behauptete, daß es Gott sei, kein Symbol und keine Verkörperung, sondern tatsächlich Gott selbst. Und es regierte den Planeten. Tolt war tatsächlich eine Theokratie.
Wir standen in einer Ecke und verfolgten ein Ritual, das man uns nicht erklärte und das ich Ihnen auch nicht beschreiben möchte, da darüber ein ausführlicher Bericht vorliegt. Die Zeremonie wurde durch Commodore Benagur unterbrochen, der plötzlich zu Boden fiel. Obwohl er bewußtlos zu sein schien, wehrte er sich, als ich ihn aufhob, um ihn zum Schiff zu bringen. Zwei Priester halfen mir, ihn hinauszutragen, wobei er sich die ganze Zeit weiter wehrte.«
Die Männer und Frauen auf der Brücke wurden unruhig; zweifellos fragten sie sich, warum er längst bekannte Dinge wiederholte.
»Der Commodore wurde untersucht, aber es fand sich kein

Hinweis darauf, daß er eine Art epileptischen Anfall erlitten hatte. Er selbst gab an, von einem weißen Licht überwältigt worden zu sein, einem Licht, das ihn hätte blenden müssen, obwohl seine Sehkraft nicht in Mitleidenschaft gezogen wurde. Nach Stunden, wie ihm schien, bei denen es sich aber, wie ich bezeugen kann, nur um wenige Sekunden gehandelt hatte, begann er etwas im Zentrum der Helligkeit zu erkennen. Nicht deutlich, doch ihm drängte sich der Eindruck eines großen blauen Auges auf. Es wurde größer, und während es wuchs, spürte er zunehmende Hitze. Nicht am ganzen Körper, sondern nur in seinem Kopf, eine Hitze, die sich an einer winzigen Stelle konzentrierte. Als die Hitze plötzlich unerträglich wurde, hatte er das Gefühl, in einen bodenlosen Brunnenschacht zu stürzen.
Später berichtete Nuoli ebenfalls über subjektiv erfahrene Phänomene. Aber sie unterschieden sich in der Stärke und der Art von denen des Commodores. Sie registrierte ein Pulsieren, Veränderungen des Luftdrucks, dann wurde das Pulsieren in Gestalt bunter eckiger Wellen sichtbar. Sie verschwanden gleichzeitig mit dem Zusammenbruch des Commodore.«
Damals hatte Ramstan angegeben, weder etwas gesehen, gehört oder gefühlt zu haben, das sich als ungewöhnliche, subjektiv erfahrene Phänomene deuten ließ. Nur Benagur hatte seiner Erklärung keinen Glauben geschenkt. Benagur hatte ihn der Lüge bezichtigt, nachdem Ramstan den Befehl gegeben hatte, Tolt zu verlassen. Ramstan hatte weiterhin abgestritten, irgend etwas Ungewöhnliches bemerkt zu haben. Zudem war Benagur offensichtlich dienstuntauglich und würde solange auf der Krankenliste geführt werden, bis sich sein Zustand wieder normalisierte. Benagur war aus Ramstans Kabine gestürmt. Aber er konnte nichts dagegen tun. Weder Ramstan noch Benagur – soweit es Ramstan wußte – hatten irgend jemand von diesem Zwischenfall erzählt.
Eine Stunde nach der Rückkehr ins Schiff hatte Ramstan es wieder verlassen. Natürlich war Tenno, nun Stellvertretender Kommandant, von ihm darüber informiert worden, wenngleich er den Grund für sein Fortgehen verschwiegen hatte. Er

verließ den Hafen, bog in die lange Straße ein, die zum Tempel führte, ging an den Wachen vorbei, die offenbar seine Gegenwart nicht einmal *bemerkten*, und eine halbe Stunde später war er wieder an Bord des Schiffes. Fünf Minuten danach war die *Al-Buraq* gestartet.

»Ich war überzeugt, das *Glyfa* stellte eine Gefahr dar«, sagte Ramstan nach einigen Sekunden der Stille. »Unter anderen Umständen hätten unsere Wissenschaftler Anweisung bekommen, es zu untersuchen. Soweit ich weiß, ist es einzigartig. Aber als ich erneut den Tempel aufsuchte, um mit dem Hohepriester den Vorfall zu besprechen, wurde mir erklärt, daß wir nicht länger auf Tenolt willkommen waren. Der Priester gab keine Drohungen von sich. Er sagte lediglich, das *Glyfa* wünschte unsere Abreise.«

Ramstan nahm an, daß sich die Offiziere fragten, warum er das Gespräch nicht im Logbuch vermerkt hatte. Nun, niemand wagte etwas einzuwenden. Dann berichtete er ihnen von den Geschehnissen im Hotel. Nur seine Unterredung mit Commodore Benagur ließ er aus.

»Es gibt keinen Beweis dafür, daß es sich bei den maskierten Gestalten um Tenolt gehandelt hat, aber alles spricht dafür. Ich habe keine Ahnung, warum uns die Tenolt gefolgt sind oder den Versuch gemacht haben, mich zu betäuben. Doktor Toyces Bericht über den Zusammenbruch des Tolt-Raumfahrers in der Taverne läßt die Vermutung aufkommen, daß ihrem Planeten etwas Schreckliches zugestoßen ist. Offensichtlich wollen sie nicht, daß wir davon erfahren. Der Grund ist mir unbekannt.

Wie dem auch sei, das Verschwinden der *Pegasus* ist im Moment das wichtigste Problem. Möglicherweise hat das seltsame Verhalten der Tenolt etwas damit zu tun. Auf jeden Fall werden wir ihre Spur zurückverfolgen und hoffen, daß wir die *Pegasus* finden.«

Er schwieg einen Moment und fügte hinzu: »Oder ihre Überreste.«

Stille kehrte ein, und die Gesichter waren blaß. Tenno war der erste, der das Schweigen brach.

»Kapitän, werden wir immer davonlaufen, wenn ein Tolt-Schiff auftaucht?«
Ramstan mochte es nicht, wenn man ihm Fragen stellte, aber er erwiderte: »Wir befinden uns auf Forschungsfahrt. Und wir müssen um jeden Preis – um fast jeden Preis – alle Handlungen vermeiden, die einen Krieg auslösen könnten.«
Er musterte die Gesichter. »In Ordnung. Nehmen Sie bitte wieder Ihre Posten ein.«
Zwei Schiffstage verstrichen. Ramstan hielt sich in seiner Kabine auf und überlegte, ob er das *Glyfa* aus dem Koffer holen und erneut versuchen sollte, mit ihm zu sprechen, als ein Pfiff erklang. Ramstan nannte das Kodewort, das die zweiseitige Verbindung herstellte. Tennos dunkelbraunes, schlitzäugiges Gesicht erschien auf einem Bildschirm.
»Kapitän, wir haben soeben in 45 000 Kilometern Entfernung Trümmer geortet. Sie könnten von einem Raumschiff stammen.«
»Ich bin sofort bei Ihnen«, sagte Ramstan.
Ihm war kalt und krank zumute. Konnte es sich dabei um die Überreste der *Pegasus* handeln?

8.

Als die *Al-Buraq* in der Nähe der Trümmer beigedreht hatte, war sie nur noch 600 000 Kilometer von dem Planeten Walisk entfernt. Die Schiffsteile waren über ein großes Gebiet verstreut, obwohl sie sich in die gleiche Richtung bewegten. Eine Kugel mit einem Durchmesser von vierzehn Metern zog Ramstans Aufmerksamkeit auf sich. Das Schiff glich sich dem Kurs der Kugel an. In der Zwischenzeit waren andere Wrackteile als von Raushghol stammend identifiziert. Man hatte einige Möbel entdeckt, die bei der Explosion des Schiffes herausgeschleudert worden waren. Soweit die Terraner wußten, versahen allein die Raushghols ihre Sessel und Sofas mit karoförmigen Löchern in den Rücklehnen.
Auf einem Bildschirm war die Kugel als langsam rotierendes

Objekt mit einer Oberfläche aus schwarzen und weißen Quadraten zu sehen. Die *Al-Buraq* hatte Funksprüche abgestrahlt – obwohl sie möglicherweise dem Empfänger unverständlich waren –, mit denen sie den Insassen der Kugel, sofern es welche gab, Hilfe ankündigte. Eine Bestätigung war nicht erfolgt.
Die *Al-Buraq* drehte sich, kam näher, öffnete eine Schleuse, verschlang rasch und behutsam die Kugel und schloß die Schleuse wieder. Luft zischte in die Kammer, die mit einer Vertiefung ausgestattet war, in der die Kugel zu einem Drittel versank. Antibakteriologische und antiviröse Gase sättigten fünf Minuten lang die Luft, dann wurde die Kugel mit milder Säure besprüht und anschließend mit unter Hochdruck stehenden Strahlen aus flüssigem Helium und kochendheißem Wasser abgewaschen. Ein paar Minuten später betraten Soldaten in Raumanzügen die Schleusenkammer; unter ihnen Toyce.
»Etwas Derartiges«, gestand Toyce, »habe ich noch nie gesehen, Sir. Ein Öffnungsmechanismus ist nirgends zu entdekken. Falls sich dort drinnen ein *Shet* befindet, wird das *Shet* uns hereinlassen müssen.«
Shet war im Terrischen der Ausdruck für den Indikativ der bestimmten oder unbestimmten dritten Person singular oder plural und stellte eine Kombination aus dem Deutschen er/sie/es dar. Ein alaraf-angetriebenes Schiff wurde als *Shet-fim* bezeichnet, wobei *fim* der weibliche Indikativ war.
»Können wir sie aufschneiden?«
»Das werden wir erst erfahren, wenn wir es versuchen, Sir.«
»Es ist nicht sehr wahrscheinlich, aber vielleicht befinden sich in ihrem Innern explosive Gase«, murmelte Ramstan. »Alle hinaus. Ein *Yeoshet* soll es versuchen.«
Die Mannschaft zog sich durch die Schleuse in das Schiff zurück; einen Moment später rollte ein Roboter hindurch. Das Schott wurde geschlossen, aber der Roboter wartete, bis das Schiff die Kammer mit einer Panzerung umgeben hatte. Als *Befehl ausgeführt* auf einem Monitor aufleuchtete, erteilte der befehlshabende Offizier des Trupps dem Roboter Feuererlaubnis. Ein Laserstrahl schoß aus einem der Arme des Roboters, dann bildete sich in Äquatorhöhe der Kugel ein Riß.

»Ich will verdammt sein!« rief Ramstan. »Wasser!«
Es spritzte heraus, dann sank der Druck im Innern rapide, und es rieselte noch einige Sekunden lang aus dem Spalt, bis es dann ganz versiegte.
»Schneiden Sie ein Loch in den Äquator«, befahl Ramstan.
Seine Anweisung wurde schnell ausgeführt. Noch mehr Wasser floß heraus, doch nach dreißig Sekunden war alles vorbei. Der Roboter setzte sich in Bewegung und streckte einen Arm mit einer winzigen TV-Kamera durch das Loch. Licht flammte auf. Der untere Teil der Kugel war mit Wasser gefüllt, das sich durch eine an Blut erinnernde Flüssigkeit getrübt hatte. In der Mitte trieb ein dunkles, formloses Etwas.
»Ein Eingeborener von Webn«, erklärte der Exobiologe. »Ich bin noch nie einem persönlich begegnet, aber auf Walisk habe ich Fotos gesehen. Ein Robbenzentaur. Die Kugel muß ihm während seiner Schiffsreise als abgeschlossene Kabine gedient haben. Außerdem kann man sie als Rettungsboot verwenden. Was offenbar geschehen ist. Ich habe gehört, daß...«
Toyce verstummte. Wie Ramstan hatte sie auf dem Monitor die Kugel betrachtet und wurde nun ebenfalls von Überraschung erfaßt. Aber ihre Reaktion entstammte der Vergeßlichkeit, während der Anblick für Ramstan neu war.
Die Kugel wurde kleiner, fiel zusammen, schrumpfte, berührte das Wesen im Zentrum und zerplatzte mit einem leisen *Plop* wie eine Seifenblase. Blutiges Wasser floß über das Deck, die Kugel war verschwunden. Das Wesen lag ausgestreckt inmitten trüber Flüssigkeit.
»Die Raushghols haben mir erzählt, daß sich eine Webn-Kugel in Wasser auflöst, wenn sie mit Gewalt geöffnet wird. Sie können es glauben oder nicht, aber das haben sie gesagt. Vermutlich wird das Material von einem riesigen, halbintelligenten Meerestier gesponnen, und...«
»Wie kann ein Tier halbintelligent sein?« fragte Ramstan.
»Ich zitiere nur die Raushghols.«
Man rollte den 227 Kilogramm schweren Körper auf einen A-G-Schlitten. Der Schlitten erhob sich in die Luft, und ein Mann dirigierte ihn in Richtung Lazarett. Ramstan beobachte-

te den Schlitten auf seinem Weg durch die Korridore bis zur Krankenstation. Toyce beaufsichtigte die drei Ärzte, die die Behandlung des Webniten übernommen hatten. Zehn Minuten später gab sie ihren Bericht ab.

»Etwas Kleines, aber Hartes und Scharfes muß seinen Körper durchschlagen haben«, sagte sie. »Es muß eine derartige Geschwindigkeit gehabt haben, daß es auch die Kugel durchschlug. Ein winziger Meteorit? Nun, die Kugel muß sich binnen Mikrosekunden wieder abgedichtet haben. Andernfalls wären Luft und Wasser entwichen.«

»Stirbt er?« unterbrach Ramstan ihren Bericht.

Toyce warf einen Blick auf die Oszilloskope, die den körperlichen Zustand der mit Flossen und Armen versehenen Masse überwachten, die in einem niedrigen Wasserbassin auf einem breiten Pseudopodium lag, das vorübergehend die Form eines Tisches angenommen hatte.

»Er wird es überstehen – glaube ich. Woher soll ich das wissen? Ich habe nicht die geringste Vorstellung von der Physiologie – oder Anatomie – einer aquatischen Lebensform von Webn. Zum Teufel, wie hoch ist ihr normaler Blutdruck? Und welche Blutgruppe besitzt sie? Sie sollten sich die Vanadium- und Magnesium-Werte anschauen. Hoch genug, daß Sie auf der Stelle tot umfallen würden, wenn sie diese Menge in Ihrem eigenen Blutkreislauf hätten. Ich übertreibe natürlich, aber Sie würden krank werden.«

Der Webnite war genau 3,2 Meter lang und von dichtem, schokoladenbraunem Fell bedeckt. Die Flossen standen gerade vom Körper ab und machten ein Drittel seiner Länge aus. Der Bauch war gewölbt, obwohl das Wesen – offenbar ein weibliches Exemplar – nicht schwanger war. Die Brüste waren hängend und klein im Vergleich zu ihrem Körper. Die Arme waren lang, die Hände sehr breit und dünn, die Finger bis zum ersten Glied mit Schwimmhäuten versehen. Der Kopf besaß humanoide Form. Ihre Augen lagen tief in den Höhlen und wurden momentan von transparenten Innenlidern bedeckt.

»Die Lider«, erklärte Toyce, »sind weit genug von den Augäpfeln entfernt, um eine Art Schutzbrille zu bilden.«

Sie berichtete außerdem, daß die Nasenlöcher der Webnite luftdicht geschlossen werden konnten. Das Wesen besaß keine sichtbaren Ohren, und dies verstärkte noch seine unheimliche Erscheinung.
»Schauen Sie; sie besitzt einen Beutel – wie die Känguruhs«, machte ihn Toyce aufmerksam. »Vielleicht gehört sie einer Spezies an, die sich – anatomisch gesprochen – zu Wasserlebewesen rückentwickelt hat. Aber eine Rückentwicklung zum Beuteltier? Das klingt unwahrscheinlich.«
Sie schob ihre Hand durch die enge Öffnung, sah verblüfft drein und zog sie wieder heraus. Sie öffnete die Faust.
Die drei flachen Objekte waren nicht länger als Toyces Daumen und erinnerten an grünliche, glitschige Steine. Eines war rund, das zweite viereckig, das dritte dreieckig. Jedes besaß in der Mitte ein rundes Loch von drei Zentimetern Durchmesser.
»Was, zum Teufel, ist das?« stieß Toyce hervor.
»Legen Sie sie wieder zurück«, befahl Ramstan. »Sie gehören der Webnite. Informieren Sie mich, sobald sie das Bewußtsein wiedererlangt – sofern dies überhaupt geschieht.«
Die *Al-Buraq* ging in einen Landeorbit um Walisk. Toyce teilte mit, daß der Labtech-Computer für die Webnite künstliches Blut entwickelt hatte und in wenigen Stunden eine Transfusion durchgeführt werden würde. Trotz ihrer Bewußtlosigkeit hatte die Webnite einige Worte gemurmelt. Toyce hatte noch nie diese Sprache gehört. Aber war die *Pegasus* nicht auf Webn gewesen? Beherrschte vielleicht Branwen Davis die Webniten-Sprache?
Ramstan setzte sich mit dem Lazarett in Verbindung. Davis bestätigte, daß sie einige Brocken Webnitisch kannte.
»Ich bezweifle, daß Sie mit ihr wissenschaftliche oder philosophische Themen besprechen werden«, meinte Ramstan. »Bleiben Sie bei ihr.«
Ihre grünen Augen weiteten sich, und erst als ihr Gesicht vom Monitor verschwand, erkannte er den Grund dafür. Er hatte sie mit seinem Sarkasmus verletzt. Er verfluchte sich selbst und fragte sich dann, warum er so mit ihr gesprochen hatte.

War es Selbstverteidigung gewesen? Warum mußte er sich gegen sie verteidigen?
Aber er hatte keine Zeit, darüber nachzudenken, und selbst wenn er Zeit gehabt hätte, wäre es nicht dazu gekommen. Seine Aufmerksamkeit wurde von viel wichtigeren Dingen beansprucht, als daß er sie mit der Erforschung seines Seelenlebens verschwenden konnte. Die *Al-Buraq* war dem Planeten Walisk nah genug, um optische, thermale, radioaktive und Rasermessungen durchzuführen. Der gesamte Planet wurde von Pol zu Pol durch schwarze Wolken verhüllt, die hauptsächlich aus kohlenstoffhaltigem Rauch bestanden.
Der Rauch stieg von unzähligen Feuersbrünsten auf, die große Gebiete umfaßten.
»Mein Gott!« sagte Nuoli. »Wodurch ist *das* passiert?«
Es war nicht die Folge eines Atomkrieges. Die Messung der Radioaktivität schloß eine derartige Möglichkeit aus.
Der Chefgeologe teilte die Entdeckung einer ungewöhnlich großen Zahl aktiver See- und Landvulkane mit.
»Vierundzwanzigtausend. Die Asche, die aus ihnen dringt, genügt allein, um den Planeten viele Jahre lang vom Sonnenlicht abzuschirmen. Wenn sich der Staub senkt, werden die meisten, wenn nicht alle Pflanzen vernichtet sein. Und was das für das Leben bedeutet, das von der Vegetation abhängig ist...«
Der Chefmeteorologe berichtete von atmosphärischen Störungen, die sich nicht allein durch die Feuersbrünste und Vulkane erklären ließen.
»Irgend etwas hat vor kurzem die Atmosphäre hinauf in den Raum gedrückt. Es gibt zu viele Spuren atmosphärischer Gase oberhalb der normalen Grenze. Und da ist noch ein Phänomen, von dem ich bislang nie gehört habe. Ich kenne nicht den Grund dafür, aber es gibt... wie soll ich es ausdrücken... die Luft schwingt nach. Sie vibriert noch, als reagiere sie auf einen Gravitationseffekt wie Ebbe und Flut. Ich komme später noch einmal darauf zurück. Ich benötige weitere Daten und Zeit, um sie dem Computer einzugeben.«
Etwas später meldete sich der Chefgeologe erneut.

»Etwas hat Walisk in ein einziges Erdbebengebiet verwandelt. Wir haben Tausende Erschütterungen an Land und am Meeresboden gemessen. Ich schätze, daß sich in diesem Moment fünfzigtausend Makroseismen ereignen. Alle mit einer Mindeststärke von 12 auf der Neo-Mercalli-Skala.
Außerdem haben gewaltige Sturmfluten die Küstengebiete überschwemmt und sind noch immer nicht zurückgegangen. Trotz ihrer Heftigkeit kann die seismische Aktivität allein nicht dafür verantwortlich sein. Walisk besitzt, wie sie wissen, Sir, keinen Mond, aber ich würde sagen, daß die Beben, die Sturmfluten und die Atmosphärestörungen auf einen Mond von Erdmasse zurückzuführen sein könnten, der plötzlich seine Umlaufbahn verließ und sich dem Planeten bis in unmittelbare Nähe der Exosphäre genähert hat. Nicht weiter als 10000 bis 50000 Kilometer von der Planetenoberfläche entfernt. Natürlich ist dies nur eine Spekulation. Ich würde dies nicht im Ernst behaupten wollen.«
»Natürlich nicht, Doktor«, brummte Ramstan. »Danke.«
Die *Al-Buraq* umkreiste Walisk in einer immer enger werdenden Spirale und überquerte wiederholt alle vier Kontinente, von denen jeder die Fläche Afrikas, aber nicht dessen Form besaß. Die Instrumente meldeten, der Rauch und die Vulkanasche seien so dicht, daß nur wenige oder keine multizellularen Wesen überleben konnten. Ramstan bezweifelte, ob viele Lebewesen überhaupt die Beben, Flutwellen und Feuersbrünste überstanden hatten, bevor sich dann die Wolken über den Planeten ausbreiteten.
Zwei der Kontinente erstreckten sich entlang des Äquators. Auf ihnen tobten Feuersbrünste, die so hell waren, daß man sie durch die Wolken beobachten konnte. Hier und dort gab es dunklere Gebiete, die die Wissenschaftler für eine Folge heftiger Regenfälle hielten. Die Feuer waren erloschen, aber die angrenzenden Regionen waren so heiß, daß die Feuchtigkeit rasch verdunsten und die Vegetation sich wieder entzünden würde.
»Dort befanden sich ausgedehnte Regenwälder«, erklärte Toyce. »Jenen ähnlich, die es in Afrika und Südostasien gegeben

hat, bevor sie gerodet wurden und sich in Wüste verwandelten.«
Ramstan entschied, einen der Kontinente in der südlichen Hemisphäre aus der Nähe zu untersuchen. Das Landesinnere bestand aus Wüste, aber die Küstengebiete waren dicht bevölkert gewesen. Obwohl die Feuer noch immer entlang der Küsten wüteten und manchmal bis 300 Kilometer ins Landesinnere hineinreichten, gab es vorübergehend erloschene Gebiete. Starke Winde hatten Wolkenbänke herangetrieben, aber geschützt durch einen Raumanzug konnte man mit einem Jeep mehrere Meter über der noch immer bebenden Erde dahinfliegen.
Die *Al-Buraq* schwebte über einem Gebiet, das von heftigen Regenfällen heimgesucht wurde. Die steinige Wüste lag nur zehn Kilometer weiter nördlich, aber Gebäuderuinen verrieten, daß die Region unmittelbar unter dem Schiff einst dicht besiedelt gewesen war. Nicht daß es viele Objekte gab, welche die Ortungssysteme entdecken konnten. Holzmaterial und Bäume und Büsche waren restlos verbrannt, und ihre Asche wurde von den Winden und Regenfällen davongetragen. Falls von den intelligenten und tierischen Bewohnern irgendwelche Knochen übriggeblieben waren, blieben sie den Ortern unsichtbar.
Der Chefmeteorologe meldete sich wieder.
»Die Winde besitzen eine Geschwindigkeit von 150 Kilometern in der Stunde. Im Vergleich zu den Stürmen, die im Norden toben, sind es aber nur laue Lüftchen.«
Ramstan wußte dies, denn er konnte die Instrumentenanzeigen an den Schaltpulten lesen. Er dankte dem Wissenschaftler trotzdem. Was ihn interessierte, das waren die Abertausende golfballförmiger und -großer Objekte, die die Feinabtaster auf dem Boden oder halb im Schutt vergraben entdeckt hatten. Er befahl den Jeepbesatzungen, einige davon sicherzustellen. Ungeduldig gab er dann Anweisung, die *Al-Buraq* tiefer gehen zu lassen, damit sie ein Saugpseudopodium ausfahren und die Proben an Bord nehmen konnte.
Während er wartete, schickte er eine Fähre zur Nordküste, um

festzustellen, ob es dort ähnliche Objekte gab. »Und falls Sie sie entdecken, dann fliegen Sie weiter zum nächsten Kontinent auf der Nordhalbkugel und schauen sich dort nach diesen Dingern um.«

Die *Al-Buraq* stemmte sich dem Wind entgegen und bewegte sich mit einer Geschwindigkeit von 5 km/h vorwärts. Es war für sie nicht einfach, die Kugeln aufzusammeln. Der Boden wurde immer wieder von Beben erschüttert, und manche waren stark genug, die Kugeln einen Meter in die Luft zu schleudern. Mehrmals bildeten sich Erdspalten, in die die Kugeln hineinstürzten. Die *Al-Buraq* versuchte nicht, sie herauszuholen. Wenn sie ein Pseudopodium in den Spalt steckte, konnte sie in der Falle sitzen, wenn sich der Riß wieder schloß.

Auf einen weiteren Befehl hin sammelte das Schiff Bruchstükke von Steinsäulen und einige verbogene und rissige Stahlträger ein.

Das chemophysikalische Laboratorium meldete, daß man in den Erdproben noch viele kleinere Kugeln entdeckt hatte. Sie besaßen einen Durchmesser von drei Millimetern.

Die *Al-Buraq* sammelte weiter, und sie bewegte sich spiralförmig über ein zwanzig Quadratkilometer großes Gebiet.

Die Fähre verließ mit zwei Piloten und sechs Wissenschaftlern an Bord das Schiff. Mit 300 km/h schoß sie nordwärts, während ihre Ortungssysteme zu beiden Seiten ein Gebiet bis zu 100 Kilometern Tiefe überwachten.

Der Laborchef meldete sich erneut.

»Die größeren Kugeln besitzen einen Durchmesser von vier Zentimetern. Jede wiegt ein Kilogramm und besitzt eine Nikkel-Eisen-Hülle von fünf Millimetern Dicke. Allerdings handelt es sich dabei nur um eine Schätzung, da die Oberfläche teilweise geschmolzen und die Nickel-Eisen-Schicht zum Teil verdampft ist. Fortgebrannt. Der Kern besteht aus einem schwarzen, unbekannten Material, das wie Metall aussieht. Es reflektiert Röntgenstrahlen und widersteht selbst der stärksten Säure. Auch unter einem Druck von 500 000 Tonnen pro Quadratmillimeter biegt oder bricht es nicht, und das ist der höchste Druck, den wir erzeugen können. Hitze von

100 000° Kelvin geht spurlos an ihm vorbei. Und auch der stärkste Laser greift ihn nicht an – soviel dazu.
Die kleineren Kugeln bestehen offenbar aus dem gleichen Material. Ihnen fehlt nur die Nickel-Eisen-Schicht der größeren. Wir haben sie den gleichen Tests mit den gleichen Resultaten unterzogen.«
Wendell Tong schüttelte den Kopf. »Ich habe nie etwas Ähnliches gesehen oder davon gehört.«
Die Bildfläche teilte sich in drei Sektionen, und die Köpfe des Chefgeologen und des Chefastrophysikers erschienen neben Tong.
»Wir haben alles mitgehört«, sagte der Geologe. »Darf ich eine Frage stellen?«
Ramstan gab seine Erlaubnis. Schließlich war die Frage nicht an ihn, sondern an Tong gerichtet.
»Sie sagen, daß die Nickel-Eisen-Hüllen partiell geschmolzen sind. Ich frage mich, ob die Feuerstürme dafür verantwortlich sein können. Meinen Sie nicht auch, daß nur ein Flug mit hoher Geschwindigkeit durch die Atmosphäre und die dadurch entstehende Reibungshitze einen derartigen Schmelzprozeß auslösen können? Sind diese Kugeln in Wirklichkeit nicht vielleicht Meteoriten?«
Tong nickte. »Ja, das würde ich sagen. Aber ich bin nicht kompetent...«
»Das ist eine Frage des gesunden Menschenverstandes, der Logik«, unterbrach der Geologe. »Nur... verdammt... wer hat schon je von derartigen Meteoriten gehört?«
»Die heißen Nickel-Eisen-Hüllen«, bemerkte Ramstan, »könnten die weltweiten Feuer erzeugt haben, nicht wahr?«
»Das ist die einzige Erklärung, die wir im Moment besitzen.«
Zwei Tage später – am Vortag waren die Jeeps zurückgekehrt – startete die *Al-Buraq*. Die Fähre hatte inzwischen den Nordkontinent erreicht und übermittelte ihre ersten Berichte. Die *Al-Buraq* näherte sich der Westküste des Kontinentes auf der Südhalbkugel, kreiste über einem Gebiet von einhundert Quadratkilometern Größe und flog dann weiter zu einem der Kontinente in der Äquatorregion. Eine zweite Fähre wurde zum

dritten Kontinent geschickt. Nach einer sechstägigen Suche auf dem zweiten Kontinent tauchte die *Al-Buraq* in die See und bewegte sich in Spiralen über dem Meeresgrund. Als sie fünf Tage später wieder auftauchte, wandte sie sich dem vierten Kontinent zu. Nachdem dort die Untersuchung abgeschlossen war, kehrten die beiden Fähren zurück.

Die Ergebnisse der Forschungsflüge waren verwirrend und erschreckend zugleich.

Bei den Kugeln handelte es sich zweifellos um Meteoriten oder, besser ausgedrückt, um Objekte, die mit hoher Geschwindigkeit in die Atmosphäre eingedrungen waren. Alles hatten sie durchbohrt. Man hatte die großen und kleinen Kugeln in Bäumen gefunden, die nicht völlig verbrannt waren, und sogar in Steinen und Stahlträgern. Überall zwischen den beiden Polen stieß man auf sie. Was immer sie auch abgeschossen hatte, es mußte den Planeten mehrmals umkreist und weder Land noch Meer verschont haben.

Walisk war ein wenig größer als die Erde – wenn auch von geringerer Dichte. Seine Oberfläche betrug ungefähr 518 000 000 Quadratkilometer. Schätzungen, die auf den stichprobenartigen Untersuchungen basierten, deuteten darauf hin, daß auf jedem Quadratmeter eine der größeren und zwanzig der kleineren Kugeln niedergegangen sein mußten. Allerdings war dies nur ein statistischer Wert, da die unterschiedlichen Dichte- und Strömungsverhältnisse in Atmosphäre und Meer die Zahl der Meteoriten oder Raketen pro Quadratmeter verändert hatten.

»Fünfhundertachtzehn Milliarden der größeren Kugeln«, hatte Tenno geflüstert, nachdem er den Bericht gehört hatte. »Zehn Billionen und dreihundertsechzig Milliarden von den kleineren.«

Jede der kleineren wog 50 Gramm. Zwanzig zusammen wogen 1 000 Gramm oder ein Kilogramm. Dies brachte die Vermutung auf, daß die größeren Kugeln innen hohl waren.

Die Gesamtmasse der Rakgeschosse betrug schätzungsweise 1 026 000 000 000 Kilogramm.

»Kein Raumschiff wäre groß genug oder besäße genug Energie,

um eine derartige Masse zu transportieren und abzuschießen. Es müßte so groß wie... wie... die Erde sein. Oder größer? Lassen wir das vom Computer durchrechnen.«

»Ein Objekt mit dieser Masse, das sich Walisk so dicht nähert, würde kataklysmische Erdbeben und Flutwellen hervorrufen«, sagte Ramstan. »Aber... Sie haben recht, Tenno. Es war unmöglich ein Raumschiff oder eine Flotte. Unvorstellbar. Wie dem auch sei, falls das Objekt oder die Objekte von intelligenten Wesen gesteuert wurden... welche Geschöpfe würden sich derart uneffektiver Waffen bedienen, wie es die Kugeln sind, um Leben zu vernichten? Neutronenbomben wären weit besser geeignet. Und was für einen Nutzen hätten die Angreifer von dieser Zerstörung? Es ergäbe doch nur Sinn, wenn sie so bösartig sind, daß es ihnen nur um totale Vernichtung geht. Ich kann es nicht glauben.«

»Der *Bolg* tötet alle bis auf einen. Gott ist krank. Unlöschbare Flammen fallen vom schwarzen Himmel... Alle sterben. Wohin kann man fliehen?«

9.

Die *Al-Buraq* kreiste im Orbit um Walisk und erwartete Ramstans Entscheidung über das nächste Ziel. Er fragte sich, wohin man sich nun wenden sollte, als er einen Anruf von Doktor Hu erhielt.

»Der Webnite geht es inzwischen wieder besser. Sie möchte mit Ihnen reden. Lieutenant Davis wird dolmetschen.«

Ramstan dankte ihr und erwiderte, daß er so bald wie möglich ins Lazarett kommen würde.

»Heißt das sofort, Sir?« fragte sie.

»Natürlich!« erklärte Ramstan. »Was, zum Teufel, glauben Sie, was ich damit gemeint habe?«

Hus Gesicht wurde starr, aber sie sagte nichts. Ramstan bereute es, sie so angefahren zu haben. Er war viel zu nervös. Er mußte sich besser beherrschen. Walisk... die hartnäckige Weigerung des *Glyfas*, ihm zu antworten... die Tenolt... alles... Eine Verschwörung, um ihn zu vernichten.

Kopfschüttelnd verließ er seine Kabine. *Verschwörung* war nicht das richtige Wort. Es klang, als würde er paranoid werden.
Er konzentrierte sich auf die Webnite. Vielleicht konnte sie ihm erklären, was geschehen war, obwohl sie sich in ihrer Druckkammer befunden hatte, als das Raushghol-Schiff angegriffen worden war. Womöglich wußte sie nur wenig. Es war ein Glück, daß sich Davis an Bord befand, da sie die einzige war, die Webnitisch sprechen konnte. Die *Al-Buraq* war noch nicht auf Webn gewesen, aber die *Pegasus*. Während ihres sechsmonatigen Aufenthaltes auf Webn hatte Davis als Biologin engen Kontakt mit einigen eingeborenen Wissenschaftlern gehabt und die Gelegenheit ergriffen, sich soviel wie möglich von ihrer Sprache anzueignen. Außerdem kannte sie die Kurskoordinaten Webns, oder zumindest waren ihr genug Daten geläufig, um den Astrogatoren der *Al-Buraq* genügend Anhaltspunkte für ihre Berechnungen zu liefern. Ohne Davis hätte es keine Möglichkeit gegeben, nach Webn zu gelangen. Sie hätten höchstens nach Raushghol fliegen und sich von dessen Alaraf-Marine die Daten geben lassen können.
Die Webnite und Davis befanden sich im gleichen Lazarett. Die Erdfrau war dort aus zwei Gründen. Erstens um zu dolmetschen, falls die Webnite sich erholte und wieder sprechen konnte. Zweitens litt sie noch immer an einem Fieber, dessen Ursache unbekannt war. Sie war von Maschinen untersucht worden und hatte sich einer Selbstanalyse unterzogen, aber das Fieber ließ ihre Körpertemperatur noch immer über den Normalwert steigen. Hu hatte Ramstan von ihrer Vermutung berichtet, daß das Fieber psychosomatischer Natur war. Es schien nicht infektiös oder übertragbar zu sein, und es gab keinen stichhaltigen Grund, sie zu isolieren. Man hatte dies drei Stunden, nachdem sie an Bord der *Al-Buraq* gegangen war, festgestellt.
Ramstan betrat das Lazarett. Die Webnite schwamm in einem großen Plastiktank. Eine technische Assistentin, Hu und Toyce erwarteten ihn bereits. Branwen saß neben dem Tank auf einem Stuhl. Ihre linke Hand lag in der großen, mit Schwimm-

häuten versehenen Hand der Webnite. Das Geschöpf sah Ramstan mit großen, dunklen Augen an.
»Wir können beginnen«, sagte Hu. »Aber ich werde aufpassen, daß sie nicht überanstrengt wird.«
Ramstan beugte sich zu dem Wesen hinunter. Er hoffte, es deutete diese Geste als Zeichen des Respekts. Davis redete in einer an Zischlauten und Pausen reichen Sprache auf es ein. Dann sagte sie: »Ich habe ihr erklärt, was Ihre Verbeugung bedeutet hat.«
»Sie lesen meine Gedanken, wie?« fragte er halb im Ernst.
»Ich versuche nur, Ihre Wünsche vorauszusehen.«
Die Webnite sprach ungefähr zehn Sekunden lang. Davis übersetzte: »Sie wird sich direkt an Sie wenden, da sie der Kapitän sind. Die Webner sind in gewissen Situationen sehr formelle Wesen. Sie glaubt, es handle sich um eine besondere Situation. Sie glaubt, daß sie stirbt.«
Ramstan sah Hu an. »Stimmt das?«
Hu zuckte die Achseln und entgegnete: »Ich habe nichts feststellen können. Aber vielleicht weiß sie mehr über sich als ich. Bei den meisten Patienten ist dies der Fall, auch wenn ihnen das nicht bewußt ist.«
Ramstan verbeugte sich erneut, machte eine rituelle Bewegung, und ein paar Sekunden später saß er auf dem sesselförmigen Pseudopodium, das aus dem Deck gewachsen war.
Zwischen der Webnite und Branwen Davis fand eine längere Unterhaltung statt. Branwen sagte schließlich: »Sie heißt Wassruss. Sie ist von einem Raushghol-Schiff aufgenommen und von Webn nach Raushghol gebracht worden. Die Raushghols waren an ihrem Wissen über die landwirtschaftliche Nutzung der Meere interessiert. Als Gegenleistung sollten die Webniten von ihnen einige Tiefseeboote und technologische Hilfe erhalten. Wassruss sagt, die Gründe für ihren Besuch seien nicht weiter wichtig. Auf dem Rückflug machte das Raushghol-Schiff einen Abstecher nach Walisk. Oder zumindest hatte man das vor.«
Wassruss sprach eine Zeitlang weiter.
Davis dolmetschte: »Wassruss befand sich in ihrer Kabine, als

sie ein eigenartiges, durchdringendes und marterndes Pfeifen hörte. Es drang nicht aus dem Lautsprechersystem; zumindest versicherte dies der Kapitän. Sie hatte das Interkom eingeschaltet, das ihre Kabine mit der Brücke verband. Das Pfeifen dauerte ungefähr zwei Minuten und brach dann abrupt ab. Die Detektoren des Schiffes entdeckten in unmittelbarer Nähe eine große Masse. Ohne Vorwarnung war sie aufgetaucht. Sie war unvermittelt da. Der Kapitän sagte, daß sie nicht da sein durfte. Aber sie war da.«

»Wie groß war sie und wie hat sie ausgesehen? Hat es sich dabei um ein Raumschiff gehandelt?«

»Es war eine Kugel mit einem Durchmesser von 13 000 Kilometern. Zumindest sind das die Angaben, die sie von den Ortungsspezialisten gehört hat. Aber... sie kennt einen Begriff dafür. *Tssokh'azgd.*«

»Wie läßt sich das übersetzen?«

Branwen wandte sich wieder an Wassruss.

»Es ist der Webn-Name für das Chaosungeheuer in ihrer Religion. Wassruss sagt, sie sei nicht gläubig. Aber seitdem sie das *Tssokh'azgd* gesehen hat, ist sie nicht mehr so sicher, ob die Religion sich irrt.«

Ramstan bat: »Fragen Sie sie, woher sie weiß – oder zu wissen glaubt –, daß es sich bei dem Objekt um das... Dingsbums gehandelt hat.«

Branwen Davis sprach erneut mit der Webnite. Dann: »Sie sagt, es habe sich zweifellos um das *Tssokh'azgd* gehandelt. Sobald man es sieht, weiß man, was es ist, auch wenn dieses Wissen keinen Segen bringt, weil sie bald sterben wird.«

Plötzlich begann Wassruss so schnell zu sprechen, daß Branwen Schwierigkeiten hatte, ihre Worte zu übersetzen. Sie mußte sie bitten, langsamer zu reden.

»Ich werde bald sterben. Ich möchte auf meiner Heimatwelt sterben und nach den Bräuchen meines Volkes begraben werden. Wenn Sie mich nach Webn bringen, bevor ich sterbe, werde ich Sie gut dafür bezahlen.«

Ramstan war verdutzt, aber er zeigte es nicht.

»Es ist weder notwendig noch erwünscht, daß Sie mich bezahlen. Offen gesagt ist es mir verboten, Geld oder Geschenke irgendwelcher Art anzunehmen.«

»Nicht direkt, Kapitän«, wandte Toyce ein. »Es gibt eine Klausel, die besagt, daß man Geschenke akzeptieren darf, falls die Zurückweisung den Schenkenden verletzen oder irgendwelche Unannehmlichkeiten hervorrufen sollte. Sie können die Geschenke in Besitz der Regierung nehmen und im Laderaum verstauen.«

»Ah«, machte Ramstan, »daran habe ich nicht mehr gedacht.«

Davis hatte Ramstans Worte bereits übersetzt. Wassruss vergaß Branwens Bitte, langsamer zu sprechen, und ein ganzer Schwall Sätze brach aus ihr hervor. Ramstan wußte nicht, was sie gesagt hatte, aber der flehentliche und verzweifelte Tonfall ihrer Stimme war nicht mißzuverstehen. Ihr Gesichtsausdruck erinnerte ihn an eine drohende Fratze, aber zweifellos galt dies bei ihrer Spezies als Lächeln.

»Ihr Volk ist sehr heimatverbunden. Sie ist die erste, die den Planeten verlassen hat, und sie ist nicht sicher, ob das, was ihr zugestoßen ist, nicht ein Gottesurteil war. Sie sehen, wie schnell sie ihren Atheismus aufgegeben hat, wie oberflächlich er war. Und sie ist sehr besorgt. Für sie ist es schrecklich, weit von ihrem Heimatmeer zu sterben. Und schlimmer noch, nicht begraben zu werden, nicht in die Tiefen zu sinken und wieder vom Schoß des Meeres aufgenommen zu werden.«

Wassruss meldete sich zu Wort.

Branwen Davis hörte zu und sagte dann: »Sie wollte wissen, was ich Ihnen gesagt habe. Sie will sichergehen, daß ich korrekt übersetze. Es ist nicht einfach für mich; viele Ausdrücke kenne ich nicht, oder sie besitzen vielleicht verborgene Bedeutungen, die mir entgangen sind, als ich ihre Sprache gelernt habe.«

Branwen wiederholte ihre Worte. Die Webnite schien eine Weile nachzudenken und stieß dann einen weiteren Schwall Sätze hervor.

Branwen dolmetschte: »Sie besteht darauf, daß Sie ihre Geschenke annehmen. Aber sie sagt, und ich bin nicht sicher, ob ich sie richtig verstanden habe, ihre Geschenke seien einzigartig. Es gibt nichts Vergleichbares auf der Welt.«

Ramstan schnaubte und brummte: »Wie will sie das wissen? Hat sie schon den ganzen Kosmos kennengelernt?«
Branwen übersetzte es, bevor Ramstan ihr Einhalt gebieten konnte. Er spürte, wie ihm die Röte ins Gesicht stieg. Er war verlegen, aber gleichzeitig auch auf Branwen wütend.
Sie mußte seine Gedanken erahnt haben. Sie verteidigte sich: »Ich habe nur gefragt, um was es sich bei den Geschenken handelt. Sie sagt, daß sie jetzt sehr müde ist und schlafen möchte.«
Ramstan verbeugte sich vor der Webnite und verließ das Lazarett. Also beabsichtigte die monströse, aber auf gewisse Weise anziehende Robbenzentaurin, ihm bestimmte Schätze zu schenken. Er erwartete nicht, daß sie von überwältigendem Wert oder besonderer Schönheit sein würden. Allerdings war er neugierig auf sie und auf die wahren Gründe für ihre Großzügigkeit, obwohl sie wahrscheinlich ihre Motive nicht verhehlte.
Ihre Einzigartigkeit bedeutete nicht, daß sie interessant, wünschenswert, nützlich oder gar alles zusammen sein würden. Viele Dinge konnten einzigartig und dennoch ohne besonderen Wert sein, abgesehen für den Besitzer. Oder für einen Wissenschaftler, der theoretisch an allem Nichtirdischen interessiert sein mußte.
Es konnte Zeiten geben, in denen das Konzept des Göttlichen, das einen mentalen Artefakt darstellte, nur für seinen Besitzer wertvoll war.
Das war ein seltsamer Gedanke.
Wie war er ihm gekommen? War er durch den Riß in der Wand der Gedanken geschlüpft?
Und wieso ein Riß?
Er wußte es nicht. Er konnte sich nicht lange damit befassen, obwohl dies vielleicht gar nicht so irrelevant war, wie es schien. Und auch über Wassruss' Versprechen konnte er nicht lange nachdenken. Was ihn am meisten beschäftigte, ob nun im Wachen oder im Schlaf, war die Vernichtung der waliskischen Eingeborenen. War jenes Etwas dafür verantwortlich, vor dem ihn die Flüsterstimme gewarnt hatte, der Bolg?

Es gab nur eines, das ihm vielleicht eine Antwort darauf geben konnte. Das möglicherweise sogar der unsichtbare Warner in der Taverne auf Kalafalan gewesen war. Aber es hatte zum ersten Mal zu ihm gesprochen, als er es aus dem Tolt-Tempel geraubt hatte, und ein zweites Mal, nachdem er die Stimme in der Taverne gehört hatte.
Seitdem hatte er siebenmal am Tisch gesessen und durch das Mikroskop die Oberfläche des Eies betrachtet. Seine Blicke glitten über die Bilder eines mikrobischen Michelangelos, der sie vor langer Zeit, vor Äonen gar erschaffen hatte. Was auch immer sich hinter dieser undurchdringlichen Schale verbarg, mußte zweifellos eine Antenne ausfahren, um Gedanken zu übertragen. Oder womöglich stellte eine der Zeichnungen, die die Oberfläche dieser kleinen Welt bevölkerten, eine Antenne dar. Oder es mochte gar nicht im üblichen Sinne denken. Vielleicht benötigte es keine Antenne.
Oder, und dieser Gedanke traf ihn eisig wie ein kalter Stein, der von klammer Hand über einen gefrorenen See geschleudert wurde, oder das Ei *war* eine Antenne?
In diesem Falle stellte sich die Frage: Wer strahlte die Gedanken ab, die er empfing?
Er wußte es nicht. Eines, das alle Welten teilten, war ein Überfluß an Fragen und ein Mangel an Antworten.
Sieben Schiffstage nach dem Aufbruch von Walisk, während er von seiner Kabine zur Brücke ging, wurde er von einem lauten pfeifenden Laut überrascht. Gleichzeitig verlor ein kreisförmiger Deckenausschnitt seine blaßgelbe Farbe, und in dem entstehenden hellen Orangegelb drehte sich eine scharlachrote Spirale.
Er begann zu laufen und rief zur gleichen Zeit: »Brücke! Warum ist Alarm gegeben worden?«
Tennos Gesicht erschien in einem der Kreise, die Schritt mit ihm hielten.
»Der ÄVD hat ein URO entdeckt, Sir. Es tauchte plötzlich hinter dem Asteroiden auf, den wir vor drei Stunden passiert haben. Wir überprüfen es derzeit mit dem Raser, Sir.«
Als er die Brücke erreichte, lag die Raser-Auswertung vor. Der

ÄVD (Äther-Vibrations-Detektor) hatte eine Störung in dem kürzlich durchflogenen Tunnel festgestellt. Der ÄVD konnte nicht wie Radar oder Raser Entfernungs- oder Umfangsbestimmungen durchführen, sondern nur jene Störungen messen, die in relativer Nähe und innerhalb einer gewissen Zeitspanne stattfanden.
Stabsbootsmann Yazdi meldete, daß das unidentifizierte Raumobjekt 260 Meter lang, 210 Meter dick und von Muschelform war. Ramstan hörte nicht zu; er sah die Daten und das Objekt selbst auf dem Monitor.
»Sieht aus wie die *Popacapyu*«, bemerkte Tenno.

10.

Ramstan verzichtete auf eine Antwort. Es konnte ein anderes Tolt-Schiff sein, aber er bezweifelte das. Soweit er wußte, verfügten die Tenolt lediglich über zwei Schiffe mit Alaraf-Antrieb. Dieses hier mußte ihnen von Kalafala gefolgt sein. Und das bedeutete, die Tenolts waren technologisch fortgeschrittener, als die Terraner bisher angenommen hatten. Erst kurz vor dem Aufbruch der *Al-Buraq* hatten die irdischen Alaraf-Wissenschaftler ein Gerät entwickelt, mit dem man die Vibrationen orten konnte, die beim Durchqueren eines Schiffes durch die »Tunnel« auftraten. Es war noch recht primitiv und vermochte nur die Spuren der Schiffe festzustellen, die innerhalb der letzten zehn oder zwölf Stunden aufgetaucht waren. Die Wissenschaftler waren überzeugt, nach der Rückkehr der *Al-Buraq* zur Erde ein weit empfindlicheres und weitreichenderes Modell zur Verfügung stellen zu können.
Tenno schüttelte den Kopf und sagte: »Vielleicht ist es nur ein Zufall, und sie sind uns gar nicht gefolgt. Mir fällt es schwer zu glauben, daß ihr ÄVD besser sein soll als unser Gerät. Um ehrlich zu sein, ich kann nicht einmal glauben, daß sie überhaupt ein ÄVD besitzen.«
»Das verrät Ihre Voreingenommenheit«, stellte Ramstan fest. »Nur weil sie einen Gott verehrt haben – ich meine verehren –

und gewisse Bräuche pflegen, die wir als rückständig wenn nicht gar degeneriert erachten, heißt das noch lange nicht, daß ihre Wissenschaft unterentwickelt ist.
Wie dem auch sei«, fuhr er barsch fort, »sie sind hier. Und wir können davon ausgehen, daß sie uns aus irgendwelchen Gründen verfolgt haben.«
Tenno und Yazdi sahen einander aus den Augenwinkeln an. Dachten sie beide an den Gegenstand, den ihr Kapitän in einer Tasche an Bord des Schiffes gebracht hatte? Wenn dem so war, warum brachten sie dann nicht den Mut auf, ihre Gedanken auszusprechen? Er hätte es getan, wäre er an ihrer Stelle gewesen. Lag es wirklich daran, daß sie ihn fürchteten? Oder fürchteten sie sich noch mehr davor, wie Narren dazustehen, wenn sich herausstellte, daß sie sich irrten?
»Zunächst«, erklärte Ramstan, »werden wir einen neuen Versuch machen, uns mit ihnen zu verständigen. Vielleicht beantworten sie diesmal unseren Anruf. Wenn nicht, werden wir uns zurückziehen. Falls es kein Zufall war, falls sie tatsächlich über einen ÄVD verfügen, werden sie uns folgen.«
Tennos Gesichtsausdruck bedeutete: ›Und was dann?‹ Aber er drehte sich herum und sprach mit dem Raser-Spezialisten, der den Befehl an den Raser-Stand auf der Brücke im zweiten Deck weiterleitete. Schließlich meldete 2-D RS, daß er keine Antwort erhielt, obwohl er in Tolt gesendet hatte. Das unbekannte Schiff (es wurde noch immer als solches bezeichnet) beobachtete die *Al-Buraq* jedenfalls mit Radar und Raser.
»Sie wollten auf Kalafala nicht mit uns reden, und hier wollen sie es ebenfalls nicht«, bemerkte Tenno. »Warum verfolgen Sie uns?«
»Wir müssen uns davon überzeugen, daß dies tatsächlich der Fall ist«, erwiderte Ramstan.
Widerwillig gab er Anweisung, das Schiff zum Walisk-Fenster zurückkehren zu lassen. Das erforderte eine Drehung des Schiffes um 360 Grad; fünf Stunden wurden von dem Manöver in Anspruch genommen. Sobald sich die *Al-Buraq* zu drehen begann, folgte das fremde Schiff ihrem Beispiel.
»Damit ist alles klar«, sagte Ramstan. »Es hat keinen Sinn,

jetzt noch in den Alaraf-Flug zu gehen. Wir nehmen Kurs auf Webn, Tenno.«

Die Sterne auf dem Bildschirm drehten sich, dann lag die *Al-Buraq* wieder auf dem alten Kurs und fand ihren Weg durch die Sternkonstellationen zur Position der Sonne Webns. Als die *Al-Buraq* zum ersten Mal dieses Fenster erreicht hatte, besaß sie natürlich keine Daten über die Sternbilder. Aber sobald ihre Navigatoren den richtigen Kurs nach Webn ausgerechnet und ihr dann die Daten eingegeben hatten, konnte sie aus eigener Kraft navigieren. Sie brauchte nur den Befehl dazu, ob nun von verbaler Art oder per Druckknopf.

Auf die gleiche Weise konnte sie auf einen kurzen Befehl hin alle anderen Fenster, das der Erde eingeschlossen, aufsuchen.

Ramstan war erleichtert. Er hatte nicht nach Walisk zurückkehren wollen, aus Furcht vor dem, was hinter dem Fenster lauerte – falls ein derartiges Wort zutreffend war. Oder es konnte sich auch hinter einem anderen Fenster befinden, das mit einem »Tunnel« verbunden war, der zum waliskischen Fenster führte. Was bedeutete, daß der Gegner ohne Vorwarnung auftauchen und sich den Terranern in den Weg stellen konnte.

Die Raser des Schiffes hatte kein derartig massives Objekt geortet, von dem Wassruss berichtet hatte. Demnach war es vielleicht in den Alaraf-Flug übergegangen und in einem anderen Raum-Zeit-Sektor erschienen. Aber ebensogut konnte es nach Walisk zurückgekehrt sein und dort warten. Oder es konnte in jeder Sekunde in diesem Sektor auftauchen.

Ramstan hatte dem Schiff bereits Anweisungen für den Fall gegeben, daß ein Objekt vom Umfang und von der Form des von Wassruss beschriebenen Phänomens erschien. Sie würde dann in den Alaraf-Flug gehen, auch wenn dies wahrscheinlich bedeutete, daß sie in einem unbekannten Fenster ankommen würden. Aber das war kein Grund zur Besorgnis, da das Schiff seinen Weg immer zurückverfolgen konnte.

Was war aber, wenn das Objekt ein Äquivalent des ÄVD besaß und den »Spuren« der *Al-Buraq* folgte?

Dann würden sie entweder von einem Tunnel in den anderen

springen müssen, gleichgültig, ob sie nun bekannt oder unbekannt waren, oder standhalten und kämpfen müssen. Die Entscheidung über das richtige Vorgehen mußte davon abhängig gemacht werden, wie weit das Objekt entfernt war, wenn es den Tunnel verließ. Falls es sich in unmittelbarer Nähe befand, in einem Radius von etwa einhundert Kilometern, dann war Flucht die richtige Reaktion. Falls das Objekt (sollte er es als *Bolg* bezeichnen?) weit genug entfernt war, so daß seine Raketen mehr als drei Minuten benötigten, um die *Al-Buraq* zu erreichen, dann würde Ramstan Laser, Raser, Torpedos und, als letztes Mittel, den Äther-Disruptor einsetzen.
Vielleicht konnte das Objekt auf diese Weise zerstört werden. Aber falls es seine Raketen unmittelbar nach der Ankunft im Fenster abschoß, dann würde die *Al-Buraq* vielleicht so schnell in einen anderen Tunnel tauchen müssen, daß sie die Wirkung ihrer Waffen nicht beobachten konnten. Der *Bolg* (aha, er hatte es gedacht!) konnte Billionen Raketen abfeuern und einen großen Schirm um die *Al-Buraq* legen, so daß sie nicht entkommen konnte, falls sie nicht bereits die mit dem M-C-Antrieb erreichbare Höchstgeschwindigkeit besaß.
Und das hing von der Geschwindigkeit der Raketen ab. Mit welcher Beschleunigung konnte der *Bolg* sie abschießen?
Die *Popacapyu* blieb im gleichbleibenden Abstand hinter dem terranischen Schiff. Ramstan hätte gern verlangsamt und dann wieder beschleunigt, um festzustellen, ob der Tolt-Kreuzer das Manöver nachmachte. Aber in dieser Situation war es wichtiger, Energie zu sparen als seine Neugierde zu befriedigen.
Nachdem er den Befehl gegeben hatte, ihn unverzüglich zu benachrichtigen, falls etwas Wichtiges geschah, begab er sich in seine Kabine. Er holte das *Glyfa* aus dem Safe und legte es unter das auf dem Tisch stehende Mikroskop. Er schaltete den Monitor allerdings nicht ein. Statt dessen umfaßte er das eiförmige Objekt mit beiden Händen, strich leicht über die Enden und drückte dann fest zu. Es war, als ob er das *Glyfa* zu etwas zwingen wollte, als ob die Intensität seiner Wünsche durch seine Hände übertragen werden und eine Antwort aus dem Ding herauspressen konnte.

»Der *Bolg* ist gekommen«, sagte er leise. »Ich habe einen ganzen Planeten verwüstet gesehen; alle Lebewesen an Land, Pflanzen und Tiere wurden getötet. Die *Pegasus* ist verschollen, und ich befürchte, sie ist dem *Bolg* zum Opfer gefallen. Ich sehe Gespenster aus meiner Kindheit, und ich höre Stimmen. Gehören die Stimmen dir und hast du die Gespenster projiziert? Wenn du wie ein Bauchredner Stimmen erzeugen kannst, warum nicht auch Bilder? Antworte! Antworte, oder im Namen Allahs, ich werde dich mitten im Raum aus dem Schiff werfen, so daß du in eine Sonne stürzt!«

»Was mir körperlich nicht schaden würde«, ertönte die Stimme seines Vaters. »Ich wurde in einer Sonne *geschmiedet.*«

Die Worte klangen, als wären sie von einem Mund aus Fleisch geformt worden, aus einem Mund mit Zähnen, Gaumen, einer Zunge, Zahnfleisch, einem menschlichen Mund. Aber keine modulierten Luftschwingungen trafen sein Trommelfell. Die Worte erreichten ihn ohne Umwege über die Materie, wurden von dem *Glyfa* direkt in sein Gehirn übertragen, wo bestimmte Impulse elektrische Strukturen erzeugten. Und diese schienen in seinem Ohr zu klingen und von seinem lang verstorbenen Vater zu stammen.

Jetzt, wo es ihm gelungen war, das Ding zum Sprechen zu bringen, war er sprachlos. Sein Herz hämmerte, und in seinen Ohren war ein Donnern, als würde er am Ende einer riesigen Bowlingbahn liegen und bald von der tödlichen Kugel getroffen werden.

Die Stimme durchdrang den Lärm und schien ihn zu mäßigen, bis er schließlich ganz abbrach. Aber sein Herz schlug noch immer schneller als es gut war.

»Du bist von keinem großen Nutzen, solange du dich vor mir fürchtest«, sagte das *Glyfa*. »Fürchtest? Nein, es ist Ehrfurcht. Das ist der korrekte Ausdruck. Nein. Du empfindest Furcht, wenn auch mehr vor dir, als vor mir. Du fürchtest dich vor dem, was du vielleicht tun könntest. Was falsch ist, denn du hast bereits das getan, wovor du dich fürchtest. Es ist zu spät.«

Wie konnte eine Nicht-Stimme kichern? Aber sie hatte es getan.

»Nein, ich habe nicht wirklich gelacht. Ich habe nur Gelächter in dir erzeugt. Gelächter für mich. Es spielt keine Rolle. Es ist zu kompliziert, um es zu erklären. Sage mir, warum du mich sprechen wolltest.«

In gewisser Hinsicht konnte das *Glyfa* seine Gedanken lesen. In anderer Hinsicht nicht. Es hatte ihm verraten, daß es seine elektrische Matrix, die pulsierenden Strukturen seines Nervensystems entschlüsselt hatte, als er im Großen Tempel der Hauptstadt von Tolt erschienen war. Es war ihm gelungen, Ramstan als ein Skelett aus veränderlichen Lichtblitzen zu »sehen«, als ein Sturm aus winzigen Sternen und Kometenschweifen. Es war in sein Bewußtsein eingedrungen und hatte bestimmte Impulse ausgelöst, die in ihm eine Begierde nach dem *Glyfa* erweckt hatten, wie sie ihm bisher unbekannt gewesen war. Es hatte ihn mit einer Kugel aus Licht umhüllt, mit einer bombenartigen Explosion aus Energie, die alle in seiner Nähe Stehenden geblendet hätte, wäre sie für sie sichtbar gewesen. Und vielleicht hatte Benagur sie gesehen; vermutlich war Nuoli von ihr gestreift worden.

Das *Glyfa* besaß große Macht, aber sie war begrenzt, und Entfernung gehörte zu jenen Faktoren, die sie beeinflußten. Erst als die drei das Haus des *Glyfas* betreten hatten, war es ihm gelungen, festzustellen, wen von den dreien es benötigte.

»Ich habe Äonen auf einen gewartet, und dann kamen drei«, hatte das *Glyfa* gesagt. »Wirklich bemerkenswert. Und völlig unwahrscheinlich. Aber es ist geschehen. Wie ihr Terraner sagt: ›Friß oder stirb‹.«

Das *Glyfa* hatte sich sofort mit Ramstan verständigen können, da es Urzint beherrschte. Aber in der Zeit zwischen ihrem ersten und zweiten Gespräch hatte es sich Terrisch und Arabisch beigebracht. Es besaß die Fähigkeit, die komplexen Bedeutungen eines jeden Wortes oder Bildes, das in Ramstans Bewußtsein auftauchte, zu »sehen«.

Zumindest war dies Ramstans Erklärung für das Sprachtalent des *Glyfas*. Das *Glyfa* bot von sich aus keine Erläuterung an. Es erzeugte die richtigen Worte in der richtigen Reihenfolge in Ramstans Bewußtsein. In gewissem Sinne sprach er zu sich selbst. Andererseits kommunizierte er mit dem *Glyfa*. Hätte man ihn aufgefordert, den Unterschied zu definieren, es wäre ihm nicht gelungen.

Schließlich räusperte sich Ramstan. Subvokal sagte er: »Seit ich zum letzten Mal mit dir gesprochen habe, ist einiges geschehen. Oder weißt du bereits Bescheid?«

»Berichte.«

Ramstan folgte der Aufforderung und stellte fest, daß das *Glyfa* seine Worte vorwegzunehmen, das Wort oder Bild bei seinen Wurzeln zu packen schien und die gesamte Pflanze, die Wurzeln, Stengel, Blätter, Blüten, Samenkörner, mit unglaublicher Geschwindigkeit analysierte.

Seltsamerweise war das *Glyfa* mehr an der gespenstischen Gestalt im Hotel als an allen anderen Dingen interessiert. Zumindest kam es als erstes darauf zurück.

»Glaubst du, daß es sich dabei tatsächlich um Al-Khidhr gehandelt hat?«

»Ich weiß nicht, was ich davon halten soll«, gestand Ramstan. »Es könnte eine externe Projektion meines Konzeptes von Al-Khidhr gewesen sein. Ein subjektives Bild, das objektiv zu sein schien. Oder es könnte... Ich weiß es nicht.«

Das *Glyfa* kicherte. Auf Ramstan machte dieser Laut jetzt einen unheilverkündenden Eindruck.

»Nein, nicht bösartig oder verschwörerisch«, berichtigte das *Glyfa*. »Vielleicht geheimnisvoll. Aber aus gutem Grund. Mit der Zeit werden alle Dinge offenbart, sofern sie offenbart werden können. Doch ich will sichergehen, daß du nicht zu unvorbereitet in Dinge verwickelt wirst, die von dir ein stetiges Reifen, eine bedächtige und fortwährende Weiterentwicklung verlangen.

Das heißt, falls die Zeit dafür reicht. Wenn nicht, dann... Nun, wir werden sehen. Die Webnite, Wassruss, wird dir drei Geschenke geben, und du hast keine Vorstellung, um was es sich dabei handelt. Aber deine Beschreibung der Geschehnisse vor ihrem Versprechen hat es mir verraten. Ich bin wirklich erstaunt und, glaube mir, es ist schwer, mich in Erstaunen zu versetzen. Zuerst sind drei von euch aufgetaucht, und das nach

einer Wartezeit, deren Länge dein Begriffsvermögen übersteigt. Drei auf einmal. Dann Wassruss' Geschenke. Sie hätten so leicht in Raum und Zeit verlorengehen oder jemand anders in die Hände fallen können.
Doch du bist aufgetaucht, Ali Baba-immer-zur-Stelle, wie ihr in Neu-Babylon sagt. Am einzigen Ort in der Weite des Kosmos, den ich auch für dich ausgesucht hätte, wäre mir bewußt gewesen, daß es etwas zu wählen gab. Natürlich wußte ich es nicht, dennoch bist du aufgetaucht.«
»Wovon redest du?«
»Es ist zu früh, um dir das zu sagen. Obwohl ich, wie ich bereits angedeutet habe, dir alles verraten werde, falls es die Ereignisse erfordern. Aber es war wichtig, dich auszuwählen. Vermutlich gehörst du zu den unglaublich seltenen Individuen, die wie Magnete auf unwahrscheinliche Ereignisse wirken und deren Matrix die Gesetze der Wahrscheinlichkeit außer Kraft setzt. Solche Wesen existieren, obwohl ich bisher noch keinem begegnet bin, und was dich betrifft, so bin ich mir immer noch nicht völlig sicher. Vielleicht sind sie es, die...«
»*Sie*?« unterbrach Ramstan.
»Unwichtig. Zumindest im Augenblick.«
Ramstan explodierte. »Und was ist mit dem Tolt-Schiff? Dieser Kapitän hat den Auftrag, dich zurückzuholen! Und außerdem will er, davon bin ich überzeugt, für dieses Sakrileg an mir und vermutlich auch der ganzen Mannschaft Rache üben! Aber er wagt nicht, irgend etwas zu unternehmen, das seine Chancen, dich zurückzugewinnen, schmälert! Also bleibt er uns dicht auf den Fersen und wartet auf seine Gelegenheit, und dann... peng, aus! Und ich kann meiner Mannschaft nicht einmal sagen, warum er uns verfolgt!«
»Du wirst eine Möglichkeit finden, damit fertigzuwerden. Vielleicht wirst du mit ihm kämpfen müssen. In diesem Fall mußt du deine Mannschaft davon überzeugen, daß er eine tödliche Gefahr darstellt. Und du wirst dich wehren, wenn er dich angreift.«
»Weißt du überhaupt, was du da sagst?« schnappte Ramstan.
»Beruhige dich. Deine Erregung irritiert mich. Ja, ich weiß,

was ich sage. Unglücklicherweise hast du bis jetzt noch nicht erkannt, daß weit mehr auf dem Spiel steht als das Leben von einigen hundert Tenolt. Oder einigen hundert Terranern. Oder selbst einer Milliarde Walisker.«

»Was steht denn auf dem Spiel?« brüllte Ramstan. Seine Stimme hallte von den Wänden wider, die erzitterten, als die *Al-Buraq* einen Hauch von Ramstans Pein und Verwirrung auffing. Falls sich Chefingenieur Indra in diesem Moment an das Nervensystem des Schiffes gekoppelt hatte, mußte er alarmiert sein.

»Deine Unsterblichkeit beispielsweise.«

»Die interessiert mich nicht im geringsten!« fauchte Ramstan.

»Nein, natürlich nicht. Nicht in diesem Augenblick. Wie dem auch sei, ich kann dir nicht sagen, was auf dem Spiel steht. Du würdest mir nicht glauben. Oder wenn doch, dann würdest du vielleicht deinen Verstand verlieren. Ich schütze dich. Glaube mir. Dir bleibt nichts anderes übrig, als mir zu glauben, nicht wahr?«

»Zum Teufel mit dir!« rief Ramstan. »Warum hast du mich verführt?«

»Der Unverführbare kann nicht verführt werden«, entgegnete das *Glyfa*. »Du hast dich selbst verführt. Als ich dir mein Angebot machte, habe ich dich nicht dazu gezwungen, es zu akzeptieren. Keine Zauberei, keine Hypnose hat dich verblendet. Dein Entschluß entsprang deinem freien Willen, oder zumindest einem Zustand, der dem freien Willen so nah wie überhaupt möglich kommt. Du hast deine Wahl getroffen. Du hast ja gesagt. Und deine nachträglichen Überlegungen sind nur... nun, oberflächlich. Der erste Gedanke ist immer der tiefgreifendste.«

Ramstan wußte keine Antwort darauf. Stille kehrte ein. Es war möglich, daß das *Glyfa* von Ramstans aufgewühlten Gefühlen überwältigt worden war.

Die Tür war plötzlich wieder geschlossen.

»Diese Branwen Davis, die Frau, die auf dich so anziehend wirkt. Hast du dich nicht gefragt, ob es vielleicht eine Verbindung zwischen ihr und den Tenolt gab?«

Ramstan war schockiert.
»Wie stellst du dir das vor?«
Er verstummte, aber das *Glyfa* las die Bilder und Gefühle, die aus ihm hervorsprudelten wie die Verdammten aus den plötzlich geöffneten Toren der Hölle.
»Ich weiß es nicht. Es ist deine Sache, dies herauszufinden. Natürlich weise ich dich nur auf eine Möglichkeit hin.«
»Und ich hielt mich schon für paranoid.«
»Laß dir von den persönlichen Gefühlen, die du ihr entgegenbringst, nicht deine Urteilsfähigkeit rauben. Und was die Paranoia betrifft, so ist jeder, der die Fähigkeit besitzt, alle Möglichkeiten zu überblicken, automatisch paranoid.«
»Ich verstehe nicht... Nun, natürlich, es besteht eine geringe Wahrscheinlichkeit. Aber selbst wenn dem so ist, im Augenblick zumindest ist Davis nicht weiter wichtig. Um was wir uns kümmern müssen, das ist dieses Ungeheuer, das mit Meteoriten um sich schießt, nicht wahr?«
»Offensichtlich.«
»Und du willst mir nicht sagen, um was es sich dabei handelt?«
»Wenn du einen bestimmten Ort erreichst und dort bestimmte Personen triffst, dann werde ich es dir verraten. Obwohl es dann vielleicht nicht mehr nötig ist.«
Ramstan schlug mit der Faust auf die Tischplatte.
»Ich genieße diesen herrlichen Gefühlsausbruch, auch wenn er mir Schmerzen bereitet«, bemerkte das *Glyfa.* »Und gleichzeitig bedaure ich, daß du keine größere Selbstbeherrschung besitzt.«
Doktor Hus Stimme drang aus dem Schott.
»Kapitän! Die Webnite möchte mit Ihnen sprechen. Sie sagt, es sei sehr dringend. Sir, nach meiner Meinung hat sie nicht mehr lange zu leben.«

11.

Davis stand neben Wassruss und hielt mit beiden Händen eine der mit Schwimmhäuten versehenen Hände der Webnite. Hu betrachtete einen Oszilloskopmonitor, auf dem eine grüne horizontale Linie in unregelmäßigen Intervallen winzige gezackte Ausschläge aufwies. Eine medizinische Technikerin justierte die Kontrollen an einem Schaltpult.
Hu wandte sich vom Bildschirm ab und fuhr zusammen, als sie Ramstan entdeckte.
»Sie müssen gelaufen sein.«
Ramstan gab keine Antwort. Er trat an den Behälter, in dem Wassruss schwamm. Sie drehte ihm ihren mächtigen Kopf zu und fixierte ihn mit ihren großen Robbenaugen. Sie leuchteten noch, aber er meinte tief in ihnen etwas wie gefrorenes Glas zu entdecken.
Sie sprach lange Zeit. Schließlich sagte Branwen Davis etwas, und die Webnite brach ab.
»Sie ist zu schnell für mich«, erklärte Branwen. »Ich habe sie gebeten, noch einmal von vorn zu beginnen.«
Wassruss öffnete den Mund und holte tief Luft. Dann wiederholte sie langsam ihre Worte und machte hin und wieder eine Pause, um Davis Gelegenheit zum Übersetzen zu geben.
»Ich, Wassruss von der Violetten Insel, werde bald sterben. Ich hatte gehofft, lange genug zu leben, um mein Heimatmeer zu sehen, die tiefen blauen Wasser bei der felsigen, kiefernbewachsenen Violetten Insel. Aber mein Leben entflieht schneller als ich gedacht habe. Das *Tssokh'azgd* ist dafür verantwortlich; es hat meine Seele zerstört. Ihr habt nicht das Wesen gesehen, das alles Leben verschlingt und doch das gleiche Wesen bleibt. Erst dann weiß man, wie bedeutungslos und unwichtig man ist, was für ein Nichts, was für ein winziges Stückchen Fleisch. Das *Ich*, das sich für das Zentrum des Universums, den Mittelpunkt des Kosmos hält, für das Wesen, dem alle Dinge entstammen und zu dem alles zurückkehrt, dieses Ich schrumpft plötzlich und unwiderruflich, wird abgeschnitten, in die Einsamkeit gestürzt. Es ist nicht mehr die

Quelle und der Endpunkt der Welt. Es ist allein, verbindungslos, ein Nichts. Ohne Geschichte, ohne von anderen Liebe zu empfangen und ohne sich selbst zu lieben.
Plötzlich erkennt es, nicht intellektuell, sondern im tiefsten Innern seiner Zellen, daß es keine Hoffnung gibt und niemals gegeben hat. Daß es keine Hoffnung verdient und sich besser nie danach gesehnt hätte. Daß am Anfang das Nichts war, daß es hinter dem scheinbaren Sein immer das Nichts gegeben hat und es immer das Nichts geben wird.
Daß wir Masken sind, hinter denen sich keine Gesichter befinden, *falls nicht die Leere ein Gesicht besitzt.*«
Wassruss schwieg. Der einzige Laut waren ihre mühsamen Atemzüge. Branwen hielt noch immer die Hand der Webnite; ihr Gesichtsausdruck war noch trauriger geworden. Hu schüttelte den Kopf. Die Technikerin verließ den Raum. Ramstan sah, daß das gefrorene Glas in Wassruss' Augen aus den Tiefen heraufgestiegen war.
Schließlich zog Wassruss ihre Hand zurück und griff damit in ihren Bauchbeutel. Sie holte die drei Gegenstände heraus, die Ramstan bei seinem ersten Besuch gesehen hatte.
Das waren die versprochenen Geschenke.
Wassruss hielt alle drei in der offenen Hand, die sie Ramstan entgegenstreckte. Aber als er danach griff, schloß sie die Finger.
»Ich muß Ihnen etwas über die Geschenke der Vwoordha erzählen«, erklärte sie. »Die Vwoordha schufen sie vor langer Zeit. Die Vwoordha waren einst ein großes, sehr mächtiges Volk. Nach dem, was ich gehört habe, sind heute nur noch drei von ihnen übrig. Sie haben viel von ihrer Macht verloren, aber nicht alles, und das Wenige, was ihnen geblieben ist, das ist mehr als jene besitzen, die sich ihrer Größe und ihres Reichtums rühmen.
Manche sagen, die Vwoordha sind so alt, daß sie den Tod Aller und Vieler Welten überlebt haben.«
An dieser Stelle unterbrach Ramstan, um Branwen zu fragen, ob sie korrekt übersetzt hatte. War der Begriff »Aller und Vieler« nicht ein Widerspruch?

Branwen sprach mit der Webnite, die knapp antwortete. Branwen erklärte: »Nein, genau das hat sie gemeint. Es handelt sich dabei um einen überlieferten Ausdruck, dessen genaue Bedeutung ihr nicht bekannt ist.«

Wassruss berichtete weiter.

»Diese Geschenke, diese Sigilla, gehörten einst meiner Großmutter. Sie verriet mir nicht genau, wie sie in ihren Besitz gelangt ist. Aber sie sagte, daß sie einst einer Königin unseres Volkes einen großen Dienst erwiesen und die Königin ihr diese drei Dinge gegeben hätte. Die Königin selbst hätte sie von ihrem Urgroßvater erhalten, und dieser wiederum bekam sie von dem Kapitän eines Urzint-Raumschiffes geschenkt. Weder sie noch ihr Urgroßvater hätten sie jemals benutzt. Als sie im Sterben lag, überreichte sie sie mir und sagte mir alles, was sie über sie wußte, und das war nicht sehr viel.

Aber Sie brauchen nur zu wissen, daß jedes dieser Objekte eine bestimmte Macht besitzt. Sie müssen sie benutzen, wenn Sie sich in einer Situation befinden, aus der es keinen anderen Ausweg mehr zu geben scheint.

Schieben Sie sie dann in den Mund. Warum sie nur dort und nicht in der Hand ihre Wirkung entfalten, weiß ich nicht. Mehr ist nicht nötig. Alles andere erledigt das Geschenk der Vwoordha.

Aber zuerst müssen Sie das *shengorth* benutzen, das Dreieck. Nachdem Sie es benutzt haben, leistet es Ihnen keine weiteren Dienste mehr. Es kann nur einmal von seinem jeweiligen Besitzer eingesetzt werden. Wenn Sie es benutzt haben, dann sollten Sie es an jemand weitergeben, von dem Sie glauben, daß er es wert ist, obwohl dies nicht unbedingt erforderlich ist. Aber erst, nachdem Sie sich auch der beiden anderen bedient haben. Oder, falls sie die beiden anderen niemals benutzen, müssen Sie alle drei vor Ihrem Tod einem anderen Menschen überreichen.

Trennen Sie die drei Geschenke nicht. Behalten Sie alle drei, bis der Tag kommt, an dem Sie sie weitergeben, und überreichen Sie dann alle drei einer Person.«

Ramstan bemühte sich um einen gleichgültigen Gesichtsaus-

druck. Glaubte dieses Wesen tatsächlich an Magie, an diese Legende von den drei wunderwirkenden Geschenken?
Als hätte Wassruss seine Gedanken gelesen, fuhr sie fort: »Was ich über die Geschenke der Vwoordha gesagt habe, ist keine Lüge. Vielleicht fragen Sie sich, warum ich diese Gaben nicht selbst benutzt habe, wenn sie ihren Besitzer vor Gefahr schützen können.«
Ramstan bat: »Sagen Sie ihr, daß ich mich das gefragt habe.«
Branwen übersetzte.
Wassruss hustete und antwortete: »Ich wollte die Sigilla erst dann benutzen, wenn mir keine andere Wahl mehr blieb. Aber ich wurde ohne Vorwarnung von dem Meteoriten, der Rakete oder was auch immer es gewesen sein mag überrascht. Als das Geschoß meinen Körper durchschlug, erlitt ich einen Schock. Ich war nicht mehr in der Lage, das *shengorth* in den Mund zu nehmen, bevor ich das Bewußtsein verlor.«
Sie starb, und falls sie sich besser fühlte, wenn sie ihm die Gegenstände gab, dann sollte sie es auch tun. Sie anzunehmen war eine gute Tat. Allah sah jede gute Tat und rechnete sie einem an.
Ein seltsamer Gedanke, der in seinem Bewußtsein nichts zu suchen hatte. Aber wie Toyce einmal gesagt hatte: »Man kann nur den Schmutz abwaschen. Die Haut verschwindet nie.«
Wassruss sprach weiter. »...und deshalb dürfen Sie nicht vergessen, das *shengorth* zuerst zu benutzen. Als zweites das Viereck, das *pengrathon*. Und als drittes die Scheibe, das *ph'rimon*. Ich weiß nicht warum, aber wenn man sich ihrer nicht in der richtigen Reihenfolge bedient, verlieren sie ihre Kraft.«
Sie wiederholte: »Und wenn Sie alle drei benutzt haben, müssen Sie sie so bald wie möglich an einen anderen Menschen weitergeben. Falls Sie sie noch nicht verwendet haben, wenn Sie sterben, dann müssen Sie sie jemand schenken, der sie verdient.«
Ramstan fragte fast gegen seinen Willen: »Und was ist, wenn ich unerwartet sterbe und keine Gelegenheit habe, sie weiterzugeben?« Er redete, als ob er glaubte, daß diese Gegenstände über eine bestimmte Kraft verfügten.

»Dann wird sie jemand an sich nehmen.«
Ramstan fragte, woher derjenige denn wissen sollte, wie man die drei Sigilla benutzte. Wenn er keine Anweisungen erhielt und vielleicht nicht einmal wußte, um was es sich dabei handelte, wie konnte derjenige dann Nutzen aus ihnen ziehen? Oder später das Wissen einem anderen übermitteln? Und da dies wahrscheinlich über lange Zeit hinweg immer wieder geschehen würde und die drei Geschenke sehr alt sein mußten, wieso waren sie oder das Wissen um ihre Eigenschaften noch nicht verlorengegangen? Warum war die Kette noch nicht durchbrochen worden?
Ihm lagen noch andere Fragen auf der Zunge, aber warum sie damit belästigen?
»Natürlich«, erklärte Wassruss, »sind sie wie alle Geschenke nicht notwendigerweise ein Segen. Wenn man sie nicht richtig benutzt, können sie ihrem Besitzer schaden oder ihn gar töten. Und es mag Situationen geben, in denen der Tod ihrer Hilfe vorzuziehen ist. Obwohl ich nicht weiß, was das für Situationen sein könnten.«
»Vielleicht ist es besser, wenn Sie sie jemand anders geben«, bemerkte Ramstan.
»Sie ehrt Sie auf die größtmögliche Art ihres Volkes«, warf Davis ein. »Sie können sie nicht ablehnen. Oh, Sir, Sie *dürfen* es nicht!«
Er zuckte die Achseln. »Nun gut. Aber... warum gibt sie *mir* die Geschenke?«
Branwen lauschte Wassruss' Worten und übersetzte dann. »In dem Moment, wo sie Sie gesehen hatte, *wußte* sie, daß Sie derjenige waren, auf den die Sigilla gewartet haben. Genau wie Sie die Person *erkennen* werden, der Sie die *ssuzz'akon* überreichen müssen.«
Wassruss sprach erneut.
»Sie sagt, es heißt in der Überlieferung, daß die Schöpfer der Sigilla sie eines Tages vielleicht zurückerhalten.«
»Klingt für meinen Geschmack nach einem Haufen abergläubischen Unsinns«, brummte Ramstan.
Wassruss redete mit matter Stimme auf Branwen ein.

»Sie sagt, sie hat Ihnen das Wichtigste noch nicht erzählt. Und sie hat nicht mehr viel Zeit.«
Doktor Hu warf ein: »Wir können ihr noch etwas Zeit verschaffen.«
Branwen übersetzte es für Wassruss.
Die Robbenzentaurin erwiderte: »*Tssisskooss.*«
»Sie sagt ›Nein‹.«
Wassruss setzte zu einer langen Rede an. Als sie fertig war, runzelte Branwen die Stirn.
»Sie sagt, daß der neue Besitzer der Geschenke ein geheimnisvolles Lied gelehrt bekommt, wenn er die Geschenke erhält. Sie weiß nicht, was es bedeutet, aber sie glaubt, daß sie die Bedeutung hätte herausfinden können, wäre ihr Schicksal davon abhängig gewesen. *Schicksal?* Vielleicht ist das nicht das richtige Wort. Ich beherrsche ihre Sprache nicht gut genug. Nun, Sie wissen, die Geschenke können Sie aus einer Gefahr retten, doch gleichzeitig schaffen sie eine neue Gefahr. Sie sagt, im Guten liege das Böse und im Bösen das Gute. Das Universum ist trügerisch, es ist der größte und durchtriebenste Schwindler. Gleich wird sie das Lied, das Geheimnis, rezitieren. Sie glaubt, daß Sie es werden lösen müssen. Die Zeit dafür ist gekommen, und Sie sind derjenige, der zu dem Zeitpunkt aufgetaucht ist, an dem es ... ah ... eingefädelt? ... durchgeschoben? ... an dem es durch das Große Öhr gefädelt werden muß? Wörtlich hat sie gesagt, das Ein- und Ausfädeln erfolgt durch das Öhr derselben Nadel. Daß Sie selbst die Nadel und das Öhr und der Faden und die Spule und die Spindel sind. Das ist sehr seltsam, da die Webniten sehr wenig vom Spinnen oder von Nadeln wissen.«
Wassruss sagte etwas.
Branwen übersetzte: »Sie sagt, das Lied wird Ihnen gehören, Captain, *und nur Ihnen allein.*«
»Gehören?« echote Ramstan.
»Sie hat das Wort nicht in dem Sinn benutzt, wie wir es kennen. Wie dem auch sei, nehmen Sie jetzt die Sigilla.«
Ramstan streckte seine linke Hand aus. Wassruss murmelte etwas. Davis sagte: »Nein. Ihre rechte Hand.«
Ramstan gehorchte. Wassruss hob ihre große, mit Schwimm-

häuten versehene Hand und reichte ihm die drei Gegenstände. Seine Finger schlossen sich um sie. Sie fühlten sich glitschig an.

12.

Wassruss begann zu singen. Aus der Art, in der sie ihre Stimme hob und senkte und den bedeutungsvollen Pausen zwischen den einzelnen Sätzen wurde deutlich, daß sie zwei Sprecher darstellte. Branwen übersetzte nach jedem einzelnen Satz.

»Wie viele Welten gibt es?«

»Mehr als viele.«

»Wie viele Wege gibt es?«

»Mehr als viele. Dennoch gibt es nur einen.«

»Wo enden die Wege, die nur einer sind?«

»Im Tod oder in der Weisheit oder in beidem. *Und noch ein Ende gibt es.*«

»Wo beginnt der Weg zu den dreien?«

»Von vielen Orten kann man aufbrechen. Webn gehört dazu.«

»Und dann?«

»Läute die Glocke am ersten Tor hinter Webn.«

»Und dann?«

»Tritt ein.«

»Und dann?«

»Läute die Glocke am dritten Tor.«

»Und dann?«

»Tritt ein.«

»Und dann?«

»Läute die Glocke am fünften Tor.«

»Und dann?«

»Tritt ein.«

»Und dann?«

»Läute die Glocke am siebten Tor.«

»Und dann?«

»Tritt ein.«

»Und dann?«

»Läute die Glocke am neunten Tor.«
»Und dann?«
»Geh zum einzigen Ort, zu dem man gehen kann.«
»Und dann?«
»Zum Baum, der nicht allein steht.«
»Und dann?«
»Zum Brunnen.«
»Was befindet sich im Brunnen?«
»Der Weise, der schwimmt,
Der Lachende, der hüpft,
Der mit dem kalten Blut, der da trinkt heißes Blut.«
»Ist dies das Ende?«
»Nahe dem Brunnen steht ein altes Haus. Es ist älter als viele Sterne.«
»Und dann?«
»Klopf an.«
»Wer öffnet die Tür?«
»Drei, die tot sein sollten.«
»Und dann?«
»Frage, aber sei bereit, den Preis zu zahlen.«
Niemand sagte etwas. Der einzige Laut war Wassruss' pfeifender Atem.
Schließlich fragte Ramstan zögernd: »Kennen die Webniten Glocken?«
»Ja«, nickte Branwen. »An den Eingängen ihrer unterseeischen Höhlen und ihrer Steinhäuser auf den Inseln befinden sich welche.«
»Also kann es sich bei *Glocke* nicht um eine falsche Übersetzung oder um eine sinngemäße Übertragung handeln? Gibt es Wortspiele in der Sprache der Webniten?«
»Ja. Warum fragen Sie?«
»Das werde ich Ihnen später verraten.«
Wassruss' Augen weiteten sich, als hätte sie eben etwas Überraschendes gesehen. Das gefrorene Glas in ihnen breitete sich weiter aus. Ein Laut wie von Mäusefüßen, die über eine Metalloberfläche kratzten, drang aus ihrem Mund. Dann seufzte sie.

Die Monitore übertrugen unmodulierte *Bieps;* die grünen Linien auf den Oszilloskopen waren wie Pfeile. Hu schaltete die Geräte ab und verzichtete darauf, Wassruss mit dem Mentoskop zu untersuchen.
Branwen hielt die große braune Hand noch eine Weile fest und ließ sie dann langsam los.
»Sie hat ausgehalten, bis sie Ihnen die Geschenke und das Geheimnis übergeben hatte.«
Er sah das Dreieck, das Viereck und die runde Scheibe an.
»Ich werde sie in meinen Kabinensafe legen. Ihr Status kann später bestimmt werden.«
»Status?« wiederholte Hu.
»Ja, ob sie nun mir oder der Regierung gehören. Schließlich handelt es sich dabei um kein Bestechungsgeschenk.«
»Sie kennen den verdrehten Erfindungsgeist unserer Bürokraten nicht«, bemerkte Toyce.
Mitarbeiter der Sanitätstruppe kamen und schafften Wassruss' Leichnam fort. Branwen schien darauf zu warten, daß Ramstan etwas zu ihr sagte, aber er verließ das Lazarett und kehrte in seine Kabine zurück. Statt die Geschenke in den Safe zu legen, behielt er sie in der Tasche. Dann versuchte er, sich mit dem *Glyfa* in Verbindung zu setzen. Es empfing nur und sendete nicht. Nach fünf Minuten gab er es auf und ging in die Messe. Später erschien Hu und trat an den für sie reservierten Platz. Als sie sich setzte, formte sich ein Sessel aus dem Boden.
»Lieutenant Davis' Fieber – seine Ursache – ist noch immer ungeklärt. Aber ich habe eine Ahnung... ja, lächeln Sie nur, es stimmt schon, es ist eine Ahnung. Sie versucht uns etwas zu sagen. Oder vielleicht ist sie krank, um nicht etwas tun zu müssen, was sie nicht tun will.«
Ramstan sagte nichts darauf. Als er mit dem Essen fertig war, entschuldigte er sich und ging zum Lazarett, in dem sich jetzt nur noch Davis befand. Ein Raumsoldat hielt vor dem Eingang Wache. Ramstan trat ein, und die Tür schloß sich hinter ihm. Branwen lag im Bett und sah zur Decke. Ein großes Segment hatte sich in einen Bildschirm verwandelt, über den

ein alter 4-D-Film flimmerte. Ihre glanzlosen Augen leuchteten nicht auf, als er näherkam. Sie wies das Schiff an, den Film abzuschalten, danach war es still und weniger hell.
»Sie sehen krank aus und Sie sind es auch«, stellte Ramstan fest. »Offen gesagt, ich glaube, daß Doktor Hu vielleicht recht hat. Ihr Fieber *ist* psychosomatischer Natur. Unterdrücken Sie etwas?«
Sie brach in Tränen aus und schlug die Hände vor das Gesicht. Ramstan wartete einen Moment und fragte dann: »Was ist es?«
Sie senkte die Hände. Wegen der Tränen wirkten ihre Augen jetzt glänzender.
»Sie irren sich, Sir«, antwortete sie. »Ich verberge nichts. Ich weiß nicht, warum ich krank bin. Ich habe geweint, weil ich es ungerecht fand, daß Sie mich beschuldigen, mich bewußt krankzumachen. Ebensogut könnten Sie mir vorwerfen, ich würde nur simulieren.«
»An dieser Art Drückebergerei ist nichts Unrechtes. Aber ich habe das Gefühl, Sie sind nicht... ganz ehrlich.«
Entrüstung flackerte in ihren Augen auf. Oder lag es an dem Fieber?
»Ich verberge nichts«, wiederholte sie, und sie begann erneut zu weinen.

13.

»Das Tolt-Schiff befindet sich jetzt in einem stationären Orbit, Sir«, meldete der Bootsmann. »Es steht direkt über der Insel. Wie Sie befahlen, haben wir einen Funkspruch abgeschickt. Aber bisher ist noch keine Antwort erfolgt.«
Ramstan verzichtete darauf, nach oben zu blicken. Er wußte, daß er es nicht sehen konnte, aber er verspürte den Drang, den Kopf in den Nacken zu legen und hinauf in das Hellblau des Himmels zu starren.
»Nun gut«, sagte er. »Funken Sie weiter. Zumindest wird es sie irritieren. Und es wird ihnen zeigen, daß wir sie nicht vergessen haben.«

Die *Al-Buraq*, die gelb pulsierte, lag fünfzig Meter weiter. Sie besaß jetzt die Form eines Seesterns. Mitglieder der Besatzung – die meisten von ihnen nackt – hielten sich in ihrer Umgebung auf und nutzten die Gelegenheit, sich dem natürlichen Sonnenlicht auszusetzen.

Fünfzig Meter weiter in der entgegengesetzten Richtung brandete der blaugrüne Ozean mit großen, weißbemützten Wellen gegen den gelben Sand des Strandes an. Der Wind kam von Westen und trug den würzigen Duft einer ausgedehnten, baumbewachsenen Landzunge heran, die zehn Kilometer entfernt war. Die Bäume in Ramstans Umgebung erinnerten an irdische Palmen. Ihre Wedel wiegten sich im Wind. Gelb und scharlachrot gemusterte Vögel mit schwarzen tukanähnlichen Schnäbeln und knorpeligen Hörnern auf den Köpfen glitten über die Raumfahrer hinweg. An der Spitze eines doppelstämmigen, affenbrotbaumähnlichen Gewächses warf ein riesiges, grünes, vielgliedriges Insekt eine klebrige Schlinge aus.

Schließlich flog ein kleiner Vogel vorbei, und die Schlinge zog sich um ihn zusammen. Kreischend verschwand er in dem Maul, in dem auch das lange, gelatineartige Seil endete.

Branwen schauderte.

»Webn ist wunderschön, aber es hat auch seine schlechten Seiten.«

»Unsinn«, widersprach Toyce. »An dem Insekt ist nichts Schlechtes. Es muß fressen, oder? Und es ist wirklich schön. Möchten Sie es sich näher anschauen?«

Sie bot ihr ein Elektronenteleskop an.

»Nein, danke. Ich habe sie schon aus der Nähe gesehen.«

Branwens Fieber war inzwischen gesunken; ihre Körpertemperatur lag nur noch ein Zehntel Grad über Normal. Hu hatte ihr die Erlaubnis gegeben, die Begräbnisdelegation als Dolmetscherin zu begleiten. Sie waren soeben von dem Flug zurückgekehrt, der sie einen halben Kilometer hinaus übers Meer geführt hatte; dort war Wassruss – beschwert mit Steinen und die Brust mit einem Blumen- und Pflanzengebinde geschmückt – in die Sec geworfen worden. Tausende dunkelbrauner, flinker Riesen waren im Wasser gewesen und hatten den Leichnam in

konzentrischen Kreisen umschwommen und jubilierende Lieder gesungen.
Nachdem Ramstan sein Wassruss gegebenes Versprechen erfüllt hatte, gab es keinen Grund für das Schiff, noch länger hierzubleiben. Dennoch gab Ramstan nicht den Startbefehl. Die Mannschaft hatte verlängerten Landurlaub bekommen, und gegen einen verlängerten Aufenthalt gab es von ihrer Seite keine Einwände. Obwohl die *Al-Buraq* keine beengte Nußschale war, konnte sie doch keinen freien Himmel, festen Boden, Vegetation und natürliches Sonnenlicht anbieten. Zudem gab es Gelegenheit, durch Wälder und über Hügel zu wandern und sich hinter Bäumen und Dickichten in aller Abgeschiedenheit zu lieben oder mit den freundlichen Robbenzentauren zu schwimmen und fischen.
Das Tolt-Schiff hing, unsichtbar für das unbewaffnete Auge, stumm und drohend über ihnen. Es konnte von allen bis auf Ramstan leicht ignoriert werden. In jeder wachen Minute und manchmal in seinen Träumen war er sich seiner Anwesenheit bewußt. Es war ein verborgener Schatten, der die Schönheit und Pracht von Insel und Meer verdunkelte.
Ramstan dachte darüber nach, während er durch die Wälder streifte und einem von großen Tieren geschaffenen Trampelpfad folgte. Die wilden Tiere waren Fremden gegenüber so zutraulich, daß sie fast zahm wirkten. Als er den Fuß des Basaltberges erreichte, der die Insel beherrschte, kehrte er um. Aber nach einigen Metern verharrte er. Stämmig, stiernackig, mit einem Bart wie ein Assyrer, versperrte ihm Benagur den Weg.
»Ich wußte nicht, daß Hu Ihnen erlaubt hat, das Schiff zu verlassen«, sagte Ramstan.
»Ich bin ein braver Junge gewesen«, entgegnete Benagur sarkastisch. »Und seit meinem Zornesausbruch habe ich mich nicht ungewöhnlich verhalten. In meinen Augen war er kein Symptom einer geistigen Störung. Sie glauben nicht an Gott, und Sie haben das *Glyfa* gestohlen. Aber...«, er schwieg einen Moment, »... vielleicht habe ich mich in einer Hinsicht geirrt. Sie glauben an einen Gott, an den Gott der Tenolt.«

»Sie erweisen sich keinen Gefallen, wenn Sie das weiter behaupten«, bemerkte Ramstan.
Benagurs Gebrüll schien das Echo des fernen Meeres zu sein, das gegen den Fuß der Klippen an der Westküste donnerte. Wie das Brandungsrauschen, so enthielt auch seine Stimme einen Hauch von Gefahr.
»Es ist quälend für mich! Ich weiß, daß Sie das *Glyfa* genommen haben, aber ich kann es nicht beweisen! Und wenn ich Sie offen beschuldige, dann werden Sie mich einsperren oder wieder ins Lazarett einweisen lassen! Aber Sie sind der Verrückte, Ramstan! Sie haben uns alle in ungeheure Gefahr gebracht, aber es scheint Sie nicht einmal zu kümmern! Sie werden für Ihre Sünde sterben – genau wie wir, die Unschuldigen!«
Ramstan war übel vor Schuld und vor Haß auf Benagur. Seine Hände ballten sich zu Fäusten. Er duckte sich, und seine linke Schulter hob sich leicht, als bereitete er sich darauf vor, die Haltung eines Boxers anzunehmen.
Ramstan spürte das Verlangen, sich auf Benagur zu werfen. Aber er sah etwas unter einem großen Baum nahe am Fuß der niedrigen Hügel hinter Benagur flackern. Aus dem Flackern schälte sich eine grüne Gestalt. Kapuze und Kutte waren von einem hellen Grün; das Gesicht unter der Kapuze war unsichtbar, von Schatten verhüllt. Ein Arm hob sich, und die Hand bewegte sich in einem Winkel von 45 Grad auf und ab. Die Kapuze zitterte, als würde sich der turbangekrönte Kopf darunter zuerst nach rechts, dann nach links drehen. Die Bedeutung der Geste war so klar, als hätte die Gestalt laut »Nein!« gesagt.
Al-Khidhr, der Grüne, der Wanderer.
Falls er tatsächlich Elias war, der alte Hebräer, dann wachte er über Ramstan, dann beschützte er den atheistischen Ex-Moslem und nicht Benagur, den frommen Juden.
Aber Al-Khidhr war ein Sufi, der ursprüngliche Sufi, und Sufis konnten sowohl Juden als auch Christen oder Moslems sein.
Dann dachte Ramstan: Ich bin verrückt. Benagur hat recht, ich *bin* verrückt.
Die grüne Gestalt flimmerte und war verschwunden.
Ramstan trat zurück. Seine Stimme bebte.

»Sie sind der Gefährliche, Benagur, der Verrückte. Sie haben mich fast dazu gebracht, Sie anzugreifen.«
Er machte einen weiteren Schritt rückwärts.
»Ist das eine Falle? Übertragen Sie alles über das Hautkom an meine Offiziere?«
Benagur brüllte: »Nein! Ich bin hierhergekommen, um ein letztes Mal an Ihr Ehrgefühl und Ihre Pflicht zu appellieren! An Ihren Verstand, oder an das, was davon übriggeblieben ist! Aber ich sehe, es ist sinnlos!«
»Und was jetzt?«
»Ich werde Sie offiziell anklagen! Sie können versuchen, mich wieder unter Arrest zu stellen, aber die Anklage kann nicht ignoriert werden! Man wird eine Untersuchung einleiten! Man wird Ihre Kabine durchsuchen! Und man wird das *Glyfa* finden! Dann...«
»Dann...?« fragte Ramstan leise. Seine Stimme war jetzt so fest wie ein Stahlpfeiler in einem Granitsockel.
»Vielleicht werden sie...«, Benagur deutete hinauf zu dem unsichtbaren Tolt-Schiff, »... sich mit der Rückgabe ihres Gottes zufrieden geben! Großer Himmel, Ramstan! Trotz Ihrer Verrücktheit müssen Sie doch die Gefahr erkennen, in der wir alle schweben! Wir können alle umkommen, ohne vernünftigen Grund unser Leben verlieren! Ich weiß nicht, was Sie dazu gebracht hat, das *Glyfa* an sich zu nehmen, welche schändliche Lust Sie...«
»Das ist ein seltsames Wort«, unterbrach Ramstan mit einem milden Lächeln. »Lust! Wie kommen Sie darauf?«
Trotz seines Lächelns fühlte er eisige Kälte in seinem Innern. In gewissem Sinne war es tatsächlich Lust. Und er wußte weder, wieso sie ihn befallen hatte, noch wie Benagur zu dieser Erkenntnis gelangt war. Vielleicht... hatte Benagur selbst diese Lust empfunden.
»Das *Glyfa*«, sagte Benagur, »muß diese Lust in Ihnen erzeugt haben!«
»Es ist nur ein Gegenstand«, erwiderte Ramstan. »Wollen Sie behaupten, daß es lebt? Ein lebender Gott? Wer ist verrückt, Benagur? Sie oder ich?«

»Ich habe dort etwas gespürt!« rief Benagur. »Ich habe einen mächtigen, überwältigenden bösen Einfluß gespürt! Ich wußte, woher er stammte! Er stammte von dem *Glyfa*! Ja, ich gebe es zu, Ramstan, weil ich nur ein Mensch und so der Versuchung ausgesetzt bin! Ich war versucht, mich dem Bösen zu unterwerfen! Aber Gott hat mich gerettet, indem er mir das unaussprechlich Gute gezeigt hat, Seine wahre Natur! Er erfüllte mich und gestattete mir einen Blick auf sich, in sein Gesicht, und so wurde ich gerettet!«

Wahrscheinlich sind wir beide verrückt, dachte Ramstan.

In diesem Augenblick überkam ihn die matte Ahnung, daß er und Benagur vielleicht gar nicht an einer Küste des Planeten Webn standen. Nicht in Wirklichkeit. Sie glaubten nur, dort zu sein. Sie *schienen* dort zu sein. Aber wo waren sie tatsächlich? Blitzartig tauchte ein Bild ihres wirklichen Aufenthaltsortes in ihm auf, und ebenso schnell verdrängte er es wieder.

Er schüttelte den Kopf und schob es weiter von sich, als wollte er etwas vertreiben, was sich an ihm festgeklammert hatte, eine Riesenlaus vielleicht. Etwas Schmutziges und Blutsaugendes.

»Wir haben einander nichts mehr zu sagen«, erklärte Ramstan. »Zumindest nicht hier.«

Er ging davon, obwohl er nicht sicher war, ob er Benagur den Rücken zuwenden sollte. Der Mann war kein Feigling, ganz gewiß nicht, aber sein Zorn mochte ihn überwältigen und ihn dazu bringen, seinen Kapitän von hinten anzufallen. Ramstan widerstand der Versuchung, sich umzuschauen. Er wollte nicht, daß Benagur glaubte, er würde sich vor ihm fürchten.

Nachdem er sich durch ein Waldstück gekämpft hatte, das den Hals der Landzunge wie ein Kragen umschloß, kam er wieder zur Küste. Einen halben Kilometer landeinwärts ruhte die mächtige *Al-Buraq* auf einer Lichtung.

Chefingenieur Indra saß nackt auf einem Schwebestuhl in der Sonne. Auf einer der Armlehnen stand eine halbvolle Flasche kalafalanischen Weines. In den Händen hielt er ein Buch, eine rechteckige Platte von einem halben Meter Seitenlänge und einem Zentimeter Dicke. Ramstan blieb hinter Indra stehen, um die phonemischen Worte zu lesen, die nacheinander auftauchten und rasch wieder verschwanden. Indra mußte weder seine Augen von links nach rechts noch nach unten bewegen. Es war *Der Malteser-Falke*, ein klassischer amerikanischer Roman aus dem zwanzigsten Jahrhundert in einer terrischen Übersetzung.

Indra spürte, daß sich Ramstans Körper zwischen ihn und die Sonne geschoben hatte. Er berührte einen Schalter an der Seite des Buches, und der Text erstarrte. Er drehte sich herum; seine Zähne leuchteten weiß aus dem dunklen Gesicht hervor.

»Captain! Ich hatte gehofft, Sie zu treffen.«

Ramstan kam um den Sessel herum.

»Aus welchem Grund?«

Indra stand auf und hielt das Buch mit zwei Fingern fest.

»Sie werden sich erinnern, wie ich Ihnen vor einiger Zeit berichtet habe, daß dem Schiff ein neuer Schaltkreis wächst.«

»Ja.«

»Ich habe vor kurzem festgestellt, um was es sich dabei handelt.«

»Ich weiß, was es ist«, erklärte Ramstan. »Es ist ein Gefühls-Schaltkreis. Oder zumindest einer mit einer Gefühlsstruktur.«

»Sie wissen es!«

»Ich bin kein Bioingenieur, aber ich weiß mehr über das Schiff als jeder andere.«

»Was halten Sie davon?« fragte Indra. »Ich meine... Beantworten Sie die Zuneigung des Schiffes mit Ihrer Zuneigung? Mit Liebe?«

»Geliebt zu werden ist nicht immer dasselbe wie zu lieben«, entgegnete Ramstan unbewegt. »Wir haben keine Zeit für Experimente. Das dort oben...« Er deutete hinauf zum Himmel. »Ich möchte mir keine Sorgen machen, ob das Schiff hysterisch wird oder in Panik verfällt, wenn es glaubt, daß ich mich in Gefahr befinde.«

»Es ist kein Hund«, erinnerte Indra, »obwohl es einige hundeähnliche Eigenschaften entwickelt haben mag. Ich könnte herausfinden, welche Wirkung die Gefühlsstruktur auf ihr Verhalten hat. Aber das kostet Zeit.«

Ramstan sagte: »Entfernen Sie den Schaltkreis.«

Indra runzelte die Stirn und biß auf die Unterlippe.
»Das ist ein Befehl, kein Vorschlag. Operieren Sie *sofort*!«
»In Ordnung, Sir!« nickte Indra. Er salutierte und hastete davon. Ramstan sah ihm eine Weile nach und wandte sich dann in Richtung Schiff. Er blieb stehen, als er Branwen Davis entdeckte. Sie war so schön, daß sein Herz zu schmerzen begann.
Er schloß zu ihr auf und erkundigte sich nach ihrem Befinden, obwohl er am Morgen den medizinischen Bericht über sie gelesen hatte.
»Mir geht es gut«, sagte sie. »Das Fieber ist so plötzlich verschwunden wie es gekommen ist. Die Ärzte wissen weder, was es ausgelöst hat, noch wieso es zurückgegangen ist.«
»Hoffen wir, daß es nicht zurückkehrt«, sagte er. Dann schwieg er einen Moment, nahm seinen Mut zusammen und rang sich zu einer Frage durch.
»Würden Sie heute abend mit mir in meiner Kabine essen?«
Sie lächelte und antwortete: »Nein, aber vielen Dank für das Angebot, Sir.«
Er war schockiert. Er hatte nicht erwartet, daß sie ihn abweisen würde. Keine Frau hatte das je getan.
Obwohl er sein Gesicht für ausdruckslos hielt, mußte ihr sein Mienenspiel etwas von seinen Gefühlen verraten haben. Sie sagte: »Es tut mir leid. Ich wollte Sie nicht kränken, Captain. Aber ich habe mit einigen Frauen gesprochen...«
»Was spielt das für eine Rolle? Sie sind nicht so wie sie. Sie sind anders.«
»Sie sagten mir alle, sie hätten sich in Sie verliebt und auch Sie hätten sie geliebt. Zumindest hätten Sie ihnen das gesagt. Aber nach einer Weile, nach einer kurzen Weile, seien Sie sehr kühl und bald darauf bösartig geworden.«
»Ich bin niemals bösartig gewesen!« verteidigte er sich. »Sie haben gelogen!«
Wäre sie jemand anders gewesen, hätte er sich nicht die Mühe gemacht, darüber zu sprechen. Er verachtete sich für diese Selbsterniedrigung.
»Alle?« fragte sie. »Nun, ich will mich nicht streiten. Wie dem

auch sei« – sie berührte mit ihrem Finger seinen Arm –, »ich lehne nicht Sie ab. Ich lehne nur Ihre Einladung zum Essen ab. Ich bin noch nicht soweit, um mit Ihnen ins Bett zu gehen, vielleicht werde ich es auch niemals sein. Aber ich verabscheue Sie nicht.«

»Aber Sie mögen mich auch nicht«, versetzte er. Er war verblüfft; das mußte jemand anders gesagt haben.

»Einige Menschen sind sehr warm und deshalb liebenswert«, erklärte Branwen. »Sie sind nicht warm.«

»Ich bin der Kapitän des Schiffes«, sagte er.

»Und deshalb stolz und einsam«, nickte sie, und sie lachte. »Nein, Sie haben es falsch verstanden. Auch als Schiffsjunge wären Sie abweisend und einsam. Captain Irion war eine sehr gute Kommandantin, dennoch besaß sie etwas, das die Menschen dazu brachte, sie zu mögen.« Sie schwieg.

»Sie sind zornig«, fuhr sie fort. Sie löste ihren Finger von seinem Arm, und in seinem Innern blitzte das Bild einer Wunde auf, die ihm ihr Finger zugefügt hatte. Die Wunde schloß sich, das Blut trocknete, und Eis bildete sich über der Narbe.

»Ja, das bin ich«, bestätigte er. »Aber nicht auf Sie. Andere Dinge...«

Er glaubte fast selbst, daß er nicht log.

»Wir sehen uns«, nickte er und schritt davon.

Ramstan begab sich in seine Kabine und rief die Brücke an. Oberleutnant Ozma Garrick antwortete.

»Ich möchte, daß Commodore Benagur unter Arrest gestellt wird. Man soll ihn in seine Kabine bringen, nicht in die Brigg, und dafür sorgen, daß er dort bleibt, bis Doktor Hu ihn untersucht hat. Informieren Sie mich, sobald er sich in seiner Kabine befindet.«

Garrick sah aus, als wollte sie ihn nach dem Grund für diesen Befehl fragen, aber natürlich tat sie es nicht. Ramstan nahm dann mit Indra Verbindung auf.

»Haben Sie bereits mit der Arbeit an dem Schaltkreis begonnen?«

»Mit der Operation noch nicht.«

»Der Befehl ist aufgehoben. Halten Sie sich aber trotzdem bereit, die Operation durchzuführen.«
Der Hindu lächelte, aber er schwieg.
Ramstan war froh, daß Indra keine Fragen gestellt hatte. Er wußte selbst nicht, warum er die Operation verschoben hatte. Er setzte sich und klopfte mit den Fingern der linken Hand auf den Oberschenkel. Dann rief er die Brücke an.
»Garrick, funken Sie erneut das Tolt-Schiff an. Wenn Sie eine Antwort erhalten, benachrichtigen Sie mich sofort.«
Garricks Gesicht verschwand von dem Oktant. Einige Minuten lang saß Ramstan reglos da; selbst seine Finger bewegte er nicht. Dann seufzte er, richtete sich auf und trat an das Schott. Kurz danach legte er das *Glyfa* auf den Tisch. Er strich mit den Fingern über die Oberfläche des Eies und bewunderte zum wiederholten Male die Genialität der seit Äonen toten Künstler, die derart detaillierte, wunderschöne und plastische Bilder geschaffen hatten, ohne die Glätte der Hülle zu beeinträchtigen.
Laut sagte er zu sich: »Wenn ich doch nur wüßte, was die Tenolt vorhaben!«
Die Stimme, die ihm antwortete, ließ ihn herumfahren, seine Augen sich weiten, seine Haut erblassen und drohte sein Herz zerspringen zu lassen. Aber er war der einzige Mensch im Raum.
»Allah!«
Er gab noch einige weitere arabische Worte von sich, und bei den meisten handelte es sich um Flüche.
Die Stimme hatte gesagt oder schien gesagt zu haben: »Sie wissen, daß du mich gestohlen hast. Aber sie werden nicht angreifen, solange du dich an Bord des Schiffes befindest. Vor allem geht es ihnen darum, mich wieder in ihre Hände zu bekommen.«
Jetzt sagte sie: »Ich hätte dich warnen sollen.«
Ramstan beugte sich über den Tisch und stützte sich auf dessen Kante. Sein Herzschlag mäßigte sich, aber zunächst konnte er nur keuchend sprechen.
»Warum... benutzt du... Branwen Davis' Stimme?«

Erst dann kam ihm zu Bewußtsein, daß das *Glyfa* seine Gedanken las. Er war wütend. Nichts und niemand durfte sich ein derartiges Vergehen erlauben.

»Nein, ich lese deine Gedanken nicht, und es ist mir auch nicht möglich«, erklärte das *Glyfa* mit der Stimme Khadijas, seiner Mutter.

»Wenn du das nicht kannst... woher wußtest du dann... was ich denke?«

»Ich wußte, du würdest denken ich sei es gewesen«, antwortete die Stimme.

Ramstan hatte seit Jahren nicht mehr geweint. Jetzt rannen ihm Tränen über die Wangen.

»Bitte, benutze nicht ihre Stimme«, sagte er.

»Nun gut. Wie wäre es damit?«

Benagurs Stimme dröhnte auf.

»Nein!«

»Dann werde ich als deine Mutter zu dir sprechen.«

»Nein!«

»Du wirst dich daran gewöhnen, möglicherweise wird es dir sogar gefallen. Ich glaube, du hast deinen Kummer schon zu lange mit dir herumgetragen, auch wenn du nicht wußtest, daß du ihn so tief vergraben hast.«

»Ich habe das Gefühl, als ob sie aus ihrem Sarg zu mir spricht«, murmelte Ramstan. »Oder... als ob du ihr Grab bist, und sie spricht aus dir zu mir.«

»In gewissem Sinne ist sie in mir«, erwiderte das *Glyfa*.

Ramstan bat es, ihm diese Bemerkung zu erklären, aber das *Glyfa* ignorierte seine Frage. Es fuhr fort: »Es wird dir gefallen, sie zu hören. Du hast deine Kabine als eine Art Gebärmutter benutzt, in der du Zuflucht suchen kannst. Wenn du sie hier hörst, wird sich dieses Gefühl noch verstärken. Möglicherweise ist dies keine gute Sache. Aber du scheinst es zu brauchen.«

»Wenn du meine Gedanken nicht lesen kannst, wieso weißt du dann soviel über Davis, Benagur und Allah weiß wen noch?«

»Ich kann bis in eine bestimmte Entfernung Vibrationen or-

ten und Objekte sehen«, entgegnete die Stimme seiner Mutter. »Ich kann elektrische und elektronische Phänomene anmessen – und auch andere Dinge.«
»Du kannst Dinge, die sich außerhalb dieser Kabine abspielen, sehen und hören?«
»Ja. Natürlich.«
»Wie weit reichen deine Fähigkeiten?«
»Sehr weit.«
»Du willst mir nicht die genaue Entfernung verraten?«
»Ich habe meine Gründe, es nicht zu tun.«
»Könntest du dem Kapitän der *Popacapyu* sagen, daß er fortfliegen und uns in Ruhe lassen soll?«
Das *Glyfa* antwortete nicht.
Ramstan brummte: »Offenbar ist es dir nicht möglich.«
»Oder ich habe meine Gründe, darauf zu verzichten.«
»Es ist also klar«, fuhr Ramstan fort, »daß du bis zu einer gewissen Entfernung die Elektrizität beeinflussen kannst. Wie machst du das?«
»Die Erklärung würde dir nichts sagen.«
»Aber du kannst die richtigen Worte in meinem Gedächtnis finden, sie in arabischer oder terrischer Syntax anordnen, sie modulieren und die richtigen Betonungen und so weiter benutzen. Und sie in meinem Kopf mit der Stimme meiner Mutter erklingen lassen. Ich meine, manchmal verwendest du Worte, die meine Mutter niemals gehört oder gelesen hat. Außerdem mußt du die Worte zuerst in deiner eigenen Sprache bilden und dann übertragen. Wie gelingt es dir, sie zu übersetzen? Ich meine, selbst wenn du deine Stimme als kodierte Signale oder was weiß ich transmittierst, dann würden sie mir nichts bedeuten, wenn ich sie direkt höre. Per Luftschwingungen, meine ich, die meine Trommelfelle erreichen. Deshalb...«
»Es muß dir genügen, daß ich es kann«, unterbrach das *Glyfa*. »Jetzt zu deiner ursprünglichen Frage, die du dir selbst gestellt hast. Was haben die Tenolt vor? Sie wollen mich zurückhaben, und sie werden keine Gewalt benutzen und so das Risiko eingehen, mich zu verlieren, solange die Verzweiflung sie nicht dazu zwingt. Außerdem könntest du mich statt auf der *Al-*

Buraq irgendwo anders versteckt haben. Vielleicht auf Kalafala oder auf Walisk oder sogar auf Webn. Obwohl sie es bemerkt hätten, sofern du sie nicht irgendwie überlistet hast. Zudem bin ich ihr Gott. Es ängstigt und verwirrt sie, daß ich dir erlaubt habe, mich zu entführen. Oder – und dies muß sie sehr irritieren – es gibt die Möglichkeit, daß du, Ramstan, mich hast stehlen können, weil du noch mächtiger bist als ich. Allerdings bezweifle ich, daß irgend jemand auf ihrem Schiff gewagt hat, diesen Gedanken laut auszusprechen. Es würde jedem schlecht ergehen, der so etwas behauptet, selbst ihrem Hohepriester.«

Ein Pfiff gellte auf. Ramstan war verblüfft, aber er sagte einige Worte, um die visuelle Übertragung von seiner Seite zu unterbinden. Garricks Gesicht erschien auf einem Oktant.

»Commodore Benagur ist arretiert und in seine Kabine gebracht worden, Sir. Doktor Hu ist auf dem Weg, um den Commodore zu untersuchen, wie Sie angeordnet haben.«

»Danke, Lieutenant«, sagte Ramstan und beendete die Verbindung.

»Der arme Benagur«, bemerkte das *Glyfa*. »Er ist ein Mystiker, und bei seiner Suche nach dem Unaussprechlichen hat er einen Blick darauf erhascht. Oder wird das Kleid des Göttlichen von jemand anders getragen? Vom Widersacher zum Beispiel? Aber besitzt der Widersacher nicht eigene Pracht; und ist es nicht schwer, seine Pracht von der wahren Pracht zu unterscheiden?«

»Du scheinst amüsiert zu sein«, stellte Ramstan fest.

Obwohl er Benagur nicht mochte, tat er ihm in diesem Moment leid. Vielleicht, weil er sich selbst leid tat. Eher noch fühlte er sich verwirrt und wegen dieser Verwirrung hilflos. Er verabscheute dieses Gefühl und verachtete sich deswegen selbst. Trotz aller Hindernisse konnte er seinen Weg machen. Zumindest hatte er das bis vor kurzem geglaubt. Jetzt... war er sich nicht mehr so sicher.

Er mußte dem *Glyfa* einige Fragen stellen, obwohl er es haßte. Er sollte fähig sein, die Antworten aus eigener Kraft zu finden.

»Was ist der *Bolg?*« fragte er.
Schweigen trat ein, als ob das *Glyfa* überrascht wäre. Aber vielleicht mißverstand Ramstan die Stille.
»Der *Bolg?*« wiederholte das *Glyfa.* »Seit langer Zeit habe ich diesen Namen nicht mehr gehört. Seit einer Zeitspanne, die sich deinem Vorstellungsvermögen gänzlich entzieht.«
»Nun?« brummte Ramstan.
»Es ist eine Bezeichnung für ein Chaosungeheuer. Das Volk, das sie benutzt hat, ist vor Äonen ausgestorben. Um ehrlich zu sein, haben verschiedene...«
»Verschiedene was?« fragte Ramstan.
»Es spielt keine Rolle. Wo hast du diesen Namen gehört?«
Ramstan berichtete, was sich in der kalafalanischen Taverne zugetragen hatte. Dies verschaffte ihm einige Befriedigung, trotz des Wachrufens der schlechten Gefühle, die mit dem Vorfall verbunden waren. Das *Glyfa* hatte ihn während seines Aufenthaltes in der Taverne nicht beobachtet. Weil es nicht dazu in der Lage gewesen war, oder hatte es freiwillig darauf verzichtet? Oder log das *Glyfa* aus irgendwelchen Gründen und war bereits über den Zwischenfall in der Taverne informiert?
»Es gibt viele von ihnen in diesem Krieg«, erklärte das *Glyfa.* »Ich wußte dies schon seit langem, aber ich weiß noch immer nicht, wo sich einige von ihnen verbergen. Doch ich habe genug Zeit. Zumindest hoffe ich das.«
»Was meinst du damit?« fragte Ramstan.
Er erhielt keine Antwort.
Offensichtlich wußte das *Glyfa* von der Vernichtung allen Lebens auf Walisk. Ramstan erkundigte sich, ob etwa der *Bolg* etwas damit zu tun hatte.
»Von jetzt an hat alles in den Universen mit dem *Bolg* zu tun«, entgegnete das *Glyfa.*
»Was soll das heißen – ›in den Universen‹?«
»Du darfst nicht alles auf einmal erfahren. Du könntest es nicht verarbeiten.«
Ramstans Zorn flammte wieder auf.
»Was bin ich denn? Nur Bauer in einem Schachspiel?«

»Bauern sind nicht ›nur‹ Bauern. Nichts, das notwendig ist, läßt sich mit einem ›nur‹ abwerten. Du bist ein Brennpunkt, möglicherweise *der* Fokus. Und glaube nicht, daß ich dich als Objekt betrachte. Ein Fokus kann eine Person sein.«

Wenn das *Glyfa* in sein Inneres greifen und sein Gedächtnis und Sprachzentrum benutzen konnte, dann konnte es gewiß auch Emotionen auslösen. Welche Erklärung gab es sonst dafür, daß er das *Glyfa* gestohlen hatte? Für eine Tat, an die er sonst nicht einmal im Traum gedacht hätte, nicht er, der Kapitän, der für die Besatzung des Schiffes und das Schiff selbst verantwortlich war. Er hatte die *Al-Buraq* und seine Leute der größten Gefahr ausgesetzt, und er hatte nie gewußt, warum. Sicherlich hatte das *Glyfa* gewollt, daß er es mitnahm, und es hatte ihn zu der Tat bewegt, als wäre er ein Roboter.

Heiser teilte er dem *Glyfa* seine Überlegungen mit.

Wie gewöhnlich erhielt er von dem Ding nur eine halbe Antwort.

»Ich bin nicht fähig, anderen Personen Wünsche einzugeben. Was nicht existiert, kann von mir nicht benutzt werden.«

»Du mußt Wassruss' Tod beobachtet haben«, vermutete Ramstan. »Um was handelt es sich bei diesen drei Geschenken? Und was bedeutet dieses Frage-und-Antwort-Lied?«

»Es gibt eine Zeit zum Reden und eine Zeit zum Schweigen«, entgegnete das *Glyfa*.

Ramstan brüllte: »Ich habe deine Geheimnistuerei satt! Ich werfe dich raus! Raus, sage ich! Die Tenolt können dich zurückhaben!«

Stille.

»Rede, verdammt noch mal!« schrie Ramstan. »Wenn ich keine vollständige und klare Antwort bekomme, dann werde ich dich rauswerfen! Ich werde es dir schon zeigen!«

Hatte sich das *Glyfa* zurückgezogen, die Verbindung unterbrochen? Oder hockte es hinter dieser undurchdringlichen Schale und lächelte, wie immer das auch aussehen mochte?

Er packte das Ei, hob es ein paar Zentimeter hoch und ließ es los. Das *Glyfa* prallte mit einem dumpfen Geräusch auf den Tisch, aber es rollte nicht herunter.

Wenn er das Ding jetzt hinaustrug, würde man ihn dabei beobachten. Und die Mannschaft würde wissen, daß er es gestohlen hatte.

Es war besser, wenn er es in der Nacht fortschaffte und es zu einem nahen Berggipfel brachte. Bei Tageslicht oder vielleicht vorher schon würde es der Toltoperator am Magniskop entdekken. Und das Tolt-Schiff würde so schnell wie möglich landen, um den Gott an Bord zu nehmen.

Man würde seine Landung natürlich beobachten, die Mannschaft der *Al-Buraq* in Alarmbereitschaft versetzt werden. Nur er wußte dann, warum sich die Tenolt näherten, und er konnte es niemand sagen.

Aber was war, wenn der Tolt-Kapitän, nachdem er das *Glyfa* wieder in Besitz genommen hatte, auf den Gedanken verfiel, Rache zu nehmen? Würde er den Diebstahl als Sakrileg betrachten? Würde er dann die *Al-Buraq* angreifen?

Oder, falls er etwas derartiges im Schilde führte, würde ihm das *Glyfa* Einhalt gebieten? Möglicherweise hatte das *Glyfa* gar kein Interesse daran, die Tenolt daran zu hindern.

Er ging mit gesenktem Kopf auf und ab, das lange Kinn fast auf der Brust, die Arme hinter dem Rücken verschränkt. Schließlich nahm er das *Glyfa*, legte es wieder in die Tasche, verstaute die Tasche in dem Schottsafe. Das Deck bebte leicht, als wäre sich die *Al-Buraq* des emotionalen Durcheinanders und der Frustration seines Kapitäns bewußt und würde vor Anteilnahme zittern. Aber natürlich war dieser Gedanke lächerlich, sagte sich Ramstan. Er anthropomorphisierte, nein, er theriomorphisierte zuviel.

Ein Aufruf erreichte ihn von der Brücke. Doktor Hu wollte mit ihm über Benagur sprechen. Unverzüglich verließ Ramstan seine Kabine. Aber während er durch die Korridore schritt, fragte er sich, was ihn dazu gebracht hatte, das *Glyfa* zu behalten. War es wirklich seine eigene Entscheidung gewesen? Oder hatte ihn das *Glyfa* auf subtile Weise dazu veranlaßt?

14.

Einige Mystiker suchen Gott, indem sie reisen, andere, indem sie in einem Raum bleiben.
Benagur hatte beide Wege gewählt. Etwas war geschehen, das ihn dazu gebracht hatte, die kleine Kammer in einem Haus in Jerusalem nahe der Klagemauer zu verlassen. Niemand außer ihm wußte, was es war, aber gelegentlich hatte er Andeutungen darüber fallen gelassen. Wenn jene, die begierig waren, Einzelheiten zu hören, ihn mit Fragen bedrängten, so pflegte er zu sagen, das Ereignis sei unbeschreibbar.
Oberflächlich betrachtet schien er als Besatzungsmitglied auf einem Alaraf-Schiff ungeeignet. Aber er war unter Theologen weltbekannt für seine Arbeiten über jüdischen und moslemischen Mystizismus, und auf der *Al-Buraq* gab es für Theologen einige freie Stellen. Benagur wurde – natürlich erst nach den vorgeschriebenen physiologischen und psychologischen Untersuchungen – angenommen. Die psychische Tiefensondierung war nicht nötig gewesen, um festzustellen, daß es sich bei ihm um einen Exzentriker handelte, aber die Ergebnisse zeigten auch: er besaß eindeutig die Stabilität, die man für das Leben auf einem Alaraf-Schiff benötigte.
Wenn er die meiste Zeit allein für sich bleiben wollte, so besaß er eine gute Entschuldigung. Wie die meisten Spezialisten war er sehr mit seinen beruflichen Aufgaben beschäftigt. Im Gegensatz zu den anderen besaß er besondere Privilegien, die auf die Vorschriften seiner Religion zurückzuführen waren. Wann immer es ihm möglich war, aß er allein und nur die Speisen, die seine Religion erlaubte. Die anderen Juden an Bord gehörten Sekten an, die ihm zu liberal erschienen, um sie als echte Juden zu betrachten. Den anderen war dies gleich; sie hielten ihn für einen Superfanatiker. Auf jeden Fall besaßen sie großen Respekt vor seinem Wissen.
Ramstan hatte bis zu der Nacht, in der das *Glyfa* gestohlen worden war, keine Schwierigkeiten mit Benagur gehabt. Zwar hielt sich Benagur zurück, doch dies störte Ramstan nicht, war er doch gleichermaßen reserviert.

Nun empfand Ramstan Schuldgefühle. Hätte er nicht getan, was er getan hatte, dann hätte er Benagur nicht in jene seltsame Raserei versetzt, die ihn nun beherrschte.
War Benagur verrückt? War er nicht – nach allen Maßstäben, abgesehen von Ramstans – normal? Würden sich nicht die anderen so wie er benehmen, wenn sie argwöhnten, was Benagur argwöhnte?
Auf der anderen Seite wäre kein anderer derart tief betroffen gewesen. Sie besaßen nicht Benagurs psychische Konstitution. Sie existierten nicht am Rand des Wahnsinns, und es war mehr als nur ein leichter Stoß erforderlich, um sie über die Klippe zu befördern. Schließlich war Maija Nuoli demselben überwältigenden *Licht* ausgesetzt gewesen, und sie war nicht psychotisch geworden, sondern introvertierter als zuvor, und sie sprach nicht gern über ihre Erlebnisse im Tolt-Tempel. Aber sie hatte so tüchtig wie immer ihre Pflichten als Botanikerin erfüllt.
Ramstan fragte sich, warum das *Glyfa* darum gebeten hatte, daß sie ihn und Benagur begleitete. Welche Rolle spielte sie in dem Drama, an dem das *Glyfa* unzweifelhaft arbeitete? Und was das betraf, welche Rolle hatte Benagur gehabt? Wahrscheinlich war er inzwischen aus dem Spiel. Was immer es auch gewesen war, das die drei Menschen überwältigt hatte, es hatte Benagur aus dem Gleichgewicht gebracht und ihn für die Zwecke des *Glyfas* unbrauchbar gemacht.
Möglicherweise hatte das *Glyfa* Nuoli und Benagur der Delegation hinzugefügt, um den Diebstahlsverdacht von Ramstan abzulenken. Auch sie würde man verdächtigen. Wenn dem so war, dann hatte sich das *Glyfa* verrechnet. Der Verdacht war nicht auf Benagur oder Nuoli gefallen.
Aber das *Glyfa* konnte natürlich auch andere Gründe für ihre Einladung gehabt haben.
Ramstan betrat Doktor Hus Büro. Hu erhob sich hinter ihrem Schreibtisch, als der Kapitän in das Zimmer schritt.
»Setzen Sie sich, Julia«, bat Ramstan. Er nannte sie bei ihrem Vornamen, Förmlichkeiten waren also nicht notwendig.
Ramstan machte ein Zeichen, und ein Sessel formte sich aus

dem Boden. Er setzte sich. Nach längerem Schweigen sagte er: »Nun?«
Hu sah Ramstan nicht an. »Commodore Benagur behauptet, daß Sie den Tenolt das *Glyfa* gestohlen haben.«
Jetzt war es an die Öffentlichkeit gedrungen, dachte Ramstan. Nein, noch nicht. Vielleicht konnte das Wissen auf Benagur und Hu beschränkt werden.
»Sie haben ihn einem Lügendetektortest unterzogen?«
»Natürlich. Danach *glaubt* er, die Wahrheit zu sagen.«
»Was bedeutet, daß er psychotisch ist«, stellte Ramstan fest.
Hu zögerte und sah dann Ramstan in die Augen.
»Das bleibt zu beweisen.«
Ramstan fuhr aus dem Sessel hoch und brüllte: »Was?«
Hu breitete die Arme aus und zuckte die Achseln.
»Er wird eine offizielle Untersuchung des Vorfalls verlangen.«
Ramstan setzte sich und preßte die Lippen zusammen.
»Das kann ich nicht zulassen. Wir befinden uns in einer sehr ernsten und gefährlichen Situation. Das Tolt-Schiff... die schreckliche Zerstörung Walisks... nein. Die Lage ist zu ungewöhnlich, um nach den Richtlinien zu verfahren.«
»Sie werden Benagur nicht gestatten, eine Untersuchung...«
»Ich kann es im Augenblick nicht erlauben. Wenn die Gefahr beseitigt ist, werde ich natürlich meine Zustimmung geben.«
Er beugte sich nach vorn, die Oberarme auf den Schenkeln, die Hände gefaltet
»Hören Sie zu. Falls Benagur als Psychotiker entlarvt wird, dann gibt es keine Notwendigkeit, diese lächerlichen Beschuldigungen zu protokollieren.«
»Er ist gewiß erregt, aber das will natürlich nicht heißen, daß er instabil ist.«
Ramstan lehnte sich zurück und fragte mit einem leisen Lächeln: »Hat er mich auch beschuldigt, nicht an Gott zu glauben?«
»Nein. Davon sagte er nichts. Warum?«
»Vor kurzem, nahe der Küste, erhob er diesen Vorwurf. Er schien zu glauben, daß mich das schuldig macht, einem Krimi-

nellen gleich, der sich das *Glyfa* aneignet. In der Tat war dies wohl das Schlimmste.«

»Er wäre psychotisch, wenn er diese Anschuldigungen zusammen mit dem anderen Punkt erhoben hätte«, erwiderte Hu.

»Aber das hat er nicht.«

»Während wir am Strand waren, kam er auf mich zu, um mich anzugreifen.«

Hu wölbte die Augenbrauen. »Ja? War seine Absicht klar? Hat er Sie bedroht oder irgendwelche aggressiven Bewegungen gemacht?«

Ramstan hatte schlimmere Dinge getan als zu lügen, aber er konnte sich einfach nicht dazu durchringen, in diesem Moment die Unwahrheit zu sagen.

»Nein. Aber es war offensichtlich, daß er mich nur zu gern angegriffen hätte.«

Hus Gesichtsausdruck verriet, daß dies kein ausreichender Beweis für Benagurs Psychose war. Darüber hinaus vermittelte er Ramstan den Eindruck, Benagur sei nicht das einzige Besatzungsmitglied, das ihn gerne umbringen würde.

Ramstan erhob sich.

»Benagur wird in seiner Kabine bleiben, solange sich sein Zustand nicht verschlechtert und er eingesperrt werden muß. Sie oder einer Ihrer Kollegen werden ihn einer Therapie unterziehen.«

Hu stand auf.

»Weder die EEG-Messungen noch die Blutanalysen deuten auf eine psychotische Entwicklung hin.«

»Aber das sind keine sicheren Methoden, um Neurosen oder Psychosen festzustellen, nicht wahr?«

»Das nicht. Das Psychosoma ist ungeheuer komplex und oft irreführend. Jahrhunderte...«

»Sie haben meine Befehle«, erklärte Ramstan. Er ging hinaus, und ließ den Sessel so zurück, wie er war. Hu konnte sich darum kümmern. Es war Vorschrift, daß der Sesselschöpfer den Sessel auch wieder verschwinden ließ, aber zum Teufel mit der Ärztin.

Auf dem Rückweg in seine Kabine schaltete er das Hautkom

ein. »Garrick, sorgen Sie dafür, daß die Mannschaft sich unverzüglich wieder an Bord des Schiffes einfindet. Wir springen in einer Stunde nach Kalafala. In dreißig Minuten bin ich auf der Brücke.«

»Wie viele Welten gibt es?«
»Mehr als viele.«
»Wie viele Wege gibt es?«
»Mehr als viele. Dennoch gibt es nur einen.«
»Wo enden die Wege, die nur einer sind?«
»Im Tod oder in der Weisheit oder in beidem. *Und da ist noch ein Ende.*«
»Wo beginnt der Weg zu den dreien?«
»Von vielen Orten kann man aufbrechen. Webn gehört dazu.«
»Und dann?«
»Läute die Glocke am ersten Tor hinter Webn.«
»Und dann?«
»Tritt ein.«

Das Lied stellte offensichtlich eine Navigationsanweisung für die Reise vom Planeten Webn zu einem bestimmten Ziel dar – wo auch immer dieses Ziel liegen oder was auch immer es sein mochte. Ramstan hatte dies zehn Minuten nach Davis' Übersetzung von Wassruss' Ritualhymne erkannt. Er bezweifelte, ob Wassruss gewußt hatte, was es bedeutete. Sie hatte das Lied mechanisch gelernt und wie verlangt weitergegeben, auch wenn es ihr sinnlos erschienen war. Die Webniten betrieben keine eigenständige Raumfahrt, sondern reisten lediglich als Passagiere auf den Alaraf-Schiffen anderer Völker. Wer auch immer Wassruss' Vorfahren das Lied und die drei Geschenke vermacht hatte, er hatte gewußt, was das Lied bedeutete, ohne es dem Beschenkten zu verraten. Oder er hatte es doch getan, und die Erklärung war vergessen worden.
Die Webniten besaßen Glocken, und deshalb hatte der Schenkende den Begriff »Glocke« benutzen können, als er das Lied aus seiner oder ihrer Sprache ins Webnitische übersetzt hatte. Doch die Robbenzentauren wußten nichts von den Tunneln

zwischen den Sternen, durch die sich die Alaraf-Schiffe bewegten. Jedes Tunneltor besaß eine eigene Frequenz, einen speziellen Zugangsmodus, oder – wie es in der irdischen Raummarine hieße – eine »Glocke«, die »geläutet« werden mußte, wollte das Schiff sein anvisiertes Ziel erreichen.
Es war möglich und vielleicht sogar sehr wahrscheinlich, daß der Schöpfer des Liedes ein Wort benutzt hatte, das in seiner Sprache dem Begriff »Glocke« entsprach. Damit hatte er lediglich gemeint, daß man die richtige »Tunnelfrequenz« wählen mußte, um zu dem jeweiligen Zielstern zu gelangen.
Oder konnten die Raushghols ihre Terminologie des Alaraf-Fluges Wassruss während des Aufenthaltes der Webnite auf ihrem Schiff erklärt haben? Danach war sie auf der *Al-Buraq*, wie Ramstan wußte, von Davis kurz über die terranische Alaraf-Theorie und -Terminologie informiert worden. Und sie hatte das Wort »Glocke« für jenen Begriff eingesetzt, der in ihrer Sprache in dem Lied vorkam.
Die Spekulationen über das Sprachproblem waren nicht weiter wichtig. Wichtig war, daß er glaubte, über Hinweise zu verfügen, die ihn trotz ihrer Ungenauigkeit zum Ziel führen konnten – was auch immer dieses Ziel sein mochte. Er würde es zu erreichen versuchen, denn dort konnte er vielleicht eine Antwort auf das Rätsel finden, das der *Bolg* darstellte. Und vielleicht auch eine Antwort auf andere Fragen.
Er betrat die Brücke. Obgleich er keine Erklärung abgeben mußte, warum sie nach Kalafala zurückkehrten, sagte er: »Lieutenant Davis wurde dort zurückgelassen, und wenn die *Pegasus* nicht vernichtet worden ist, wird sie dort wieder auftauchen, um Davis an Bord zu nehmen. Wir werden einige Zeit auf Kalafala bleiben.«
Die *Al-Buraq* hatte kaum die Glocke nach Kalafala geläutet, als die Ortungsabteilung die Gegenwart eines anderen Raumschiffs in tausend Kilometer Entfernung meldete. Es besaß Muschelform.
»*Popacapyu*«, erklärte der Ortungsoffizier.
Fünf Stunden nachdem die *Al-Buraq* auf dem Raumhafen von Kalafala gelandet war, ging auch das Tolt-Schiff nieder. Ram-

stan fragte sich, warum es im Webn-System im Orbit geblieben war, aber hier landete. Und warum noch kein Tolt das Schiff verlassen hatte, obwohl der Kommandant verpflichtet war, sich sofort bei den Hafenbehörden zu melden.
Eine Stunde verging. Dann öffneten sich die Luken des Tolt-Schiffes, und über fünfzig Tenolt strömten heraus. Der Kapitän näherte sich mit einigen Offizieren dem Kontrollturm. Die anderen begaben sich in die Taverne. Ramstan wartete, bis der Kapitän an Bord seines Schiffes zurückkehrte. Mittlerweile war zumindest die Hälfte der anderen Tenolt wieder an Bord der *Popacapyu* gegangen. Dann hatte eine andere Gruppe die Taverne aufgesucht. Offensichtlich gönnte ihr Kapitän ihnen begrenzten Landurlaub; gerade genug Zeit, um einige Gläser zu trinken.
Tenno fragte: »Sir, werden Sie Landurlaub erteilen?«
»Das kommt darauf an«, erwiderte Ramstan, ohne zu erklären, worauf.
Eine halbe Stunde verstrich. Dann flogen zwei Jeeps aus dem Hangar des Tolt-Schiffes und steuerten das Hotel an. In einem von ihnen saß der Kommandant.
Ramstan entspannte sich ein wenig. »Es sieht aus«, brummte er, »als wollten sie eine Weile hierbleiben.«
Er informierte Tenno, daß er einem begrenzten und strikt regulierten Landurlaub zustimmte. Gruppen von je vierzig Personen konnten nacheinander das Schiff verlassen; dreißig Minuten nach der Rückkehr der ersten sollte die zweite Gruppe aufbrechen und so weiter. Es war ihnen verboten, die Taverne oder das Hotel aufzusuchen, aber sie konnten in der Hafenbar etwas trinken. Und sie sollten sich bereithalten, unverzüglich ins Schiff zurückzukehren, wenn es erforderlich wurde.
»Erwarten Sie Ärger?« fragte Tenno.
»Nicht direkt. Aber ich möchte, daß meine Mannschaft ihrem Schiff näher ist als die Tenolt-Besatzung.«
Er überließ Tenno die Entscheidung, wer Landurlaub bekommen sollte, und begab sich in seine Kabine. Er holte das *Glyfa* aus dem Safe und bat um ein Gespräch, während er es rieb, als wäre er Aladin, der den *Djinn* der Lampe herbeirufen wollte.

Schweigen.
Ramstan biß sich auf die Unterlippe. Verdammtes Ding!
Eine Stunde lang ging er auf und ab und hielt alle fünfzehn Minuten inne, um die Brücke anzurufen und einen Bericht über die Tenolt zu verlangen. Der Kapitän der *Popacapyu* befand sich noch immer im Hotel. Die zweite Tenolt-Gruppe war an Bord des Schiffes zurückgekehrt und die dritte war aufgebrochen. Die einzigen Bewaffneten unter ihnen waren jene, die den Kapitän in den Jeeps begleitet hatten.
Ramstan schritt wieder auf und ab und verharrte dann. Stirnrunzelnd trat er vor das Schottsegment, hinter dem sich das Mikroskop befand. Etwas hatte ihn gestört und am Rande seines Bewußtseins genagt. Erst jetzt erkannte er, was es war. Das Licht war dunkler als es hätte sein dürfen.
Er setzte sich mit der Brücke in Verbindung. »Tenno, stimmt irgend etwas nicht...? Ich meine, gibt es zum Beispiel Probleme mit der Energieversorgung?«
»Wir haben hier noch nichts bemerkt. Aber ich werde mich bei den Ingenieuren erkundigen. Darf ich den Grund für Ihre Frage erfahren?«
»Kümmern Sie sich nur darum.«
Er konnte Indra nicht in seine Kabine bitten, um zu überprüfen, ob eine Störung des Nervensystems vorlag. Ein unglücklicher Zufall mochte Indra zum Safe führen. Falls er Indra dann untersagte, ihn zu öffnen, würde er mißtrauisch werden.
Er wandte sich an das *Glyfa*. »Um Allahs willen, was ist hier geschehen? Sag es mir! Du mußt wissen, ob jemand hier gewesen ist!«
Er hörte nur seinen keuchenden Atem.
Noch ein Test war vorzunehmen, bevor er das Mikroskop benutzte. Er wies die *Al-Buraq* an, die Aufzeichnungen des Monitorsystems einzublenden. Ein Bildschirm flammte sofort auf, obwohl er dunkler war als gewöhnlich. Er stöhnte. Kein Videobild! Jemand hatte den Film gelöscht! Aber das war unmöglich!
Er näherte sich erneut dem Schott, hinter dem sich das Elektronenmikroskop befand. Aber dann fuhr er herum, hastete zum

Tisch, auf dem das *Glyfa* lag, und schaltete die A-G-Einheiten an seinen Seiten auf Null. Er packte das Ei und hob es mühelos hoch.
Ein Schrei entrang sich seiner Kehle.
»Eine Attrappe!«

15.

Das Licht wurde schwächer und erlosch.
Er rief die Brücke. Keine Antwort.
Er tastete sich an den Schottsegmenten entlang und berührte die leichte Erhebung, die ihm verriet, daß sich dahinter der Schrank mit den Scheinwerfern befand. Aber das Schiff ignorierte seinen Befehl, den Schrank zu öffnen.
Er fluchte erneut und wiederholte den Befehl. Nichts geschah. Jemand war eingedrungen und hatte das Schiff durch ein Anästhetika oder eine genau dosierte Droge betäubt. Oder die Droge war zuerst injiziert worden, und dann war der Unbekannte eingedrungen. Er oder sie... oder es... konnte ebensogut das Anästhetika mit einem Hypnotika versetzt haben. Oder er hatte womöglich gar keine Droge benutzt, sondern dem Saboteur war es irgendwie gelungen, die *Al-Buraq* zu hypnotisieren.
Jetzt war nicht die Zeit für Spekulationen. Er mußte das gefälschte *Glyfa* zurück in den Safe schaffen. Zwar würde sich das Schott im Augenblick nicht schließen, aber er konnte zumindest alles vorbereiten.
Er legte das Ei in die Tasche, tastete nach dem gegenüberliegenden Schott und suchte so lange, bis er die Öffnung gefunden hatte. Als das Ei verstaut war, ging er langsam, mit ausgestreckten Händen, zum Tisch zurück. Er klammerte sich an ihm fest, als könnte er aus dem Material Photonen herauspressen. Die Dunkelheit schien alles Licht der Welt aufgesogen zu haben. Die Luft strich träge über sein schwitzendes Gesicht, seine Hände. Er hörte nur das Blut in seinen Adern rauschen und den Gesang der Stille.

Falls das gesamte Schiff betäubt war, würden Indra und seine Ingenieure verbissen nach der Störungsquelle suchen. Sie würden nicht lange brauchen, um herauszufinden, was nicht stimmte, und den Schaden beheben.
Bis dahin würde derjenige, der das *Glyfa* gestohlen hatte, schon längst fort sein.
Er schwitzte noch heftiger.
Hätte die *Al-Buraq* normal funktioniert, wäre die Luftfeuchtigkeit und die Temperatur in der Kabine gesenkt worden.
»*Iblis* soll dieses Bio-Schiff holen!«
Seine Stimme klang hohl und weit entfernt in seinen Ohren.
Ein biologisches Raumschiff besaß viele Vorteile, aber jetzt traten die Nachteile ans Licht. Die Konstrukteure hatten nicht mit Saboteuren oder mit der Möglichkeit gerechnet, daß ein Besatzungsmitglied verrückt wurde.
Er schlug mit der Faust auf die Tischplatte und ließ zu, daß er seine Selbstbeherrschung verlor, die er sonst unter allen Umständen beihehielt – ob nun in Gegenwart anderer Menschen oder allein. Aber hier in dieser dunklen, stillen Leere konnte er sich wie ein Baby benehmen.
Bei seinem ersten Schlag sah er aus dem linken Augenwinkel einen grünen Schimmer. Er fuhr vom Tisch zurück; seine Fäuste waren noch immer geballt. Grün? Er konnte Farben in völliger Finsternis sehen?
Nein. Er hatte sie nicht wirklich *gesehen*. Es war unmöglich. Nicht seine Augen, sondern sein Bewußtsein hatte das Grün bemerkt.
Warum?
Er dachte an den grüngekleideten Mann, den er als Al-Khidhr oder Luqman oder Elias oder als Inkarnation aller drei identifiziert hatte, obwohl es keinen Beweis dafür gab, daß es sich bei dem grünen Mann um eine dieser Personen handelte.
In seinem Gehirn war der grüne Schimmer in der ihn umgebenden Finsternis entstanden. Genauso wie er weiße oder farbige »Sterne« für ein oder zwei Sekunden sehen würde, wenn er sich den Kopf irgendwo anschlug. Explosionen von Asteroiden oder Kometen, erzeugt durch Nervenimpulse, deren Ursa-

che in einem heftigen Zusammenprall mit realen Gegenständen zu suchen war. Aber er war mit dem Kopf nirgendwo angestoßen. Mit der Faust hatte er auf den Tisch geschlagen, aber dies konnte mit dem grünen Phänomen nichts zu tun haben. Ein schmaler, gebogener Farbstreifen... wie ein Krummsäbel.
Oder der Rand eines Turbans oder Mantels.
Der Rand der grünen Iris im Auge eines grüngekleideten Mannes?
Er wartete. Er sah den Farbblitz nicht noch einmal. Dennoch hatte er das überwältigende Gefühl, daß sich jemand in seiner Kabine aufhielt.
»Wer ist da?« stieß er hervor.
Stille.
»Bist du das?« rief er, ohne zu wissen, wen er mit dem *du* meinte.
Er horchte und sah sich um, drehte den Kopf, so daß er einen Winkel von einhundertachtzig Grad überblicken konnte, dann fuhr er herum, um die restlichen einhundertachtzig Grad zu kontrollieren.
Er glaubte, oder glaubte zu glauben, ein sehr mattes Grün zu erkennen. Aber gewiß war dies nur der Geist eines Geistes, die Reflexion des Phantoms eines Phantoms, allein von seiner Einbildungskraft erzeugt.
Etwas sprach zu ihm.
Die Stimme seiner Mutter? Die Stimme, der sich das *Glysa* bediente?
Nein. Der Wunsch mußte der Vater seiner Gedanken sein. Es war so weit entfernt, so leise, so...
Die Dunkelheit begann sich zu erhellen. Dann konnte er seine Umgebung umrißhaft erkennen, als ob er sich tief unter Wasser befinden und das Licht durch die hoch über ihm gelegene Meeresoberfläche sickern würde.
Abrupt erfüllte grelles Licht den Raum. Tennos Stimme erklang. »Captain?«
»Hier!« rief er.
Zur gleichen Zeit dachte er: Wo ist dieses Hier?

Die Antwort lautete natürlich: Wo ich bin.
»Was ist geschehen?«
»Wir wissen es noch nicht, Sir«, gestand Tenno. »Aber Doktor Indra vermutet, daß jemand das Schiff unter Drogen gesetzt hat.«
Ramstan befahl: »Geben Sie AMAB. Ich möchte, daß sich binnen zehn Minuten jeder Mann an Bord des Schiffes befindet. Stellen Sie fest, ob jemand fehlt.«
Er schwieg einen Moment. »Befindet sich Commodore Benagur in seiner Kabine?«
Er hätte sich direkt an die *Al-Buraq* wenden können, aber die Vorschriften verlangten die Einschaltung des diensthabenden Offiziers.
Tenno handelte rasch. Er sagte: »Ja, Sir, er ist noch dort.«
Ramstan rief Indra an. Das dunkle, raubvogelhafte Gesicht trug einen besorgten Ausdruck.
»Ja, es ist eine Droge. Sie wurde in das Schott Ihrer Kabine injiziert und gelangte so in das Kreislaufsystem. Die Rückstände werden wir in Kürze analysiert haben.«
Woher kannte der Saboteur die Kodeworte?
Vielleicht hatte die Droge die *Al-Buraq* derart enthemmt, daß sie den Kode freigegeben hatte, als sie von dem Eindringling gefragt worden war. Oder sie hatte es nicht getan. Möglicherweise hatte der Eindringling den Kode durch einen direkten Öffnungsbefehl neutralisiert.
Er formulierte neue Kodeworte und gab sie dem Schiff ein. Der Boden bebte unter seinen Füßen, als das Schiff, bildlich gesprochen, mit dem Schwanz wedelte.
Ramstan näherte sich dem Ausgang und erstarrte mitten im Schritt. »Allah!«
Das *Glyfa* kannte die Kodeworte. Es hatte oft »gehört«, wie er sie ausgesprochen hatte. Wenn nun ein Mitglied der Besatzung von dem *Glyfa* dazu gebracht worden war, es fortzuschaffen? Oder – und ihm fiel ein, daß die Tenolt-Wachen seine Anwesenheit im Tempel nicht einmal bemerkt zu haben schienen – oder was, wenn ein Nichtmensch eingedrungen war und das *Glyfa* mit seiner Hilfe entführt hatte?

Er würde nie erfahren, was geschehen war, wenn er das *Glyfa* nicht zurückbekam. Und vielleicht auch dann nicht.
Warum sollte er sich um das *Glyfa* Sorgen machen? Er war es los. Er brauchte nicht länger die Last zu tragen, die sein Besitz bedeutete. Im Lauf der Zeit würden seine Schuldgefühle verblassen. Hin und wieder würde es schmerzen, doch der Schmerz würde nachlassen. Von jetzt an konnte er sich so verhalten, wie es von dem Kapitän der *Al-Buraq* erwartet wurde. Obwohl er sich seine Tat vielleicht niemals ganz verzeihen würde, so verdunkelte das *Glyfa* zumindest nicht mehr jeden Gedanken an die Zukunft.
»Kümmere dich nicht mehr darum!« sagte er laut.
Der Ausgang öffnete sich, und er betrat den Korridor.
Über die rechte Wand des Korridors flackerte ein heller Kreis. Direkt vor ihm verharrte er, änderte dann seine Richtung und paßte sich Ramstans Geschwindigkeit an. Tennos Gesicht wirkte ernst, als er meldete: »Die zehn Minuten sind vorbei, Sir. Alle haben sich zurückgemeldet... bis auf einen.«
»Wer ist es?«
»Lieutenant Branwen Davis, Sir.«
Ramstan betrat den Lift, der Kreis folgte ihm und blieb an der Tür vor ihm haften.
»Haben Sie sie angefunkt?«
»Ja, Sir. Sie antwortet nicht.«
»Einen Moment, bitte.«
Ramstan gab den erforderlichen Befehl, und der Kreis teilte sich. Die eine Hälfte zeigte das verkleinerte Antlitz Tennos, die andere Indras Gesicht.
»Hat sich das Schiff wieder erholt?«
Der Ingenieur hob sein rechtes Handgelenk ans Ohr. Wahrscheinlich hörte er eine Meldung aus seinem Hautkom.
»Meine Leute sagen, daß die *Al-Buraq* in zehn Minuten voll operationsfähig ist, Sir. Die Droge ist noch nicht vollständig ausgeschieden worden. Es braucht seine Zeit...«
»Informieren Sie mich sofort, wenn es soweit ist.«
Indras Gesicht verschwand. Tennos Kopf nahm wieder den ganzen Kreis ein. Aber die Lifttür öffnete sich, und er betrat die

Brücke. Unverzüglich fragte er den OvD, ob er sich bei der Mannschaft über Davis' Verbleib erkundigt hatte.

»Ja, Sir. Jeder wurde darauf angesprochen. Drei behaupten, sie vor ein paar Minuten im Hauptgebäude des Hafens gesehen zu haben.«

Ramstan mußte sich zwingen, die nächste Frage zu stellen.

»Haben Sie etwas von einer großen Tasche erwähnt? Oder von einer Schachtel? Irgend etwas Sperriges?«

Tenno wirkte verwirrt. Jene auf der Brücke, die das Gespräch mitgehört hatten, sahen ihn ausdruckslos an, aber einige tauschten Blicke aus, als würden sie sich insgeheim verständigen.

»Ich weiß es nicht, Sir. Ich habe nur gefragt, ob man sie gesehen hat.«

»Erkundigen Sie sich, ob sie eine Tasche oder ein Paket trug!«

Tenno schaltete die Bordsprechanlage ein und tat wie ihm befohlen. Ramstan erteilte Anweisung, daß mehrere Suchgruppen ausschwärmen sollten. Ihre Aufgabe war es, den Hafen abzusperren und die Kalafalaner nach Davis zu fragen. Vierzig Sekunden später erstattete Tenno Bericht.

»Lieutenant Davis hat in der Tat ein Paket getragen, Sir.«

»Al-Khidhr, Isa und Mohammed!«

Die Verwünschung erfolgte lautlos; er besaß noch genug Beherrschung, um seine Panik zu verbergen.

Falls Davis das *Glyfa* gestohlen hatte, warum war sie dann nicht seiner Einladung gefolgt, mit ihm ins Bett zu gehen? So hätte sie seine Kabine betreten und ihre Pläne besser vorbereiten können. Sie hätte versuchen können, ihm die Kodeworte zu entlocken. Es wäre ihr nicht gelungen, aber gewiß hätte sie den Versuch gemacht.

Wahrscheinlich hatte sie es nicht für notwendig erachtet, in seine Kabine zu gelangen. Und das war es auch nicht gewesen. Wer hatte sie dazu angestiftet?

Er unterdrückte seinen Zorn, sein Elend und seine Furcht. »Schicken Sie noch zwei weitere Suchtrupps aus«, ordnete er an. »Postieren Sie zwei Männer an einem Ort, von dem aus sie das Tolt-Schiff beobachten können.«

Eine Minute später traf der Bericht des Offiziers ein, der mit seinem Trupp die Taverne aufgesucht hatte.
»Sir, ein Kalafalane sagt, er hätte eine Erdfrau gesehen, die ein Paket in das Hotel gebracht hat.«
Ramstan befahl Tenno, zwei Jeeps mit Raumsoldaten zu bemannen, sie mit Olsons zu bewaffnen und dafür zu sorgen, daß sie in zwei Minuten aufbrechen konnten.
»Ich werde das Kommando übernehmen. Wir fliegen zum Hotel. Rufen Sie die Suchgruppen zurück. Bereiten Sie das Schiff auf einen Notstart vor; Alaraf-Antrieb. Sobald ich zurück bin, verschwinden wir von hier.«
Tenno schluckte und sagte: »Darf ich fragen, was das Ganze zu bedeuten hat?«
»Ich habe jetzt keine Zeit für Erklärungen«, erwiderte Ramstan. »Führen Sie meine Befehle aus!«
Er eilte zum Lift. Wenn er Davis fand und sie das *Glyfa* zurückbrachte, was dann? Sie würde verbreiten, was sie getan hatte, und warum, und er konnte nicht mehr leugnen, daß er das *Glyfa* aus dem Tolt-Tempel gestohlen hatte. Man würde ihn einsperren.
Er verließ das Schiff. Die helle Sonne sank langsam am wolkenlosen, rosafarbenen Himmel. Die Luft war von köstlicher Frische, obwohl sie von seiner Maske gefiltert wurde. Fern im Westen bauschte sich Schwärze am Horizont auf; ein Sturm, der vom Ozean herantrieb. Es war ein wunderschönes, heiteres Bild, in das sich ein Hauch drohenden Unheils mischte – typisch für Kalafala in szenischer und psychologischer Hinsicht.
Der befehlshabende Marinesergeant salutierte. Ramstan warf dem bewaffneten und maskierten Mann einen flüchtigen Blick zu, nahm auf dem Rücksitz des Führungsjeeps Platz, schnallte sich an und sagte: »Zum Hotel.« Der Jeep glitt zwölf Meter in die Höhe und begann zu beschleunigen.
Bis jetzt hatte Ramstan noch nicht den Befehl gegeben, jeden Tolt, der Davis begleitete oder ein großes Paket trug, gefangenzunehmen. Er war überzeugt, daß jeder Versuch, sie aufzuhalten, auf erbitterten Widerstand stoßen würde. Es würde zu einer Schießerei kommen. Und dann? Würde das Tolt-Schiff

die *Al-Buraq* angreifen? Wahrscheinlich. Er würde Schiff und Mannschaft dadurch in unnötige Gefahr bringen und für den Tod vieler Menschen und vielleicht sogar für die Vernichtung der *Al-Buraq* verantwortlich sein.
Warum brach er die Suche nicht einfach ab? Er hatte sich doch selbst eingeredet, über den Verlust des *Glyfas* froh zu sein. Er hätte sich irgendeine Entschuldigung ausdenken und Kalafala verlassen müssen. Branwen Davis würde zur Deserteurin erklärt werden.
Er seufzte tief. Trotz seiner ursprünglichen Absichten gelüstete es ihm immer noch nach dem *Glyfa*. Er mußte es zurückhaben. Obwohl er sich nicht erklären konnte, warum er das mußte.
Vielleicht gelang es ihm irgendwie, das *Glyfa* ohne Auseinandersetzung in seine Hände zu bekommen und Branwen loszuwerden. Er hatte nicht die leiseste Vorstellung, wie er das zuwegebringen sollte, und im Grunde glaubte er auch nicht daran, daß es möglich war. Dennoch würde er es versuchen.
Dann bäumte er sich in dem magnetischen Schutzfeld auf und preßte die Hände an die Ohren. Seine Hände milderten weder den Lärm noch seinen Schmerz.
Er schrie und er hörte seinen Schrei, obwohl er ihn nicht hätte hören dürfen.
Der durchdringende pfeifende Laut erklang, als würde das Gewebe des Raums selbst zerreißen.
Als ob das Universum im Todeskampf aufbrüllte.

16.

Die Jeeppilotin hatte die Hände an die Ohren gepreßt; ihre Augen quollen in Agonie hervor, das Gesicht unter der Maske war verzerrt. Der Jeep, nun steuerlos, verringerte automatisch seine Geschwindigkeit und hielt an.
Ramstan kämpfte gegen den Schmerz, den das Pfeifen erzeugte. Er sah sich nach der Quelle des Lärms um, aber er entdeckte nur die anderen Soldaten, die so wie er versuchten, ihre Ohren

vor dem Pfeifen zu verschließen. Ihre Mühe war so vergeblich wie seine. Überall auf der Straße und auf der Hoteltreppe bedeckten die Kalafalaner ihre Ohren mit den Händen, hielten die Münder weit geöffnet, als ob sie ihre Qual verringern könnten, indem sie den Lärm wieder aus ihren Mündern hinausließen. Ihre Augen waren ebenfalls aufgerissen und die Gesichter verzerrt, als wäre das Pfeifen eine Wringmaschine, die ihre Gesichter verdrehte und auswrang.

Viele liefen kopflos umher, stolperten, prallten mit anderen zusammen, stießen sie zu Boden oder stürzten selbst. Andere standen reglos, wie zu Salzsäulen erstarrt da.

Einige der Raumsoldaten schrien, viele der Kalafalaner ebenfalls. Er konnte ihr Geschrei deutlich durch das Pfeifen vernehmen. Aber dieser grauenhafte Lärm hätte jeden anderen Laut übertönen müssen. Das bedeutet nicht, daß das Pfeifen aus seinem Innern drang. Nein! Er erzeugte es nicht! Dieser Lärm kam von irgendwo, doch er wurde weder von der Luft noch vom Fleisch übertragen; er hatte nichts mit atmosphärischen Schallschwingungen zu tun.

»Renn, Ramstan, renn!«

Die Worte waren die der Stimme in der Taverne, aber die Stimme war nicht dieselbe. Er erkannte sie nicht.

Er kämpfte den Drang nieder, aus dem Jeep zu springen und so schnell er konnte nach ... wohin? ... irgendwohin zu laufen, wo ihn der Schrecken und der Schmerz nicht mehr erreichen konnte.

Die Pilotin rief: »Um Gottes willen, was ist das? Ich kann es nicht ertragen! Ich werde verrückt!«

Ramstan mußte nicht brüllen, um gehört zu werden, aber er schrie vor Panik und Verzweiflung. »Ich weiß es nicht! Fassen Sie sich! Fliegen Sie weiter! Fliegen Sie weiter, sage ich!«

Sie löste die Hände von den Ohren und murmelte unsicher: »Ja, Sir.« Dann griff sie nach dem Steuer und betätigte mit den Füßen die Pedale. Sie bebte und sah aus, als würde sie auf das Kreischen in ihrem Kopf mit Kreischen antworten.

»Da! Da!« stieß Ramstan hervor und streckte einen Arm aus. Vor der Hoteltreppe schwebten zwei tränenförmige Tolt-Jeeps einen halben Meter über dem Bürgersteig. Sechs gepanzerte und bewaffnete Tenolt saßen im ersten Fahrzeug, die untere Hälfte der vorspringenden Gesichter maskiert, die pelzige obere Hälfte zwischen Maske und Helm unbedeckt. Fünf befanden sich in dem zweiten Fahrzeug; zwei auf dem Vorder- und zwei auf dem Rücksitz. Zwischen ihnen saß Branwen Davis. Trotz ihrer Maske war sie leicht zu erkennen. Alle hielten ihre Ohren bedeckt, und die Jeeps hatten automatisch angehalten.

Ramstan brüllte der Pilotin zu: »Landen Sie, bevor sie wieder zu sich kommen!« Er deutete auf die Tenolt.

Dann drehte er sich herum und fauchte die Soldaten an: »Es ist sinnlos, sich die Ohren zuzuhalten! Halten Sie sich für den Angriff bereit! Schießen Sie, wenn ich den Befehl dazu gebe! Schießen Sie, um zu töten!«

Sie konnten ihn wegen des Geschreis und Gebrülls der rasenden Menge auf der Straße vielleicht nicht hören, aber sie verstanden seine Gesten. Sie senkten die Hände und griffen nach ihren Olsons.

So plötzlich wie es angefangen hatte, verstummte das Pfeifen auch wieder.

Der Schmerz wich rasch und hinterließ bei seinem Verschwinden eine Erleichterung, die fast so orgiastisch empfunden wurde, wie der Schmerz quälend gewesen war. Aber Ramstan hatte keine Gelegenheit, sie zu genießen. Die Tenolt-Piloten hatten die Kontrolle über sich zurückgewonnen. Die Jeeps stiegen in die Höhe und glitten, wenn auch langsam, in Richtung Raumhafen. Und die aufgeregten Bewegungen der Tenolt ließen keinen Zweifel daran, daß sie die heranjagenden Terraner entdeckt hatten.

Ein Soldat hinter Ramstan schrie: »O Gott! O Gott!«

Obwohl noch lautes Gemurmel herrschte, hatten die meisten Kalafalaner ihr Geschrei eingestellt. Aber jetzt begannen sie wieder zu schreien, und viele deuteten an Ramstan vorbei nach oben.

Er drehte sich um und sah nach Westen. Das Pfeifen hatte in ihm ein Gefühl der Irrealität erzeugt, das noch immer nicht überwunden war. Jetzt erlebten sie Benommenheit und das

Gefühl, getrennt zu sein von der Festigkeit der Materie und der Zeit, einen Quantensprung. Er konnte nicht verstehen, nicht akzeptieren, was er sah. Das Ding am Himmel durfte nicht existieren. Es war monströs, unnatürlich, und trotzdem war es da. Auf ungewisse Weise fühlte er sich verraten.

Aus dem weit entfernten Tal drang das Dröhnen Tausender von Gongs.

Das dort oben war zweifellos die Quelle des Pfeifens. Der *Bolg*. Es war eine Kugel, die über dem Planeten hing und den Großteil des Himmels einnahm, ein furchteinflößendes Gebilde, das nah, so nah war, ein anderer Planet, der herabzustürzen und alles Leben zu zermalmen, die Erde zu zerbröseln, sie zu zerreißen, sie mit seiner unbeschreiblichen Masse in Drehung zu versetzen und die Erde und das Gestein unter der Erde durch die Gewalt des Zusammenpralls zu Staub zermahlen drohte.

Aber es stürzte nicht. Es bewegte sich rasch in Richtung Osten, wenn auch nicht rasch genug, um im Orbit zu bleiben, falls seine Masse seiner Größe entsprach. Es hätte bereits herabstürzen müssen. Es stürzte nicht. Es bewegte sich jenseits der Planetenatmosphäre, vermutlich oberhalb der letzten Schichten, und schien dort aus eigener Kraft zu verbleiben.

Es war rund wie ein Baseball und dunkel, sah man von einigen helleren Flecken ab, die ihm das Aussehen einer St.-Martins-Laterne verliehen, auf die eine zitternde Hand ein Gesicht gemalt hatte. Ein winziges Horn, ein Kegelstumpf, stand vom Südpol ab. Ein zweites Horn, das im Licht der untergehenden Sonne glitzerte, wölbte sich im Zentrum des »Gesichtes« wie die Parodie einer Nase. Und ein drittes befand sich in Höhe des Äquators.

Ramstan klammerte sich an die Rücklehne seines Sitzes, als sich der Boden im Westen erhob, krümmte und wellenförmig auf ihn zurollte. Die ferne Bergkette erbebte. Die Erde hob und senkte sich wie die Wogen einer stürmischen See. Wälder stiegen empor und stürzten zurück. Gebäude bäumten sich auf, zerbarsten und fielen als Bruchstücke zu Boden.

Zur gleichen Zeit fauchte ihm Ostwind entgegen. Die Luft traf ihn wie eine Faust.

Ein klatschendes Geräusch wie von einer brobdingnagianischen Peitsche ertönte. Die Bodenwellen glitten unter den beiden Jeeps hinweg, und ihre Kämme berührten fast die Unterseite der beiden Fahrzeuge. Polternd stürzte das Hotel ein. In der Ferne neigte sich der Kontrollturm des Raumhafens und brach auseinander. Winzige Gestalten purzelten aus ihm heraus.

Er kämpfte gegen den Drang an, sich in sein Inneres zurückzuziehen und die äußere Welt zu verdrängen.

Das Rumpeln vermischte sich mit dem Klatschen. Der gesamte Planet grollte und stöhnte – oder zumindest erschien es ihm so. Die Menschen auf dem Boden waren hingestürzt. Einige versuchten wieder aufzustehen, aber es gelang ihnen nicht, weil die Erde wie Öl in einer Schüssel zitterte, die von einem verängstigten Menschen gehalten wurde.

Das Knirschen und Poltern nahm kein Ende. Die Erde spaltete sich, und ein zickzackförmiger Riß entstand weit im Westen. Er raste wie eine verrückte Schlange auf ihn zu, und in dem plötzlich entstandenen Spalt verschwanden zahllose Menschen, während andere, die sich an seinem Rand befanden, fortzukriechen versuchten oder sich regungslos mit dem Gesicht gegen den Boden preßten.

Der Wind wurde stärker. Hüte, Kleidungsstücke, Äste, Blätter und Staub flogen ihm entgegen.

Eine Stimme schrillte aus seinem Hautkom. Obwohl er es dicht an das Ohr hielt, konnte er sie nicht verstehen. Der Lärm, die Schreie, das Gerumpel und Gepoltere waren zu laut. Aber er glaubte zu wissen, wovor ihn die Stimme warnen wollte.

Der Himmel im Westen zwischen dem Horizont und jener Kugel stand in Flammen.

Zuerst schienen es viele, Tausende vielleicht, dünner, feuriger Linien zu sein. Ihren Ursprung hatten sie jenseits der Atmosphäre, zweifellos in dem Kegelstumpf, der am Südpol des gigantischen Gebildes hervorstand. Meteoriten. Raketen. Die gleichen, die Walisk zerstört hatten. Es waren wenige, verhältnismäßig wenige, am Anfang. Aber nun wurden die gekrümmten Linien, die sich vom Himmel bis zum Boden zogen, zahlrei-

cher, schienen zuzunehmen, und jetzt war der Himmel zwischen dem gewaltigen Ball und dem Erdboden ein undurchdringlicher Feuervorhang.
Der *Bolg* bewegte sich ostwärts, auf die kalafalanische Hauptstadt, auf ihn, auf die *Al-Buraq* zu.
Der Boden wölbte sich erneut.
Kalafalas Kruste erbebte unter dem Gravitationssog des *Bolgs*.
Sie hob sich, zerriß, zerbarst, brach in Stücke.
Auch die Atmosphäre Kalafalas wurde nach oben gezogen.
Ebenso wie die Meere. Kolossale Flutwellen würden der Spur des *Bolgs* folgen.
Auch der *Bolg* drohte zu bersten. Aber dann betrachtete er ihn erneut und entdeckte, daß er von einer schimmernden Korona, weiß mit blauen Sprenkeln, umgeben war. Handelte es sich dabei um einen Energieschirm?
Die Welt um ihn fiel buchstäblich in Trümmer, und er mußte seine Soldaten zurück zum Schiff bringen, ehe sie dieser herantosende Metallsturm erwischte. Oder bevor sich unter der *Al-Buraq* ein Spalt öffnete und sie verschlang. Dennoch ... er konnte Branwen oder das *Glyfa* nicht hier zurücklassen.
Die beiden Tolt-Jeeps näherten sich inzwischen dem Raumhafen. Ihre Insassen hatten sich zusammengekauert und die Gesichter vom Wind fortgedreht. Unter ihnen wurden die Eingeborenen vom Sturm hin und her geschleudert, obwohl sie ihre Finger in den Boden gebohrt oder sich an Steinbrocken und Gebäudetrümmern festgekrallt hatten. Einige der Eingeborenen verschwanden in den Erdspalten, die sich überall bildeten.
Ramstan wandte sich ab und stellte fest, daß die Tolt-Jeeps ihre Geschwindigkeit erhöhten.
Er brüllte: »Hinterher! Schießt auf sie! Aber trefft nicht Lieutenant Davis!«
Selbst wenn die Situation es erfordert hätte, wäre er sich nicht sicher gewesen, ob sie sofort seine Befehle befolgt hätten. Seit einhundertundfünfunddreißig Jahren hatte es auf der Erde keinen Krieg mehr gegeben, und diese Soldaten verfügten nicht einmal über Erfahrungen in einer simulierten Schlacht.

Sie hatten wahrscheinlich nicht geglaubt, jemals kämpfen zu müssen.
Jetzt standen sie unter Schock und waren am Rande einer Panik. Sie wollten so schnell wie möglich zurück zum Schiff. Er auch, aber er würde sich nicht erlauben, seine ursprüngliche Mission zu vergessen.
Die schrillen Satzfetzen aus Ramstans Hautkom verstummten. Die Stimme wich einer hellen, lauten Folge kurzer und langer Töne. Ein Kode:

KEHREN SIE SOFORT ZUM SCHIFF ZURÜCK. KEHREN SIE SOFORT ZUM SCHIFF ZURÜCK. RAKETEN DES URO (unbekanntes Raumobjekt) NÄHERN SICH MIT EINER GESCHWINDIGKEIT VON 1999 KILOMETERN PRO STUNDE. ANKUNFT IN RUND ZEHN MINUTEN. WIEDERHOLE. KEHREN SIE SOFORT ZUM SCHIFF ZURÜCK. ALARAF IN NEUN MINUTEN. WIEDERHOLE. KEHREN SIE SOFORT ZUM SCHIFF ZURÜCK. ALARAF IN NEUN MINUTEN. WIEDERHOLE...

Tenno handelte, wie auch er gehandelt hätte. Unabhängig davon, ob sich nun alle Besatzungsmitglieder im Schiff befanden oder nicht, würde es in neun Minuten in den Alaraf-Flug übergehen.
Die Stimme seiner Mutter ertönte: »Kehre zum Schiff zurück! Jetzt! Verschwende keinen Augenblick! Jetzt! Wenn du es nicht tust, wirst du sterben! Alles ist dann verloren!«
Ramstan vergaß alle Vorsicht. »Ich kann dich nicht hier zurücklassen!« rief er. »Und was ist mit Davis?«
»Kehre zur *Al-Buraq* zurück!« befahl das *Glyfa* und benutzte nun die Stimme seines Vorgesetzten an der Raumakademie. »Jetzt! Jetzt! Es ist der *Bolg*, du Narr! Der *Bolg*!«
Licht blitzte in dem hinteren Tolt-Jeep auf, in dem auch Branwen saß. Drei kurze, grelle, dünne Strahlen. Allah! Branwen hatte ihre Olson aus dem Halfter gezogen oder einem der Tolt-Soldaten die Waffe abgenommen und dic beiden Tenolt neben ihr erschossen. Wieder ein Blitz. Der vierte wurde getroffen.

Der Jeep ging tiefer, berührte den Boden, bäumte sich auf, schleuderte, so daß der Behälter – der Behälter mit dem *Glyfa* – nach draußen fiel, stürzte auf die Seite, überschlug sich und rutschte weiter, bis er mit einem Baumstamm kollidierte.
Der andere Tolt-Jeep hielt an, drehte sich und kam zurück. Der Kapitän des Schiffes befand sich in ihm, und er bewies kühle Überlegung und großen Mut. Er hatte den Befehl erteilt, den Jeep zu wenden und das *Glyfa* aufzunehmen. Und möglicherweise Davis zu töten. Oder sie zu retten. Wie dem auch sei, wahrscheinlich war ihm verborgen geblieben, daß sie ihre Begleiter erschossen hatte. Jedenfalls galt seine größte Sorge dem *Glyfa*.
Ramstan schrie auf. Seine Pilotin war vornübergesackt. Ihr Gesichtsausdruck war starr. Der Jeep hatte angehalten. Aus den Augenwinkeln sah er, ohne sich dessen völlig bewußt zu sein, daß der andere Jeep aufgeschlossen hatte. Er zog die Pilotin hoch und entdeckte die versengten Löcher in Stirn und Hinterkopf.
Ein Tolt hatte sie erschossen.
In der Windschutzscheibe vor ihm war plötzlich ein Loch. Einer der Raumsoldaten auf dem Rücksitz fiel nach vorn. An der Rückseite wies sein Helm ein winziges Loch auf.
Die Soldaten in seinem Jeep schienen nicht zu bemerken, was geschah. Aber jene in dem Nachbarjeep feuerten mit ihren Olsons auf das Fahrzeug der Tenolt.
Der Behälter lag ungefähr einen Meter neben einer gezackten Erdspalte. Branwen hatte den Jeep, dessen Sicherheitsmagnetfeld bei dem Aufprall erloschen sein mußte, verlassen. Sie kroch davon. Der Boden unter ihr bäumte sich auf, sie ritt auf einer Bodenwelle in die Höhe, dann sackte die Erhebung in sich zusammen. Ihre Beine und Hüften verschwanden unter dem Erdreich.
Die Bodenwelle hatte den Behälter näher an den Riß getragen.
»Du verdammter Narr!« brüllte die Stimme des Raumakademie-Kommandanten. »Kehre zum Schiff zurück! Kümmere dich nicht um mich! Hol mich später ab! Wenn der *Bolg* nicht mehr da ist!«

»Vielleicht finde ich dich dann nicht!« schrie Ramstan.
Etwas Feuriges schoß vom Tolt-Jeep heran. Der Jeep neben ihm explodierte, und Ramstan spürte Hitze und einen stechenden Schmerz in der Seite.
Er wußte nicht mehr, wie er es geschafft hatte. Aber der Leichnam der Pilotin lag auf dem Rücksitz, und er saß vor den Armaturen. Sein Jeep huschte an dem Tolt-Jeep vorbei. Ein Soldat fiel gegen ihn. Er war getroffen worden. Ramstan ignorierte den Leichnam und steuerte den Jeep auf die *Al-Buraq* zu, die in gelbrotem Licht pulsierte. Eine Schleuse öffnete sich, Ramstan lenkte den Jeep hinein und gab Gegenschub. Energie fauchte rötlichblau aus den Bremstriebwerken. Das magnetische Feld umhüllte ihn und bewahrte ihn davor, daß er sich den Schädel am Armaturenbrett einschlug. Der Schock hinderte ihn einen Moment lang an einer Bewegung.
Die Schleusenmannschaft hatte sich zurückgezogen, als der Jeep herangeschossen kam. Jetzt hasteten die Männer näher und versammelten sich um ihn. Das Tor schloß sich wie eine heilende Wunde; die Beleuchtung im Hangar wurde heller.
»Kümmert euch um sie!« befahl Ramstan und deutete auf die Verletzten oder Toten im Jeep. Er rannte durch die Gänge und sprach dabei in sein Hautkom.
»Sind alle im Schiff?«
»Alle bis auf Ihre Soldaten«, erklärte Tenno. »Ich meine jene im anderen Jeep.«
»Sie sind tot«, sagte Ramstan. »Gehen Sie in den Alaraf-Flug über! Sofort! Ziel: Das Tolt-Fenster.«
»Verstanden, Sir«, nickte Tenno. Sein Gesicht auf dem Bildschirm, der entlang der rechten Wand Ramstan folgte, war ausdruckslos.
»Das ist das Ding, das auch Walisk zerstört hat!« fügte Ramstan hinzu. Tenno sagte nichts, aber er wurde bleich.
Ein paar Minuten später war Ramstan auf der Brücke.
Alle Anwesenden waren blaß, die Blicke der meisten starr. Einige von ihnen beteten leise zu Gott. Keiner konnte sich von Todesangst freisprechen. Und Ramstan war nicht sicher, ob er sich nicht vielleicht die Hose naßgemacht hatte.

»Wir können Kalafala abschreiben«, stellte Ramstan fest. »Es ist uns nicht gelungen, Davis zu retten. Ich werden später einen Bericht abgeben. Haben sich die Tenolt gemeldet?«

»Nein, Sir.«

»Wir kehren nach Kalafala zurück, um uns vom Ausmaß der Verwüstung zu überzeugen. Aber erst später.«

»Um was handelt es sich bei diesem Ding?« fragte Tenno. Seine Stimme war schwach und unsicher. Er zitterte an allen Gliedern.

»Ich weiß es nicht. Aber ich befürchte, daß es unsere Spur verfolgen kann und wird.«

»Uns folgen?« entfuhr es Tenno. »Warum? Und wie?«

»Ich weiß es nicht.«

Ramstan setzte sich mit Hu in Verbindung.

»Wir alle benötigen ein Antischockmittel, Doktor.«

»Ich habe schon alles vorbereitet. Ich wollte Sie eben anrufen.«

Kurz darauf betrat Hu in Begleitung zweier Sanitäter die Brükke. Sie untersuchten jede Person, um festzustellen, welche Dosis benötigt wurde, dann preßten sie die flachen Seiten ihrer Osmoser gegen die Haut der »Patienten«. Sofort fühlte sich Ramstan besser. Das Gefühl der Irrealität und die Benommenheit fielen von ihm ab.

Ramstan hielt es für klüger, wenn er seinen Offizieren den Grund dafür nannte, warum er nach Tolt wollte.

»Ich möchte feststellen, ob dieses Ungeheuer Tolt angegriffen hat oder nicht.«

Seine Gedanken kehrten zum *Glyfa* zurück. Und zu dem, was wohl von Branwen Davis übriggeblieben war – falls nicht der Tolt-Offizier in dem Jeep das *Glyfa* und auch Davis gerettet hatte.

Sechs Tage später tauchte der birnenförmige Planet Tolt auf den Bildschirmen auf. Wolken bedeckten drei Viertel seiner Oberfläche, aber die Hitzedetektoren und Meßinstrumente verrieten, daß in vielen Gebieten noch immer heftige Feuerstürme tobten. Die *Al-Buraq* näherte sich der Nachtseite. Hier waren die ausgedehnten brennenden Regionen mit dem bloßen Auge sichtbar.

»Eine Landung hat keinen Sinn«, bemerkte Ramstan. »Was geschehen ist, ist offensichtlich.«
Obwohl er keinen Grund zu der Annahme besaß, daß er für die Zerstörung des Planeten, für den Mord an Milliarden Lebewesen verantwortlich war, fühlte er sich schuldig.
Tenno bedeutete Ramstan mit einer Handbewegung, ihm in eine Schallschutzsphäre zu folgen.
»Ich halte es für besser, wenn man unser Gespräch nicht mithört, Captain. Ich mache mir Sorgen, gerechtfertigte Sorgen. Wie es scheint, waren die Tenolt dazu in der Lage, uns durch den alarafischen Raum zu folgen. Wenn ihnen das gelang, warum nicht auch anderen? Diesem Ungeheuer, das Planeten vernichtet, zum Beispiel?«
Tenno schwieg.
»Was ist?«
Tenno schluckte und preßte hervor: »Wenn es unsere Spur verfolgen kann, dann auch den Kurs, den wir seit unserem Abflug von der Erde genommen haben...«
»Das wissen wir nicht«, sagte Ramstan und packte Tennos Arm. Tennos gequälter Gesichtsausdruck ließ ihn seinen Griff wieder lockern.
»Wir wissen nicht, ob es das kann«, nickte Tenno. »Und das ist es, was zählt!«
»In Ordnung«, brummte Ramstan. »Eins nach dem anderen. Was mir im Augenblick am meisten Sorgen bereitet, ist dieses Gebilde, das scheinbar aus dem Nichts erschienen ist. Mir ist klar, daß jeder, der uns aus einem Raumfenster fallen sieht, ebenfalls annehmen muß, wir kämen aus dem Nichts. Aber dieses Ding hat keines der Tore benutzt. Ich bin nicht sicher, ob es nicht überall auftauchen kann, wo es will.«
»Wenn das stimmt, dann benutzt es keinen Alaraf-Antrieb. Keinen in unserem Sinne.
«Tenno verstummte und fuhr dann fort: »Außerdem habe ich den Eindruck, daß dieses entsetzliche Pfeifen durch eine... Zerstörung der normalen Raum-Zeit-Struktur verursacht wird. Sobald das Gebilde ganz in der Raum-Zeit materialisiert hat und das Universum seine normale Struktur zurückge-

winnt, hört das Pfeifen auf. Ich weiß es nicht. Ich spekuliere nur. Was auch immer dieses Gebilde sein mag... es ist einfach unerhört... schrecklich... schrecklich... wer hätte je gedacht...?«

Das ungeheure, dunkle Monstrum lastete auf ihren Seelen und verdrängte fast alle anderen Gedanken.

So bald wie möglich entledigte sich Ramstan des *Pseudo-Glyfas*, indem er es von dem Entsorgungssystem des Schiffes in den Abfallvernichter befördern ließ.

Während die *Al-Buraq* Tolt umkreiste, ging Ramstan in seiner Kabine auf und ab. Bei den Mahlzeiten in der Messe tat er sein Bestes, um die Unterhaltung auf ein unverfängliches Thema zu lenken, aber ohne Erfolg. Nach dem Abendessen, als die Getränke ausgegeben wurden, gab er seine Entscheidung bekannt.

»Wir kehren nach Kalafala zurück.«

Stille trat ein

»Wenn wir dort ankommen, dürfte dieses Gebilde seine... Arbeit längst beendet haben. Und es dürfte sich seiner nächsten teuflischen Aufgabe zugewandt haben. Möglicherweise verfolgt es uns, obschon es dafür keinen Anhaltspunkt gibt. Wie dem auch sei, wenn wir ihm begegnen oder es uns findet, werden wir nur fliehen, wenn uns keine andere Wahl bleibt.«

Er schwieg und betrachtete die blassen Gesichter.

»Wir werden sein Angriffspotential testen. Wenn es aussieht, als hätten wir eine Chance, dann werden wir es angreifen!«

17.

Sein Plan war mutig, aber wahrscheinlich auch närrisch. Dennoch schien die Aussicht, dem Feind entgegenzutreten statt vor ihm zu fliehen, die Stimmung der Mannschaft zu heben.

Die Detektoren der *Al-Buraq* suchten nach dem *Bolg*, aber er blieb unauffindbar. Es gab keinen Zweifel, daß er nach Erledigung seiner Arbeit verschwunden war. Ein Objekt von dieser Größe und Masse konnte sich nicht verstecken. Aber es konnte

– und niemand vergaß dies auch nur eine Sekunde lang – von einem Augenblick zum anderen aus dem Nichts erscheinen. Rauch verhüllte Kalafala, doch er war weniger dicht als über Walisk oder Tolt. Bis auf einige kleine Inseln besaß der Planet nur einen Kontinent von der Größe Grönlands, der nur zur Hälfte besiedelt und von Vegetation bedeckt war. Es durfte den Zerstörer nicht viel Zeit gekostet haben, alles Leben an Land auszulöschen, aber vielleicht handelte er nur automatisch, ein hirnloses Gebilde, das die vorhandene Oberfläche und nicht die Besiedelung zum Maßstab für seine Arbeit machte.
Ramstan wies die *Al-Buraq* an, die Hauptstadt anzufliegen. Da dies das dichtbesiedeldste Gebiet gewesen war, so seine Erklärung, war sie der richtige Ort, eine detaillierte Untersuchung der Auswirkungen der Kataklysmen vorzunehmen. Das Schiff sank hinab und verharrte zwanzig Meter über dem verwüsteten Raumhafen. Er requirierte für sich eine kleine Schürfmaschine und gab keine Erklärung dafür ab, warum er sich den Suchmannschaften anschloß oder sein Arbeitsplan so zusammengestellt war, daß er einige Stunden lang weit entfernt von allen anderen arbeiten konnte.
Ramstan flog fünf Meter über der Oberfläche durch die Rauchschwaden und beobachtete die Bildschirme. Als die Instrumente anzeigten, daß er sich im selben Gebiet befand, in dem das *Glyfa* verschwunden war, ließ er die Maschine immer enger werdende horizontale Schleifen fliegen. Bis auf ein paar zerschmetterte Stützpfeiler und einige verbogene Stahlträger war von dem Hotel nichts übriggeblieben. Der Bürgersteig war verschwunden. Das Gras, die Büsche und die Bäume waren verbrannt. Ein Großteil der fruchtbaren Erde war fortgeschwemmt oder fortgeweht worden. Ödnis breitete sich unter ihm aus. Der Rauch verhüllte alles, doch Ramstans Instrumente lieferten ihm ein klares Abbild der Umgebung. Wie erwartet, entdeckte er auch die Geschosse. Einige lagen auf dem Schlamm, andere hatten sich in den Boden gebohrt, wieder andere steckten halb sichtbar im Lehm.
Eine halbe Stunde verging. Er begann schon zu glauben, das *Glyfa* sei in einen Erdspalt gestürzt und befände sich außerhalb

der Reichweite seines Bodensonars. Und dann, als ihn Wut und Verzweiflung erfaßten, sah er das Ei auf einem der Monitore. Es befand sich anderthalb Meter unter der Oberfläche. Der Behälter war durch die Geschosse zerschmettert worden, die A-G-Einheiten hatten sich gelöst. Das *Glyfa* selbst mußte durch einige größere Kugeln in den Boden getrieben worden sein, möglicherweise war es in eine flache Spalte gefallen, die sich über dem Ei wieder geschlossen hatte.
Ramstan brauchte nicht lange, um mit den Lasern der Maschine ein großes zylindrisches Loch um das *Glyfa* zu schneiden, das Erdreich zu pulverisieren und abzusaugen. Mehr Zeit beanspruchte es, mit dem Roboterarm neue A-G-Einheiten an dem *Glyfa* zu befestigen. Durch die Einheiten wurde das Gewicht des *Glyfas* so weit verringert, daß er es mit einem Schlauch in das Innere der Maschine saugen konnte.
Ramstan öffnete eine Klappe hinter seinem Sitz und säuberte das Ei von dem Schmutz, der noch an ihm klebte.
»Du hast nicht geglaubt, daß ich es schaffe, nicht wahr?« fragte Ramstan.
Schweigen.
Achselzuckend legte er das Ei in einen Behälter, in dem gewöhnlich Bodenproben gesammelt wurden. Er steuerte die Maschine zur *Al-Buraq* zurück und brachte den Behälter in seine Kabine. Dort wusch er den Ruß und Dreck von dem Ei ab und schob es unter das Elektronenmikroskop. Wie er erwartet hatte, war es von den Geschossen nicht beschädigt worden.
Erneut versuchte er es.
»Ich bin es, Ramstan.«
»Das macht zwei Ichs«, sagte die Stimme seiner Mutter auf Terrisch. »Ich war mir nicht sicher, ob du zurückkommen würdest. Hättest du es nicht getan, dann...«
»Ja?«
»Das spielt jetzt keine Rolle mehr.«
»Für mich schon«, erklärte Ramstan. »Ich möchte bestimmte Dinge von dir erfahren. Andernfalls...«
»Andernfalls was?«

»Ich kann dich noch immer hier zurücklassen. Dich ins Meer werfen.«

»Natürlich könntest du das. Was willst du wissen? Abgesehen von den Fragen, die du bisher gestellt hast?«

»Verrate mir zumindest, warum du Branwen Davis erlaubt hast, dich zu stehlen. Du mußt es gemerkt haben. Vielleicht hast du schon vorher von ihren Plänen gewußt. Sag mir, warum du ihr erlaubt hast, dich mitzunehmen, und verrate mir auch ihre Motive. Und sag mir, ob sie getötet oder von den Tenolt verschleppt wurde.«

Die Stimme seiner Mutter antwortete: »Von deinem Standpunkt aus betrachtet besitze ich fast göttliche Macht. Obwohl ich annehme, daß du die Bezeichnung ›dämonisch‹ vorziehen würdest. Aber mir fehlt die Fähigkeit, die selbst die niedrigste tierische Lebensform besitzt.«

Es schwieg einen Moment. Überlegte es, ob es etwas enthüllen sollte, das es vielleicht verwundbar machte?

»Mobilität. Die Fähigkeit, mich aus eigener Kraft zu bewegen. Wenn man mich auf einen Hügel legt, muß ich hilflos wie ein Stein oder ein Ei hinunterrollen. Ich muß dorthin gehen, wohin mich jeder hinbringt, der die Kraft hat, mich zu tragen.«

Es klang nicht bitter. Es stellte nur eine Tatsache fest.

»Du weichst meiner Frage aus!« machte ihm Ramstan zum Vorwurf. »Was ist mit Davis?«

»Der Tolt-Kapitän hat sie mitgenommen. Vielleicht hat er sie nicht getötet, weil er nicht wußte, daß sie seine Männer erschossen hat, die zu ihrer Begleitung abkommandiert worden waren. Oder er wollte sie dafür foltern. In jedem Fall ist sie jetzt, wo er mich nicht bekommen hat, für ihn nutzlos. Aber ich nehme an, er wird bald wieder hier auftauchen, um nach mir zu suchen.«

»Ich weiß«, nickte Ramstan. »Wir starten in Kürze. Aber warum hat Davis dich gestohlen? Ich glaube, daß die Tenolt sie von der Forschungsstation an der Nordküste entführt und sie irgendwie dazu gezwungen haben, dich zu stehlen und eine Attrappe in den Safe zu legen. Warum hast du mich nicht gewarnt, als sie meine Kabine betrat?«

»Ich habe nicht auf meine Umgebung geachtet. Ich war... auf Reisen... und konnte deshalb nicht feststellen, was um mich herum vorging.«
Ramstan glaubte ihm nicht. Selbst wenn es zu diesem Zeitpunkt inaktiv gewesen war, so mußte es schon zuvor Davis' Bewußtsein untersucht haben, wie es zweifellos jedes Bewußtsein in seiner Nähe untersucht hatte.
»Warum«, fragte er langsam, »haben die Tenolt dich nicht mitgenommen? Wenn sie Zeit gehabt haben, Davis aufzunehmen, dann hatten sie auch Zeit für dich.«
»Ich besitze die Fähigkeit, mit bestimmten elektrischen Mitteln Gedanken zu verwirren. Sie ist räumlich und zeitlich begrenzt. Aber ich sorgte dafür, daß sie mich einen Moment lang vergaßen. Und der Tolt, der in Abwesenheit des Kapitäns das Kommando führte, forderte ihn dringend auf, zum Schiff zurückzukehren. Sobald sich der Kapitän wieder an Bord befand, hatte er sich von seiner Verwirrung erholt, aber es war zu spät, einen zweiten Versuch zu meiner Bergung zu machen. Die Geschosse kamen zu schnell näher.«
»Du hast mir immer noch nicht gesagt, warum du mich nicht vor Davis gewarnt hast.«
Schweigen
»Du möchtest darauf nicht antworten. In Ordnung. Was ist der *Bolg*?«
Schweigen.
Ramstan legte das *Glyfa* zurück in den Safe und begab sich hinauf zur Brücke.
»Es ist möglich, wenn nicht gar sehr wahrscheinlich, daß die Tenolt wieder auftauchen werden«, sagte er zu Tenno. »Ich möchte nicht, daß wir dann noch hier sind. Ich weiß nicht, warum Davis meinen Befehl mißachtet hat, den Raumhafen nicht zu verlassen, oder warum die Tenolt sie gefangengenommen haben. Vielleicht werden wir es nie erfahren. Auf jeden Fall haben sie uns angegriffen, und wir mußten zurückschießen. Wir können davon ausgehen, daß sie uns bei unserer nächsten Begegnung wieder angreifen werden.«
Tenno stellte keine Fragen über Davis. Ramstan befahl die

Suchgruppen an Bord zurück. Zehn Minuten später war die *Al-Buraq* startbereit.
Ramstan griff in seine Jackentasche. Er berührte die drei Geschenke von Wassruss. Warum hatte die sterbende Webnite sie ihm gegeben? War das *Glyfa* auf irgendeine geheimnisvolle Weise dafür verantwortlich? Oder setzte ein anderer die Figuren auf seinem kosmischen Schachbrett? Er dachte an die warnende Stimme in der Taverne und das kurze Auftauchen der grüngekleideten Gestalt und daran, daß diese Gestalt ihn an Al-Khidhr erinnert hatte.
»Wir nehmen Kurs auf Webn«, sagte Ramstan.
»Verstanden, Sir. Kurs auf Webn.«
Ramstan rief Suzuki, den Navigationsoffizier, zu sich.
»Nur eine Frage, Suzuki. Das andere Tor im Webn-System befindet sich doch in Höhe des ersten Planeten von der Sonne, nicht wahr?«
Suzukis braunes Gesicht mit den geschlitzten Augen drückte Neugierde aus. Aber sie sagte nur: »Ja, Sir.«
»Berechnen Sie den Kurs für einen NR-Flug zum ersten Tor. Und zwar so schnell wie möglich.«
»Wenden Sie sich nur an das Schiff«, erwiderte Suzuki selbstzufrieden. »Ich habe das schon vor langer Zeit erledigt für den Fall, daß wir es einmal brauchen könnten.«
»Danke für Ihren Eifer und Ihre Voraussicht«. sagte Ramstan. »Aber wenn Sie so etwas noch einmal tun, informieren Sie mich bitte.«
Er sagte sich, daß sein tadelnder Tonfall fehl am Platz gewesen war.
Fünfzig Stunden vergingen. Wenn sich Ramstan nicht in seiner Kabine aufhielt und dem *Glyfa* eine Antwort zu entlocken versuchte, durchstreifte er die *Al-Buraq*. Er überprüfte alles, was ihm einfiel. Er wollte sich vor allem ablenken. Dann, als er sich gerade zum Schlafen legen wollte, erhielt er einen Anruf von Tenno.
»Das Schiff wird in zwei Stunden die erste Glocke erreichen, Sir.«
»Melden Sie sich in sechzig Minuten wieder.«

Nachdem er einige Sekunden auf einen imaginären schwarzen Punkt vor seinen Augen gestarrt hatte, schlief er ein. Der Summton eines Monitors weckte ihn, als er gerade durch dichtes, überhängendes Buschwerk kroch und vor einem schwarzen, formlosen Etwas floh. Er wimmerte.
Ramstan duschte und schlüpfte in eine einteilige Montur. Dann sprach er auf das *Glyfa* ein, aber er erhielt keine Antwort. Nachdem er ein Sandwich verzehrt hatte, begab er sich zur Brücke.
»Haben Sie das Tor überprüft?« erkundigte sich Ramstan bei Tenno.
»Ja, Sir. Es scheint unberührt zu sein. Zumindest behaupten das die Instrumente.«
Ramstan dankte ihm und gab der *Al-Buraq* den Befehl, in den Alaraf-Flug überzugehen. Zwei Minuten später befanden sie sich 500000 Kilometer von einem Planeten entfernt. Die Sonne war ein GO-Typ, der Planet erdähnlich. Die *Al-Buraq* filmte die Sternkonstellationen. Ramstan bewunderte insbesondere einen riesigen Stern. Die himmlischen Bewohner waren von überwältigender Schönheit, selbst der lange Umgang mit ihnen hatte Ramstans Verehrung für ihre Pracht nicht mindern können.
»Dieses Tor wird nicht mehr lange unberührt sein«, bemerkte Ramstan. »Wir gehen in den Alaraf. Als Pioniere.«
Tenno wirkte überrascht. Nicht weit entfernt befand sich eine erdähnliche Welt. Er hatte erwartet, die *Al-Buraq* würde sie vom Orbit aus vermessen und vielleicht auch auf ihr landen.
Zwei Minuten danach tauchten sie in jene Region ein, von der Ramstan wußte, daß sie ein anderes Universum war, falls er Wassruss' Worte richtig interpretiert hatte.
»Läute die Glocke am ersten Tor.«
»Und dann?«
»Tritt ein.«
»Und dann?«
»Läute die Glocke am dritten Tor.«
»Und dann?«
»Läute die Glocke am fünften Tor.«

Jedes Tor war mit einem anderen Tor »verbunden«. In jedem Planetensystem gab es nur zwei Tore oder Fenster, wie sie manchmal auch genannt wurden. Deshalb, so vermutete Ramstan, waren das dritte und fünfte Tor in Wassruss' Lied jeweils der dritte und der fünfte Planet in den Universen, in die man von Webns Universum aus alarafierte.
Die *Al-Buraq* sondierte das neue System. Es besaß zehn Planeten.
Ramstan befahl der *Al-Buraq*, den fünften Planeten aufzusuchen. Eine Stunde nach dem Materialisieren gab Ramstan erneut Anweisung zum Alaraf-Flug.
Tenno fragte sich offensichtlich, warum sein Kapitän bestimmte Planeten auswählte. Warum sprang er nicht einfach dort weiter, wo sie aufgetaucht waren?
Ramstan konnte ihm seinen Grund im Augenblick noch nicht nennen. Er war nicht sicher, ob er sich auf dem richtigen »Weg« befand. Vielleicht machte er sich zum Narren, indem er den – vermeintlichen – Instruktionen des uralten Liedes folgte. Wenn dem so war, dann wollte er es vor den anderen verbergen.
Ein Planet verzerrte die Raum-Zeit-Struktur im Bereich seines Gravitationsfeldes, und der Grad der Verzerrung hing von seiner Masse und etwaigen anderen großen, relativ nahen Massen sowie vom Quadrat der Entfernung von dem Planeten und seinen Nachbarn ab. Ihm schien es, daß er vielleicht eine Gesetzmäßigkeit erkannt hatte, die bisher den irdischen Wissenschaftlern unbekannt gewesen war, indem er den Hinweisen des Liedes folgte. Aber gleichzeitig schienen ihm die Position und die Masse eines Planeten die »Richtung« der Öffnung zu bestimmen, die das Alaraf-Schiff benutzte.
Nach einer bestimmten Theorie war der Alaraf-Flug mit einer Art Zeitreise gleichzusetzen. Wenn ein Schiff sprang, reiste es in eine andere Zeit. Rückwärts auf dem »Hinflug«, vorwärts auf dem »Rückflug«. Ein Schiff, das im Alaraf-Flug die Erde verließ, tauchte in einer Zeit auf, in der sich die Erde an einem anderen Ort ihrer Reise durch den Raum aufhielt. Das erklärte, warum sich das Schiff in einem anderen Gebiet des Kosmos

wiederfand, in dem von der Erde und ihrer Sonne nichts zu sehen war.
Aber wenn ihm das *Glyfa* die Wahrheit gesagt hatte, gab es viele Universen. Und jedes Mal, wenn ein Schiff alarafierte, durchstieß es die »Wand« zwischen zwei Universen.
Ramstan befahl der *Al-Buraq*, erneut zu alarafieren. Und wieder tauchten sie in einem Gebiet auf, das ihnen völlig fremd war. Ramstan ordnete an, den siebten Planeten des neuen Systems anzufliegen. Sein Befehl wurde befolgt, aber das Brückenpersonal reagierte stumm und mit zusammengepreßten Lippen.
»Die Tenolt werden uns so nur schwer finden können«, sagte er laut. Daran werden sie eine Weile zu beißen haben, dachte er, als er in seine Kabine zurückkehrte.
Dieses Mal antwortete ihm das *Glyfa*. Ramstan fragte sich, ob sein bisheriges Schweigen irgendeinen Grund gehabt hatte. Oder besaß es zwei Persönlichkeiten, und die eine Persönlichkeit übernahm hin und wieder die andere? Nein. Das war eine phantastische und unmögliche Erklärung. Er projizierte auf das *Glyfa* seine eigenen Ängste, eine gespaltene Persönlichkeit zu besitzen.
Das *Glyfa* fragte ihn, was er getan hatte. Sobald es voll informiert war, erklärte es: »Sehr gut. Aber bevor du hinter dem Tor den einzigen Ort aufsuchst, zu dem man gehen kann, komme zu mir.«
»Warum?« wollte Ramstan wissen.
»Was immer du tust, sie dürfen nicht erfahren, daß ich auf dem Schiff bin.«
»*Sie*? Wer sind *sie*?«
Schweigen.

18.

Rechts befanden sich drei große Sterne, ein roter, ein grüner und ein gelber. Sie bildeten die Eckpunkte eines Dreiecks. Die Seiten des Dreiecks bestanden aus je sieben kleinen, weißen Sonnen. Weit »unter« ihnen war ein dunkles Gebilde, das dem Pferde-

kopfnebel des irdischen Universums nicht unähnlich war. Aber der Kopf wurde von einer mächtigen »Staubwolke« gebildet, deren Konturen aus leuchtenden Gasen bestanden und an den Schädel eines Trolls erinnerte. Zumindest behauptete das Nuoli. Ramstans Assoziationen liefen mehr auf einen Ifritkopf hinaus. Die Gesichtszüge waren humanoid, aber bestialisch. Und dennoch schön und ehrfurchtgebietend.
Der dritte Planet des Systems hinter dem neunten Tor war vom T-Typ, seine Sonne ein Stern der GO-Klasse. Er befand sich 707000 Kilometer von der *Al-Buraq* entfernt, als sie in dem anderen Universum materialisierte. Ramstan hatte sie unverzüglich angewiesen, den Planeten mit Höchstgeschwindigkeit im NR-Flug anzusteuern.
»Geh zum einzigen Ort, zu dem man gehen kann.«
Falls Wassruss' Lied stimmte, mußte dieser Satz auf den bewohnbaren Planeten hindeuten, vermutete Ramstan. Glücklicherweise brauchte er nicht zwischen zwei Planeten zu wählen. Das hatte er auch nicht erwartet. Kein System vom Solar-Typ, das man bis zum heutigen Tage entdeckt hatte, besaß mehr als eine bewohnbare Welt. Es gab nur einen schmalen Bereich, in dem auf einem Planeten Leben entstehen und sich weiterentwickeln konnte. Und manchmal war selbst der Planet, der sich in dieser Sphäre befand, biofeindlich.
Leben war selten und zerbrechlich. Trotzdem war es häufig anzutreffen und widerstandsfähig. Man brauchte ihm nur Halt zu geben, und schon würde es um diesen Halt kämpfen, erblühen und sich zu Formen entwickeln, für die die Vorstellungskraft nicht ausreichte, bis man sie gesehen hatte.
Die Detektoren der *Al-Buraq* meldeten, daß diese Welt ein wenig kleiner als die Erde war, aber über eine etwas größere Masse verfügte. Das Schiff ging knapp oberhalb der äußersten Atmosphärenausläufer in eine Umlaufbahn und schwenkte in einen stationären Orbit über dem einzigen Kontinent ein. Er war sehr langgezogen und erstreckte sich in der gemäßigten Zone fast um die gesamte südliche Hemisphäre. Ost- und Westküste wurden durch ein 3000 Kilometer breites, inselloses Meer getrennt.

»Zu dem Baum, der nicht allein steht.«

Wie, bei den sieben Höllen, sollte er diesen Baum finden? Bis auf einige Binnengewässer und die Gipfel der höchsten Berge war der Kontinent mit dichten Wäldern bedeckt. Es gab keine Lichtungen oder größere Freiflächen.

Ramstan ließ das Schiff in die Atmosphäre eintauchen und zwanzig Kilometer über der Oberfläche verharren. Er befahl, einen Kurs zu beschreiben, der es über jeden Hektar Land führen sollte. Bald stellten sie fest, daß es in den Wipfeln der Wälder ein mannigfaltiges Vogel- und Insektenleben gab. Unter den zahlreichen Tierarten befanden sich auch affenähnliche Wesen.

Die Biodetektoren ermittelten, daß jeder Baum mit seinen unmittelbaren Nachbarn durch vier bis sechs dünne, laublose, lackschwarze Äste verbunden war, die vom oberen Mittelteil der Stämme horizontal und kreisförmig ausgingen. Sie bildeten ein Verbindungs- und Stützsystem, das sich über den ganzen Kontinent erstreckte. Die Bäume an den Stränden und Klippen waren nur mit den landeinwärts stehenden Nachbarn gekoppelt.

Obwohl schätzungsweise einer von hundert Bäumen abgestorben war, schienen sie nicht zu fallen, bis sie vollkommen verrottet und von den Insekten zernagt waren. Wo dies geschehen war, wuchsen Schößlinge aus den Stümpfen der toten Vorgänger.

»Zu dem Baum, der nicht allein steht.«

Allah! Was mochte dies bedeuten?

Er begann hin und her zu gehen, aber nach einer Minute blieb er stehen. Es war nicht gut, wenn ihn die Leute auf der Brücke so besorgt sahen. Er befahl Tenno, ihn zu rufen, wenn man intelligente Lebewesen entdeckte.

»Ja, Sir. Aber möglicherweise ist ihre Intelligenz nicht offensichtlich.«

»Tun Sie Ihr Bestes.«

Er begab sich in seine Kabine und nahm seine ruhelose Wanderung wieder auf. Einmal hielt er inne, um das *Glyfa* herauszunehmen, aber es reagierte nicht.

»Ich brauche dich!« rief er, und er hieb mit der Faust auf die glänzende Schale. Die runden A-G-Einheiten konnten nicht verhindern, daß es über die Kante rollte und vom Tisch auf den Boden fiel. Das Deck erzitterte; der Aufprall konnte nicht dafür verantwortlich sein. War es ein Reflex der *Al-Buraq*, weil sie glaubte, er wäre hingefallen, oder war es eine Reaktion des Schiffes auf seinen Gefühlsausbruch? Die *Al-Buraq* registrierte in jedem Moment seine Anwesenheit, das Spiel des Elektrizitätsfeldes seiner Haut, seine Körpertemperatur, den Ton seiner Stimme.

Er drehte sich um, fuhr zurück und keuchte. Der grüne Mann stand am gegenüberliegenden Schott. Sein Arm war ausgestreckt, ein Finger deutete auf das Zentrum eines siebeneckigen Bildschirmes.

Die Erscheinung dauerte nicht länger als zwei Augenblicke.

Der grüngekleidete Mann hatte auf den leeren Monitor gewiesen. Was hatte das mit dem Baum zu tun, der nicht allein stand? Vielleicht nichts. Daß er mit dem Finger auf das Zentrum einer leeren Fläche gedeutet hatte, konnte auch etwas anderes bedeuten.

Existierte Al-Khidhr wirklich? Oder war die Gestalt, die Ramstan gesehen hatte, lediglich eine Projektion, die ein Unbekannter erzeugte? War Al-Khidhr vielleicht ein dreidimensionales Hologramm von Ramstans vierdimensionalem Gehirn, das sich seiner zusätzlichen Dimension bewußt war?

Etwas – objektives oder subjektives, nicht-menschliches oder menschliches – versuchte ihm etwas zu *sagen*.

Er begann wieder hin und her zu gehen, blieb aber nach zwölf Schritten erneut stehen. Vielleicht hatte die Erscheinung nicht den Bildschirm als Ganzes, sondern seinen Mittelpunkt gemeint. *Suche das Zentrum* war die Botschaft. Das Zentrum von was? Sein eigenes Zentrum, das Innerste seines Seins?

Nein.

Suche das Zentrum, den Mittelpunkt des Waldes.

Das konnte es sein.

Irgendwann hatte es vielleicht nur einen einzigen Baum auf diesem Kontinent gegeben, einen Urbaum, der hermaphroditische Adam-Eva, von dem alle anderen abstammten. Möglicherweise hatte er im geographischen Mittelpunkt der Landmasse gestanden, oder er stand noch immer da. Dort lag sein Ziel.

Er nahm Verbindung mit der Brücke auf. Die Detektoren hatten *Al-Buraqs* Gehirn mit den gesammelten Daten gefüttert, das geographische Zentrum und der Mittelpunkt der Landmasse waren lokalisiert. Der letztere war der Punkt, wo die Trennlinien der rechten und linken und der nördlichen und südlichen Hälfte des Kontinentes zusammenliefen. Da beide Zentren nicht übereinstimmten, ordnete Ramstan an, zuerst das letztere anzufliegen.

Die *Al-Buraq* formte ihren Mittelteil zu einer Rakete und den unteren Teil zu den Tragflächen eines antiken Flugzeugs und schoß über die Oberfläche des grünen Baummeeres dahin. 300 Kilometer von ihrem Ziel entfernt, begann sie zu sinken und abzubremsen. Binnen zehn Minuten schwebte sie bewegungslos zehn Meter über dem im Wind schwankenden Wipfel des höchsten Baumes. Ramstan hielt es nicht für einen Zufall, daß der größte und mächtigste Baum im Zentrum des Kontinents wuchs.

Die Sonne hatte fast ihren Zenit erreicht. Der Himmel war wolkenlos. Die einzigen, dem bloßen Auge sichtbaren Lebewesen waren große fliegende Insekten, primitive Vögel und einige kleine und große Säugetiere. Zumindest hielt man letztere für Säugetiere, da sie Pelze besaßen. Die größten waren mit Flügel von acht Metern Spannweite ausgestattet, hatten fledermausähnliche Körper und Schwingen, und Gesichter, die an Bluthunde erinnerten, aber sie stießen affenartige Laute aus. Sie waren zu schwer, um sich von dem Astwerk aus in die Lüfte zu erheben, und die Schwimmhäute an ihren Füßen deuteten darauf hin, daß sie Wasserflächen als Landeplätze benutzten. Der nächste große See war 50 Kilometer entfernt, daher mußten die Fledermaushunde über eine erstaunliche Reichweite verfügen. Sie stießen aus den Wolken herab und fingen kleinere Vögel und Säugetiere, die sie im Flug verzehrten.

Obwohl die hügelige grüne Landschaft von fern unbelebt aussah, wimmelte es bei näherem Hinsehen von Leben. Neben den Kreaturen, die über sie hinwegflogen, krochen, rannten oder hüpften Insekten und zahllose nicht einzuordnende Wesen über die breiten, dunkelgrünen, lederartigen, kelchförmigen Blätter der brobdingnagianischen Bäume unter ihnen. Die Wipfel ächzten zwar nicht unter der Last der Tierwelt, aber sie waren dicht bevölkert.
Doch was lag unter den oberen Ästen, die hinauf in den Himmel ragten?
Die optischen Detektoren drangen nur wenige Meter tief in das Gewirr ein.
Nuoli sagte nach einem Blick auf den Vergrößerungsmonitor: »Man sollte annehmen, daß die unteren Blätter und die gesamte Vegetation am Boden aus Mangel an Sonnenlicht abgestorben sind. Gewiß...«
»Ja?« fragte Ramstan.
»Gewiß ist der Wald nicht so undurchdringlich, wie es den Anschein hat. Zumindest muß die Sonne an einigen Stellen durchdringen.«
Was konnte dort unten leben – bleiche Geschöpfe mit geringer oder kaum vorhandener Intelligenz, die sich blind und träge durch die Dunkelheit bewegten?
Aber falls der Satz über den »Baum, der nicht allein steht« irgendeinen Sinn besaß, dann mußte er sich auf das fantastische Gewächs direkt unter ihnen beziehen. Es überragte alle anderen Bäume um tausend Meter. Sein Umfang – der Kreis, den die Äste auf gleicher Höhe der Wipfel der Nachbarbäume bildeten – betrug 10000 Meter. Außerhalb des Kreises, durch kleine Lücken im Gewirr der kleineren Bäume, waren die Verbindungszweige zu erkennen.
»Der Mutterbaum?« fragte sich Ramstan murmelnd.
Das Sonnenlicht glitzerte auf einigen raschelnden Blättern, die Glimmer zu enthalten schienen. Nichts deutete auf Gefahr hin. Trotzdem hatte er das Gefühl, als lauerte Unheil unter dem Laub. Nicht in Form von Raubtieren oder giftigen Reptilien. Sondern etwas, das er sich nicht vorstellen konnte, We-

sen, die jegliche Einbildungskraft sprengten und die dennoch menschenähnlich sein mochten.
Das Unbekannte verbreitete immer Furcht. Der menschliche Geist war so angelegt, daß er dem Unerforschten stets mit Furcht begegnete, gleichgültig, ob es einen Grund für diese Angst gab oder nicht. Auf der anderen Seite besaß das Unbekannte etwas Verlockendes. Menschen konnten sich seiner Faszination nicht entziehen und mußten es erforschen, auch wenn dies Gefahren mit sich brachte. Außerdem übte die Furcht selbst einen gewissen Reiz aus. Menschen – oder zumindest einige Menschen – liebten die Furcht bis zu einem bestimmten Grad. Vielleicht war die Ursache dafür in dem Wunsch zu suchen, seinen Mut zu beweisen. Nein, das war nicht der einzige Grund. Neugier, äffische Neugier, trieb ihn ebenfalls hinaus in die Fremde.
Wie dem auch war, diese Situation unterschied sich von allen anderen, denen sich Ramstan bisher gegenübergesehen hatte. Er war immer davon überzeugt gewesen, jeder heiklen Lage gewachsen zu sein. Aber jetzt... irgend etwas erwartete ihn... etwas so ungeheuer Großes und Mächtiges, daß er sich klein und schwach fühlte... nein... so durfte er nicht denken. Selbst das Kleine und Schwache besaß Macht und eigene Fähigkeiten.
»Abgesehen davon«, sagte er laut, »bin ich Ramstan.«
Nuoli, die in seiner Nähe stand, fuhr zusammen. »Wie?« fragte sie.
Suzuki sah in ebenfalls seltsam an.
»Nichts«, murmelte Ramstan. »Nichts.«
Nun... er war Ramstan. Und weiter? Er war einzigartig, aber das war jedes Lebewesen. Auch jeder einzelne der Millionen scheinbar identischen Bäume auf diesem Kontinent. Der Unterschied war, daß er intelligent, sich selbst bewußt war, und er besaß ein Ich oder eine Reihe Ichs, die Ramstan hießen, und dieser Ramstan hatte eine körperlich-seelische Entwicklung durchgemacht, wie sie kein anderer erlebt hatte. Niemand, nicht einmal Gott. Gott *kannte* vielleicht jedes Lebewesen und mochte sogar am Bewußtsein und Unterbewußtsein eines je-

den einzelnen Geschöpfes teilhaben. Aber nicht einmal er konnte dieses Wesen *sein*. Auch Gottes Macht besaß ihre Grenzen. Was bedeutete – da Gott als allmächtig definiert wurde –, daß Gott nicht Gott war. Ergo mußte die Definition geändert werden.

Er hatte keine Zeit, über die weiteren Folgerungen nachzudenken. Er gab den Befehl, eine Fähre startklar zu machen. Außerdem informierte er Tenno, daß er, Ramstan, an der Expedition teilnehmen würde.

»Wir werden uns hinunter zum Erdboden begeben«, erklärte er.

Tenno hatte offensichtlich über die Motive seines Captains, diesen Planeten anzufliegen, nachgedacht. »Sie folgen den Anweisungen in Wassruss' Lied?«

»Ja.«

Ramstan zögerte und fügte dann hinzu: »Möglicherweise ist es eine vergebliche Mühe. Aber schließlich ist unsere Mission wissenschaftlicher und anthropologischer Natur. Ich meine, die Entwicklung der Intelligenz ist unser Hauptforschungsgebiet. Dieses Lied ... es ist so merkwürdig ... es deutet darauf hin, daß es in Urzeiten bereits Alaraf-Schiffe gegeben hat ... vielleicht schon zu einem Zeitpunkt, als die Menschheit selbst noch auf den Bäumen lebte. Wie dem auch sei, es gibt mehr als einen Grund, die Mauern zwischen den Universen zu durchbrechen ...«

Tenno unterbrach: »Die *Mauern*?«

Sein Ausrutscher lähmte Ramstan für einen Moment. Er öffnete den Mund, konnte kein Wort hervorbringen, starrte Tenno an, schloß den Mund, schloß kurz die Augen und fuhr dann fort. »Ja, Mauern. Ich bin nicht ganz von der Theorie überzeugt, daß wir tatsächlich von einer Galaxis in die andere reisen, ob nun durch die Zeit oder durch die Raumtunnel. Sie kennen die Hypothese, nach der ein Schiff die ›Mauer‹ zwischen zwei Universen durchbricht, wenn es springt.«

Er schwieg, Tenno nickte: »Die Multiversen-Hypothese. Obwohl es sich bei ihr nicht einmal um eine Hypothese handelt, sondern um eine phantastische Spekulation, und ...«

»Ich neige dazu, sie für mehr als eine Spekulation zu halten.

Aber spielt es eine Rolle, ob sie nun stimmt oder nicht? Zumindest in dieser Situation? Sie tragen jetzt die Verantwortung für das Schiff, Tenno. Sie haben Ihre Befehle, wie Sie vorgehen müssen, falls die Tenolt oder dieses Ungeheuer auftauchen.«

»Verstanden, Sir«, sagte Tenno und salutierte.

Fünf Minuten später saß Ramstan in der Fähre. Sie verließ den Hangar und nahm Kurs auf den Baum. Mit bloßem Auge vom Schiff aus betrachtet, ähnelte das Gewächs einem massiven Monolithen. Als die Fähre näherkam, entdeckten ihre Passagiere große Lücken, Eingänge in die Leere zwischen den einzelnen Ästen. Die Äste waren riesig und besaßen am Stamm einen Durchmesser von 100 bis 140 Metern. Auf einem Drittel ihrer Länge, vom Stamm aus betrachtet, wurden sie von hölzernen freischwebenden Verstrebungen gestützt, von Ästen, die in einem Winkel von 45 Grad aus dem Stamm herauswuchsen und mit den Unterseiten des von ihnen gestützten Astwerks verschmolzen. Im Außenbereich der vertikalen Schneisen, die die Äste schufen, gab es 100 Meter freien Raum. Die Fähre steuerte in die Schneise zwischen dem – von der Spitze aus gerechnet – siebten und achten Ast des Baumes.

Abrupt wechselten sie von Helligkeit und Hitze in ewige Dämmerung. Die Temperatur war hier um einige Grad niedriger. Die Vögel, Insekten und Säugetiere waren jetzt zahlreicher und lautstärker als oben in den Baumwipfeln. Die Kreaturen brauchten nicht hinunter zum Boden zu klettern, um ihren Durst zu stillen. Wasser rann von den Ästen, wo die dicke Borke flache Einkerbungen aufwies, und sammelte sich in kleinen Pfützen und Bächen.

Hier und dort schimmerte Sonnenlicht durch und fiel auf haarige, geschuppte, gefiederte und chitinöse Geschöpfe und wurde von den großen Blättern, deren Ränder sich aufgerollt hatten und Wasser speicherten, reflektiert.

Ramstan ließ die Fähre anhalten, um einem *Yeoshet* Gelegenheit zu geben, drei dieser Blätter abzuschneiden und als Muster an Bord zu bringen.

»Bei dem Glitzerzeug kann es sich nicht um Glimmer handeln«, bemerkte er. »Es würde die Blätter zu schwer machen.«

Das transparente Oberteil der ruderbootförmigen Fähre schloß sich wieder, und sie sank weiter und beschützte ihre Passagiere vor den gelegentlichen Angriffen der Baumbewohner. Affenähnliche Wesen bewarfen die Fähre mit Früchten oder Exkrementen, Insektenschwärme führten kamikazeartige Sturzflüge durch. Mehrmals mußte Ramstan Anweisung geben, die Außenseite der Kanzel mit der Enteisungsflüssigkeit zu fluten, um die Insektenwolken fortzuwaschen, die dem Piloten die Sicht nahmen.
Nach 600 Metern nahm die Zahl der Insekten ab. Zwar gab es in dieser Höhe noch genug von ihnen, doch sie waren weniger lästig.
Das Gesumme und Gekreische war zwar leiser geworden, dafür nahmen Dunkelheit und Kälte zu. Auf der Ebene des zwanzigsten Astes mußte Ramstan die Scheinwerfer einschalten lassen. Es war noch immer möglich, ohne sie etwas zu sehen, aber mit ihrer Hilfe fiel die Orientierung wesentlich leichter.
Zehn Ebenen tiefer stabilisierte sich die Lufttemperatur. Die Besatzung der Fähre litt kein Unbill, da der Flugkörper mit Klimaanlage ausgestattet war, aber die Außentemperatur war zu gering, um angenehm genannt werden zu können. Auf dieser Ebene stellte Ramstan fest, daß viele der Blätter in verschiedenen Winkeln abstanden. Und während die Fähre sank, wurde es heller und nicht dunkler.
»Ein System, um das Sonnenlicht nach unten zu lenken«, bemerkte Nuoli.
Hier entdeckten sie zum ersten Mal die scheinbar parasitären Pflanzen, die am Stamm und auf den Ästen sprossen. Es gab drei verschiedene Arten: Pilzförmige, kegelförmige und sternförmige siebenzackige Gewächse, die an langen, herabhängenden Stengeln wuchsen. Alle leuchteten irrlichtartig, aber es war noch immer so düster wie kurz nach Einbruch der Dämmerung. Die Augen der Vögel, Insekten und Säugetiere glühten wie im Widerschein eines Lagerfeuers. Da das Licht für die Ergänzung eines derartigen Phänomens nicht ausreichte, mußten die Augen von selbst leuchten, vermutete

Nuoli. Ihr Flimmern, erklärte sie, erinnerte sie an das der irdischen Glühwürmchen.
»Eine Art kaltes Licht, das von elektrochemischen Reaktionen erzeugt wird.«
Obwohl er seit seiner ersten Landung auf einem fremden Planeten viele seltsame Dinge gesehen hatte, erschien ihm dieses Phänomen als das merkwürdigste. Außerdem fand er keine Erklärung dafür – zumindest nicht im Moment. Glühwürmchen diente ihr leuchtendes Hinterteil als Sexualsignal. Ließen diese Geschöpfe aus dem gleichen Grund ihre Augen aufblitzen? Falls dem so war, so mußte das Leuchten sie zeitweilig blind machen.
Er dachte: Vielleicht dient das Licht, das das *Glyfa* abgegeben hat, der Illumination der Umwelt. Aber es hat mich geblendet.
Ihm kam ein weiterer absonderlicher Gedanke.
Waren diese Kreaturen mit den Wesen, die er am Fuß des Baumes vermutete, verbündet oder wurden sie von ihnen kontrolliert? Stellten die Lichtblitze aus ihren Augen Signale dar, biologische Morsezeichen für jene Wesen, von denen er sich einbildete, daß sie ihn erwarteten? Informierten die Signale die Wesen in der Tiefe, daß sich ein bemanntes Objekt aus weiter Ferne und fremder Zeit näherte und die Insassen von wunderlicher Gestalt waren?
Es gelang ihm nicht, ein Muster in dem Geflimmere zu entdecken. Es wirkte systemlos. Jedoch, was ihm zufällig erschien, mochte für andere bedeutungsvoll sein.
Die Fähre sank mit einer Geschwindigkeit von zehn Kilometern pro Stunde und beschrieb einen vertikalen Zickzackkurs zwischen den Ästen. Die leuchtenden Gewächse nahmen zu, bis der Stamm und jeder Ast von seltsam geformten Juwelen übersät zu sein schien. Im Gegensatz zu irdischen Bäumen wurden die horizontalen Äste kürzer und schlanker, je näher sie dem Boden kamen. Trotzdem wurden die Strebebögen dicker und länger. Ramstan nahm an, daß dies auf das Gewicht der teuflischen Pflanzen zurückzuführen war, deren Zahl die Äste nach unten bog.

Mit jeder tiefer liegenden Ebene verringerte sich die Zahl der Vögel und Tiere, während die Insekten an Größe gewannen. Eine besonders riesige Spezies von Rattengröße besaß transparentes Fleisch, durch das die Gewächse schimmerten, die sie verzehrt hatten. Auch ihre daumennagelgroßen Exkrementhäufchen leuchteten, wenngleich nicht so hell. Bei diesen Ungeheuern handelte es sich nicht um richtige Insekten. Irdische Insekten konnten nicht so groß werden. Ohne Lunge und bei der Atmung auf Tracheen angewiesen, war ihr Wachstum begrenzt. Ein mutiertes irdisches Insekt von Rattengröße würde sterben, da der Sauerstoff nicht in das Innere seines Körpers dringen konnte.
Eine Spezies der riesenwüchsigen Insekten besaß einen dünnen, nach unten gebogenen Rüssel und ein Horn am Hinterkopf. Es war so lang wie der ganze Körper und trug am Ende eine leuchtende Kugel. Es erinnerte Ramstan an eine Fischart aus der irdischen Tiefsee. Sie benutzten das Licht an der Spitze ihrer Tentakel, um andere Fische anzulocken, die sie dann zu fangen und zu fressen pflegten.
Ein anderes Geschöpf war ein basketballgroßes, ballonförmiges Spinnentier, das sich durch die Luft bewegte und von Ast zu Ast oder Blatt zu Blatt sprang, indem es einen klebrigen Faden als Wurfanker abschoß und sich daran bis zu seinem Ziel hangelte. Es benutzte die Fäden außerdem zum Fang kleinerer Insekten und zog die Beute damit in sein Maul, das von sechs winzigen, klauenbewehrten Armen umgeben war, die unaufhörlich hin und her tasteten und sich erst beruhigten, wenn sie die noch lebende Mahlzeit packten.
»Ein wahres Paradies für Zoologen«, bemerkte Nuoli.
Ramstan sagte nichts. Er fragte sich, was das wohl für Wesen sein mochten, die sich hier niedergelassen hatten. Wassruss' Lied deutete darauf hin, daß zumindest drei diesen Kontinent als neue Heimat erwählt hatten. Aber das Lied war sehr alt, und jene, die in ihm erwähnt wurden, waren vielleicht fortgezogen oder gestorben. Obwohl er keinen rationalen Anhaltspunkt besaß, glaubte er nicht daran. Er war überzeugt, die drei noch immer hier vorzufinden, was bedeuten konnte, daß sie eine

unglaublich hohe Lebenserwartung besaßen. Unglaublich? Ja, für jemand, der das *Glyfa* nicht kannte.
Unvermittelt erreichte die Fähre eine Zone, die unbelebt zu sein schien. Natürlich gab es Leben; die Bäume waren nicht tot. Aber es gab keine Insekten, keine Vögel oder Säugetiere. Und ein Gefühl der Zeitlosigkeit erfüllte Ramstan. Es *gab* Zeit – dies bewiesen die Anzeigen des Fährenchronometers, der Schlag ihrer Herzen, die Bewegungen der Maschine und der Insassen. Dennoch spürte Ramstan, daß die Zeit geendet oder sich zumindest derart verlangsamt hatte, daß sie wie erstarrt oder schlafend wirkte. Er fühlte sich orientierungslos, benommen. Tief in ihm keimte ein Hauch von Panik auf.
Er befahl, die Kanzel zu öffnen und absolute Ruhe zu bewahren. Aus irgendwelchen Gründen verspürte er den übermächtigen Drang zu *lauschen*.
Lauschen? Auf was?
Daß er das nicht wußte, ließ ihn innerlich unter der statischen Elektrizität der Panik erzittern, als würden riesige, aber immaterielle Finger seine trockenen Nerven reiben.
Die anderen verdrehten die Augen, als ob auch sie die Gefahr riechen konnten, die der Wind mit sich trug, aber sie sagten nichts. Doch es gab keinen Wind, sondern nur den fast unmerklichen Luftzug, der durch das Sinken der Fähre entstand. Ramstan sah nach oben, obwohl er nicht glaubte, daß ihnen im Moment aus der Höhe Gefahr drohte. Sonne und Himmel wurden durch Astwerk und Laub verdeckt. Sie waren tot, unter Vegetation begraben. Ein seltsamer Gedanke.
So tot wie die Zeit selbst.
Dennoch, falls das Lied von realen Wesen und Dingen berichtete, dann bedeutete der Tod der Zeit oder ihr fast erstorbener Herzschlag Leben für jene, die auf ihn warteten.
Warteten? Woher sollten sie wissen, daß er zu ihnen kam?
Vielleicht hatte das *Glyfa* es ihnen verraten.
Aber das *Glyfa* war stumm und würde jetzt nicht zu ihm sprechen.
Als die Kanzel der Fähre zum ersten Mal geöffnet worden war, hatte Ramstan einen milden Geruch von vermodernden Pflan-

zen und Tierexkrementen bemerkt, der nicht übermäßig unangenehm war. Etwas an ihm erinnerte an faulende Pilze, obwohl er nicht glaubte, sie schon einmal gerochen zu haben. Die Luft war außerdem sehr trocken gewesen, zumindest war es ihm so vorgekommen. Er war nicht sicher, da er begann, seinen Sinnen zu mißtrauen. Der Geruch war jetzt verschwunden, aber seine Abwesenheit machte die Luft nicht gesünder. In der Tat, sie ähnelte der in einer Gruft, in der nur der Staub der Leichname verblieben und alle Verwesung beendet war. Aber die Gruft hätte so trocken sein müssen wie der Mund eines Mannes, der sich in der Wüste verirrt und seit drei Tagen nichts mehr getrunken hat. Dennoch war es plötzlich feuchter geworden. Als die Fähre unvermittelt in die zeitlose Zone vorstieß, nahm die Wassermenge zu. Ramstan hatte von einem Moment zum anderen das Gefühl, daß die Feuchtigkeit stetig wuchs und sie, ohne Vorankündigung, die wäßrige Luft verlassen und in luftloses Wasser eintauchen würden. Seine Kehle schnürte sich zusammen.
Es war, als hätte der Planet selbst zu schwitzen begonnen. Tropfen rannen über seine Stirn und in seine Augen, salzloses Wasser, das ihm – wenn er es aufleckte – das Gefühl vermittelte, seine Zunge würde ihn täuschen. Trotz der Feuchtigkeit roch er zumindest nichts von Moder oder Fäulnis. Die dichtgedrängten Gewächse an dem Baum leuchteten noch heller; ihre kalte Illumination schien Tod und Zerfall Einhalt zu gebieten. Oder sie zu verlangsamen, denn es gab keine Möglichkeiten, diese beiden universellen Gesetze aufzuheben. Ein neuer seltsamer Gedanke.
Er fuhr zusammen, und er haßte sich für diesen unwillkommenen Hinweis auf seine Nervosität. Er warf Nuoli einen Blick zu, die ihm ihre Hand auf den Arm gelegt hatte.
War diese Berührung ein Omen des nahenden Todes? Berührung. Tod. Wieder ein seltsamer Gedanke. Seltsam? Keine Gedanken waren seltsam, aber die unvertrauten oder seinem Bewußtsein schwer verständlichen würden diesen Eindruck machen.
Berühren.

»Dort unten ist etwas. Es sieht wie ein großes Loch aus«, meldete der Ortungsoffizier. »Es befindet sich zwischen zwei Wurzeln. Zwischen den Wurzeln dieses Baumes, meine ich.«
Ramstan konzentrierte sich auf die Außenbeobachtung. Der Monitor zeigte ein dunkles gleichseitiges Dreieck. Nach den Meßergebnissen betrug die Länge jeder Seite 64 Meter. Ein anderes Instrument ermittelte, daß es mit einer klaren Flüssigkeit gefüllt war. Der wahrscheinlich steinerne Grund des Brunnens lag in 64 Metern Tiefe.
Die Fähre sank tiefer. Ramstan sah die von gewaltigen Rissen zerfurchte und fast lückenlos mit leuchtenden Gewächsen bedeckte Rinde des Baumstamms an sich vorbeiziehen. Nach einer, wie ihm schien, langen Zeitspanne – Ramstan befand sich noch immer im Bann der Zeitlosigkeit, ein sonderbares Paradoxon, aber waren nicht alle Paradoxa sonderbar? – hatte die Fähre den Brunnenrand erreicht, der dem Stamm am nächsten lag.
Der Brunnen besaß keine Umrandung, keine Mauer, nur nackte Erde umschloß das Wasser. Die drei Seiten fielen steil ab und waren glatt wie Schlamm, der von einer Maurerkelle festgeklopft worden war.
Die Fähre glitt über den Rand, ihre Bodenscheinwerfer ließen das Brunnenwasser wie Honig erscheinen.
Auf der Wasseroberfläche befanden sich drei Wesen.

19.

»Das ist kein Wasser«, sagte der Ortungsoffizier. Er deutete auf die Zahlenkolonne an der Seite des Bildschirms. »Sehen Sie, Sir«, fuhr er fort. »Es ist eine Flüssigkeit, aber sie ist schwerer als Wasser. Ihr spezifisches Gewicht liegt bei 1,6. Eine Sekunde, Sir. Da. Die spektrografische Analyse. Himmel! Etwas Derartiges habe ich noch nie gesehen!«
Nuoli, die über den Rand der Fähre geblickt hatte, rief: »Einer von ihnen hüpft über die Oberfläche des... was immer das auch sein mag.«

Ramstan befahl dem Piloten, die Fähre bis in eine Höhe von zehn Metern über dem Brunnen sinken zu lassen. In der Zwischenzeit hatte der Ortungsoffizier überall nach dem alten Haus gesucht, das Wassruss erwähnt hatte. Er konnte es nicht finden, aber möglicherweise stand das Gebäude auf der anderen Seite von einer der gewaltigen Wölbungen am Fuß des Stammes. Sie verschwanden im Boden und verwandelten sich in Wurzeln, und ihr Durchmesser war größer als zehn nebeneinandergereihte U-Bahn-Tunnel.
Das Gesicht, das zu ihm aufblickte, das lächelnde Gesicht des Hüpfers, faszinierte und stieß ihn zugleich ab. Es war humanoid, aber dreieckiger als das eines jeden *Homo sapiens*. Der haarlose, tief zerfurchte und ledrige Oberkopf ragte so weit über das Gesicht hinaus, daß er für einen Regenschirm gehalten werden konnte. Eine dicke, blaue Vene zog sich über die Mitte; sie pulsierte träge, als würde nicht Blut, sondern eine wachsende Kolonie Mikroben oder irgendwelche gärenden Organismen in ihr fließen.
Die überhängende Stirn endete abrupt. Sie stand im rechten Winkel zu dem Gesicht. Das Antlitz schien wie durch Klebstoff mit der Basis des Kopfes verbunden zu sein. Die beiden Augen lagen tief in den Höhlen und waren von einem dunklen Blau. Außerdem waren sie groß, fast doppelt so groß wie die von Ramstan. Der Ortungsmonitor verriet, daß das Geschöpf drei Meter groß war.
Direkt unter den Augen befand sich keine Nase, sondern ein großer runder Buckel aus ledrigem Fleisch, der dunkler war als das Gesicht, das einen blaßroten Farbton besaß. In dem Vorsprung schienen sich keine Nasenlöcher oder sonstige Öffnungen zu befinden. Er pulsierte wie die Vene am Oberkopf.
Der Mund war weit menschenähnlicher, die Lippen nach außen gewölbt. Der Kiefer war stark, und das Kinn glich einem Ball mit einer tiefen Einkerbung, die wie ein sechszackiger Stern aussah.
»Ein hübsches Grübchen«, murmelte Nuoli.
Die Ohren waren klein, flach, nah am Gesicht, und ihre Mu-

scheln glichen nichtmenschlichen, hochreliefartigen Arabesken.
Ramstan befahl, die Vergrößerung hochzufahren, damit er direkt in den weitgeöffneten Mund sehen konnte. Die Zähne waren wie die eines Schweines, die purpurfarbene Zunge warzig.
Der rote, ledrige Leib erinnerte Ramstan an den eines Känguruhs, aber der Schwanz endete in einem breiten Fächer. Die Füße des Wesens waren froschartig – breit, gespreizt und mit Schwimmhäuten versehen. Es benutzte die Füße und den Schwanz, um sich auf der Oberfläche der merkwürdigen Flüssigkeit zu bewegen.
Zumindest waren seine Oberschenkel und Hände menschlich.
Der »Weise, der schwimmt« umrundete den Brunnen gemächlich entlang des Randes. Er sah aus wie einer der ausgestorbenen Lachse, obwohl er mindestens zwölf Meter lang war, sechsmal so lang wie der Sarg eines durchschnittlichen Menschen. Wieder einer dieser seltsamen Gedanken. Warum hatte er diesen Vergleich benutzt?
Ramstan war verblüfft. Er hatte angenommen, daß die drei im Lied erwähnten Wesen intelligent seien. Bei dem Hüpfer war es möglich, wenn auch nicht sehr wahrscheinlich. Aber der Fisch konnte nicht intelligent sein.
Und dort war auch »der mit dem kalten Blut, der da trinkt heißes Blut«. Sein Anblick ließ Ramstans Augen schmerzen und machte ihn noch verwirrter. Er war ein Schimmer aus blaßrotem Licht, das von einem purpurfarbenen Glanz gesäumt wurde. Der leuchtende Leib dehnte sich aus und zog sich wieder zusammen; seine größte Ausdehnung betrug zehn Meter, seine geringste neun, und seine Dicke schwankte zwischen drei und zwei Metern. Hin und wieder, ohne daß der Computer ein System feststellen konnte, erlosch das Schimmern, und Ramstan erhielt einen flüchtigen Blick auf das Ding, das sich hinter dem Licht verbarg. Zuerst erinnerte es ihn an eine Kreuzung zwischen einer Fledermaus und einem Tintenfisch. Es besaß einen Kopf, aber es trug ihn mitten auf dem rechteckigen Leib und nicht an seinem Ende. Das Gesicht und die Zähne,

falls es Zähne waren, erinnerten an eine südamerikanische Vampirfledermaus. Kaum hatte er das in sich aufgenommen, da sah er in ein breites, halb löwenhaftes, halb menschliches Antlitz, das noch von einem weiteren Merkmal geprägt wurde. Aber es war zu fremd, um es beschreiben zu können.
»*Jumala*!« stieß Nuoli hervor, und auf Terrisch fuhr sie fort: »Ich habe in seine Augen geschaut. Sie wirkten schwarz, tiefschwarz. Und... ich habe Dinge gesehen... Einbildung... Sterne in ihrer Tiefe... Sternbilder... eine Gaswolke... leuchtend... weiß.«
Ramstan sagte nichts. Er ließ die Fähre sinken, so daß sie einen Meter über dem Kopf des Hüpfers schwebte. Er war bis zur Hüfte eingesunken, aber jetzt begann er seine mit Schwimmhäuten versehenen Spreizhände und -füße zu bewegen. Rasch stieg er höher, legte sich flach auf die Oberfläche der Flüssigkeit und richtete sich schließlich auf. Dann begann er zu hüpfen.
Ramstan befahl dem Kommunikationsoffizier, einige Sätze in Urzint in den Translator zu sprechen. Er glaubte nicht, daß die Worte verstanden werden würden, aber Urzint war die interplanetarische Sprache in den Regionen, die er besucht hatte, und er mußte es zumindest versuchen.
Der Hüpfer hielt inne, begann zu sinken und gleichzeitig zu lachen. Zumindest klang sein Geheul wie Gelächter.
Der gewaltige Fisch drehte sich, so daß sein rechtes Auge über die Oberfläche ragte. Damit betrachtete er die Fähre.
Das schimmernde Wesen rührte sich nicht.
Ramstan war nicht der einzige an Bord, der zusammenfuhr, als der Hüpfer etwas in einer fremdartigen Sprache brabbelte, die voller Kehl- und Zischlaute war, und dann in Urzint überwechselte.
»Geht zum Haus! Geht zum Haus! Geht zum Haus!«
Nuoli war die erste, die das Schweigen in der Fähre brach. »Was man dreimal sagt, ist wahr«, murmelte sie.
»Es ist kein Indikativ, sondern ein Imperativ«, bemerkte Ramstan. »Es hat nichts mit dem Wahrheitsgehalt zu tun.«
»Nun, wenigstens wissen wir jetzt, daß er intelligent ist.«
»Nicht unbedingt«, wandte er ein. »Vielleicht ist er eine Art

Papagei. Abgerichtet, bestimmte Sätze von sich zu geben, wenn er von Fremden angesprochen wird. Oder...«

»Aber in Urzint?«

Ramstan erwiderte nichts. Offenbar hatten sich hier irgendwann einmal Urzint aufgehalten. Oder der Hüpfer hatte die legendären Parchydermen auf einem anderen Planeten getroffen.

Er ließ die Fähre steigen und nach links abbiegen. Eine Richtung war so gut wie die andere, aber vielleicht gab es psychologische Gründe, die für seine Wahl ausschlaggebend gewesen waren.

Das Haus, sofern man es als solches bezeichnen konnte, lag drei Wurzelbündel von dem Brunnen entfernt. Die Distanz zwischen Haus und Brunnen betrug 300 Meter, und Ramstan konnte dies nicht gerade als »nah« bezeichnen. Es bestand aus drei Gebäuden, die vertikal aufeinander errichtet waren. Möglicherweise war es auch nur ein einziges Gebäude mit abgeschlossenen Stockwerken. Falls es sich bei ihm – oder ihnen – um ein Heim handelte, dann gewiß keines, das mit irgendwelchen Dingen Ähnlichkeit hatte, die er kannte.

Jedes Stockwerk besaß die Form einer abgeplatteten Kugel, von deren Äquator ein spitz zulaufendes Gebilde zum Baum reichte. Die Fassaden waren von rostroten, flechtenartigen Gewächsen überwuchert, die Kreise und Rechtecke und schiefe Dreiecke bildeten, aber die metallisch wirkenden Mauern nicht ganz verhüllten. Der Bewuchs war dicht genug, um den archeopteryxähnlichen Vögeln und verschiedenen Arten Eidechsen und Insekten Nistplätze zu bieten. Außerdem – und das überraschte die Terraner, denn bis jetzt waren sie der Überzeugung gewesen, daß die Vögel dieses Planeten in einem primitiven Evolutionsstadium waren – außerdem entdeckten sie eine Eule, oder zumindest ein Geschöpf, das einer Eule ähnelte, und ein storchenähnliches Wesen. Die »Eule« heulte ihnen entgegen. Ihre Laute klangen wie das Gelächter des Hüpfers. Dann flog sie mit schneeweißen, schwarzgestreiften Schwingen davon. Der »Storch« warf einen Blick auf die Fähre und pickte dann in seinem Brustgefieder auf der Suche nach Parasiten.

»Möglicherweise stammen sie nicht von dieser Welt«, vermutete Nuoli.
Ramstan glaubte, daß sie Recht haben konnte, aber er verzichtete auf einen Kommentar. Ihre Bemerkungen verstimmten ihn; sie war immer zu geschwätzig gewesen, wenn sie eigentlich hätte still sein oder sich auf Stöhnen und Seufzen und leise Schreie hätte beschränken sollen.
Zudem herrschte bis auf den Eulenruf, der die lastende Stille durchbrochen oder – ein seltsamer Gedanke – entweiht hatte, absolutes Schweigen, das noch tiefer war als in jenen Ebenen, in denen die Vielfalt der Tierwelt merklich geringer geworden war. Ramstan erkannte plötzlich, daß diese Stille seit seiner Ankunft in der scheinbar zeitlosen Zone herrschte.
Die Luft war schwer, unbewegt und dunkel. Die leuchtenden Pflanzen waren hier weniger zahlreich als weiter oben. Zwielicht umgab ihn, halb Tag, halb Nacht, brütend. Brütend.
Etwas saß da und wartete auf ihn, aber die Aufmerksamkeit dieses Etwas war nicht nur auf ihn gerichtet.
»Es ist gespenstisch«, sagte Nuoli.
Als die Fähre wie ein untergehendes Kanu weiter in die Tiefe sank, befahl Ramstan den Raumsoldaten, ihre Waffen bereitzuhalten, sie aber nicht zu ziehen. Sie sollten die Holster der Olsons öffnen und die größeren Waffen so verbergen, daß sie vom Haus aus nicht entdeckt werden konnten.
»Ich möchte nicht, daß wir einen martialischen Eindruck machen«, erklärte er.
Sie sahen ihn an, als ob sie weitere Informationen von ihm erwarteten. Zum Beispiel, warum sie hier waren und was sich im Haus befand.
Die Fähre landete auf dem dichten, flechtenartigen Buschwerk, das sich vom Gebäude ausbreitete und die Erde zwischen den beiden gewaltigen Wurzelbündeln bedeckte. Niemand sagte etwas. Die Stille war so umfassend, als wäre der Schall selbst gestorben.
Nach einem langen Blick auf das »Haus«, erklärte Ramstan schließlich: »Ich gehe allein.«
Ein Teil des Bodens glitt zur Seite. Ramstan schob sich durch

die Öffnung und stieg die siebenstufige Leiter hinab, die ausgefahren worden war. Er versank bis zu den Waden in der Pflanzendecke und bemerkte zum ersten Mal den matten Duft, der von ihr ausging. Er erinnerte ihn an faulendes Gras in einem Komposthaufen. Ramstan schritt durch das zähe Gestrüpp und erklomm einen niedrigen Hügel, auf dem sich das Haus erhob. Es schien ihn augenlos anzustarren.

Er blieb vor der Wölbung des Erdgeschosses stehen.

»Klopf an«, hatte Wassruss gesagt.

Aber wo? Das Haus besaß weder eine Tür noch ein Fenster.

Ihm blieb nur eine Möglichkeit. Er hob die Faust und schlug gegen die metallähnliche Wand, die aber wärmer war, als Metall in dieser kühlen Luft hätte sein dürfen. Die Wand gab federnd nach. Aus dem Innern der Kugel drang kein Laut. Er hatte ein Echo erwartet, ein hallendes Dröhnen.

Nachdem er dreimal geklopft hatte, wartete er und hielt die Faust noch immer erhoben. Binnen Sekunden bildete sich in der makellosen Wand eine dünne Linie, die eine kreisförmige Scheibe begrenzte, deren Durchmesser groß genug war, um ihm den Zutritt zu gestatten. Er fragte sich, ob die Tür von variablem Umfang war. Wäre er viel kleiner oder größer gewesen, hätte sich die Pforte dann seiner Gestalt angepaßt?

Anstelle sich zu öffnen oder zur Seite zu gleiten, wurde die umrandete Fläche durchsichtig und war dann ganz verschwunden. Hinter dem Loch gähnte Finsternis. Das Licht der Pflanzen drang nicht hinein. Ramstan brüllte in Urzint, anstatt leise zu sprechen, wie er es vorgehabt hatte.

»Ich bin Captain Ramstan von dem terranischen interstellaren Forschungsschiff *Al-Buraq*! Ich komme in Frieden! Und ich habe Fragen.«

Er kam sich wie ein Narr dabei vor, aber was konnte er sonst sagen?

Kurz nach seiner Erklärung sah er ein mattes grünes Aufblitzen in der Dunkelheit, oder vielleicht bildete er es sich auch nur ein.

Sein Herz hatte schon vorher heftig gepocht. Jetzt wurde sein Schlag noch schneller.

Al-Khidhr?
Langsam wich die Finsternis, als Licht aus scheinbar jedem Quadratzentimeter der Wände, der Decke und des Bodens des großen Raumes sickerte. Zuerst konnte er zwischen der Einrichtung und den drei Wesen, die in der Mitte des Zimmers standen, keinen Unterschied erkennen. Der Raum war rund, und die Eingänge waren siebeneckig. Die Decke war in bleiches Weiß getaucht, die Wände schimmerten hellrot. Der Boden wurde von einem sehr dicken, weißen, hellgrünen Fell bedeckt. An den Wänden hingen über ein Dutzend Spiegel, oder vielleicht waren die Spiegel ein Teil der Wände. Sie reichten bis zum Boden, und ihre Seiten bildeten große Dreiecke, deren Schnittpunkte im Zentrum der domartigen Decke zusammenliefen. Dort hing an einer goldenen Kette ein Diamant, der so groß war wie Ramstans Kopf.
Ein kleines, rotbepelztes Tier mit einer langen dünnen Schnauze und großen tapirähnlichen Augen klammerte sich an das Juwel. Das eine rote Auge, das Ramstan sehen konnte, war auf ihn gerichtet. Er fragte sich, wie das Geschöpf den Edelstein erreicht hatte; er hing so hoch über dem Boden, daß es unmöglich hinaufgesprungen sein konnte.
Außer der »Vordertür« gab es drei ovale Zugänge zu dem Raum. Einer befand sich vor, die beiden anderen rechts und links von ihm.
Eines der drei Wesen, jenes in dem grünen Gewand, trat einen Schritt vor. Es sagte in Urzint: »Ich grüße dich, Ramstan. Du hast lange gebraucht, um hierher zu kommen.«
Das blaugekleidete Geschöpf warf ein: »Du hättest viel früher hier sein müssen. Das ist die Schuld des *Glyfa.*«
Und das schwarzgekleidete schloß: »Frage, aber sei bereit, den Preis zu zahlen.«

20.

Ramstan hatte das Gefühl, daß sich sein Blut in Quecksilber verwandelt hatte und sich schwer in seinen Beinen staute.
Die Stimme des Grüngekleideten war die Stimme, die er in der kalafalanischen Taverne gehört hatte.
»Der *Bolg* tötet alle bis auf einen!... Gott ist krank...«
Sie? Er? Es? Welches Geschlecht der Grüne auch besitzen mochte, die Stimme klang weiblich.
Obwohl er seine Überzeugung nicht rational begründen konnte, erkannte er in diesem Augenblick, daß der Grüne weiblich war. Und offensichtlich traf dies auch auf die beiden anderen zu.
Zudem glaubte er, in ihr die schattenhafte, flüchtige Gestalt in dem Hotel und die Erscheinung zu erkennen, die sich während seines Streites mit Benagur gezeigt hatte.
War sie auch das greisenhafte Geschöpf gewesen, dem er vor der Wohnung seiner Eltern in Neu-Babylon begegnet war?
Diesen drei Fremden gegenüberzustehen, war wie das Grollen vor einem heftigen Erdbeben. Die Stimme zu hören, war das Erdbeben selbst. Jetzt erschütterten ihn die Nachbeben. Er konnte ein Zittern nicht unterbinden und fürchtete, sich übergeben zu müssen.
»Du solltest dich setzen«, sagte die Grüngekleidete. Ihre Augen waren groß und so grün wie ihr Gewand. Tiefe Falten gingen von ihnen aus; ihr Gesicht war das einer zehntausend Jahre alten Mumie. Die Zähne hinter den dünnen Lippen waren schwarz, obwohl er nicht annahm, daß sie faul waren. Sie war häßlich, doch ihre furchterregende Erscheinung übertraf gewöhnliche Häßlichkeit bei weitem. Gleichzeitig war sie wunderschön, aber ihre Schönheit war nicht die einer jungen Frau, sondern die eines uralten Sternes. Sie besaß eine merkwürdige Ausstrahlung, und ihre Augen schienen Freundlichkeit zu verströmen. Oder Mitleid.
Zweifellos hatte er sich von der Grünen eine falsche Vorstellung gemacht. Was immer sie darstellte, sie war nicht Al-Khidhr. Seine Kindheitsreligion hatte ihm ein bestimmtes Bild

aufgeprägt, und ihre Erscheinung hatte mit diesem Bild übereingestimmt.
Die Grüne wiederholte: »Du solltest dich setzen.«
Ramstan sah sich um. Wenn er sich setzte, und dies mußte er, wollte er nicht zusammenbrechen, dann mußte er zu ihnen aufblicken. Das würde für ihn einen psychologischen Nachteil bedeuten. Allah wußte, er war jetzt schwach und benötigte jeden Vorteil, jede Unterstützung.
»Nein, danke«, erwiderte er. Überraschenderweise klang seine Stimme fest.
»Wie du willst«, nickte die Grüne.
Sie ließ sich auf einem Teppichhaufen nieder und lehnte sich gegen einige riesige Kissen. Die anderen setzten sich ebenfalls und verschränkten die Beine unter den Gewändern. Es schien sie nicht zu stören, daß sie zu ihm aufschauen mußten. Oder sie wollten ihm Gelegenheit geben, sich auszuruhen und auf gleicher Höhe mit ihnen zu sprechen.
Er nahm auf einem Teppichhaufen Platz und kreuzte die Beine.
»Entschuldigt mich«, sagte er. »Ich muß die Mannschaft informieren, was geschehen ist.«
Nachdem er über das Hautkom einen knappen Bericht abgegeben und Nuoli mitgeteilt hatte, daß ihm keiner folgen durfte, wartete er eine Weile, daß seine »Gastgeber« das Wort ergreifen würden. Als sie weiter schwiegen, murmelte er: »Ihr wißt, wer ich bin. Aber ich weiß nicht...«
»Derzeit«, sagte die Grüngekleidete, »nennt man mich Shiyai.«
Die Schwarzgekleidete kicherte und rief: »Derzeit! Sie ist seit Milliarden deiner Jahre Shiyai, Ramstan!«
Die anderen brachen in schrilles Gelächter aus. Als es abbrach, fuhr die Schwarzgekleidete fort: »Man nennt mich Wopolsa.«
»Und ich«, schloß die Blaugekleidete, »werde Grrindah genannt.«
»Wie man uns nennt und wer wir sind ist nicht dasselbe«, bemerkte Wopolsa.
»Das sind meine Schwestern«, erklärte Shiyai und gestikulierte mit ihrer faltigen, blaugeäderten, dunkelgefleckten Hand.

»Schwestern nur dem Namen nach, da wir nicht der gleichen Rasse angehören und zu verschiedenen Zeiten geboren wurden, die so weit auseinanderliegen, daß du es dir nicht vorstellen kannst, selbst wenn du die verflossenen Jahre in Zahlen ausdrückst.«
»Sprache ist Plunder«, bemerkte Wopolsa. »Zeit ist ein Wunder.«
»Ja, man kann soviel Zeit verschwenden wie man will, dennoch ist noch immer soviel da wie am Anfang«, sagte Shiyai.
»Wenn du wie wir bist«, fügte Grrindah hinzu.
»Und wie ein anderer«, nickte Wopolsa.
»Oder vielleicht wie zwei andere«, schloß Shiyai.
Die drei sahen einander an und brachen wieder in ihr nervenaufreibendes Gelächter aus.
Falls sie eine entspannte Atmosphäre schaffen wollten, so mißlang ihnen das gründlich. Sein Magen zog sich zusammen wie der Kelch einer Blume bei Einbruch der Nacht.
»Wie heißt dieser Planet?« fragte er.
»Grrymguurdha«, antwortete Shiyai.
»Zumindest klingt es in unseren Ohren so«, erklärte Wopolsa. »Der Baum hat ihm diesen Namen gegeben.«
»Der Baum?« echote er und kam sich wie ein Narr vor. Erlaubten sie sich einen Scherz mit ihm? Was konnten sie dadurch gewinnen?
»Ja, der Baum«, bestätigte Grrindah. Sie bewegte ihre Hand. Schwimmhäute reichten bis zu den ersten Fingergliedern.
»Es ist weder rätselhaft noch geheimnisvoll«, sagte Wopolsa. »Die Bäume sind ein Baum, und er ist die einzige eingeborene intelligente Lebensform dieses Planeten. Wir drei haben ihn gesät und ihm geholfen, Intelligenz zu entwickeln.«
Ihr Gesicht wurde mehr als das der anderen von der Kapuze verhüllt. Ihre Augen waren schwarz, und Ramstan konnte ihrem Blick nicht lange standhalten, obgleich er es versuchte. Er schauderte. Sie erinnerten ihn an die Augen des schimmernden Wesens im Brunnen.
»Wir drei nennen uns die Vwoordha«, berichtete Shiyai. »Wenn auch nicht sehr oft.«

Sie lachte erneut. Die anderen lächelten, und ihre Gesichter wurden rissig wie beschädigte Eier in kochendem Wasser.
»Ihr habt einige merkwürdige Haustiere«, bemerkte er.
»Haustiere?« wiederholte Grrindha. Ihre blauen Augen fixierten ihn, und obwohl sie zuvor geblinzelt hatte, bewegten sich ihre Lider jetzt nicht. Diese Augen erinnerten ihn an irgend etwas... Wo hatte er sie schon einmal gesehen?
»Im Brunnen.«
»Er nennt es einen Brunnen«, rief sie, und alle drei kicherten.
Ramstan wurde zornig.
»Ihr seid sehr unhöflich!«
Das löste weiteres Gelächter aus. Als es verstummte, entgegnete Wopolsa: »Wir sind jenseits von Höflichkeit oder Unhöflichkeit.«
Shiyai fügte hinzu: »Du schwitzt, aber deine Stimme klingt, als ob dein Mund und deine Kehle sehr trocken seien. Ich glaube, wir alle könnten eine Erfrischung gebrauchen, ehe wir uns den eigentlichen Problemen zuwenden. Möchtest du etwas haben?«
Ramstan nickte. »Ein kühles Getränk wäre sehr angenehm.«
Shiyai klatschte in die runzligen Hände und gab einen raschelnden Laut von sich. Das Tier, das sich um das Juwel wand, reckte sich und fiel zu Boden. Ramstan fuhr zusammen. Er hatte es vergessen.
Obschon es aus einer Höhe von mindestens zwanzig Metern gefallen war, landete das Tier, ohne sich irgendwelche Verletzungen zuzuziehen. Es verließ den Raum durch die Tür zu seiner Rechten. Ramstan war verblüfft von der Größe des Wesens; er hatte es für nicht länger als einen Meter gehalten. Zudem überraschte es ihn, daß es sich auf den Hinterbeinen vorwärtsbewegte. Wegen seines langen Körpers war er davon ausgegangen, daß es sich um einen Vierbeiner handeln mußte.
»Ich weiß nicht, wieviel ich euch erklären muß«, sagte Ramstan. »Ich meine, wer ich bin und warum ich hier bin. Ihr scheint Bescheid zu wissen... Ich meine, meine Erlebnisse... Ihr habt zu mir gesprochen... Ich habe dich gesehen, zumin-

dest dich ...« Er deutete auf Shiyai und breitete dann die Arme aus.

Einige Sekunden lang herrschte Stille. Dann murmelte Grrindah: »Wir werden warten, bis uns Duurowms bedient hat.«

Ramstan führte das Hautkom dicht an den Mund und fragte leise nach der Uhrzeit. Während er die drei im Auge behielt, für den Fall, daß sie irgendwelche Einwände machen würden, berichtete er Nuoli, was bisher geschehen war. Ihre einzige Reaktion bestand in der Frage, ob er sich in Gefahr befände.

»Ich glaube nicht«, erwiderte er. »Ich werde vielleicht einige Zeit hierbleiben müssen. Ungefähr alle fünfzehn Minuten melde ich mich. Geben Sie das an das Schiff weiter.«

Nuoli würde sich wahrscheinlich fragen, warum er nicht sein Hautkom ständig eingeschaltet ließ, damit sie mithören konnten. Er durfte ihr nicht sagen, daß der Grund dafür das *Glyfa* war, das wahrscheinlich, nein, zweifellos früher oder später erwähnt werden würde.

Er wartete. Die drei rührten sich nicht, bewegten nicht einen Finger, rollten nicht mit den Augen. Kein Seufzer und kein Huster ertönte, und sie rückten auch nicht hin und her, wie es die meisten Lebewesen in einer ähnlichen Situation getan hätten. Sie wirkten nach innen gekehrt, aber er spürte, daß sie nicht nur mit sich selbst beschäftigt waren. Möglicherweise kommunizierten sie miteinander. Telepathie? Die Wissenschaftler hatten ihre Existenz bisher weder bewiesen noch widerlegt.

Schließlich – viel Zeit schien vergangen zu sein – tauchte das Wesen namens Duurowms wieder auf. Mit den Vorderpfoten trug es ein großes Tablett, auf dem vier silberne Kelche und ein Teller mit kleinen viereckigen Plätzchen standen. Es kam zuerst zu Ramstan, verbeugte sich und bot ihm das Tablett an. Ramstan sah in seine großen Augen. Die Augäpfel waren dunkelbraun, sanft, glänzend – Tieraugen. Aber intelligente Lebewesen waren in gewisser Hinsicht ebenfalls Tiere. Und die Pfoten waren keine Pfoten; es waren Hände mit vier humanoiden Fingern und einem abstehenden Daumen.

Die Kelche waren mit Hoch- und Flachreliefs verziert. Sie

stellten Vögel, Fische, Reptilien, zwei- und vierfüßige Intelligenzen und Dinge dar, die er nie zuvor gesehen hatte. Aber sie waren nur einen winzigen Moment zu erkennen und wurden dann durch andere Bilder ersetzt, die wiederum wechselten. Hochreliefs verwandelten sich in Flachreliefs und umgekehrt. In dreien befand sich eine blaue Flüssigkeit, die einen angenehmen Duft verströmte. Oder eher Düfte. Ihr Aroma schien sich so schnell zu ändern wie die einzelnen Bilder auf den Kelchen. Vielleicht bestand zwischen beiden Phänomenen ein Zusammenhang. Er konnte es nicht mit letzter Sicherheit sagen, da die Transmutation mit verwirrender Geschwindigkeit erfolgte. Jeder Duft rief Erinnerungen in ihm wach, und alle waren schön. Nicht im ekstatischen Sinne, sondern eher tief befriedigend.

Er war ein Baby, und seine Mutter wickelte ihn. Er war ein Baby, und er wurde von seinem Vater gebadet. Er war ein Kind in einem Boot auf dem *Schatt-el-Arab*. Sein Vater und seine Mutter brachten ihm das Fischen bei. Er hatte vor kurzem das terrische Alphabet gelernt; er hatte soeben das arabische Alphabet gelernt. Er hatte gerade die Nachricht erhalten, daß ihn die terranische Raummarine als Kadett angenommen hatte. Sein Onkel hatte ihm die Sprache der Eichhörnchen beigebracht, die in den großen Wäldern vor den Toren von Neu-Babylon lebten, und er »unterhielt« sich mit ihnen. Sein Vater und seine Mutter zeigten ihm zum ersten Mal den Stammbaum der Familie, und sie verrieten ihm die Herkunft des Familiennamens. Ursprünglich hatte der Name Ramstam gelautet und war mit einem Schotten in die neu errichtete Stadt Neu-Babylon gelangt, der aufgrund des »Geisel«-Systems der Weltregierung in diesen Teil der Erde umgesiedelt worden war. Im schottischen Gälisch bedeutete Ramstam »halsstarrig oder widerborstig«. Im Lauf der Generation hatte die in Neu-Babylon gültige arabische Sprache aus Ramstam Ramstan gemacht.

Zu seiner Überraschung – und zum Entzücken seiner Eltern – war er ein Nachkomme des Propheten Mohammed. Zwar erfüllte dies seine Eltern mit ekstatischer Freude, doch er konnte

ihre Gefühle nicht teilen. Warum sollte er auch? Es gab Millionen Menschen auf der Erde, die diese Herkunft für sich beanspruchen konnten.
Ramstan versuchte, die verzaubernden Erinnerungen zu ignorieren. Er musterte den Kelch, der eine andere Flüssigkeit enthielt. Sie war rötlich braun, und ihr Aroma ließ ihn die Nase rümpfen und weckte unangenehme Erinnerungen. Sie sah aus wie rasch oxydiertes Blut, und ihr Geruch verstärkte diesen Eindruck.
»Nimm dir, was du willst«, erklärte Wopolsa.
Ramstan sah sie mit zusammengekniffenen Augen an. Sie schien zu lächeln, ihr Mund war lediglich eine große Falte in einem Gewirr kleiner Runzeln. Die Zähne waren im Gegensatz zu Shiyais schwarzem Gebiß rot.
Ein Zittern durchlief ihn. Sein Magen, der sich bei den angenehmen Erinnerungen entspannt hatte, zog sich zu einem Ball zusammen. Und jemand schoß diesen Ball... ja, wohin?
»Nimm einen Kelch«, forderten ihn Shiyai und Grrindah gleichzeitig auf.
»Nur einen?« fragte Ramstan. Ihn belustigte die Veränderung ihres Gesichtsausdrucks. Er wußte nicht, warum. Vielleicht hatte er sie überrascht, und gewöhnlich pflegten sie andere zu überraschen.
Jedenfalls entgegnete Wopolsa: »Alle, wenn du willst.«
»Nein, danke«, sagte er und griff nach dem nächsten Kelch. Fast wäre er ihm aus der Hand gefallen, denn das scheinbare Metall gab unter seinen Fingern nach. Wenn überhaupt, dann fühlte er sich an, als würde er teilweise aus Quecksilber bestehen. Er brach nicht auseinander, aber er bog sich. Er war halb fest, halb flüssig. Als er zwei Finger von dem Kelch löste, verschwanden die Eindrücke, die sie hinterlassen hatten.
Aus irgendwelchen Gründen erschreckte ihn dieser Kelch mehr als alles andere, das er in diesem Haus gesehen hatte. Er verriet ihm, daß er einer Wissenschaft gegenüberstand, die weit fortgeschrittener war als alles, was er kannte.
Er hob den Kelch, aber er trank nicht.
»Nach euch«, sagte er.

Duurowms bot zunächst Wopolsa das Tablett an. Ramstan fragte sich, ob dies bedeutete, daß Wopolsa die Anführerin des Trios war. Außerdem bemerkte er erst jetzt, obwohl es ihm schon vorher hätte auffallen müssen, wie von der Flüssigkeit ihres Kelches dünner Dampf aufstieg.

»Der mit dem kalten Blut, der da trinkt heißes Blut.«

Es war jedoch Shiyai, die Grünäuigige und Grüngekleidete, die als erste ihren Krug hob.

»Auf den anderen«, sagte sie.

»Auf den anderen«, wiederholten Grrindah und Wopolsa.

Ramstan prostete ihnen zu. »Auf den anderen.«

Nach einer kurzen Pause fuhr er fort: »Und auf den, der nicht der andere ist. Auf beide.«

Er wußte nicht, warum er das gesagt hatte oder was es bedeutete. Aber er hatte das Gefühl, sie herausfordern zu müssen.

Die drei sahen ihn über ihre Kelche hinweg an. Dann murmelten sie: »Auf beide.« Und sie tranken.

Ramstan musterte sie nacheinander und nippte vorsichtig an dem Kelch. Die Flüssigkeit war dick, aber kalt und köstlich, obschon er nicht genau bestimmen konnte, woraus sie bestand. Er wußte, er konnte nichts identifizieren, was seine Geschmacksnerven nicht kannten. Aber es war auch möglich, daß sie genetisch für diese Flüssigkeit empfänglich waren, auch wenn dieser bestimmte Geschmack auf der Erde keine Entsprechung besaß.

Ramstan senkte den Kelch und bemerkte: »Ich habe viele Fragen. Ich hoffe, ihr werdet sie mir beantworten.«

»Wir haben Fragen, auf deren Beantwortung wir schon seit Äonen warten«, erwiderte Grrindah. »Ich hoffe, du wirst uns keine von ihnen stellen.«

Sie brach erneut in Gelächter aus.

Mit einigem Widerwillen sah er zu Wopolsa hinüber. Im Gegensatz zu den anderen trank sie noch immer.

»Der mit dem kalten Blut, der da trinkt heißes Blut.« Kaltblütig? Sie wirkte so menschlich wie die anderen; sie war ebensowenig frosch- oder reptilienhaft wie die anderen. Oder floß etwas anderes als Blut in ihren Adern?

Ramstan berichtete von dem Zusammentreffen mit Wassruss, obwohl er annahm, daß sie bereits Bescheid wußten. Dann sagte er: »Ich bin den Anweisungen des Liedes gefolgt. Und jetzt bitte ich euch, mir von dem Ursprung und dem Zweck des Liedes zu erzählen.«

»Dieses Lied kennt man in Millionen Kulturen«, antwortete Shiyai. »Wir haben es auf Tausenden von Planeten verbreitet, und es existiert schon seit Jahrmillionen. Aber zu oft ist es verfälscht oder so nutzlos gemacht worden. Nun, zumindest hat es seinen Zweck erfüllt. Du bist hier.«

Ramstan war verwirrt und unsicherer als zuvor.

»Das gleiche Lied kannte man auch auf Kalafala. Aber du bist nicht lange genug dort gewesen, um damit in Berührung zu kommen.«

»Du meinst«, murmelte er, »dieses Lied wurde vor langer Zeit an vielen Orten verbreitet, nur damit ich es einst zu Gehör bekäme?«

»In gewissem Sinne, ja«, bestätigte Grrindah. »Aber es gab und gibt Millionen andere, die es vor dir hätten hören können. Sie wären unseren Zwecken ebenso dienlich gewesen.«

»Ich verstehe nicht.«

»Du und jene wie du, männliche und weibliche Erwachsene und sogar einige frühreife Kinder, gehörten und gehören zu einem Menschenschlag, der vom Charakter her den Anweisungen folgen und uns das bringen würde, was wir brauchen. Außerdem wirken sie wegen ihres besonderen Charakters und ihres Magnetismus wie ein Fokus auf bestimmte Kräfte.«

»Ich verstehe immer noch nicht.«

»Es gibt physikalischen und psychischen Magnetismus, beide besitzen denselben Ursprung. Vielleicht wäre es eine bessere Analogie, wenn ich sage, daß es eine physikalische und eine psychische Gravitation gibt. Genau wie eine bestimmte Masse den Raum um sich krümmt, so krümmt psychische Gravitation Ereignisse um sich. Aber psychischer Magnetismus unterscheidet sich vom physikalischen Magnetismus in der Hinsicht, daß nicht die Masse, sondern die Qualität und der Grad der Qualitäten die psychische Anziehungskraft und die Art und

Qualität der angezogenen Ereignisse bestimmen. Unter Umständen werden wir dich eines Tages in dieser besonderen Mathematik unterweisen. Allerdings stehen die Chancen dafür nicht gut. Keine von uns hat Zeit dafür.«

Ramstan biß sich auf die Unterlippe und sagte: »Shiyai, es war deine Stimme, die ich in der Taverne gehört habe. Sicher bist du mir auch in meinem Hotelzimmer und am Strand von Webn erschienen. Ich...«

»Und ich war auch die Gestalt auf dem Film deiner Kabinenüberwachungsanlage«, unterbrach die Grüngekleidete.

»Wie hast du das gemacht?« fragte Ramstan. »Und warum?«

»Sie reitet auf den Gedanken Gottes«, warf Grrindah ein. »Oder auf den Gedanken eines Wesens, das ihm ähnlich ist.« Grrindah lachte.

Ramstan war von ihrem Gekichere irritiert. Wie, dachte er, haben die anderen diese nervenaufreibende Angewohnheit nur so lange ertragen können?

»Es war nicht sie, sondern ihr projiziertes Bild, obwohl es nicht ein Bild in deinem Sinne war«, erklärte Shiyai. »In gewisser Hinsicht handelt es sich um einen mentalen Transportvorgang. Gleichzeitig ist es etwas anderes. Man zupft bestimmte Saiten der Harfe, die das Raum-Zeit-Gefüge darstellt. Eine Musik, die du mit einigen deiner mentalen Sinne hörst, wobei das *Hören* in visuelle und akustische Reize und manchmal auch in Geruchs-, Tast- und Gefühlssensationen transmutiert wird.«

»Genau wie man ein Elektron als Welle und als Partikel definieren kann«, fügte Wopolsa hinzu.

»Und noch als etwas anderes«, schloß Grrindah, und sie kicherte.

»Ich würde sagen«, fuhr Grrindah dann fort, »Shiyai läßt sich nicht von den Gedanken Gottes, sondern von seiner Stimme tragen. Oder besser: Von den Schwingungen seiner Stimme.«

Ramstan war froh, daß sie diesmal nicht lachte.

»Wir benutzen die Poesie, um dir begreifbar zu machen, was wissenschaftlich geschieht«, bemerkte Shiyai.

»Poesie und Wissenschaft. Niemals werden sich diese beiden Gegensätze vereinen«, sagte Wopolsa.

»Nicht in den Universen, die wir kennen«, nickte Grrindah. »Aber es gibt eine Sphäre, in der es geschehen ist.«
Sie lachte.
Ramstan dachte an das *Glyfa*, das ebenfalls von Multiversen gesprochen hatte. Und dieser Gedanke entfachte in ihm den Wunsch, daß sich das *Glyfa* jetzt mit ihm in Verbindung setzen möge. Er benötigte verzweifelt Rat.
Das Tier, Duurowms, hatte das Tablett aus dem Zimmer getragen. Jetzt kam es zurück und sprang noch oben, klammerte sich mit den Händen an dem Riesenjuwel fest, zog sich hoch und wand sich um den funkelnden Edelstein. Ramstan bemerkte, daß sich das Auge geschlossen hatte und das Tier zu schlafen schien.
»Es erfordert ungeheure Energie und Kunstfertigkeit, um auf der Stimme Gottes zu reiten, ohne herunterzufallen«, murmelte Shiyai. »Es ist außerdem sehr gefährlich. Deshalb bin ich es, die reitet oder an der Harfe zupft, und nicht meine Schwestern. Ich besitze die erforderliche Energie und Kunstfertigkeit. Und da es so anstrengend und riskant ist, reite ich selten. Deshalb hast du mich nicht öfter gehört oder gesehen.«
»Nebenbei«, warf Grrindah ein, »der andere hat dich ebenfalls hierher geführt. Obwohl der andere gegen uns arbeitet, arbeitet er gleichzeitig für uns. Er kann nichts dagegen tun; ebensowenig können wir verhindern, daß wir für und gegen ihn arbeiten.«
»Es wird Zeit, die Zurückhaltung aufzugeben, Schwestern«, erklärte Shiyai. »Wir sollten ihm alles sagen.«
»Alles?« echote Grrindah lachend.
»Alles, was er wissen muß, und ein wenig mehr.«
Ramstan brannte vor Neugier, endlich zu erfahren, was hinter allem steckte, aber da war noch etwas anderes, das geklärt werden mußte.
»Eure Haustiere in dem Brunnen?«
Die drei sahen einander an, zwei grinsten und Grrindah lachte.
»Er ist sehr aufmerksam«, stellte Shiyai fest.
Dann begann ihr Fleisch zu schmelzen, zumindest hatte Ramstan diesen Eindruck. Ein Leuchten umhüllte sie, rötliche,

blaugestreifte Wellen, die in seinen Augen schmerzten, obschon der Schmerz nicht so groß war, daß er den Blick von ihnen abwenden mußte.
Plötzlich war das Licht verschwunden, die Veränderung abgeschlossen. Shiyai war eine wunderschöne junge Frau. Grrindah eine hübsche Frau mittleren Alters. Wopolsa hatte so greisenhaft gewirkt, daß ein weiterer Alterungsprozeß unmöglich erschien. Aber genau das war geschehen. Ihre Augen schienen größer geworden zu sein, und Ramstan sah Sterne in der abgrundtiefen schwarzen Leere. Aber nur für einen Moment. Ihr Anblick ließ ihn frieren und sich fürchten.
»Nun siehst du uns in einer anderen Gestalt«, sagte Shiyai. »Nicht weil wir unsere Gestalt geändert, sondern weil wir deinem Bewußtsein erlaubt haben, andere Muster, andere Strukturen wahrzunehmen. Dennoch, in gewissem Sinne siehst du uns so, wie wir sind. Vor allem Wopolsa.«
Ramstan ignorierte ihre Bemerkung.
»Die Haustiere?« wiederholte er. »Handelt es sich bei ihnen wirklich um Haustiere? Oder seid ihr ... *sie*? Seid ihr nur ihre Projektionen? Sind sie die Intelligenzen, die Herren?«
Alle drei lachten brüllend.
Als das letzte Echo verstummt war, antwortete Grrindah: »Vielleicht sind die Wesen im Brunnen nur Projektionen. Was uns natürlich zu Projektionen von Projektionen machen würde. Oder vielleicht sind die Bewohner des Brunnens schon so lange Projektionen, daß sie sich in reale Wesen verwandelt haben, in Realisierungen des Potentials der Materie; Phantome aus Licht, die in der Wirklichkeit materialisiert sind. Wenngleich die Phantasie so real wie die Realität ist und von der Realität erzeugt und aufrechterhalten wird. Ohne Materie gibt es keine Phantasie, obwohl es Materie ohne Phantasie geben kann. Oder ist es umgekehrt? Trifft gar beides gleichzeitig zu?«
»Das genügt«, entschied Wopolsa. »Frage, und du mußt den Preis bezahlen. Aber zunächst werden wir dir den Preis nennen. Deine bisherigen Fragen erfordern keine Gegenleistung.«

»Ich habe viele Fragen«, gestand Ramstan.
»Von jetzt an ist der Preis für eine oder viele Fragen gleich«, eröffnete ihm Wopolsa. »Nun, zuerst...«
Und die drei erzählten ihm viele Dinge, auch wenn er nicht alle zu wissen brauchte. Aber was er hörte, war mehr, als er hören wollte.

21.

Wenn ein Nagel über Gefühle verfügen und direkt von einem Vorschlaghammer getroffen würde, er hätte sich so wie Ramstan gefühlt. Ein Kaninchen, das von einem Tiger gepackt wurde, konnte kein größeres Entsetzen empfinden, als Ramstan in diesen Momenten.
Auch wenn, dachte er – und dieser Gedanke war wie Feuer und gleichzeitig nur eine matte Flamme –, auch wenn zwischen ihm und dem Nagel, zwischen ihm und dem Kaninchen ein Unterschied bestand. Er war ein Mensch und deshalb nicht hilflos. Er war nicht völlig von den Hammerschlägen der Enthüllungen zertrümmert worden. Die Angst lähmte ihn nicht ewig. Er konnte noch immer kämpfen: Aus der matten Flamme würde ein Feuersturm werden.
War es nur Übermut? Kaum hatte er sich das gefragt, wurde er von einem weiteren Schlag getroffen. Nein. Von zwei weiteren Schlägen.
Während er noch immer mit den drei Geschöpfen in dem Raum saß und ihm trotz des Sitzens schwindelte, erhielt er über das Hautkom einen Anruf von Nuoli.
»Captain! Sie müssen zum Schiff zurückkehren! Sofort!«
Ihre Stimme schien wie von vielen Lagen Wolle gedämpft, war so matt und fern wie eine Stimme in einem Traum.
»Was ist geschehen?«
»Ich weiß es nicht, Captain. Commodore Benagur hat es angeordnet.«
»*Benagur?*«
Es fiel ihm schwer, sich auf ihre Worte zu konzentrieren. Was außerhalb dieses Raumes geschah, war nicht wichtig. Aber er

zwang sich, Nuoli zumindest einen Teil seiner Aufmerksamkeit zu widmen.

»Benagur? Er ist doch noch immer im Lazarett. Wieso erteilt er Befehle...? Wo ist... Was ist mit Tenno geschehen?«

Stille trat ein. Nuoli benutzte wohl eine andere Frequenz, um sich mit jemand im Schiff zu verständigen. Warum?

Sie meldete sich wieder, ihre Stimme vibrierte.

»Weder Benagur noch Tenno wollen es mir sagen, Sir. Sie wiederholen nur, daß Sie sofort zurückkehren sollen.«

Die Vwoordha hatten die ganze Zeit über geschwiegen und auf seine Antwort gewartet.

»Entschuldigt mich«, bat er. »Ich muß mich mit meinem Schiff in Verbindung setzen.«

Sie sagten nichts. Er sprach in sein Hautkom, erhielt aber keine Antwort von der *Al-Buraq*.

Dann rief er Nuoli an. »Welche Frequenz benutzen Sie für Ihre Gespräche mit Benagur?«

»Es tut mir leid, Sir«, erwiderte sie, »aber Commodore Benagur hat mir befohlen, sie nicht an Sie weiterzugeben.«

Der Zorn, der sich hinter seiner eisigen Ruhe verborgen hatte, brach aus ihm hervor. Er brüllte: »Wer ist der Kommandant? Benagur oder ich?«

Selbst die Vwoordha fuhren zusammen, und das Tier öffnete sein Auge.

Nuoli zögerte und antwortete dann: »Es tut mir leid, Captain. Sie sind Ihres Postens enthoben worden.«

»Wie, in Satans Namen, konnte das geschehen?«

»Ich weiß es nicht, Sir. Einen Moment bitte.«

Ramstan erhob sich schwankend, seine Beine waren taub vom langen Sitzen.

»Ich muß jetzt gehen«, sagte er auf Urzint.

Shiyai wölbte ihre schönen schwarzen Augenbrauen und fragte: »Deine Antwort?«

»Ich komme später darauf zurück.«

»Jemand auf deinem Schiff«, erklärte Grrindah, »hat das *Glyfa* gefunden.«

Ramstan spürte, wie sich sein Magen erneut zusammenzog.

»Woher... woher weißt du das?«
»Ich weiß es nicht. Aber ich nehme es an, da dies der einzige Grund ist, der zu deiner Amtsenthebung führen kann. Möglicherweise hat das *Glyfa* jemand zu sich gelockt, so daß man es finden mußte. Ich weiß nicht, warum es so etwas tun sollte, aber es spielt ein kompliziertes Spiel.«
»Nein!« schrie Ramstan. »Es hätte mich informiert, wenn es entdeckt worden wäre!«
»Nicht, wenn es einen Grund hatte, darauf zu verzichten.«
»Benagur! Er muß irgendwie in meine Kabine eingedrungen sein und es gefunden haben! Aber dann muß er von jemand unterstützt worden sein! Indra! Nur Indra hätte ihm das ermöglichen können!«
Er verstummte. Sein Atem ging schwer. Dann, fast nebenbei, wurde ihm klar, daß die drei Terrisch verstanden. Bis jetzt war er davon ausgegangen, sie würden diese Sprache nicht beherrschen. Aber wenn eine von ihnen auf den Gedanken oder der Stimme Gottes durch das Multiversum reiten konnte, dann konnte sie auch überall alles belauschen.
»Wenn sich das *Glyfa* nicht mehr in deinem Besitz befindet«, bemerkte Wopolsa, »dann kannst du uns nicht helfen. Aber der Preis hat sich nicht geändert.«
Er fuhr herum und eilte durch den Ausgang. Am Fuß des Hügels befand sich die Fähre, und die gesamte Besatzung sah zu ihm hinauf. Selbst aus dieser Enfernung konnte er die Spannung auf ihren Gesichtern erkennen. Er sprach in das Hautkom. »Fähre her zu mir!«
Der Flugkörper war soeben vor ihm gelandet, und er hatte kaum den Fuß auf die unterste Sprosse der Leiter gesetzt, als das Funkgerät ansprach. Benagur meldete sich.
»Nuoli! Kehren Sie sofort zum Schiff zurück! Das Tolt-Schiff wurde soeben im Orbit direkt über uns geortet! Ich wiederhole: Kehren Sie sofort zurück! Gleichgültig, ob sich Ramstan an Bord befindet oder nicht! Ich wiederhole: Kehren Sie mit der höchstmöglichen Geschwindigkeit zurück!«
»Commodore«, erwiderte Nuoli, »Captain Ramstan befindet sich an Bord. Wie befohlen starten wir sofort!«

Ramstan dachte daran, aus der Fähre zu springen und Zuflucht im Haus der Vwoordha zu suchen. Auf der *Al-Buraq* erwarteten ihn nur Unannehmlichkeiten, und das *Glyfa* war für ihn verloren. Obwohl der Drang sehr stark war, gab er ihm nicht nach. Was immer er auch getan hatte, es war im vollen Bewußtsein der möglichen Konsequenzen geschehen, und er war bereit – wenn auch ungern – die Strafe auf sich zu nehmen, falls er entlarvt wurde. Man konnte ihm nachsagen, was man wollte, aber er war kein Feigling.
Unter anderen Umständen hätte ihn das Ende der Heimlichtuerei zumindest vorübergehend erleichtert. Jetzt nicht. Das Tolt-Schiff war eine drohende Gefahr, und sein Schiff wurde von einem Wahnsinnigen kommandiert. Wieso hatte Benagur das Kommando übernehmen können? Warum hatte Tenno nicht eingegriffen? Zweifellos mußte er wissen, daß der Commodore für den Posten des Kapitäns nicht geeignet war. Möglicherweise hatte ihn die Entdeckung des *Glyfas* durch Benagur als Beweis gedient und Tenno davon überzeugt, daß Ramstan in seinem eigenen verbrecherischen Interesse Benagur fälschlicherweise des Irrsinns bezichtigt hatte. Aber gewiß besaß Doktor Hu Zweifel an Benagurs geistiger Gesundheit, und sie hätte nicht gezögert, sie zu artikulieren.
Ihm blieb nichts anderes übrig, als zu warten, bis sie an Bord der *Al-Buraq* zurückgekehrt waren. Da der Pilot die Fähre den gespeicherten Kurs nehmen ließ und der Computer die Geschwindigkeit nur verringerte, wenn es unbedingt erforderlich war, erreichten sie das Schiff in kurzer Zeit.
Auf dem Rücksitz, nur von einem Raumsoldaten beobachtet, bewegte Ramstan lautlos die Lippen. Er rief nach dem *Glyfa*, aber er erhielt keine Antwort. Ramstan fluchte und schlug sich mit der Faust auf den Oberschenkel, so daß der Raumsoldat zurückwich und nach dem Halfter mit der Olson tastete.
»Keine Sorge, Junge«, brummte Ramstan. »Ich bin nur wütend auf mich selbst.«
Die Fähre schoß in den Hangar und wurde von schrillen Alarmtönen und orangefarbenem Flackerlicht empfangen. Das Schiff war bereit, in den Alaraf-Flug überzugehen.

Boden und Schotts erbebten, als ihn die *Al-Buraq* begrüßte – mit dem Äquivalent des Schwanzwedelns, das ihr zur Verfügung stand. Er fragte sich, wie das Schiff reagieren würde, wenn es herausfand, daß er nicht mehr der Herr war. Würde es seine Loyalität auf Benagur übertragen? Wahrscheinlich ahnte der Commodore nichts von dem Gefühlsschaltkreis im Nervensystem des Schiffes, aber Indra wußte Bescheid. Würde er die Operation doch noch vornehmen, falls Benagur Schwierigkeiten mit der *Al-Buraq* bekam?

In der langen Geschichte der Seefahrt hatten viele Besatzungen gemeutert. Aber bis jetzt war es noch nie auf einem Raumschiff zur Rebellion gekommen.

Ein Trupp Raumsoldaten erwartete ihn. Falls der weibliche Lieutenant gefühlsmäßig davon berührt wurde, ihren Kapitän zu verhaften, so zeigte sie es nicht. Ihr Gesicht war ausdruckslos und ihre Stimme fest. Sie sagte ihm, daß man ihn sofort in die Brigg bringen würde. Er war außer sich vor Zorn.

»Benagur versucht mich zu demütigen! Er hätte mich zumindest in meiner Kabine unter Arrest stellen können.«

»Tut mir leid«, sie zuckte die Achseln. »Befehl ist Befehl.«

Man führte ihn durch die Korridore zu einem Lift und dann in einen kugelförmigen Raum mit einem Durchmesser von vier Metern. Im Gegensatz zu den alten, herkömmlichen Zellen besaß diese kein Schloß. Die Iristür konnte geschlossen werden, falls er oder seine Kerkermeister es wünschten. Aber wenn er versuchte, die Schwelle zu überschreiten, wurde er von einem Strahlschuß betäubt werden.

Je ein bewaffneter Soldat bezogen Posten zu beiden Seiten des Eingangs. Ramstan sehnte sich nach Abgeschiedenheit und wies das Schiff an, die Tür zu schließen. In der Zwischenzeit war die Zelle größer geworden. Offenbar glaubte die *Al-Buraq*, daß er mehr Platz benötigte. Ramstan befahl ihr sofort, den Durchmesser auf die reguläre Größe zu reduzieren. Andernfalls würde vielleicht ein Ingenieur bemerken, daß sie die Befehle ihrer neuen Herren ignorierte.

Danach versuchte er Verbindung mit der Brücke aufzunehmen, doch die Übertragung war nur einseitig.

Er rief nach dem *Glyfa*. Keine Antwort. Warum berichtete es ihm nicht, was geschehen war? Die Furcht vor der Entdeckung durch die Vwoordha konnte nicht der Grund für sein Schweigen sein. Es mußte wissen, daß sie über seine Anwesenheit auf der *Al-Buraq* informiert waren. Wie alle intelligenten Wesen war es sehr neugierig und hatte der Versuchung zum Mithören gewiß nicht widerstehen können. Es mußte wissen, was geschah.

»Das *Glyfa* spielt ein kompliziertes Spiel«, hatte Grrindah gesagt.

Während er sich vorzustellen versuchte, was derzeit geschah, ging Ramstan unruhig auf und ab. Benagur hatte das *Glyfa* in seinem Besitz, aber was hatte er damit vor? Würde er zulassen, daß es ihn wie seinen Kapitän faszinierte und verführte? Oder würde er...? Nein, bestimmt nicht! Würde er das *Glyfa* an die Tenolt zurückgeben?

Ein lumineszierender Kreis am Schott enthüllte Benagurs Kopf und Schultern.

»Hûd Ramstan!« knurrte der stiernackige Mann.

Ramstan blieb stehen, hob die Arme, die er bisher hinter dem Rücken verschränkt gehalten hatte, und erwiderte: »Sie sehen mich.« Mit schmerzhafter Deutlichkeit war ihm bewußt, daß der Commodore ihn nicht mit »Captain« angesprochen hatte. Benagur machte nicht den Eindruck, als ob er triumphieren oder Ramstan Verachtung oder Haß entgegenbringen würde. Obwohl seine Stimme an die eines Richters erinnerte, der einen Verbrecher verurteilte, war sein Gesichtsausdruck eine Maske völliger Gleichgültigkeit. Nein, nicht Gleichgültigkeit. Gleichmütigkeit.

»Sie werden in Kürze vor ein Kriegsgericht gestellt werden. Bis dahin benötigen Sie einen Rechtsbeistand. Sie können jedes Mitglied der Besatzung als Verteidiger wählen – mit Ausnahme jener, die Sie anklagen. Ich empfehle Ihnen Lieutenant Enver, unsere Lexologin. Allerdings ist sie derzeit im Dienst und wird Ihnen erst nach Beendigung der Krise zur Verfügung stehen können. So wie jeder andere auch.«

»Danke«, nickte Ramstan.

»Sobald es die Zeit erlaubt«, fuhr Benagur fort, »möchte ich gern einen ausführlichen Bericht über Ihre Mission geliefert bekommen. Nuoli hat bereits Meldung gemacht, aber ich möchte wissen, was in diesem … Gebäude geschehen ist.«
»Ich werde mich so bald wie möglich darum kümmern.«
»Ich will jedes kleinste Detail wissen!« knurrte Benagur. »Wo ist das *Glyfa*?«
»Es ist nicht nötig, daß sie das erfahren.«
Benagur schwieg einen Moment, lächelte und fuhr fort: »Wir haben uns mit der *Popacapyu* in Verbindung gesetzt. Ihr Kapitän wurde informiert, daß wir das *Glyfa* haben. Wir verhandeln derzeit über seine Rückgabe an die Tenolt.«
Ramstan verbarg sein Mißfallen.
»Einer der Verhandlungspunkte betrifft die Freilassung von Lieutenant Branwen Davis. Wir kennen ihre Geschichte noch nicht, deshalb ist es unklar, ob sie vor ein Kriegsgericht gestellt werden muß oder nicht. Jedenfalls hat der Tolt-Kapitän erklärt, daß sie gezwungen wurde, Ihnen das *Glyfa* zu stehlen.«
Ramstan dachte: Wie haben sie sie dazu gebracht, mich zu hintergehen? Ich meine uns.
Er begann: »Commodore …«
»Captain, nicht Commodore!« unterbrach Benagur mit lauter Stimme. »Ich bin jetzt der Kommandant!«
Ramstan schluckte seine Wut hinunter. »Captain Benagur, bedenken Sie bitte folgendes: Die Tenolt werden den Raub ihrer Gottheit niemals verzeihen. Sie werden die Rückgabe des *Glyfas* abwarten, aber sobald es sich in ihrem Besitz befindet, werden sie alles versuchen, um das Schiff und seine Mannschaft zu vernichten. Ihre Religion verlangt das von ihnen. Sie werden nicht ruhen, bis die blasphemischen Diebe, die das *Glyfa* gestohlen haben, vernichtet sind. Deshalb …«
»Ich weiß das!« brüllte Benagur und hob einen Finger, als wäre er ein Lehrer, der einen Schüler ermahnte. »Ich weiß das! Ihr Verbrechen hat uns alle in Gefahr gebracht! Glauben Sie mir, das wird man nicht vergessen, wenn man Sie vor Gericht stellt! Ich habe dem Tenolt-Kapitän gesagt, daß Sie und nur Sie allein verantwortlich sind und wir mit dem Diebstahl des *Glyfas*

nichts zu tun und erst jetzt davon erfahren haben, daß wir keine Komplizen sind und versuchen, das Geschehene durch die sofortige Rückgabe des *Glyfas* ungeschehen zu machen! Aber ihr Kapitän hat uns mitgeteilt, wir müßten Sie an die Tenolt ausliefern, falls das alles stimmt!«

Stille trat ein. Schließlich murmelte Ramstan: »Ich bitte nicht für mich um Gnade. Die Tenolt werden mich zu Tode foltern. Sie müssen so handeln, da ihr Gesetz dies als Strafe für Blasphemie vorschreibt.«

»Ihr Kapitän hat mich darüber informiert«, nickte Benagur. Er schwieg und fügte dann hinzu: »Darüber hinaus hat er mir mitgeteilt, daß er uns als unschuldig betrachten und auf einen Angriff verzichten wird, wenn wir Sie an ihn ausliefern.«

»Sie können diesem Versprechen nicht trauen«, wandte Ramstan ein. »Nach dem, was ich über das Tenolt-Gesetz weiß, sind alle Mitglieder der Besatzung der Mittäterschaft schuldig. Er wird das *Glyfa* zurückbekommen und dann angreifen.«

»Das glaube ich nicht«, widersprach Benagur. »Seine vorderste Pflicht ist es, das *Glyfa* zurück in den Tempel zu bringen. Wenn er uns angreift, riskiert er, zerstört zu werden und so eine unverzeihliche Sünde zu begehen, weil er das *Glyfa* nicht in den Tempel zurückgebracht hat. Er wird es zurückbringen und dann nach uns suchen. Er muß es. Das ist eine Aufgabe, der er sich nicht entziehen kann.«

»Vielleicht«, sagte Ramstan. »Werden Sie mich ausliefern?«

Benagur errötete.

»Glauben Sie mir, ich würde es tun! Ich müßte es tun, wenn ich es könnte! Sie verdienen ein solches Schicksal!«

Er nagte an seiner Oberlippe und brummte: »Aber es würde mir kein Vergnügen bereiten. Ich verachte Sie, doch ich möchte nicht, daß Sie die Qualen erleiden, die die Tenolt für Sie bereithalten. Ich bin nicht rachsüchtig. Ich weine um Sie, weil Sie sind, was Sie sind! Aber...«, er holte tief Luft und atmete geräuschvoll wieder aus, »... meine erste Sorge gilt dem Schiff und seiner Besatzung! Was soll ich mit Ihnen anfangen? Wie soll ich mich entscheiden? Kapitän Tkashikl verlangt, daß wir Sie ihm ausliefern. Aber Sie unterstehen dem terranischen

Gesetz und nicht dem der Tenolt. Es ist meine Pflicht, Sie unter Arrest zu halten und Sie vor Gericht zu stellen. Ich weiß, zu welchem Urteil das Gericht kommen wird. Es gibt nicht den leisesten Zweifel an Ihrer Schuld.«

Er stieß erneut die Luft aus, und seine Lippen bildeten ein *O*, als ob er Rauch ausstieß, der von einem Feuer im Innern seines Körpers stammte. »Sie sind schuldig, nicht wahr? Gestehen Sie, Ramstan, und retten Sie uns!«

»Sie retten?« echote Ramstan.

»Ja, uns retten. Zumindest könnten Sie versuchen, ein wenig Wiedergutmachung zu leisten, Ramstan. Gestehen Sie Ihre Schuld. Wenn Sie das tun, können Sie die Angelegenheit ein wenig klären ...«

»Damit Sie leichter entscheiden können, ob Sie mich nun an die Tenolt übergeben sollen oder nicht?«

»Nein!« rief Benagur. Seine Faust zuckte über den Bildschirm und hieb auf etwas ein, das außerhalb des Aufnahmebereichs lag.

Jemand – es klang wie Tenno – sagte leise: »*Captain*!«

»Nein! Das terranische Gesetz und die Vorschriften der Raummarine verbieten es mir, Sie einer extraterrestrischen Behörde auszuliefern, gleichgültig, was Sie getan haben! Aber ... ein derartiger ... Fall ... war unvorhersehbar. Ich muß eine Entscheidung treffen, für die es keinen Präzedenzfall gibt. Ich muß allein die ganze Verantwortung tragen!«

»Sie sind jetzt der Kapitän«, nickte Ramstan. In dem Moment, als er sich Benagurs verfahrener Situation bewußt wurde, empfand er Sympathie für ihn. Aber irgendwie mußte er dem Commodore begreiflich machen, daß diese Lage unwichtig, ohne jegliche Bedeutung war. Auch wenn sie ihn belastete, so war sie doch nichts im Vergleich zu den größeren Geschehnissen.

Dann dachte er: Nein, diese Situation ist sehr wichtig. Nicht nur, weil meine Ehre und mein Leben auf dem Spiel stehen. Ich, und nur ich allein, kann Benagur und der Mannschaft mitteilen, um was es wirklich geht.

Wie dem auch sei, der Commodore gab ihm keine Chance. Er

unterbrach die Verbindung. Ramstan versuchte zwar, ihn zu einer erneuten Kommunikation zu bewegen, aber der andere hörte ihn entweder nicht oder er ignorierte ihn.
Er wußte nicht, wie weit die Verhandlungen inzwischen gediehen waren. Wenn sie sich in der Schlußphase befanden, dann hatte er nur noch ein paar Stunden; die Zeit, die eine Fähre brauchte, um von der *Popacapyu* zur *Al-Buraq* zu fliegen oder umgekehrt.
Er öffnete die Tür und wandte sich an einen der Raumsoldaten.
»Ich brauche jemand, um...«
Er schluckte. Es fiel ihm schwer, den Titel zu benutzen.
»...um Captain Benagur eine Nachricht zu übermitteln. Es ist von extremer Dringlichkeit; es geht um Leben und Tod der gesamten Besatzung.«
»Es tut mir leid, Sir«, erwiderte der Raumsoldat. »Ich bin nicht dazu berechtigt.«
»Sie müssen! Zum Teufel mit der Erlaubnis! Wenn Sie sich weigern, werden wir von den Tenolts angegriffen!«
»Es tut mir leid, Sir. Ich kann es nicht.«
»Hören Sie zu! Es gibt eine Möglichkeit, die Benagur und ich übersehen haben! Die Tenolt werden nicht darauf bestehen, daß Benagur mich an sie ausliefert! Sobald sie das *Glyfa* haben, werden sie mich bekommen, indem sie die *Al-Buraq* und alles, was sich an Bord befindet, vernichten!
Außerdem...«
»Es tut mir leid, Sir.«
Ramstan schloß die Tür. Er nahm Wassruss' drei Geschenke aus der Jackentasche und sah sie an. Das Dreieck, das Rechteck, der Kreis. Er wußte nicht, ob sie die Macht besaßen, die Wassruss ihnen zugeschrieben hatte, aber die Vwoordha hatten es bestätigt. Sie waren begierig gewesen, sie in die Hände zu bekommen. Er konnte fliehen. Aber Flucht war der letzte Ausweg. Allah allein wußte, wo er ankommen würde. Wo immer das auch sein mochte, unter Umständen mußte er dort sein ganzes Leben verbringen.
»*Glyfa*!« schrie er. »Ich muß mit dir reden! Ich muß wissen,

was vor sich geht! Willst du zulassen, daß alles zur Hölle fährt?«
Schweigen.

22.

In einer Hinsicht war der Verlust der Verantwortung ermutigend. Er konnte vielleicht bedeuten, daß das *Glyfa* wußte, er würde die ihm auferlegte Aufgabe aus eigener Kraft erfüllen. Andererseits konnte ihn das *Glyfa* auch aufgegeben haben. Vielleicht hatte es sich für Benagur entschieden. Vielleicht war er der richtige Mann für seine unbekannten Zwecke.
Ramstan stand vor einem leuchtenden, aber leeren Monitor und nannte ein Kodewort. Es setzte alle anderen Befehle außer Kraft – oder zumindest sollte es das. Als er es der *Al-Buraq* insgeheim eingegeben hatte, war er dazu durch die Gesetze, die auf dem Schiff gültig waren, berechtigt gewesen. Jetzt verstieß er gegen die Bestimmungen. Doch wozu darüber nachdenken? Er hatte dies schon seit einiger Zeit getan.
Unvermittelt erschienen auf dem Monitor Worte im arabischen Alphabet des dreiundzwanzigsten Jahrhunderts.
»Achtung, Captain!«
Vom Gehirn der *Al-Buraq* wurde allgemein angenommen, daß es über nicht mehr Intelligenz verfügte als ein Hund, aber man konnte sich darüber streiten, wie hoch dieser Intelligenzgrad war. Es spielte keine Rolle, jedenfalls war ein Hund intelligenter als ein Papagei. Es kam nur darauf an, daß das Schiff seine Befehle ausführte, ob es nun die menschliche Sprache verstand oder nicht.
Ramstan sagte etwas, und der Bildschirm verfinsterte sich. Natürlich. Das *Glyfa* war in einem Safe eingeschlossen. Er gab einen anderen Befehl, und jetzt zeigte der Monitor Benagurs Kabine. Das gegenüberliegende Schott, hinter dem sich der Safe befand, tauchte auf.
Er nannte ein anderes Kodewort. Falls die *Al-Buraq* darauf reagierte – und es bestand kein Grund zu einer gegenteiligen

Annahme –, würde das *Glyfa* durch eine Öffnung in der Rückwand des Safes verschwinden und durch Osmose bewegt in Richtung Ramstans Kabine wandern.
Während er das Ende der quälend langsam verlaufenden Aktion abwartete, aktivierte Ramstan einen Monitor auf der Brücke. Er befand sich an einem hochgelegenen Ort, war aber so eingebaut, daß er den Mittelteil des Kontrollraumes überblicken konnte.
Benagur schritt hektischer auf und ab, als es Ramstan je getan hatte. Nuoli stand vor einer Bildschirmwand. Tenno an den Funkkontrollen sagte: »Die Tolt-Fähre ist jetzt hundert Kilometer entfernt und verlangsamt ihre Geschwindigkeit, Sir.«
»Sehr gut«, nickte Benagur. Dennoch wirkte er nicht zufrieden. Unter seiner gefurchten Stirn waren die riesigen schwarzen Augenbrauen nach unten gezogen. Sein Mund war geschlossen. Dann preßte er die Lippen fest zusammen.
»Die *Popacapyu* hat ihre Position nicht verändert?«
»Nein, Sir.«
Toyce geriet in den Einflußbereich des Monitors. Benagur befahl: »Doktor, holen Sie jetzt das *Glyfa* herauf.«
»Ja, Sir.« Sie zögerte und sagte dann: »Captain, ich werde einen Behälter besorgen. Wahrscheinlich gefällt den Tenolt der Gedanke nicht, daß wir es mit bloßen Händen berührt haben. Sie würden das als Sakrileg betrachten. Außerdem, auch wenn das *Glyfa* verpackt ist, sollte derjenige, der den Behälter übergibt, Handschuhe tragen.«
Toyce verschwand aus Ramstans Blickfeld. Sie würde etwa fünf Minuten brauchen, um den Behälter zu besorgen, falls sie nicht schon alles vorbereitet hatte. Wahrscheinlich hatte sie bereits alles organisiert. Zwei Minuten, um den Behälter zu holen, weitere fünf, um in Benagurs Kabine zu gehen und festzustellen, daß das *Glyfa* verschwunden war. Nein. Er konnte noch mehr Zeit gewinnen. Er gab der *Al-Buraq* den Befehl, das Schottsafe vor ihr nicht zu öffnen. Toyce würde verwirrt sein und an einen technischen Fehler denken. Sie würde einen der Bioingenieure, wahrscheinlich Indra, informieren. Der benötigte dann rund fünf Minuten, um die Kabine

aufzusuchen, falls er die Untersuchung nicht aus dem Hauptmaschinenraum vornahm. Wahrscheinlicher war die zweite Möglichkeit.
Ramstan ließ sich von dem Schiff den Maschinenraum zeigen.
Indra saß im Schneidersitz auf dem Deck, hielt die Augen auf die Bildschirme gerichtet und das Mentoskop, das durch ein Kabel mit seinem Stirnreif verbunden war und dessen Detektor an einen Saugnapf erinnerte, gegen eine Indikatorwarze gepreßt. Seine Augen mit der Mongolenfalte, die an seine chinesischen Vorfahren erinnerte, waren noch mehr geschlitzt, wenn er tief in Gedanken versunken war. Seine große Hakennase zuckte, seine Nüstern waren gebläht.
Indra wußte bereits, daß irgend etwas nicht stimmte. Aber er wußte nicht, was. Andernfalls hätte er es Benagur bereits mitgeteilt.
Ramstan überprüfte, wie weit die *Al-Buraq* das *Glyfa* inzwischen transportiert hatte. Es dauerte noch zehn Minuten, bis es seine Kabine erreichte.
Der Chefingenieur riß die Augen weit auf und murmelte etwas in Bengali, seiner Muttersprache. Dann richtete er sich hastig auf.
Ramstan erteilte der *Al-Buraq* rasch einige Befehle. Unmittelbar darauf erschien auf einem Monitor des Hauptmaschinenraums Carmen Mljako, die stellvertretende Chefingenieurin.
Ramstan verbarg sich hinter ihr und benutzte ihre Stimme.
»Sir, ich benötige sofort Ihre Hilfe im Laderaum 3 A. Es ist ein Notfall!«
»In einem Laderaum?« fragte Indra. »Kümmern Sie sich selbst darum, Mljako. Ich habe mich um einen dringenderen Notfall zu kümmern.«
»Ich habe etwas entdeckt, daß Sie sich sofort ansehen sollten, Sir«, erklärte ihr Monitorbild. »Eine Schottsektion ist aus unbekannten Gründen ausgefallen. Aber die dahinterliegenden Nervenkabel sind beschädigt. Ich kann die Ursache dafür nicht finden.«
Indra schnitt eine Grimasse. »Warten Sie ein paar Minuten.«
»Nein, Sir, die Kabel sehen krank aus.«

»Krank?«
»Angefault. Mit Pusteln übersät.«
»Unmöglich!«
»Nein, Sir.«
»Vielleicht ist das der Fehler, obwohl ich nicht verstehe, wie das möglich sein sollte«, brummte Indra. Hastig eilte er durch den Korridor, begleitet von dem Bildschirm, auf dem Mljako zu sehen war. Er erreichte den Laderaum. Kaum hatte er ihn betreten, schloß sich die Iris hinter ihm, und die Wände zogen sich zusammen. Indra schrie, aber die vier Wände umklammerten ihn derart, daß er sich nicht bewegen konnte. Obwohl er um Hilfe rief und der *Al-Buraq* Befehle erteilte, hörte man ihn nicht. Die Verbindungen zum übrigen Schiff waren blokkiert.
Ramstan verfolgte, wie Toyce mit einem großen Plastikbehälter durch einen Korridor schritt. Benagur hatte das Schiff angewiesen, die Iris zu seiner Kabine zu öffnen. Von Ramstan war der Befehl freigegeben worden. Toyce begab sich in den großen Raum und nannte das Kodewort, das Benagur ihr gesagt hatte. Sie legte den Behälter auf den Boden, als sich die Schottiris öffnete. Dann richtete sie sich auf und entdeckte, daß der Safe leer war. »Was, zum Teufel...« begann sie.
Hinter ihr schloß sich der Eingang. Sie bemerkte es nicht, da sie den Kopf in den Safe gesteckt hatte und alles abtastete. Die Wandung des Safes zog sich zusammen; die Iris formte sich zu einem Lippenpaar und verschlang wie ein Mund ihren Kopf und ihre Schultern. Trotz ihrer Schreie und ihrer heftigen Gegenwehr wurde sie festgehalten.
Auf der Brücke sprach Benagur in einen Translator, der an einer Kette um seinen Hals hing. Die Maschine übersetzte seine Antwort an den Kommandanten der Fähre von der *Popacapyu* ins Toltsche. Die Fähre befand sich nur noch wenige Meter von einem Steuerbord gelegenen Hangartor entfernt. Auf dem Brückenmonitor konnte Ramstan Branwen Davis' bleiches Gesicht durch die transparente Fährenkanzel erkennen. Begleitet wurde sie von zwölf bewaffneten und grimmig dreinschauenden Tenolt.

»Ihr Gott wird in ein oder zwei Minuten hier sein«, erklärte Benagur. »Ich versichere Ihnen, Sie haben keinen Verrat zu fürchten. Ich bedaure zutiefst, daß unser ehemaliger Kommandant das *Glyfa* gestohlen hat, und ich werde dafür sorgen, daß er die Höchststrafe erhält.«
Der Fährenkommandant hatte die Bezeichnung *'sakikl* als Rang angegeben, was einem Commodore entsprach. Sein Name lautete Khekhani'l. Seine tiefe, rauhe Stimme, deren Worte von dem Translator ins Terrische übersetzt wurden, ertönte: »Das Schicksal des blasphemischen Diebes liegt in Ihrer Hand. Unser einziges Interesse gilt der Rückkehr unseres Gottes.«
Und dann? dachte Ramstan.
Er erteilte der *Al-Buraq* einen weiteren Befehl und nannte ihr dann das Kodewort, das diesen Befehl auslösen würde.
Benagur warf einen Blick auf den Brückenchronometer. Er schaltete den Translator aus und sagte: »Tenno, stellen Sie eine Verbindung zu meiner Kabine her.«
Offensichtlich ging er davon aus, daß Toyce seine Kabine bereits verlassen hatte.
Tenno gehorchte.
»Der Monitor ist leer, Sir«, stellte Tenno fest.
»Das sehe ich«, knurrte Benagur. »Was ist mit dem Ton?«
Tenno sprach in den Monitor. Dann: »Keine Antwort, Sir.«
Er setzte sich mit dem Hauptmaschinenraum in Verbindung. Er war leer, deshalb bestellte er über das Rundrufsystem des Schiffes einen Ingenieur zu sich.
Benagur runzelte die Stirn und sagte: »Das gefällt mir nicht, Tenno. Kümmern Sie sich weiter um Indra und geben Sie mir Ramstan.«
Das *Glyfa* würde in fünf Minuten ankommen. Ramstan begann auf und ab zu gehen, als ob er tief in Gedanken versunken sei, was auch zutraf. Benagurs Gesicht erschien auf einem Bildschirm. Er fauchte: »Ramstan!«
Vielleicht war es besser, wenn er erschreckt tat, aber Ramstan gönnte Benagur diese Befriedigung nicht. Er blieb stehen und drehte sich langsam um. »Ja?«
Benagur musterte die Brigg, aber er konnte nichts Verdächti-

ges feststellen. Dennoch war er mißtrauisch. Sein Ausdruck verriet seine Überzeugung, daß der Gefangene etwas im Schilde führte und wahrscheinlich für Toyces Ausbleiben und für die Störung der Kommunikationsverbindung zu seiner Kabine verantwortlich war. Aber er konnte nichts dagegen unternehmen.

Benagur erwies Ramstan nicht einmal die Höflichkeit, ihm zu antworten. Der Monitor erlosch.

Der Zellenbildschirm zeigte Ramstan die Brücke. Benagur befahl: »Tenno, schicken Sie jemand hinter Toyce her und lassen Sie das Schiff nach ihr absuchen.«

Erneut sah er auf das Chronometer und dann auf den Monitor, auf dem die Tolt-Fähre zu erkennen war. »Wo ist Indra?«

»Ich habe ihn noch nicht finden können, Sir«, gestand Tenno.

»Ihn nicht *finden* können?« Benagurs Stimme klang nun nicht mehr so tief. »Was meinen Sie damit, Sie können ihn nicht finden? Was ist los?«

Tenno rief Mljako an. »Wissen Sie, wo sich Commodore Indra aufhält?«

Mljako schüttelte ihr blondes Haar. »Nein, Sir. Noch vor einer Minute ist er im Hauptmaschinenraum gewesen.«

»Was wollte er dort?«

»Er sagte etwas von einer Störung.«

»Er hat recht gehabt!« rief Benagur. »Und diese Störung wird uns noch den Arsch aufreißen!«

Zum erstenmal hörte Ramstan aus dem Mund des Commodore einen vulgären Satz. Ramstan lächelte. Benagur war sehr nervös.

Der Tolt-Commodore meldete sich wieder und fragte, was für die Verzögerung verantwortlich sei. Benagur versicherte, daß Toyce binnen einer Minute mit dem *Glyfa* auf der Brücke erscheinen würde. Er fragte den Commodore, ob er jetzt an Bord des Schiffes kommen wollte. Der Tolt lehnte ab und rief kurz darauf Benagur an.

»Mein Kapitän gibt Ihnen noch zehn Minuten, unseren Gott freizugeben. Wenn ich dann nicht melde, daß sich das *Glyfa* in der Fähre befindet, muß ich zu meinem Schiff zurückkehren.«

Das bedeutete, der Angriff der *Popacapyu* würde unmittelbar nach der Rückkehr der Fähre beginnen. Branwen Davis würde gefangen bleiben.

Ramstan dachte kurz über sie nach. Sie war attraktiv und gefiel ihm sehr. Aber er war nicht in sie verliebt. Er konnte und er würde es auch nicht zulassen. Alle Frauen, in die er sich verliebt hatte oder die in ihn verliebt gewesen waren, hatten ihn verlassen. Manche hatten ihm den Grund dafür genannt und behauptet, daß ihm etwas Wesentliches fehlte. Er hatte einen Fehler. Nicht, daß sie bei Männern nicht bestimmte Fehler tolerieren konnten. Niemand war vollkommen, wie man sagte. Aber er dachte immer an etwas anderes, statt an sie, selbst in den Momenten, in denen er völlig bei ihnen sein sollte. Eins mit ihnen sein, wie es Nuoli ausgedrückt hatte. Er befriedigte sie nicht. Sie benutzten diesen Ausdruck nicht im sexuellen Sinne; im Bett war an ihm nichts auszusetzen. Körperlich stimmte alles. Doch er suchte nach etwas, und wenn er sich durch harte Stöße mit ihnen vereinigte, so war es, als würde er dieses Etwas in ihnen suchen.

Natürlich fand er es dort nicht, und sie haßten ihn, weil er ihre Körper nur als Mittel zum Zweck benutzte.

Ramstan hatte die Beschuldigungen zuerst zurückgewiesen, aber insgeheim mußte er sich eingestehen, daß sie stimmten. er wollte nicht so sein. Aber er konnte nichts dagegen tun.

Wonach suchte er?

Unsterblichkeit? Die hätte er von dem *Glyfa* bekommen können, wenn auch in einer Form, die er nur als letzte Möglichkeit wählen würde. Oder vielleicht überhaupt nicht.

Nichtsdestotrotz trauerte er um Branwen Davis, wenn auch nur kurze Zeit. Allah allein wußte, was sie erwartete, falls sie die Gefangene der Tenolt blieb. Auch wenn sie sie als ihr Werkzeug benutzt hatten, würde sie in ihren Augen der Blasphemie schuldig sein. Sie hatte das *Glyfa* berührt.

Bis jetzt hatten die Tenolt nicht genau gewußt, wo sich ihr Gott befand. Sie hatten lieber gewartet und sich auf Listen, Ränke und Geduld beschränkt. Nun wußten sie, das *Glyfa* war an Bord der *Al-Buraq*. Sie begannen sehr ungeduldig und sehr

verzweifelt zu werden. Sie konnten die *Al-Buraq* angreifen und zerstören, ohne das *Glyfa* zu beschädigen. Seine harte Schale würde selbst einem Laser oder einer Atombombe widerstehen, falls das *Glyfa* ihm die Wahrheit gesagt hatte. Es war in einem Stern geschmiedet worden und hatte den Stern als Brennstoff verzehrt. Es konnte in einen Weißen Zwerg stürzen und würde unversehrt bleiben.
Soweit Ramstan wußte, war die Tolt-Fähre mit einer Neutronenbombe bewaffnet. Der Commodore hatte möglicherweise den Befehl, sie zu zünden, wenn es notwendig wurde. Er würde nicht zögern, den Befehl auszuführen. Seine Tat würde seiner Seele ewiges Glück im Innern des *Glyfas* schenken.
Je mehr Ramstan über diese Möglichkeit nachdachte, desto mehr war er überzeugt, daß sich die Tenolt zu einem derartigen Vorgehen entschlossen hatten.
Wie dem auch sei, er hatte ohnehin nicht vor, ihnen das *Glyfa* auszuliefern.
Wenn er jetzt das Kodewort nannte, würde die *Al-Buraq* in den Alaraf-Flug übergehen und aus dem Blickfeld der Tenolt verschwinden. Falls sie tatsächlich über die Fähigkeit verfügten, der Spur der *Al-Buraq* zu folgen, würde es zu einer Hetzjagd kommen, und Ramstan war sicher, sie abschütteln zu können. Selbst wenn ihm das nicht gelang, erhielt er Gelegenheit, das Schiff besser auf Angriff oder Verteidigung vorzubereiten.
Allerdings bedeutete der Alaraf-Flug, daß Branwen Davis in den Händen der Tenolt blieb.
Verbissen rang er mit sich und entschied, einen Versuch zu wagen. Die Waffen in der Fähre würden vielleicht automatisch ausgelöst werden, wenn die *Al-Buraq* oder ihre Mannschaft etwas Unvorhergesehenes unternahmen. Doch selbst wenn dies nicht der Fall war, so konnte es immer noch mißlingen, die Besatzung der Fähre schnell genug zu überwältigen. Der Commodore würde Zeit finden, eine Bombe zu zünden – sofern er eine Bombe besaß.
Er erteilte dem Schiff einen weiteren Befehl. Das Deck und die Wände erbebten. Das Schiff ließ um ihn aus dem Boden ein

Schockpolster wachsen. Als er teilweise davon eingehüllt war, sagte er: »Jetzt!«
Die unvermittelte Bewegung der *Al-Buraq* schleuderte ihn gegen das federnde, aber stabile Fleisch. Jeder andere auf dem Schiff, der nicht angeschnallt war, würde zu Boden geworfen oder in seinen Sessel oder gegen die Wand gepreßt werden. Es würde Verletzte geben, aber ihm blieb keine andere Wahl. Er mußte so vorgehen, um Branwen vor Folter und Tod zu retten.
Die *Al-Buraq* schoß auf die Fähre zu und verschlang sie. Boden, Wände und Decke des Hangars verengten sich. Die Fähre wurde so weit zusammengedrückt – falls alles nach Ramstans Plan ablief –, daß die Besatzung in ihr nur noch liegend Platz fand. Die Hülle würde sie wie das Blech einer zerdrückten Konservendose umschließen und verhindern, daß sie die Kontrollen erreichten. Und die Kontrollpulte würden zerquetscht werden und nicht mehr funktionieren.
Zumindest hoffte er es.
Ein Monitor ließ eine kodierte Meldung aufblitzen: »Befehl ausgeführt. Bereit für nächste Phase.«
Ramstan konnte einen triumphierenden Laut nicht unterdrükken. Dann sagte er rasch: »Nächste Phase.«
Das Schockpolster ließ ihn los, er richtete sich auf. Sein verringertes Gewicht verriet ihm, daß die *Al-Buraq* in den Alaraf-Flug übergegangen war.

23.

Ein Schottmonitor zeigte die beiden Raumsoldaten, die ihre Posten wieder eingenommen hatten. Ramstan erteilte einen Befehl. Die Brigg schrumpfte zusammen, um die Vergrößerung der Wand direkt hinter den Raumsoldaten auszugleichen; das Material krümmte sich, umhüllte die beiden Wachen wie eine Zwangsjacke und ließ nur ihre Köpfe frei. Sie waren hilflos und begannen zu schreien.
Die Iris konnte sich wegen der Ausbeulung der Wand nicht ganz öffnen, aber Ramstan zwängte sich durch den Spalt. Nach-

einander befreite er die Raumsoldaten, nahm ihre Olsons an sich und schob eine in seine Jackentasche. Er befahl ihnen, in die Brigg zu gehen. Dort erteilte er der *Al-Buraq* einen weiteren Befehl. Der Boden wölbte sich bis zu ihren Mündern auf. Obwohl niemand sie hören konnte, wollte er nicht von ihren Schreien abgelenkt werden.

Mit einer Olson in der Hand verließ er die Brigg, rannte durch die Korridore zu einem Lift und ließ sich zwei Decks tiefer zu dem Hangar tragen, der die Tolt-Fähre verschluckt hatte. Auf seinen Befehl hin schuf das Schiff für ihn einen Durchgang. Die zusammengedrückten Wände teilten sich vor ihm wie das Rote Meer vor Moses. Die Hangarmannschaft war von dem rötlichen Material des Bodens und der Wände eingehüllt. Ihre freiliegenden Köpfe erinnerten ihn an eine Szene aus Dantes *Inferno*. Er ignorierte ihre Hilferufe, ging an ihnen vorbei, während die Wände ihm Platz machten, und erreichte die Überreste der Fähre. Die *Al-Buraq* hatte sie zerquetscht und Branwen Davis und die Tolt-Besatzung in ihrem Innern gefangen.

Branwen war die einzige Überlebende. Die anderen, die sich nicht hatten befreien können und zweifellos einem Befehl gefolgt waren, der ihnen an Bord der *Popacapyu* erteilt worden war, hatten Selbstmord begangen. Wahrscheinlich mittels eines Kodewortes, durch das in ihren Körpern winzige Giftkapseln zur Auflösung gebracht worden waren.

Ramstan zerschnitt mit seiner Olson den Teil der Hülle, hinter der Branwen Davis gefangen war, schob die Waffe in seine Jackentasche und half ihr heraus. Sie war sehr blaß und bebte vor Übelkeit. Ihre Hand zitterte, als sie auf den Bug der Fähre deutete.

»Ich glaube, dort ist eine Bombe versteckt«, sagte sie.

Sie stolperte auf ihn zu, und er hielt sie fest. Der Gestank, der von ihr ausging, ließ ihn würgen.

»Der Commodore konnte seine Hände nicht freibekommen, um einen Knopf von seiner Uniform zu reißen«, fuhr sie fort. »Er schrie die anderen an, sich zu befreien und den roten Knopf zu entfernen.«

»Knopf?« wiederholte Ramstan. »Ist mit Ihnen alles in Ordnung?«
»Ja. Ich glaube, daß die Bombe ausgelöst wird, sobald sich der Knopf nicht mehr an der Uniform befindet.«
»Ich werde der Besatzung sagen, sie soll sich darum kümmern«, erklärte Ramstan. Er stützte sie und führte sie aus dem Hangar. Die Köpfe schrien ihm nach, stellten Fragen und flehten ihn an, sie freizulassen. Er ignorierte sie.
Auf dem Weg durch den Korridor bemerkte er: »Der Tolt-Kapitän hat zugegeben, sie gezwungen zu haben, das *Glyfa* zu stehlen und eine Attrappe an seinem Platz zu hinterlassen. Wie ist ihm das gelungen? Ich meine... sobald Sie sich an Bord der *Al-Buraq* befanden, waren Sie in Sicherheit. Sie hätten uns sagen können...« Er verstummte.
»Das Fieber?« fragte er. »Hat es etwas mit den Dingen zu tun, die die Tenolt Ihnen angetan haben?«
»Ja«, bestätigte sie rauh. »Das Fieber war eine vorübergehende Reaktion auf die künstliche, explosive Proteinkolonie, die man mir implantiert hat. Sie haben... Sie haben...«
Sie würgte und fuhr dann fort: »Sie haben einen Teil meiner Vagina entfernt und ihn durch das Proteingewebe ersetzt. Es läßt sich nur durch einen Labortest von normalem Fleisch unterscheiden. Die Explosion konnte über eine bestimmte Funkfrequenz ausgelöst werden. Mir wurde gesagt, daß man mich in die Luft sprengen würde, wenn ich nicht mit ihnen zusammenarbeite.«
»Aber Sie hätten uns informieren können. Die Chirurgen hätten das Gewebe entfernt.«
»Mit was? Stahl- oder Plastikinstrumente hätten die Zündung ausgelöst. Mir wurde gesagt, daß das Protein von einem Kraftfeld umgeben ist, das bei der Berührung des künstlichen Fleisches durch irgendeinen harten Gegenstand die Explosion auslösen würde. Laserstrahlen kommen ebenfalls nicht in Frage. Ich weiß nicht...«
»Ob die Tenolt Ihnen wirklich die Wahrheit gesagt haben?«
»Ich weiß nicht, aber ich konnte nicht... wollte nicht... das Risiko eingehen.«

»Es gab genug Gelegenheiten, als sich das Tolt-Schiff weit von uns entfernt befand. Sie konnten den Zünder nicht auslösen, und ich bin überzeugt, Doktor Hu hätte irgendeine Möglichkeit gefunden. Zumindest hätten Sie uns sagen können, in welcher Lage Sie sich befinden. Vielleicht hätten wir das Proteingewebe nicht entfernen können, aber wir wären sicher nicht so...«

»Sieh einer an, wer mich da eine feige Verräterin nennt.«

»Sie hatten Angst und haben geschwiegen«, sagte er. »Ich empfinde keine Sympathie für die Tenolt. Aber man kann ihnen keinen Vorwurf machen. Ich habe ihren Gott gestohlen, und sie glauben, ohne ihren Gott nichts zu sein. Nichts! Nebenbei bemerkt, woher haben sie gewußt, daß ich der Täter war? Was ist mit Benagur und Nuoli?«

»Sie haben vermutet, daß Sie der einzige sind, der genug Autorität besitzt, um die Offiziere und die Mannschaft von neugierigen Fragen abzuhalten. aber ich nehme an, sie wußten nicht genau, wer es an sich gebracht hat. Aber ihre Vermutung war richtig. Sie haben es gestohlen!«

Sie betraten seine Kabine. Branwen stellte sich vor ein Schott, an dem sich in Augenhöhe ein Symbol befand: drei gebogene, schwarze, horizontale Linien. Sie deutete auf ihren offenen Mund. Das Schott stülpte sich nach vorn, formte einen Schlauch, und ein anderer Teil ließ eine Tasse entstehen, die sich von dem Wandmaterial löste. Sie hielt die Tasse unter die Schlauchöffnung, bis sie fast randvoll mit Wasser war, bedeutete mit einer Geste, daß sie genug hatte, trank und warf die Tasse gegen das Schott. Sie schien zu schmelzen und war kurz darauf wieder eins mit dem Schott. Für den Fall, daß der Kapitän ebenfalls etwas trinken wollte, blieb der Schlauch unverändert. Der Gefühls-Schaltkreis war dafür verantwortlich. Normalerweise hätte das Schiff den Schlauch automtisch zurückziehen müssen.

Ramstan trank ebenfalls. Branwen trat zu ihm. Ihre grünen Augen, die ihn an die Meeresoberfläche des Persischen Golfes erinnerten, schienen größer zu werden, in seiner Einbildung wie Ballons zu wachsen und alles zu verdrängen, was im Moment wichtig war.

»Können Sie mir wirklich irgendeine Schuld geben?« rief sie. »Was hätte ich denn tun sollen? Ethisch betrachtet...«

»Ja?« fragte Ramstan. »Ethisch betrachtet...?«

»War es richtig oder falsch? Das will ich damit sagen! Hatten die Tenolt juristisch gesehen nicht grundsätzlich recht? Waren nicht Sie der Kriminelle, der sich ins Unrecht gesetzt hat? Was sollte ich tun? Ich glaubte, oder zumindest war ich halb davon überzeugt, daß das Recht auf ihrer Seite war!«

»Wir haben jetzt keine Zeit, um über diese Dinge zu reden«, wehrte er ab. »Oder um überhaupt zu reden. Ich bin hier, nicht auf der Brücke, und...«

»Ich weiß nicht, was für einen Einfluß das *Glyfa* auf Sie ausübt«, unterbrach sie. »Aber Ihr Verrat...«

»Seien Sie still!« brüllte er.

Sie zitterte und erinnerte ihn dadurch seltsamerweise an das Beben des Bodens, wenn die *Al-Buraq* sich über ihn freute oder um ihn fürchtete.

»Warum sollte ich?« fauchte sie. »Was können Sie mir schon antun? Oder wie können Sie mir helfen? Sie sind nichts. Ich weiß, daß Sie nicht mehr Kapitän sind. Sie sind abgesetzt, inhaftiert worden. Benagur hat den Tolt-Kapitän darüber informiert, und ich habe es von ihm erfahren. Nur...«

Sie gestikulierte hilflos, um zu zeigen, daß sie nicht begriff, was vor sich ging. Trotz ihres Schockzustandes mußte sie erkennen können, daß die Situation anders war, als man sie ihr beschrieben hatte. Wie hätte Ramstan sonst die Brigg verlassen, sie retten und in seine Kabine gehen können?

»Nehmen Sie Platz und bleiben Sie«, knurrte er.

»Ich werde mich setzen. Aber ich weiß nicht, ob ich bleiben werde.«

Aber schon flammten an der Wand neunundvierzig Monitore auf, von denen jeder einen strategisch wichtigen Punkt des Schiffes zeigte. Inzwischen versuchten einige Besatzungsmitglieder, Indra mit Lasern und anderen Waffen aus dem Laderaum zu befreien. Andere Bildschirme enthüllten Gesichter, die verzerrt oder ausdruckslos waren, und ihre Starre war ein größerer Beweis für ihren inneren, gefühlsmäßigen Aufruhr als die ausdrucksvollste Grimasse. Die meisten verrieten Angst, Furcht, Panik oder benommene Verständnislosigkeit einem Geschehen gegenüber, das viele bereits durchschaut hatten, aber noch nicht wahrhaben wollten.

Ramstan konzentrierte sich jetzt auf Benagur. Die Mannschaft folgte seinen Befehlen, solange Ramstan sich nicht das Kommando von Benagur zurückgeholt hatte.

Er ging auf und ab. Er mußte so rasch wie möglich handeln.

Mit einem seltsamen Lächeln bemerkte Branwen: »Ich bin sehr leidenschaftlich, aber seit meiner Entführung durch die Tenolt habe ich keinen Sex mehr gehabt. Jeder Gegenstand, der in meine Vagina eingedrungen wäre, hätte die Explosion ausgelöst. Deshalb habe ich Sie zurückgewiesen, als ...«

Er fuhr herum und unterbrach barsch: »Wir haben keine Zeit für derartige Trivialitäten!«

»Trivialitäten! Ich kann nie wieder mit einem Mann ins Bett gehen! Es gibt keine Möglichkeit, das Proteingewebe zu entfernen!«

»Es gibt andere Arten des Geschlechtsverkehrs.«

»Spontaner Erregung folgt spontaner Sex«, bemerkte sie und kicherte.

»Um Allahs willen!« schrie er auf Arabisch. Auf Terrisch fuhr er dann fort: »Muß ich Sie rauswerfen? Seien Sie still! Lassen Sie mich nachdenken!«

»Ich habe eine Menge durchgemacht«, murmelte sie. »Aber ich breche nicht zusammen ... Nein, ich glaube nicht.«

Er und Indra konnten nicht die einzigen sein, die von dem Gefühls-Schaltkreis wußten. einer der Bioingenieure würde bald auf den richtigen Gedanken kommen, falls es nicht schon geschehen war, und Benagur informieren. Die Ingenieure würden den Schaltkreis vom übrigen Nervensystem abschneiden. Wie lange würden sie dafür brauchen? Sie konnten nicht einfach hingehen und ihn herausreißen. Brutales Vorgehen konnte das Gehirn der *Al-Buraq* schädigen.

Einer der Monitore pulsierte orangefarben und zeigte dann das *Glyfa*, das einen Moment lang in Licht gebadet war. Es befand sich jetzt im Safe.

Ramstan holte es heraus und legte es auf einen Tisch, den das Schiff geformt hatte. Branwens Augen wurden groß. Sie verließ ihren Platz, um sich in den hintersten Winkel der Kabine zu drücken, so weit wie möglich von dem *Glyfa* entfernt.
»Rede!«schrie Ramstan. »Ich brauche dich!«
Schweigen.
»Zum Teufel mit dir!«
Sein erster Schlag traf die Tischplatte. Die *Al-Buraq* erbebte. Ramstan brüllte dem Schiff Befehle zu. Von einem Moment auf den anderen zeigte jeder Monitor an Bord Ramstans Gesicht – ausgenommen die Bildschirme, die mit dem externen Beobachtungssystem verbunden waren, und jene in seiner Kabine. Er sah, wie Benagur zusammenzuckte, als der Gefangene auf fast allen Monitoren der Brücke erschien. Benagur wurde totenbleich, als er erkannte, daß sich Ramstan nicht in der Brigg, sondern in der Kapitänskabine befand. Dann trat Ramstan kurz zur Seite, und das *Glyfa* wurde sichtbar. Er hörte fast, wie das Blut aus Benagurs Kopf wich.
»Ja, ich habe absolute Kontrolle über das Schiff«, sagte Ramstan. »Und Sie, Sie alle, werden mir zuhören, ob Sie nun wollen oder nicht. Ich weiß nicht, ob Sie mir glauben werden. Wenn nicht, wenn Sie meine Worte mißachten, dann bringen Sie die Erde in eine weit größere Gefahr als sie sich derzeit schon befindet. Sie werden das Universum, alle Universen, zum... zum Untergang verurteilen!«
»Er ist verrückt!« schrie Benagur. »Hören Sie nicht auf ihn! Tenno, schicken Sie einige Soldaten in die Kabine des Gefangenen und lassen Sie die Iris öffnen. Wenn Ramstan Widerstand leistet, dann töten Sie ihn!«
»Sie werden nicht in meine Nähe kommen«, entgegnete Ramstan. »Das Schiff wird sie nicht durchlassen. Und wenn Sie Schüsse abgeben, besteht die Möglichkeit, daß das Schiff beschädigt wird. Sie können das Risiko nicht eingehen, Benagur. Nicht, wenn die Tenolt jeden Augenblick auftauchen können.«
»Tenno, Sie haben Ihre Befehle!«
Ramstan schnappte: »Tenno, führen Sie sie nicht aus! Wagen Sie es nicht! Jeder, der eine feindselige Bewegung macht, wird

vom Schiff isoliert! Und Sie, Benagur, wenn Sie nicht den Mund halten und mir zuhören, dann sorge ich dafür, daß Sie wie eine Mumie in ein Bodenpseudopodium gewickelt werden.«

Benagur holte tief Luft und schloß die Augen. Als er sie wieder öffnete, sagte er fest: »Nun gut, Verräter. Wir werden Ihnen zuhören, aber nur, weil wir müssen.«

»Beleidigungen sind überflüssig, selbst wenn sie gerechtfertigt erscheinen«, entgegnete Ramstan. »Zunächst aber zu Leutenant Branwen Davis, ehemaliges Besatzungsmitglied der *Pegasus*. Der plötzliche heftige Sprung des Schiffes wurde von mir angeordnet, um die Fähre der Tenolt zu kapern und Davis zu retten.«

Er beschrieb, wie Davis von den Tenolt gezwungen worden war, das *Glyfa* zu stehlen. Und er erklärte, was geschehen wäre, wenn sich die *Popacapyu* nah genug an die *Al-Buraq* herangeschlichen hätte, um den Funkimpuls abzustrahlen und das künstliche Fleischgewebe in ihrem Körper zur Explosion zu bringen.

»Sie kennt die Sprengkraft der Explosion nicht. Möglicherweise ist sie groß genug, um Davis und alle, die sich in ihrer Nähe befinden, in die Luft zu jagen. Sogar das gesamte Schiff und seine Besatzung könnten gefährdet sein. Das ist einer der Gründe für unser Versteckspiel mit der *Popacapyu*. Vielleicht finden wir eine Möglichkeit, das Tolt-Schiff zu zerstören, bevor es ihnen gelingt, den Zündimpuls zu senden.«

Er schwieg einen Moment und fügte hinzu: »Ich hoffe, daß niemand so feige ist und vorschlägt, Davis bei der erstbesten Gelegenheit aus dem Schiff zu befördern.«

Tenno warf ein: »Aber... aber wir brauchen sie doch nur in einen Raum mit Strahlungsabschirmung zu stecken.«

Ramstan lächelte grimmig. »Eine naheliegende Lösung. Ich habe Davis darauf aufmerksam gemacht, obwohl ich annahm, daß es einen Grund dafür gegeben haben muß, warum sie nicht alles gestanden und dann Zuflucht hinter einer Abschirmung gesucht hat. Es liegt... wenigstens haben ihr die Tenolt das gesagt, unter Umständen ist es erfunden... Nun, das trans-

plantierte Gewebe enthält mehr als nur einen Explosivstoff. Es ist außerdem mit einer Zeitbombe, mit einer biologischen Sicherung ausgestattet, einer organischen Uhr, die zu einem bestimmten Zeitpunkt stehenbleiben und die Bombe zünden wird.
Davis erfuhr nicht, wann die Uhr abläuft. Sie weiß nur, daß die Tenolt ihr eine unbestimmte Zeitspanne zur Verfügung gestellt haben. Hat sie ihnen bis dahin nicht das *Glyfa* zurückgebracht, wird sie in die Luft gejagt. Wie dem auch sei, die biologische Uhr kann endgültig durch einen bestimmten, von den Tenolt abgestrahlten Funkimpuls neutralisiert werden. Aber erst, wenn sich das *Glyfa* wieder in ihren Händen befindet. Also wenn sich Davis wieder auf ihrem Schiff aufhält.«
Benagur öffnete den Mund und schloß ihn dann wieder. Nuoli murmelte: »Auf jeden Fall wird sie sterben!«
»Vielleicht«, sagte Ramstan. »Wir wissen nicht, ob die Tenolt in diesem Punkt gelogen haben. Aber wir können kein Risiko eingehen.«
»Die arme Branwen«, sagte Nuoli leise.
»Sie befände sich nicht in dieser entsetzlichen Situation, wenn Sie nicht das *Glyfa* gestohlen hätten!« fauchte Benagur. »Keiner von uns wäre diesen Gefahren ausgesetzt!«
»Das stimmt«, nickte Ramstan kühl. Er erteilte einen Befehl, und das Deck bäumte sich um Benagur auf und hüllte ihn ein. Nur sein Kopf, von der Nase aufwärts, blieb frei. Sein Gesicht war tiefrot, und seine Augen rollten, als wollten sie sich jeden Moment losreißen.
»Tenno, ich gestatte, daß ein Raumsoldat herunterkommt«, sagte Ramstan. »Aber nur, wenn der Soldat unbewaffnet ist. Er wird Lieutenant Davis zu einer Fähre begleiten. Die Techniker werden die Fähre mit einer Abschirmung versehen. Nehmen Sie die Fähre, die über ein Alaraf-Triebwerk verfügt. Wenn alles vorbereitet ist – das heißt, wenn kein Funksignal durch die Abschirmung dringen kann –, wird Lieutenant Davis an Bord gehen. Die Fähre soll so programmiert werden, daß sie der *Al-Buraq* in einer Entfernung von zwei Kilometern folgt. Nein, besser drei. Ich weiß nicht, wie stark die Ladung ist. Das

Programm wird dafür sorgen, daß die Fähre automatisch dem Kurs des Schiffes in der festgelegten Entfernung folgt. Wenn wir zu einem anderen Tor springen, dann auch die Fähre. Lieutenant Davis wird mit Lebensmitteln für vier Wochen Schiffszeit ausgerüstet. Ist das klar?«
Ramstans Worte waren aufgezeichnet worden, und falls Tenno irgendwelche Probleme hatte, konnte er die Aufnahme abspielen. »In Ordnung, Sir«, nickte er. »Alles klar.«
Ramstan war erleichtert. Eine weitere Krise lag hinter ihm. Er hatte nicht gewußt, ob Tenno ihm gehorchen würde oder nicht, denn nach den Vorschriften hatte Benagur noch immer das Kommando. Aber er durfte Tenno nicht vertrauen. Vielleicht führte er die Anweisungen seines ehemaligen Kapitäns nur aus, weil ihm im Augenblick nichts anderes übrig blieb. Aber er gehorchte zumindest jetzt, und mehr verlangte Ramstan nicht.
»Sie wollen mir das wirklich antun?« fragte Davis.
Er wandte sich um. »Hören Sie, Branwen, mir gefällt das nicht. Aber es ist absolut notwendig. Man hätte mir den Prozeß gemacht, hätte ich Sie im Raum ausgesetzt. Sie stellen eine große Gefahr dar, und es gibt Ereignisse... Dinge... von denen Sie nichts ahnen. Im Vergleich dazu ist Ihre Situation ziemlich unerheblich... unwichtig... Ich gebe mir sehr viel Mühe. Ich sollte selbst das nicht für Sie tun...«
»Sie haben recht!« schrie Davis. »Sie haben recht!«
Er fragte nicht, was sie damit meinte. Er nahm an, daß sie sich auf das bezog, was ihr die anderen Frauen über ihn erzählt hatten. Sie irrte sich, wenn sie annahm, diese Situation habe irgend etwas mit seinen Beziehungen zu den Frauen unter der Besatzung zu tun. Wenn sie sich nicht so fürchten würde, dann würde sie verstehen, daß er um der Sicherheit des Schiffes und der Mannschaft willen auf diese Weise vorgehen mußte. Darüber hinaus gab es noch wichtigere Gründe. Viel wichtigere.
Er befahl ihr, seine Kabine zu verlassen und dem Raumsoldaten entgegenzugehen.
»Ich kann nicht warten, bis er eintrifft. Möglicherweise bleibt

uns nur noch wenig Zeit. Aber was ich zu sagen habe, können Sie im ganzen Schiff und in der Fähre hören. Es wird Ihnen einiges verständlicher machen.«

Oder sie noch mehr verwirren, dachte er.

Sie wandte den Kopf und sah ihn an, während sie sich beide der Iris näherten.

»Schließlich habe ich Ihnen das Leben gerettet«, erinnerte er, »und ich unternehme alles in meinen Kräften Stehende, um Sie in Sicherheit zu bringen. Es ist besser, eine Weile allein zu sein, auch wenn die Einsamkeit schmerzt, als in die Luft gejagt zu werden. Und ich muß zuerst an die Sicherheit des Schiffes denken.«

»Das sagen Sie *jetzt*«, erwiderte sie. »Und *später*?«

Er antwortete nicht. Er informierte den Ortungs- und den Funkoffizier, daß der Befehl, während seines Berichtes zu schweigen, nicht für sie galt, falls ihre Detektoren etwas aufspüren sollten, das nach Gefahr roch.

24.

»Zunächst muß ich Ihnen erzählen, was geschah, als Commodore Benagur, Lieutenant Nuoli und ich den Tempel des *Glyfas* aufgesucht haben. Sie können die darauffolgenden Ereignisse nur verstehen, wenn Sie wissen, welchen Eindruck diese Begegnung auf uns drei gemacht hat. Insbesondere auf mich.«

Er schwieg einen Moment. Das *Glyfa* meldete sich.

»Ramstan, sage mir, was ist geschehen, seit ich zum letzten Mal mit dir gesprochen habe, und was geht jetzt vor sich?«

Es benutzte die Stimme seines Vaters.

Er fuhr zusammen und unterdrückte ein Keuchen.

»Offiziere und Mannschaft! Einen Moment, bitte!«

Er drehte sich herum, obwohl dies nicht erforderlich war, um mit dem *Glyfa* zu sprechen. Menschliche Wesen, alle Intelligenzen, die er bisher getroffen hatte, waren überzeugt, daß eine bessere Verständigung und ein tieferes Vertrauensverhältnis entsteht, wenn man dem Gesprächspartner ins Gesicht sah. Das Gesicht war das Fenster der Seele, des Bewußtseins. Derjenige, der sprach, wurde nach seinem oder ihrem Gesichtsausdruck beurteilt. Aber die Eierschale war ausdruckslos. Kein Gefühl zeigte sich auf ihrer Oberfläche, keine Grimasse, keine Regung; nur anhand der Stimme konnte man Wahrheit oder Lüge unterscheiden. Es war, als ob man durch ein altmodisches Telefon oder über ein Funkgerät miteinander sprach, das keinen Bildschirm besaß.

Zudem lastete das, was ihm die Vwoordha während seines Aufenthaltes in ihrem Haus über das *Glyfa* berichtet hatten, wie ein schweres Gewicht auf ihm. Die Atmosphäre schien sich zu verdicken, sich in zahllose Schichten klebrigen Papiers zu verwandeln, Schichten, die sich zu unvorstellbaren Höhen auftürmten, zu einer zermalmenden Bürde. Er wurde niedergedrückt, als wäre ein Gebäude über ihm eingestürzt, und er hatte das Gefühl, daß das Gebäude aus einem ihm unbekannten Material bestand. Ein Gebäude, das die Grenzen der Atmosphäre und des Weltraums sprengte.

Grenzen.

Das Wort blitzte wie ein Meteorit in seinen Gedanken auf.

»*Glyfa!* Ich habe die ganze Zeit versucht, mit dir Verbindung aufzunehmen. Aber du hast nicht geantwortet.«

»Ich habe nachgedacht.«

»Vielleicht«, erwiderte Ramstan. »Aber du hast auch nicht gemerkt, was um dich herum vorgegangen ist. Hast du deine... Batterie... deinen Brennstoffvorrat... dein Selbst aufgefrischt? Du hast mir nicht geantwortet, weil du mich nicht hören konntest.«

»Die Vwoordha haben dir das verraten.«

»Ja. Sie haben mir gesagt, daß es Perioden gibt, in denen du dich unfreiwillig zurückziehen mußt. Daß du wie alles Lebendige von einer Energiequelle abhängig bist, um am Leben zu bleiben, falls Leben der richtige Ausdruck ist. Wenn dein Energievorrat zur Neige geht, mußt du dich ausruhen und neue Energie speichern, bevor du...«

»Aha. Sie haben es dir gesagt. Ich habe das erwartet. Ich besitze

eine sehr kleine Körperoberfläche. Obwohl ich die Energie zu 67% verwerte, und das ist ein besserer Wert, als ihn sonst etwas oder jemand im Kosmos erreicht – mit einer Ausnahme–, und ich durchlaufe Phasen der... Hibernation... der suspendierten Animation... nein, du hast die richtige Analogie benutzt: Ich muß meine Batterie aufladen.«
»Aber dir stehen eine Vielzahl von Energiequellen zur Verfügung«, wandte Ramstan ein. »Elektrizität, Röntgenstrahlen, Gravitonen, sogar Antigravitonen, Photonen, Antiphotonen. Es gibt keinen Grund, dich so oft aufzuladen. Vor allem, da auf dem Schiff eine Energiequelle zur Verfügung steht, an die ich dich anschließen könnte.«
Er verstummte und murmelte dann: »Nein. Es ist unmöglich. Die Bioingenieure würden jeden ungewöhnlichen Energieverbrauch bemerken und unterbinden.«
Er glaubte immer noch nicht, daß die erzwungene Inaktivität während des Aufladeprozesses für das Schweigen des *Glyfas* verantwortlich war. Oft – wenn nicht immer – wenn es sich geweigert hatte, ihm zu antworten, dann aus Gründen, die nur das *Glyfa* selbst kannte.
Es versuchte, ihm mit seinem Schweigen und seinen mysteriösen Andeutungen hin und wieder einen Stoß zu versetzen.
Auch die Vwoordha manipulierten ihn, um ihr Ziel zu erreichen. Wenn das *Glyfa* ihn in die eine Richtung zog, dann zogen die Vwoordha in die andere. Und umgekehrt. Oder gaben die Vwoordha und das *Glyfa* nur vor, Gegner zu sein?
»Du kennst zwei meiner Begrenzungen«, sagte das *Glyfa.* »Haben dir die Vwoordha auch von der dritten erzählt?«
»Ja.«
»Ich weiß, wann du lügst. Und jetzt lügst du.«
»Dann werde ich dich von nun an nicht mehr belügen«, entgegnete Ramstan. »Vielleicht. Ich weiß nicht, ob du feststellen kannst, wann ich lüge. Möglicherweise ist meine Wahrheit nicht die deine.«
»Schlau, sehr schlau. Du wägst stets alle Möglichkeiten ab – alle, die du sehen kannst. *Sehen.* Warum müßt ihr diesen Ausdruck benutzen? Es gibt so viele Dinge, die man nicht

sehen, aber auf andere Weise bemerken kann. Selbst ohne Licht kannst du sehen. Innerhalb bestimmter Grenzen.«

»Alle Sinne haben ihre Grenzen«, nickte Ramstan. »Außer einem. Und selbst er...«

»Du mußt lange mit den Vwoordha gesprochen haben. Aber nicht lange genug. Jedenfalls haben sie dir von meinen Beschränkungen erzählt. Ich bin, was die Fortbewegung betrifft, von anderen Wesen abhängig, und wie alle von meiner Art bin ich auf meine Energiequelle angewiesen. Obwohl es dich vielleicht überraschen oder gar abstoßen wird, so bin ich von deiner Art, auch wenn mein Ursprung künstlich ist.«

»Was... wer... war dein Vorbild?«

»Niemand! Oder vielleicht habe ich tausend Vorbilder gehabt. Wer auch immer meinen Schöpfern als Modell... als Vorbild gedient hat... das Endresultat war einzigartig. Genau wie du – das Resultat von hundert Millionen Vorbildern – einzigartig bist.«

»Einzigartigkeit muß nicht notwendigerweise mehr sein als Mittelmaß... oder Unsinn... ein matter Abglanz der Menschlichkeit«, konterte Ramstan. »Hör zu! Das führt zu nichts. Laß mich berichten, was ich getan habe, seit du dich zurückgezogen hast, um... dich aufzuladen. Ich habe nicht viel Zeit. Die Mannschaft wartet auf mich. Sie werden sich fragen, was, zum Teufel, vor sich geht, und warum ich begonnen habe, ihnen alles zu erzählen.«

»Alles?«

Ramstan fühlte, wie ihm heiß wurde. Er erkannte, daß das *Glyfa* in gewisser Hinsicht wie er war. Es stellte den unzutreffenden Gebrauch eines Wortes oder Begriffes in Frage; es zeigte offen, daß der andere nicht genau wußte, was er oder sie sagte. Diente dieses Charakteristikum dazu, die anderen abzuwerten und die eigene Überlegenheit hervorzuheben. Oder war dies nur Ausdruck des persönlichen – und gerechtfertigten – Bedürfnisses nach dem präzisen Einsatz der Sprache? Oder beides?

Möglicherweise war das *Glyfa* keineswegs wie er. Vielleicht machte es sich insgeheim über ihn lustig. Vielleicht wußte es,

daß kein intelligentes Wesen einen Begriff immer im wörtlichen, im objektiven Sinne benutzte, daß jedes intelligente Wesen seine eigene, einzigartige Sprache besaß.
Uralt wie das *Glyfa* war, mußte es die Sprache anders sehen als er, Ramstan, der sich ihrer so unbeständig, so zeitgebunden, so eintagsfliegenhaft bediente.
»Innerhalb deiner Grenzen... und meiner... selbst meiner... alles«, sagte das *Glyfa*.
»Ich habe keine Zeit«, erklärte Ramstan.
»Zeiiiiiiit.« Das Wort dehnte sich, schwoll an, bäumte sich auf, wie eine Brandungswelle, die gegen eine Klippe anstürmte, und verstummte. Die Stimme war jetzt die von Ramstans Onkel, jenes Onkels, der ihm die »Eichhörnchensprache« beigebracht hatte; ein schrulliger, widersprüchlicher, philosophischer und humorvoller Onkel, der schon seit langem tot war, aber in seiner Erinnerung weiterlebte und durch das *Glyfa* wiederauferstanden war.
»Nein, ich habe keine Zeit!« rief Ramstan. »Hör zu, was ich den anderen sage!«
»Den anderen! Den anderen! Den anderen!« erklang das Echo und verlor sich nach und nach.
Ramstan wandte dem *Glyfa* den Rücken zu und richtete seine nächsten Worte an die Mannschaft.
»Als ich mit Benagur und Nuoli den Tolt-Tempel erreicht hatte, widerfuhr auch mir ein ungewöhnliches Phänomen. Hätte ich von diesem Erlebnis berichtet, so wären gewiß Zweifel an meiner geistigen Gesundheit aufgekommen. Wie Benagur wurde ich von weißem Licht umflutet. Kein photonisches Licht. Es war ein Licht, das nur wenige je gesehen haben.«
Plötzlich war Ramstan Mohammed, der Prophet gewesen, obwohl er seine alte Persönlichkeit nicht aufgegeben hatte. Er schlief in einem Haus in der Nähe der heiligen Kaaba von Mekka. Müde und traurig war er zu Bett gegangen, weil er so wenige Anhänger gewonnen hatte, seit ihm der Erzengel Gabriel in einer Grotte erschienen war, ihm eine Schriftrolle gezeigt und ihn aufgefordert hatte: »Lies!« Das heißt, er soll-

te die göttliche Botschaft lesen und dann an die Menschheit weitergeben.
Die Müdigkeit, die Enttäuschung und die Mutlosigkeit dauerten nur einige Sekunden. Er wurde wach, als Gabriel das Haus betrat, der Erzengel Gabriel mit seinen farbenprächtigen Flügeln und dem strahlenden Licht, das von seinem Gesicht ausging.
Ramstan beschrieb die darauffolgenden Ereignisse mit knappen Sätzen. Er hätte gern nähere Einzelheiten geschildert, aber er wollte seine Zuhörer nicht ermüden, und Zeit war kostbar.
»Nachdem Gabriel mein Herz geläutert hatte, indem er meine Brust mit dem Wasser aus dem heiligen Brunnen von Zamzam gewaschen und mich mit dem *hikma*, dem Symbol für den Glauben und die Weisheit, gesegnet hatte, ergriff er meine Hand. Und die *Al-Buraq* erschien, die *Al-Buraq*, der Blitz, das berühmte, einzigartige Tier. Es besaß das Gesicht einer jungen Frau und trug eine goldene Krone. Sein Körper war der eines Maulesels, die Hufe und der Schwanz waren kamelartig, das Zaumzeug bestand aus Perlen, der Sattel aus einem einzigen, geschliffenen Edelstein und die Steigbügel waren mit Türkisen besetzt.«
Bevor er Mohammed-Ramstan auf die *Al-Buraq* geholfen hatte, berichtete ihm der Erzengel von der Entscheidung Allahs, daß er diese Nacht die sieben Himmel besuchen und vor dem Antlitz des Wahren, des Ewigen, des Vaters aller Dinge beten durfte.
»Keine Sprache ist in der Lage, meine Ekstase zu schildern«, sagte Ramstan. »Es gibt keine Worte, die mehr als nur eine leise Ahnung von der Kraft und Intensität meiner Gefühle vermitteln könnten. Die mystische Erfahrung ist immer unbeschreiblich gewesen. Wie kann ich beschreiben, wie vielfarbiges Licht jede Zelle meines Körpers durchtränkte, wie jede Zelle vor Freude erbebte und wie ich jede Zelle *gesehen* und ihren Namen gekannt habe? Oder wie ich hinter mir, hinter meiner Seele, einem riesigen, schimmernden Schatten gleich, ein Wesen gespürt habe, das nur Abglanz des herrlichen Gesichtes des Unaussprechlichen war und das mich dennoch ge-

blendet hätte, wäre es mir möglich gewesen, mich umzudrehen und ihm ins Gesicht zu sehen, als ich seine Hand auf meiner Schulter spürte?

Aber ich wollte mich nicht umdrehen, weil ich wußte, daß selbst das gebrochene Licht mich durch seine vernichtende Schönheit geblendet hätte. Und durch seine Häßlichkeit. Gleichzeitig hatte ich das Gefühl, daß ich – welch entsetzlicher Gedanke – nichts hinter meinem Rücken sehen würde, wenn ich mich umdrehte.«

Ramstan übersprang den Ritt auf dem Rücken der *Al-Buraq* von Mekka nach Jerusalem, dem alten Jerusalem, die Heilige Stadt in der Zeit des Propheten. Kurz streifte er seine Ankunft in der geweihten Moschee und seine Begegnung mit Gott, der schon vor ihm gekommen war. Er erwähnte, daß er von Ibrahim, Musa und Isa begrüßt wurde, also von Abraham, Moses und Jesus.

Dann ritt er mit der *Al-Buraq* in den ersten Himmel, eine Kugel von Türkisfärbung, während Gabriel, mit einer Standarte in der Hand, ihn führte.

Himmel folgte auf Himmel, Engelschar auf Engelschar, die größten auf die großen unter den Menschen, Adam im ersten Himmel, Johannes und Jesus im zweiten, Josef im nächsthöheren, Idris im vierten, Aaron im nächsten, Moses im sechsten und Abraham im letzten und höchsten der Himmel. Obwohl er sich kurzfassen mußte, ging er aus einem Drang heraus näher auf den Weißen Hahn im ersten Himmel ein, auf den Engel, der wie ein Vogel aussieht, dessen Kamm den Fuß von Allahs Thron berührt und dessen Krallen auf der Erde ruhen. Und er berichtete von seinem Entsetzen und seiner Ehrfurcht angesichts des Engels, halb aus Schnee, halb aus Feuer, der in der linken Hand einen Rosenkranz aus Schnee und in der rechten Hand einen Rosenkranz aus Feuer hielt und der die Gebete murmelte, die einhundert Kugeln zählte und Donnerschläge ertönen ließ, während er die Kugeln bewegte.

Er erzählte von dem Schrecken, der ihn im zweiten Himmel bei seiner Begegnung mit Azrael erfaßt hatte, dem Todesengel, dem Herrn des Schicksals, dessen einer Fuß auf einem Stuhl aus Licht und dessen anderer auf *Al-Sirat* ruhte, der rasierklingendünnen Brücke zwischen Himmel und Hölle.

»Und dann hörte ich die Stimme des Höchsten, und ich betete vor ihm«, fuhr Ramstan fort. »In diesem Moment glaubte ich, offen gestanden, tatsächlich Mohammed und Ramstan zu sein, zwei Persönlichkeiten und dennoch eine, und daß ich die Ehre, die unaussprechliche Ekstase erlebte, die jeden überwältigt, der die Stimme Gottes hört. Und gleichzeitig verspürte ich Furcht von einer derartigen Intensität, daß sie sich ebenfalls in Ekstase verwandelte.«

Aber jenseits der siebten Kugel befand sich endloser Raum, und in ihm leuchteten siebzigtausend vielfarbige Schleier aus Licht. Hinter den Schleiern lag *Al-Arsh*, der Thron Gottes, ein Sessel aus rotem Hyazinth und so groß, daß die Erde neben ihm wie ein Staubkorn war.

Es gab noch viele Dinge, die Ramstan, erfüllt von einer Hitze, die nur ein matter Abklatsch der Hingabe während der wenigen Minuten im Tempel des *Glyfas* war, gern erzählt hätte. Aber er streifte sie – selbst die Gärten des Paradieses – nur flüchtig, und kam zur Hölle, die von dem entsetzlichen Malik bewacht wurde, dem König der Schatten. Und als Ramstan versuchte, die Qualen der Verdammten zu beschreiben, da versagte seine Stimme, und er weinte.

»Und dann befand ich mich wieder in jenem Haus in Mekka, und das Gefühl, der Prophet zu sein, verblaßte ebenso wie die Wände des Gemäuers. Ich stand in der riesigen Eingangshalle des *Glyfa*-Tempels und wurde von dem Hohepriester aufgefordert, die Kammer zu betreten, wo das *Glyfa*, der Tolt-Gott, mich empfangen würde.«

Benagurs Gesicht hatte sich noch mehr gerötet, und seine Augen funkelten wilder. Einen Moment lang fragte sich Ramstan, ob er dem Commodore Gelegenheit geben sollte, das zu sagen, was ihn beschäftigte. Aber er glaubte Benagurs Worte bereits zu kennen. Daß Benagur ebenfalls ein *Miraj*, eine wundersame Himmelsfahrt, erlebt hatte, die sich allerdings von Ramstans Erlebnis unterschied.

Kurz nachdem sie Tolt verlassen hatten, war es zwischen Benagur und Ramstan zu einem Gespräch gekommen. Benagur war Ramstans Verhalten im Tempel aufgefallen. Ramstan hatte sich zurückhaltend gegeben und nur erklärt, daß auch er von weißem Licht umflutet worden war und einige Momente lang das Bewußtsein verloren hatte. Benagur war weit mitteilsamer gewesen. Er hatte von seiner Himmelfahrt zum Thron Gottes berichtet, bei der ihn der Prophet Elias begleitet hatte. Seine Erfahrungen entsprachen denen, die man von einem frommen Juden erwartete. (Dadurch hatte Ramstan an der Gültigkeit seiner eigenen *Miraj* zu zweifeln begonnen.) Wie Ramstan, hatte Benagur nicht direkt das Antlitz Gottes gesehen, aber er war ihm sehr nahe gekommen. Und auch er hatte sich in die Hölle vorgewagt. Und er hatte erwähnt, zwar mitleidig, aber mit einer Spur Triumph, daß er Ramstan unter den Verdammten entdeckt hatte und Zeuge seiner Qualen im Feuer geworden war. Obwohl Benagur behauptet hatte, dieser Anblick hätte ihn mit Mitleid erfüllt, hatte er seine Befriedigung nicht ganz verbergen können.
Ramstan hatte gelächelt. Aber er verriet Benagur nicht, daß er Benagurs schmerzverzerrtes Gesicht unter den Unglücklichen in der siebten und tiefsten Sphäre gesehen hatte.
Ramstan hatte seine Verwunderung ausgedrückt, weil seines Wissens orthodoxe Juden nichjt an eine Hölle glaubten.
Worauf Benagur erwiderte, daß eine Hölle im wörtlichen Sinne in seiner Religion nicht existierte. Aber offensichtlich hatte er sich geirrt. Schließlich offenbarte Gott nicht alles. Und es war nur recht und billig, daß Christen und Moslems, die an einen derart barbarischen Ort glaubten, auch dort endeten.
Wie dem auch sei, obwohl Benagur die mythische Hölle gesehen hatte, fragte er sich, wie er denn wissen sollte, daß es sich dabei nicht um eine Vision im übertragenen Sinne handelte? Daß die Flammen und Dornen und Haken nicht nur Symbole des furchtbaren Entsetzens und des Kummers der Bewohner der Hölle darstellten, denen auf ewig der Anblick Gottes und die Wärme seiner Liebe verwehrt blieb? Das menschliche Gehirn versagte in bestimmten Situationen, und vielleicht hatte

sein Gehirn Entsetzen und Kummer in Flammen und Dornen und Haken verwandelt.
»Ich gratuliere Ihnen zu Ihrer ausgeprägten Fähigkeit zum Rationalisieren«, hatte Ramstan bemerkt. Und lachend hatte er Benagur stehengelassen, aber ihm war übel geworden. Eine Zeitlang hatte er wirklich an die Realität seiner Erlebnisse während seiner eigenen Himmelfahrt geglaubt. Aber durch Benagurs Erzählung war ihm klargeworden, daß es sich bei beiden Erfahrungen um Illusionen gehandelt hatte.
Er hatte Nuoli gefragt, die in einer liberalen lutherischen Sekte aufgewachsen war und sich dann von allen Religionen abgewandt hatte. Sie beharrte darauf, sich nur an das Licht und ihre kurze Bewußtlosigkeit zu erinnern.
Ramstan enthüllte nun, was Benagur ihm erzählt hatte.
»Aber dies geschah nach unserem Abflug von Tolt. Nach der ... Vision ... betrat ich die riesige Kammer des *Glyfas*. Wir mußten einige Meter davor stehenbleiben und durften erst dann sprechen, wenn es uns der Gott erlaubte. Der Hohepriester sprach ungefähr fünf Minuten lang in Urzint.
Dann ertönte die Stimme meines toten Vaters. Ich war wie gelähmt, aber rasch erkannte ich, daß die Stimme nur in meinem Bewußtsein erklang. Sie sprach Arabisch. Aber wie ich später herausfand, beherrschte das *Glyfa* zu diesem Zeitpunkt kein Wort Arabisch. Er sendete in Urzint ... nein ... nicht sendete, denn es bediente sich nicht der Telepathie ... Es sprach Urzint und strahlte die Worte in mein Unterbewußtsein und in mein Sprachzentrum. Mein Unterbewußtsein benutzte einige linguistische Synapsen, um das Urzint ins Arabische zu übersetzen, obwohl die arabische Übersetzung damals nicht perfekt war.
Das *Glyfa* war ganz offensichtlich in der Lage, bestimmte Nervenbahnen in meinem Gehirn zu stimulieren. Das *Glyfa* erreicht dies, so glaube ich, auf elektromagnetischem Wege, und es kann die Gedanken des Gesprächspartners *lesen*, wenn er eine gesprochene oder subvokale Sprache verwendet, die das *Glyfa* kennt. Am Rande bemerkt, es verfügt weder über Telepathie noch über andere extrasensorische Fähigkeiten. Das

behauptet es zumindest. Ich weiß noch immer nicht, ob es in diesem Punkt lügt.«
Ramstan erzählte, das *Glyfa* hätte ihn seit sehr langer Zeit erwartet. Nicht direkt einen Erdmenschen namens Ramstan, sondern ein Wesen wie ihn. Ramstan sollte später in der Nacht zurückkehren, von niemand an Bord der *Al-Buraq* beobachtet, und das *Glyfa* ins Schiff bringen. Das *Glyfa* würde die Wächter und Hohepriester beeinflussen, so daß sie Ramstan nicht sahen. Aber Ramstan mußte sich dennoch beeilen, denn das *Glyfa* konnte die Beeinflussung nur kurzfristig aufrechterhalten, und selbst das verschlang noch eine gewaltige Energiemenge.
»Es behauptete, mir auf zwei verschiedene Arten Unsterblichkeit schenken zu können. Die erste Möglichkeit war, meinen Alterungsprozeß extrem zu verlangsamen; allerdings konnte ich noch immer durch einen Unfall, durch Mord oder Selbstmord ums Leben kommen. Die zweite Möglichkeit schloß diese Gefahren – und auch den Selbstmord – aus, obwohl ich mich nach wie vor töten konnte, falls ich mich dazu entscheiden sollte. Das *Glyfa* versprach, meinen Wunsch dann zu respektieren.
Dann sagte es mir, noch immer mit der Stimme meines Vaters, es sei unsterblich.«
Ramstan schwieg und musterte die Gesichter auf den Monitoren. Einige drückten die Überzeugung aus, daß sie Ramstan für verrückt hielten.
Auf einem der Monitore wich das Bild des Fährenhangars dem Antlitz eines Lieutenants.
»Die Abschirmung ist installiert, Sir. Die Fähre ist beladen, und Lieutenant Davis befindet sich bereits an Bord. Für den Start ist alles bereit, Sir.«
»Startfreigabe erteilt.«
Er war froh, Branwens Gesicht nicht sehen zu müssen. Vielleicht verriet es das Entsetzen und die Hoffnungslosigkeit, die sie fühlte. Möglicherweise für lange Zeit isoliert zu sein, in dem Bewußtsein, daß in jeder Sekunde die biologische Zeitbombe in ihrem Körper explodieren konnte... Die Möglichkeit

vor Augen, daß Ramstan den Befehl geben konnte, sie zurückzulassen, so daß sie durch den Raum treiben würde, bis ihre Lebensmittel- und Wasservorräte verbraucht waren... Jedem würde das den Verstand rauben, die Gedanken verwirren, die Seele zerstören. Aber vielleicht besaß sie noch genug Kraft, um ihm ihren Haß zu zeigen.

Ramstan schaltete den Bildschirm mit einem Kodewort aus, obwohl er sich wie ein Feigling vorkam. Er wandte sich wieder an die Besatzung.

»Falls es Ihnen schwerfällt, das bisher Gehörte zu glauben... nun gut! Das *Glyfa* hat mir gesagt, es habe den Untergang von zwei Universen überlebt! Oder besser: Von zwei Multiversen!«

Er schluckte. Wie konnte er sie nur dazu bringen, daß sie die Wahrheit akzeptierten?

Sie hatten nicht das gleiche wie er gesehen oder gehört, und er war sich selbst nicht sicher, ob er seinen Sinnen und Erfahrungen Glauben schenken konnte.

»Den Tod Gottes!« schrie er. »Die beiden Tode Gottes! Die beiden Geburten und die beiden Tode!«

25.

Benagur kämpfte verbissen, und sein Mund löste sich aus der Umklammerung des Schiffsfleisches. Er brüllte: »Sie sind ein Blasphemist und ein Lügner, Ramstan! Ich bin zum Throne Gottes aufgestiegen! Und Ihre Vision...«

Seine weiteren Worte wurden abgeschnitten, als sich die *Al-Buraq* wieder um ihn schloß. Ramstan erteilte einen Befehl, und das Fleisch zog sich zurück.

Benagur rief: »Und Ihre Vision wurde von diesem Ding erzeugt, dem *Glyfa*, dem Diener Satans, wenn es nicht Satan selbst ist! Ihre Vision war falsch. Und wenn nicht, dann haben Sie sie falsch interpretiert und für Ihre Zwecke pervertiert! Es *gibt* den Lebenden Gott, und er...«

Ramstan befahl, Benagur wieder zum Schweigen zu bringen.

»Ja«, nickte er, »es gibt einen lebenden Gott, wenn auch nicht in Benagurs Sinne. Zumindest glaube ich, daß es ein Gott ist oder einem Gott so nahe kommt, wie es sich intelligente Wesen vorstellen können. Sofern sie ihn... oder es sich überhaupt vorstellen können.«

Der Ortungsoffizier unterbrach ihn.

»URO in 50000 Kilometern Entfernung, Sir.«

Auf einem der Wandmonitore wichen die Gesichter dem Bild des Sektors, in dem das Objekt geortet worden war. Bis auf einen einzigen roten Stern nahe des Zentrums und dem Ausläufer einer leuchtend weißen Gaswolke war er schwarz. Kurz darauf zeigte ihm ein anderer Schirm das Tasterecho der Raser.

»Die *Popacapyu*«, murmelte Ramstan. »Wir gehen auf Höchstgeschwindigkeit. Vor dem nächsten Sprung holen sie uns nicht ein. Es sind nur 100000 Kilometer bis zum Tor.«

»Sir«, meldete der Ortungsoffizier, »sie senden ein moduliertes Funksignal auf der 10-Megahertz-Frequenz mit einer Stärke von 1000 Watt.«

»Aha. Wir haben sie also gerade noch rechtzeitig hinter der Abschirmung in Sicherheit gebracht.«

Seine Entscheidung war für Branwen hart gewesen, doch nun erwies sie sich als gerechtfertigt.

Ramstan wandte sich erneut an die Besatzung.

»Ich habe das *Glyfa* nicht aus dem Tempel gestohlen, weil mich die versprochene Unsterblichkeit verlockt hat. Das Angebot hat mich gereizt, ja. Aber ich habe nicht damit gerechnet, daß es mir wirklich ewiges Leben schenken könnte, und der Diebstahl diente keineswegs dazu, mich vom Wert dieses Versprechens zu überzeugen.

Eine andere Bemerkung, eine Reihe anderer Bemerkungen, die es machte, haben mich zu dieser Entführung veranlaßt. Es behauptete, wenn ich es mitnehmen und sein Partner werden würde, dann würde ich zur Rettung der Welt beitragen. Das *Glyfa* konnte nicht garantieren, daß wir beide es schaffen werden, aber wir mußten es versuchen.«

Er schwieg und befeuchtete seine trockenen Lippen. Selbst in

seinen eigenen Ohren klangen diese Worte wie die eines Verrückten, eines wahnsinnigen Messias.
»Ich kann mir vorstellen, was Sie denken!« rief er. »Aber vergessen Sie nicht den *Bolg*! Das Gebilde, das Kalafala zerstört hat! Das Gebilde, das, falls das *Glyfa* die Wahrheit gesagt hat, auch für die Vernichtung der Urzint und vieler Planeten verantwortlich ist! Das, nach den Worten der Vwoordha, fast alles Leben auf Tolt ausgelöscht hat! Die Mannschaft der *Popacapyu* weiß noch nichts davon. Und es wird möglicherweise über der Erde erscheinen, indem es entweder uns oder unseren Spuren folgt, und doch alles Leben abschlachten, wie es der *Bolg* schon auf vielen Planeten getan hat!«
Er hatte seinen Zuhörern etwas Konkretes und Grauenhaftes zum Nachdenken gegeben. Vielleicht war man jetzt mehr geneigt, ihm zu glauben.
»Es ... das *Glyfa* ... sagte mir, daß alle intelligenten Lebewesen früher oder später ihre Wissenschaft zu einer Höhe entwickeln, die es ihnen ermöglicht, das Alaraf-Triebwerk oder ein entsprechendes Äquivalent zu bauen, sofern sie sich nicht vorher in einem Atomkrieg vernichten. Nie oder nur selten verstehen sie, wie sich die Alaraf-Schiffe bewegen oder derart große Entfernungen in derart kurzer Zeit zurücklegen können. Wir Terraner haben es jedenfalls nicht verstanden. Es gibt Theorien über den Verbleib der Schiffe während des Sprungs. Die verbreitetste lautet, daß die Schiffe auf irgendeine Weise den Raum *krümmen*, worauf ein Millionen Lichtjahre entfernter Stern kurzfristig sehr viel näher rückt. Oder es existierten Risse oder Anomalien im Raum-Zeit-Gefüge, die es einem Alaraf-Schiff erlauben, sie zu durchdringen. Die Theorie behauptet, daß normale *Entfernung* eine Folge der Verbreitung der Materie im Raum ist. Aber diese Risse oder Sprünge bestehen aus unterschiedlichen Mustern der Raummaterie, und die unterschiedlichen Muster führen zu Unterschieden in der Entfernung.
Wie Sie wissen, handelt es sich dabei nicht einmal um Theorien. Es sind Spekulationen, Hilfsmittel, um das zu beschreiben, was noch immer unbeschreiblich ist.
Eine dritte Spekulation, die nicht sehr ernstgenommen wird,

behauptet, daß der Alaraf-Antrieb es den Schiffen irgendwie ermöglicht, durch die *Wand* eines Universums in ein anderes zu springen. Diese Spekulation basiert auf der Tatsache, daß kein Schiff auf seinen Flügen hinaus je in Bereichen des Kosmos aufgetaucht ist, die auf der Erde bekannt sind.

Eine andere Spekulation sieht hinter dem Alaraf-Antrieb eine Art Zeitreise. Auf dem Hinflug reist das Schiff in die Zukunft oder in die Vergangenheit. Die Richtung spielt keine Rolle. Auf jeden Fall bleibt das Schiff an seinem Platz, aber die Himmelskörper bewegen sich weiter und sorgen so dafür, daß sich das Schiff im Unbekannten wiederfindet, da währenddessen Millionen oder gar Milliarden Jahre vergangen sind. Auf dem Rückflug wird der Vorgang umgekehrt, und das Schiff erreicht wieder die Erde, und zwar zu einem Zeitpunkt, der der Dauer seiner Abwesenheit von der Erde entspricht.«

Ramstan verstummte, um einen Schluck Wasser zu trinken.

»Das *Glyfa* versicherte mir, die Spekulation über den Sprung durch die Wand des einen Universums in ein anderes entspräche der Wahrheit.

Es gibt nicht nur eines, sondern viele Universen. Der menschliche Körper besteht aus Billionen Zellen. So auch das Multiversum. Jedes Universum stellt eine Zelle seines Körpers dar.

Es war falsch von mir, das *Glyfa* zu stehlen, obwohl es mit seiner vollen Zustimmung und auf seinen ausdrücklichen Wunsch hin geschah. Nicht nur falsch. Es war verbrecherisch. Ich habe meine Pflicht als Kapitän und als Terraner verraten. Aber ich glaubte damals und ich glaube noch immer, daß ich eine höhere Pflicht erfüllt habe. Ich war überzeugt, das *Glyfa* müßte recht haben, und ich müßte handeln, wenn ich... die Welt... retten wollte. Das Multiversum.«

Viele Menschen auf der Erde hatten geglaubt, daß es ihre Pflicht war, die Welt zu retten. Noah, Abraham, Moses, Jesus, Mohammed, Zoroaster, Luther, Hunderte Päpste, Knox, Buddha, Joseph Smith, Eddy, ein paar tausend Größen und Berühmtheiten unter den Milliarden, die auf der Erde gelebt hatten, und wieviel Tausende Verrückte waren darunter gewesen? Was unterschied ihn von den anderen?

Seine Vorgänger waren alle ihrem Glauben gefolgt. Er *wußte* aus Erfahrung, durch Tatsachen, wovon er sprach.
Oder nicht? Er konnte nicht absolut sicher sein.
Aber was er wußte, hatte er nicht von einem Stein oder aus goldenen Schrifttafeln oder von einem Engel erfahren, der ihn als Gottes auserwählten Propheten bezeichnete, der das, was schon so oft gesagt worden war und wieder gesagt werden würde, wenn auch auf andere Art und in anderen Situationen, erneuern sollte.
»Ich wünschte, ich könnte sagen, daß ich das *Glyfa* an mich genommen habe, weil es mich hypnotisiert hat und ich machtlos dagegen war. Es hat mich nicht hypnotisiert, obwohl der von ihm erzeugte *Miraj* mich tief beeinflußt hat. Das *Glyfa* gestand mir, meine bereits bestehende, wenn auch geringe Neigung zum Diebstahl verstärkt und einen flüchtigen Gedanken in einen festen Entschluß verwandelt zu haben. Vielleicht stimmt das. Wäre dieser Wunsch nicht schon in mir vorhanden gewesen, hätte mich das *Glyfa* niemals derart beeinflussen können.«
Wer unter ihnen hätte nicht diesen Wunsch verspürt? dachte er. Aber er sprach diesen Gedanken nicht laut aus. Das hätte ihn als Bittsteller dastehen lassen. Und Ramstan bettelte nicht.
»Welche Gründe ich auch immer für meinen Diebstahl des *Glyfas* gehabt haben mag – und ich glaubte und glaube noch immer, einen Grund gehabt zu haben, gegen den alle Bedenken verblassen –, es ist geschehen.«
Nuoli, die seinem Befehl, ihn nicht zu unterbrechen, nicht mehr gehorchen konnte, platzte heraus: »Warum haben Sie uns nicht gleich nachdem Sie mit dem *Glyfa* an Bord gekommen sind, informiert? Warum haben Sie es verschwiegen?«
»Stellen Sie mir keine Fragen, bevor ich nicht fertig bin! Aber... Darauf wollte ich gerade zu sprechen kommen. Hätte man mich dann nicht sofort verhaftet – Benagur hätte schon dafür gesorgt – und das *Glyfa* an die Tenolt zurückgegeben? Hätten Sie mir damals geglaubt? Nein, erst wenn der *Bolg* erschien, hätten Sie mir Vertrauen geschenkt. Und was das betrifft...«

Er erzählte ihnen von der Stimme in der kalafalanischen Taverne, die ihn vor dem *Bolg* gewarnt hatte. Er berichtete von der Gestalt in seiner Kabine, die vom Sicherheitssystem gefilmt worden war, und von der Gestalt, die sich während seines Streites mit Benagur auf Webn gezeigt hatte.

»Wie ich während meines Besuches bei den Vwoordha erfuhr, handelte es sich dabei um Projektionen eines jener drei Wesen. Schemen, die über eine große Entfernung projiziert wurden. Nicht nur von einem fernen Planeten in einer anderen Galaxis, obgleich das schon beeindruckend genug wäre. Nein, sie wurden aus einem anderen Universum projiziert.

Ich weiß nicht, mit welchen Mitteln dies geschah. Shiyai, die Vwoordha, sagte mir, daß sie auf den Gedankenwellen Gottes reiten kann. Zweifellos handelt es sich dabei um eine poetische Analogie und ist deshalb bedeutungslos. Oder vielleicht auch nicht. Ich weiß nur, die Visionen waren keine objektive Projektionen, sondern Stimulationen meines Gehirns, die subjektive Phänomene erzeugten, die von mir als objektiv vorhanden betrachtet wurden.

Aber ich vermute, das *Glyfa* wurde – wenn auch unfreiwillig – als Ziel und als Fokus für die Kräfte benutzt, deren sich die Vwoordha zur Projektion dieser Bilder bedienten.«

»Du hast es erraten«, sagte das *Glyfa*, indem es die Stimme von Ramstans Mutter benutzte.

Es klang bekümmert.

»Ich glaube dies, weil das *Glyfa* außerdem ein Werkzeug ist. Es wurde nicht von vornherein als Relais für die Projektionen der Vwoordha geschaffen, aber man kann es dafür einsetzen. Auf seinen ursprünglichen Zweck werde ich gleich zurückkommen. Das *Glyfa* hätte mich über viele rätselhafte Dinge aufklären können, aber aus Gründen, die es für sich behielt, weigerte es sich. Vielleicht hoffte es, daß ich den Vwoordha nicht begegnen würde. In der Tat bin ich mir dessen fast sicher, obwohl nichts in dieser ungeheuren Schwärze, in der ich gelebt habe, sicher schien. Jedenfalls kannte es die Bedeutung des Rituallieds der Webnite Wassruss. Und die wahren Kräfte jener drei Sigilien, die Wassruss mir gegeben hat.«

Er machte eine Pause, um etwas Wasser zu trinken. Ein anderer merkwürdiger Gedanke kam ihm in den Sinn. Seine Rede war ein Ritual, vergleichbar der christlichen Messe, und das Wasser war der Wein. Und die Hostie? Sie war nicht aus seinem Fleisch oder dem eines anderen, sondern aus seinem Geist. Er gab klein bei, aß seinen Stolz und sein Selbstbildnis, riß sie in Stücke und verschlang sie, während die... Gläubigen?... nein... die Zeugen der Opferung und des heiligen Abendmahls... ihn beobachteten, eine Schar Ungläubiger, die in Gläubige verwandelt werden mußte.

Auf gewisse Weise gab es keinen großen Unterschied zwischen dieser Zeremonie und dem Abendmahl, bei dem man das Fleisch des Gottes aß. Abgesehen davon, daß der Gott selbst, der gestürzte Gott, seiner eigenen Opferung beiwohnte.

»Während all dieser Geschehnisse hatte ich das Gefühl, manipuliert zu werden. Manchmal sachte, manchmal weniger subtil, wurde ich in eine bestimmte Richtung gelenkt. Aber das *Glyfa* drängte mich in die eine und die Vwoordha in die andere Richtung. In einer Hinsicht haben die Vwoordha gewonnen, da ich ihre Heimatwelt erreicht habe. In anderer Hinsicht haben sie verloren.«

Was ist der Preis?

Ramstan sagte seinem Publikum, daß er die Vwoordha nach dem Preis für ihre Hilfe gefragt hatte. Sie hatten erwidert, er müsse ihnen das *Glyfa* geben. Er hatte sich geweigert, auch wenn es dazu all seines Mutes bedurfte, den er ihnen wie einen Ball entgegenschleudern mußte. Wäre es ihm nicht gelungen, sie auszuspielen, hätte er ihrem Ansinnen folgen müssen. Diese drei waren ehrfurchtgebietend, und er ängstigte sich vor ihnen. (Sein Publikum ahnte nicht, wie schwer ihm dieses Geständnis fiel. Oder vielleicht wußte man doch Bescheid?) Obwohl er keine Maschinen entdecken konnte, auf die sich ihre große Macht stützte, war er überzeugt, daß es welche gab. Vielleicht besaß das Haus doppelte Wände, und die Zwischenräume waren vollbepackt mit technischen Geräten auf Feststoff- oder Flüssigkeitsbasis, die der Technologie aller intelligenten Völker überlegen war, die er kannte. Sie nahmen für

sich in Anspruch, das *Glyfa* gebaut zu haben, und wahrscheinlich logen sie nicht. Nach ihren Worten zu urteilen, hatten sie einst die Fähigkeit besessen, einen ganzen Stern auszubrennen, um es zu erschaffen, aber jetzt standen ihnen weder die erforderlichen Geräte dafür zur Verfügung, noch konnten sie derzeit diese große Leistung wiederholen. Außerdem würde ein zweites *Glyfa* ebenso selbstbewußt wie das erste und deshalb ein mit eigenem Willen ausgestattetes Wesen sein und sich wahrscheinlich ebenso egoistisch und widerspenstisch verhalten.
Die Vwoordha mochten vielleicht nicht mehr über ihre frühere Macht verfügen, aber sie hatten ihm dennoch einen Schrecken eingejagt.
Nichtsdestotrotz hatte er sich geweigert. Er wußte nicht, wie sie darauf reagieren würden. Er spürte, daß sie die *Al-Buraq* vernichten konnten, wenn sie wollten. Sie waren auf jeden Fall wütend genug, um daran zu denken.
Nachdem sie sich – ob nun scheinbar oder wirklich – beruhigt hatten, erklärte Shiyai: »Du bist sehr starrköpfig, Ramstan. Wir haben dir unsere Partnerschaft angeboten, dir, einer Eintagsfliege. Du würdest zu uns gehören, uns so ähnlich sein, wie es dir überhaupt möglich ist. Und du würdest unsterblich werden, oder so unsterblich wie nur möglich. Außerdem ist es deine Pflicht, dich uns anzuschließen und dir diese Gnade zu verdienen, indem du uns das *Glyfa* gibst. Aber du bist so dumm, egoistisch, arrogant und blind wie das *Glyfa*. Und du hast deine Grenzen, genau wie das *Glyfa*, wenn es auch nicht die gleichen sind.«
Ramstan war in den Sinn gekommen, daß auch sie nicht allmächtig waren, denn sonst hätten sie ihn dazu gezwungen, das *Glyfa* auszuliefern. Aber er sprach seine Gedanken nicht aus.
Grrindah hatte ihr nervenaufreibendes Gelächter ertönen lassen und gesagt: »Sehr gut. Da du mit uns handeln willst, auch wenn du nicht ahnst, wie falsch dies ist, werden wir unseren Preis senken. Wassruss' Geschenke reichen uns.«
Erneut hatte Ramstan seinen ganzen Mut zusammengenommen und ihr Ansinnen abgelehnt.
Die Webnite hatte ihm diese Sigilien mit den Worten über-

reicht, daß er sie nur weitergeben durfte, wenn er sie benutzt hatte. Es wäre nicht recht, sie zu verkaufen.

»Recht?« hatte die schwarzhaarige Wopolsa wiederholt. »Was weißt du schon vom Recht?«

»Von eurem Standpunkt aus gesehen vielleicht nichts«, erwiderte Ramstan. »Dennoch werde ich mich nicht von ihnen trennen.«

»Dann wirst du nichts von uns bekommen«, erklärte die grünäugige Shiyai.

Die blauäugige Grrindah lachte und sagte: »Du hast das *Glyfa* gestohlen, deine Leute verraten und dein Leben und deine Karriere zerstört. Bald wirst du sterben. Alles umsonst.«

»Das glaube ich nicht«, hatte Ramstan erwidert.

Sie hatten in beiden Fällen resigniert. Oder hatte er sie dazu gebracht?

»Ihr wollt das *Glyfa*. Ich wollte die drei Geschenke«, stellte er fest. »Sie sind der Preis, den ich für die Informationen zahlen muß, oder was ihr mir sonst im Tausch dafür geben wollt. Aber ich habe euren Preis schon mehrfach bezahlt. Ihr und das *Glyfa* habt mich dazu gebracht, es – wie ihr sagt – zu stehlen und meine Leute zu verrraten und meine Karriere zu zerstören, und möglicherweise werde ich bald sterben. Ihr drei und der andere, das *Glyfa*.«

Alle drei lachten, und Grrindah rief: »Er hält das *Glyfa* für den anderen!«

»Dennoch«, warf Shiyai ein, »hat er in vielen Dingen recht.«

»Liebe Schwestern«, rief Wopolsa, »was ist Recht?«

»Ein Wort«, antwortete Grrindah. »Ein anderes Wort ist Wahrheit.«

»Hört auf zu lachen«, bat Ramstan. »Ich bin euer Gekicher allmählich leid.«

Sie lachten nicht mit ihren Mündern, aber Grrindahs und Shiyais Augen funkelten vor Heiterkeit. Wopolsas Augen aber schienen niemals Fröhlichkeit gekannt zu haben. Nur schwarzer Weltraum und sterbende Sterne spiegelten sich in ihnen, und im Hintergrund verbarg sich die Andeutung von etwas Schrecklichem, das jenseits des Raums lag.

Er war, erklärte er seiner Mannschaft, nicht sicher, ob es sich bei den drei Wesen im Brunnen um Haustiere der Vwoordha gehandelt hatte oder ob die Vwoordha Projektionen der Brunnenbewohner gewesen waren. Oder, eine andere Möglichkeit, die drei im Haus bestanden aus Fleisch und Blut, waren aber die Haustiere der Brunnenbewohner.
Wie dem auch sei, er hatte den Eindruck, daß das schimmernde Wesen aus keinem der Universen stammte, die er bisher besucht hatte. Oder besser: Es schien auf keinem der Planeten geboren zu sein, auf denen das Schiff gelandet war. Nach seiner Theorie konnte ein Alaraf-Schiff, das vom Planeten einer Sonne vom GO-Typ wie Sol startete, nur im Planetensystem eines GO-Sterns auftauchen. Keines der bekannten Alaraf-Schiffe hatte je nach dem »Läuten der Glocke« in der Nähe einer Sonne materialisiert, die sich von der irdischen unterschied. Offenbar bestimmte der Sterntyp, von dem das Schiff aufbrach, den Typ, den es erreichen konnte.
Falls sich, beispielsweise, Leben auf dem Planeten eines roten Riesensterns, eines Weißen Zwerges oder gar auf dem Planeten einer »toten« Sonne entwickelte, die außerhalb der Galaxis ihre Bahn zog, dann würden diese Wesen einen Alaraf-Antrieb erfinden. Aber ihre Schiffe würden auf »Risse«, »Sprünge«, festgelegte Kanäle – oder wie man sie auch immer nennen wollte – beschränkt sein, die nur mit der »Glocke« eines roten Riesen, eines Weißen Zwergs oder was immer korrespondierten.
Vielleicht stammte das Wesen namens Wopolsa – das im Haus oder im Brunnen oder beide – von einem derartigen Planeten, falls ihr Geburtsort ein Planet und nicht nur der Weltraum oder ein saturnähnlicher Ring um einen Planeten oder eine glühende Gaswolke oder womöglich ein »Kontinuum« zwischen den Wänden zweier Universen war. Sie durfte sich gar nicht auf einem Planeten unter dem Licht eines GO-Sterns befinden. Aber irgendwann im Lauf der vergangenen Äonen mußte es ihr gelungen sein, die Grenzen zu überwinden – oder hatten ihr Shiyai und Grrindah dabei geholfen? Und jetzt lebte sie auf der Welt Grrymguurda.

Oder lebte sie zur gleichen Zeit in mehr als einem »Kanal«, womöglich sogar in mehr als nur einem Universum?
Was auch immer zutreffen mochte, Ramstan fürchtete sich vor ihr. Als er in das Gefunkel, die Augen des Wesens im Brunnen und die Augen des Wesens im Haus gestarrt hatte, hatte ihn das Gefühl überkommen, rasch und schwerelos, nur belastet vom Gewicht des Grauens, in eine endlose Tiefe zu stürzen. Er würde, und dies war der schrecklichste Gedanke, allein sein. So allein wie niemand zuvor.
Warum hatte er sie trotzdem herausgefordert?
In allen Menschen, das heißt, in allen intelligenten Lebewesen, ob es sich bei ihnen nun um Terraner oder Nicht-Terraner handelte, gab es einen Funken Widerstandsgeist. Bei einigen war er ausgeprägter als bei anderen, und Ramstan verfügte über ein erhebliches Maß davon – vielleicht sogar über zuviel. Vielleicht hatten ihn deshalb das *Glyfa* und die Vwoordha auserwählt. Aber sie mußten auch wissen, daß dieser Charakterzug ihn auch gegen sie rebellieren ließ.
Doch das schreckliche Schicksal, dem er in Wopolsas Augen entgegensah, stieß ihn nicht nur ab; es zog ihn gleichzeitig an. Im zwanzigsten Jahrhundert hatte man es Selbstzerstörungstrieb genannt, doch nun betrachtete man es als Antwort auf die Verlockung des Unbekannten.
Ramstan besaß diese Eigenschaft. Sie war Teil seiner bipolaren Psyche und stärker ausgeprägt und intensiver als bei den meisten Menschen.
»Du wirst uns die Sigilien nicht geben, gleichgültig, was wir sagen?« fragte Shiyai.
»Ich habe den Preis bezahlt. Er ist die Hölle, in das ihr und das *Glyfa* mein Leben verwandelt habt.«
»Das haben wir zu bestimmen.«
Schweigen war eingekehrt. Die drei hatten nichts gesagt, aber er war nicht sicher, ob sie nicht auf andere Weise miteinander kommunizierten.
Schließlich erklärte Shiyai: »Schön, auch wenn es nicht so schön ist. Wir, die wir über soviel Zeit verfügen, dürfen keine Zeit mehr verlieren. Wir haben es versucht und keinen Erfolg

gehabt, obwohl wir so siegesgewiß waren. Aber Hellsehen ist noch immer keine Wissenschaft. Es ist eine Kunst. Als Künstler waren wir nicht gut genug.«

»Man muß die zur Verfügung stehende Farbe, das Holz, den Stein, das Metall, das Plastik und das Licht benutzen«, warf Grrindah ein und lachte.

»Und die Dunkelheit«, fügte Wopolsa hinzu.

»Oder das, was sich dazwischen oder darunter befindet«, erwiderte Grrindah.

»Oder, das, was keines von beiden und doch alles ist«, sagte Shiyai.

»Oder das, was alles davon und gleichzeitig nichts oder nur ein Teil ist«, schloß Wopolsa.

»Wir brauchen dich, aber wir werden es auch ohne dich so bald wie möglich wagen«, sagte Shiyai.

»Halte dich nicht für einzigartig«, warnte Wopolsa.

»Obwohl er es eigentlich schon ist«, widersprach Grrindah.

»In diesem Sinne sind wir es alle«, antwortete Shiyai. »Aber besitzt dies irgendwelche Bedeutung?«

»Das hängt von der Situation ab«, meinte Grrindah. »So ist das.«

»Oder so.«

»Die Geduld hat Grenzen«, erklärte Shiyai.

»Die Geduld aller Dinge – abgesehen von der Ewigkeit«, sagte Grrindah.

»Vielleicht auch ihre«, murmelte Wopolsa. »Und dann?«

»Wenn man es nicht weiß, dann ist es vielleicht wert, darauf zu warten«, bemerkte Shiyai.

»Worauf?« fragte Grrindah.

Die drei brachen erneut in ihr schrilles Gelächter aus. Shiyai klang wie ein Kukaburrah aus der australischen Region; Grrindah wie ein südamerikanischer Papagei; Wopolsa wie ein nordamerikanischer Waldkauz. Ihre Laute entsprachen nicht ganz denen der Vorbilder, aber als Mensch mußte Ramstan in Analogien denken.

Ramstan wartete, bis wieder Ruhe eingekehrt war. Er sagte: »Lacht. Aber wie lautet eure Entscheidung?«

»Hör zu«, forderte ihn Shiyai auf. »Stelle erst Fragen, wenn wir dir erzählt haben, um was es geht, und dann beschränke dich auf diese Dinge.«

26.

»Es gibt nicht nur ein Universum«, erklärte Ramstan. »Es gibt viele. Vielleicht Billionen, obwohl es keine Möglichkeit gibt, sie zu zählen. Ich sage Billionen, weil der menschliche Körper aus Billionen Zellen besteht. All diese Universen bilden die Zellen eines multiversalen Wesens. Einer Einheit. Eines lebenden Geschöpfes.

Alles innerhalb eines Universums stellt eine einzige Zelle dar. Und die Zellen bilden einen Organismus, auch wenn weder die Anatomie noch die Physiologie dieses größten aller Wesen bekannt sind. Tatsächlich ist fast nichts bekannt. Mit Ausnahme der Tatsache, daß es existiert.«

Die Gesichter auf den Bildschirmen hatten sich in ausgedörrte Plastikmasken verwandelt. Unglauben oder Verwunderung prägten ihre Mienen.

»Ich sagte ›das größte aller Wesen‹. Wesen ist vielleicht die falsche Bezeichnung; sehr wahrscheinlich sogar. Ein Wesen ist ein lebendes Ding, das von jemand erschaffen wurde. Aber die Vwoordha glauben nicht, daß es jemand erschaffen hat. Vielleicht ist es Gott. Oder ein Gebilde, das der Vorstellung von Gott am nächsten kommt.

Wenn es Gott ist, dann kein Gott, wie er in der Vorstellung der intelligenten Völker existiert. Vielleicht weiß es nicht einmal, daß es diese Intelligenz gibt oder überhaupt so etwas wie Leben existiert. Aber die Vwoordha sind sich dessen nicht sicher.

Es wurde geboren, als alle Universen, alle Zellen, die aus dem Urknall entstanden sind, den Punkt erreicht hatten, an dem sie sich berührten. Wo ihre *Wände* aufeinandertrafen und so einen einzigen Organismus darzustellen begannen. Fragen Sie mich nicht, was sich zwischen den Universen oder Zellen befand, während sie expandierten, was sie während der Milliarden Jahre getrennt hat, die von der Explosion der ursprünglichen glühenden Materieballung vergangen sind, während sich Sterne und Planeten gebildet haben und die Universen immer weiter expandierten und jenem Punkt entgegeneilten, an dem ihre Grenzen mit denen des Nachbaruniversums oder der Nachbarzelle zusammenstießen... Und die sich wahrscheinlich auch danach noch weiter ausgedehnt haben. Die Wände der Universen können Billionen Lichtjahre dick sein, das heißt, vielleicht ist soviel Raum zwischen den Wänden.«

Seine Lippen waren so trocken wie die Gesichter auf den Bildschirmen. Er trank einen Schluck Wasser.

»Ich verwende natürlich Analogien und gebe Ihnen keine wörtlich zu nehmende Beschreibung oder Erklärung.

Jedenfalls, das Multiversum oder Gott, diese Einheit, die aus allen Universen bestand, wuchs. Nicht körperlich. Die Vwoordha glauben, daß es geistig wächst. Daß es sich von einem Baby, einem kosmischen Kleinkind, in einen Erwachsenen verwandelt. Wie das Erwachsenenstadium aussehen wird... die Vwoordha wissen es nicht. Sie hoffen, daß es ein Selbstbewußtsein entwickelt und möglicherweise die Existenz intelligenten Lebens bemerkt, das, in gewisser Hinsicht, eine Reflexion, eine mentale, vielleicht sogar eine emotionale Reflexion seiner Selbst darstellt. Und dann wird es mit den intelligenten Völkern kommunizieren.«

Er befeuchtete seine Lippen.

»Wer weiß, was dann geschieht?«

Er schwieg für einen Moment und schlug mit der Faust auf den Tisch – so unerwartet, daß sogar er selbst davon überrascht wurde. Einige Mitglieder der Mannschaft fuhren zusammen. Die *Al-Buraq* erzitterte wie ein Hund, der nicht versteht, warum sein Herr zornig ist, aber fürchtet, daß der Zorn aus irgendwelchen Gründen ihm gelten könnte.

»Die Vwoordha... und das *Glyfa*... wissen nicht, was dann geschehen wird, denn das Multiversum hat noch *nie* das Stadium des Erwachsenenseins erreicht. Zweimal, zweimal ist es gestorben... getötet worden... bevor es von einem Baby zu ... einem Kind? ... einem Jugendlichen? ... heranwachsen konnte.«

Er musterte die Gesichter auf den Monitoren. Sie hatten sich nicht verändert, aber einige tauschten Blicke untereinander aus. Sahen sie in seinen Worten ein Zeichen dafür, daß ihr Kapitän wahrhaftig den Verstand verloren hatte?

»Während sich ... das Universum weiterentwickelt, während es von einem Baby zu einem Kind heranwächst, entsteht auf den Planeten der Sterne einer jeden Zelle Leben. Und dieses Leben wird intelligent. Und viele intelligente Völker entdecken wahrscheinlich den Alaraf-Antrieb. Natürlich benutzen sie ihn sofort.

Aber ihre Schiffe reisen durch die Wände der Universen. Nach dem Bericht der Vwoordha gelingt ihnen dies, weil es in den Zellen ›Schwachstellen‹ gibt. Durchlässige Stellen. Sobald die Wand eines Universums durchdrungen wird, beginnt es zu kollabieren.

Der sich anschließende Prozeß ist mit Krebs vergleichbar. Die alaraf-angetriebenen Schiffe sind Karzinogene. Sie lösen einen irreversiblen Kollaps aus. Die Materie in jedem krebsbefallenen Universum hört auf zu expandieren und zieht sich statt dessen wieder zu seinem Ursprungsort zusammen. Zu der Urmaterieballung.

Nun, Sie und ich, wir wissen, daß die Astrophysiker diskutiert haben, ob es sich bei dem Universum um eine kontinuierlich expandierende oder um eine oszillierende Welt handelt. Manchmal neigte man zu der Annahme eines oszillierenden Universums, manchmal, wie im späten zwanzigsten Jahrhundert, zu der einer ewig expandierenden Welt. Im frühen einundzwanzigsten Jahrhundert änderten die Astrophysiker ihre Meinung. Und seit hundert Jahren glaubt niemand mehr an einen oszillierenden Prozeß.

Vielleicht würde sich das Universum ewig ausdehnen, wenn es nicht einen störenden Einfluß gäbe.«

Er schwieg und hob einen Finger, als wollte er der Welt bedeuten, anzuhalten.

»Aber intelligentes Leben verhindert dies. Es entwickelt und benutzt den Alaraf-Antrieb. Das babyhafte Multiversum... womöglich Gott... wird krank und stirbt, seine Zellen kollabrieren, und die Materie in jedem Universum stürzt zu ihrem Ursprung zurück und hinterläßt nur Raum. Dann explodiert die Urballung erneut, und vielleicht bildet sich auch der große Organismus wieder und entwickelt sich zur Reife. Aber... o Gott!... dies ist schon zweimal geschehen – Gott wurde vom Leben das Leben genommen.

Wie dem auch sei, dieses Wesen unterliegt Stoffwechselprozessen, die den unseren ähnlich sind. Um den Krebs zu bekämpfen, entwickelt es einen Antikörper. Dieser Antikörper dient dazu, die Verursacher des Krebses zu zerstören. Ich weiß nicht, ob dieser Vorgang bewußt oder unbewußt abläuft. Die Vwoordha halten ihn für so unbewußt wie die Entstehung der Antikörper in unserem Organismus.«

Er verstummte erneut. Seine Lippen bebten.

»Dieser Antikörper ist der *Bolg*!«

Würden sie das glauben? Sie mußten es.

»Die Vwoordha verrieten mir, daß nicht jedes Zellen-Universum einen *Bolg* besitzt. Der gesamte Körper verfügt nur über einen einzigen. Aber er kann durch die Wände reisen, ohne sie zu verletzen oder karzinogene Einflüsse auszuüben, so wie die Vwoordha Shiyai von Universum zu Universum reisen kann, obgleich sie eine andere Methode benutzt und sich nicht körperlich bewegt. Die Methode des *Bolg* läßt sich mit Osmose vergleichen.«

»Das ist richtig«, sagte das *Glyfu* mit der Stimme von Ramstans Mutter.

»Jene Universen-Zellen, in denen sich noch kein intelligentes Leben entwickelt hat, und deren Wände nicht durch die Reisen von einem Universum zum anderen geschädigt worden sind, kollabieren nicht. Sie treiben im Nichts. Aber werden zuviele Universen-Zellen karzinogen, dann wird das Multiversum als Organismus abgetötet. Es stirbt. Dies ist in den zwei vergangenen Äonen geschehen. Zweimal wurde Gott geboren, und zweimal ist er getötet worden.

Die überlebenden Zellen-Universen expandieren offenbar

weiter, aber die neuen Zellen, entstanden aus der Explosion der Urballung, schließen zu ihnen auf. Welche Funktion diese größeren Zellen in dem neuen multiversalen Baby haben, ist unbekannt.
Die überlebenden Universen-Zellen würden sich weiter ausdehnen, wenn auch nicht sehr lange. Nachdem der *Bolg* Leben oder soviel wie möglich davon zerstört hat, begibt er sich in die frei dahintreibenden Zellen. Dort vernichtet er ebenfalls das Leben, um jene Wesen davon abzuhalten, einen Alaraf-Antrieb zu entwickeln, der zumindest die Zivilisationen so weit zurückzuwerfen, daß mit dieser Erfindung lange Zeit nicht mehr zu rechnen ist. Wenn der Antrieb aber schon entwickelt ist, ist es meist zu spät, und die frei dahintreibenden Universen haben bereits zu kollabieren begonnen.«
»Mein Gott!« schrie Nuoli. »Gibt es dann überhaupt noch Hoffnung?«
Zumindest sie glaubte ihm. Aber sie war der Offenbarung des *Glyfas* ausgesetzt gewesen, und sie war empfänglicher als die anderen. Andernfalls wäre sie nicht in den Tempel eingeladen worden.
Ramstan versicherte: »Darauf werde ich zu sprechen kommen. Sie fragen sich wahrscheinlich alle, was das für einen Unterschied macht bei dem Schicksal, das Ihnen derzeit droht. Es können Tausende von Jahren vergehen, ehe der *Bolg* die Erde erreicht. Und was den Kollaps des Universums betrifft, so wird es Jahrmilliarden dauern, bevor alle Materie zu ihrem Entstehungsort zurückstürzt. Handelte es sich dabei um einen natürlichen Prozeß, so wäre dies lediglich ein fernes und philosophisches Problem für die derzeit oder in einer Million Jahre Lebenden. Deprimierend, gewiß, aber nicht gefährlich – außer für unsere unvorstellbar fernen Nachfahren.
Aber sobald die Universen zu kollabieren beginnen, unterliegen sie einem Beschleunigungsfaktor. Der Rücksturz dauert nicht so lange wie das bisher sechzehn Milliarden Jahre andauernde Expansionsstadium. Er währt nur relativ kurze Zeit. Sechstausend Erdjahre.
Ja, ich weiß, dies klingt unglaublich. Aber, wie Sie wissen, ist

die Lichtgeschwindigkeit weder das schnellste Phänomen im Kosmos noch ist sie die natürliche Obergrenze. Das hat man vor sechzig Jahren festgestellt.
Lange vorher jedoch wird der *Bolg* unsere kosmischen und interkosmischen Spuren zur Erde zurückverfolgt und dort alles oder fast alles Leben ausgelöscht haben. Die Vwoordha sagen, daß dies von jetzt an zwischen einem Monat und fünfzig Jahren dauern kann. Mehr Zeit braucht der *Bolg* nicht.
Was geschieht, wenn es uns auf irgendeine Weise gelingt, den *Bolg* mit unseren schwachen Waffen zu vernichten? Wird das Multiversum dann einen weiteren *Bolg* erzeugen?
Niemand weiß es. Bisher ist noch kein *Bolg* von intelligenten Wesen zerstört worden.
Aber wenn es möglich ist, dann muß es getan werden. Danach heißt es abwarten und beobachten. Und wenn wir einen *Bolg* töten können, dann auch den nächsten.
Selbst wenn das gelingt, sind das Universum der Erde und viele andere verloren. Wir können nicht in eines fliehen, das noch nicht zu kollabieren begonnen hat. Allein unser Eindringen mit dem Alaraf-Antrieb würde es zum Untergang verurteilen.
Aber was, wenn wir die Methode analysieren und reproduzieren, mit der der *Bolg* von einer Zelle in die andere überwechselt? Dann könnten wir interuniverselle Reisen unternehmen, ohne Schaden anzurichten.
Welchen Schritt müssen wir zuerst tun? Wir müssen den *Bolg* auf eine Weise töten, die es uns erlaubt, ihn später genau zu untersuchen, Ein direkter Angriff ist unmöglich. Die *Al-Buraq* würde Abertausende Treffer erhalten. Unsere Raketen können gegen die Billionen Geschosse des *Bolg* nichts ausrichten. Er ist ein riesiger Antikörper mit der spezifischen Funktion, alles Leben auszulöschen. Niemand weiß, wie er jene meteoritenähnlichen Geschosse herstellt und abfeuert. Wahrscheinlich durch Energie-Materie-Umwandlung. Wenn dies zutrifft, so ist er weit effizienter als alles, was die irdische Wissenschaft bisher entwickelt hat.
Aber ebenso wahrscheinlich ist, daß er, nachdem er seine Munition verbraucht hat, lange Zeit benötigt, um einen neuen

Vorrat anzulegen. Während dieser Zeit ist er vermutlich verwundbar. Falls er nicht einen kleinen Notvorrat besitzt, um Angriffe auf sich abzuwehren.«
Tenno mußte etwas derart Dringendes zu sagen haben, daß er den Befehl des Kapitäns, ihn nicht zu unterbrechen, vergaß oder bewußt ignorierte.
»Dann haben Sie vor, ihn in dieser Zeit anzugreifen? Woher wollen Sie wissen, wann er seine Munition verbraucht hat? Oh, ich verstehe, glaube ich. Er hat drei Planeten hintereinander verwüstet! Er muß jetzt leer sein!«
»Wir reden darüber, wenn ich mit meiner Zusammenfassung der bisherigen Ereignisse fertig bin«, wies ihn Ramstan zurecht. »Oh, einen Moment, bitte.«
Er hatte vergessen, daß Indra und Toyce noch immer gefangen waren. Sie mußten dasselbe wie alle anderen gesehen und gehört haben, da die *Al-Buraq* für sie automatisch einen Bildschirm erzeugt hatte. Aber gewiß war ihre Lage sehr unbequem. Er befahl dem Schiff, sie freizulassen. Dann sagte er: »Benagur, versprechen Sie, mich nicht zu unterbrechen, wenn ich sie freilasse?«
Auf Ramstans Anweisung hin zog das Schiff das Fleisch zurück, das den Mund des Commodore bedeckte. Benagur brüllte: »Nein! Das ist Meuterei! Und Blasphemie! Wahnsinn...«
Das Fleisch schloß sich wieder über seine Lippen.
»Ich will Ihnen nur weitere Peinlichkeiten und Demütigungen ersparen«, erklärte Ramstan.
»Die Vwoordha erkannten die Natur und die Entwicklung Gottes... der multiversalen Einheit, wenn Sie wollen... vor drei Multiversen. Sie schufen das *Glyfa* unter Mithilfe mehrerer anderer Völker. Seine ursprüngliche Funktion war die einer mobilen Verstärkerantenne.«
Er schwieg einen Moment. »Eine mobile Verstärkerantenne. Ein Gerät, um mit dem Multiversum zu kommunizieren. Oder, falls er sich in einem kindlichen Stadium befand, es zu studieren und mehr über seine Natur zu lernen. Und, so hoffte man, es möglicherweise... ah... aufzuziehen... Es zu lehren... Ihm zu helfen, erwachsen zu werden. In gewisser Hin-

sicht, da alle Intelligenzen im Grunde menschlich sind, würden die Menschen Vater und Mutter, die Eltern Gottes werden. Das ehrgeizigste Projekt, das jemals durchgeführt wurde.
Wie ich sagte, mußte das Werkzeug intelligent sein, und mit der Zeit sehnte sich das *Glyfa* nach Unabhängigkeit und rebellierte, wie es bei intelligenten Wesen oft geschieht; es folgte seinem eigenen Willen. Zuvor jedoch erfuhren die Vwoordha... und das *Glyfa*... etwas über das Mulitversum. Es schien sich tatsächlich in einem kindlichen Entwicklungsstadium zu befinden. Man konnte seine Stimme... hören?... aber seine Laute ähnelten dem Geplappere eines Babys. Eines Babys, das noch nicht sprechen kann und deshalb alle Laute benutzt, die seine... Lippen... erzeugen können, eine Art Vorbereitung auf jenes Alter, in dem es nur noch bestimmte Töne gebraucht und die anderen nicht mehr benützt. So haben die Vwoordha ihre Entdeckung interpretiert.
Sein Geplappere war Teil des kosmischen *Hintergrundrauschens*, das die Astronomen aufgefangen haben. Aber ohne das *Glyfa* ist es unmöglich, das Geplappere des Multiversums von den anderen Geräuschen zu unterscheiden.«
Wahrscheinlich war dieser Teil seines Berichtes am schwersten zu glauben. Die starren Masken auf den Bildschirmen hatten sich inzwischen ein wenig entspannnt, aber der Zweifel stand noch in ihren Zügen.
»Sie fragen sich, woher die Vwoordha dies wissen konnten. Sie denken vermutlich, das vergebliche Geplappere wäre in Wirklichkeit nur eine andere Art Rauschen und die Vwoordha hätten ohne hinreichenden Beweis eine willkürliche Erklärung dafür herangezogen. Eine Erklärung, die ihrer vorgefaßten Meinung entsprach. Das Plappern eines Babys besteht aus sinnlosen Lauten, obwohl sie ein notwendiger Vorläufer des bedeutungsvollen Gebildes namens Sprache sind.
Aber« – und erneut hob er einen Finger, wenn auch dieses Mal die Geste aussah, als wollte er den Wind ihrer Meinung prüfen – »zehn Millionen Jahre vergingen...«
Er verstummte erneut. Sollte er abschweifen und erläutern, wie es den Vwoordha gelungen war, so lange zu leben. Sollte er

von den ungeheuer langen Perioden des Tiefschlafs berichten, in welchen sie die Äonen überdauert hatten? Nein, das konnte er später noch hinzufügen.

»Zehn Millionen Jahre vergingen. Dann vernahmen die Vwoordha eine Modulation seiner Laute, die komplexer waren als die bisher gehörten. Oder besser: Sie hörten, was der Beginn eines systematischen Gebrauchs der Laute zu sein schien. Und sie bemerkten, daß es nur bestimmte *Laute* ausstieß; andere tauchten nicht mehr auf.

Bei einem Baby ist dies der Fall, wenn es die Sprache seiner Eltern zu lernen beginnt. Aber... welche Eltern besaß es? Zu wem redete es, von wem lernte es die Sprache?

Nach einer Theorie war es in gewissem Sinne schizophren. Es besaß zwei Persönlichkeiten oder Bewußtseinsteile, nennen Sie es, wie Sie wollen. Diese Theorie wurde rasch verworfen. Zwei Babys können einander nicht das Sprechen beibringen, wenn keines einen Lehrer gehabt hat.

Aber wie konnte das multiversale Wesen – oder Gott – intelligent sein, wenn es über keine Sprache verfügte, in der es denken konnte. Oder dachte es nur in Gefühlen und Bildern? Wenn ja, dann würde es niemals zu intelligenten Wesen sprechen, obwohl viele Intelligenzen behauptet haben, daß es mit ihnen gesprochen hat. Es konnte dann nie mehr als ein hochintelligentes und vielleicht sich selbst bewußtes Tier sein; genau wie ein Mensch, der von Geburt an in totaler sprachlicher Isolation gehalten wird, die sogar die Zeichensprache ausschließt, ein Tier mit einem unentwickelten Sprachpotential sein würde.

Vielleicht brachte es sich selbst das Sprechen bei. Aber wie war das möglich? Ein menschliches Kind konnte es nicht. Tatsächlich würde es aufgrund seines verkümmerten Sprachpotentials ab einem gewissen Alter selbst mit Hilfe eines Lehrers nicht mehr Sprechen lernen.

Aber möglicherweise ist diese Theorie zu anthropomorph. Das Multiversum verfügt unter Umständen über Fähigkeiten, die Menschen nicht besitzen. Möglicherweise könnte es Objekten, die es sieht oder fühlt oder auf eine Weise hört, die wir nicht

verstehen, Namen geben. Vielleicht könnte es durch Experimente sogar eine Syntax für die Worte entwickeln, für die verbalen Ausdrücke, die es benutzt.
Die Vwoordha sind anderer Ansicht. Sie glauben, daß es irgendwie ein *laut*-selektierendes Stadium erreicht hat, aber sich nicht weiterentwickeln wird, wenn das intelligente Leben ihm dabei nicht hilft. Ihrer Meinung nach ist es das Ziel der Evolution – falls die Evolution ein Ziel hat –, das intelligente Leben zu einer Aufgabe zu befähigen, von der bisher niemand etwas gewußt oder geahnt hat. Bis die Vwoordha auftauchten.
Vielleicht ist diese Aufgabe in der Struktur der Evolution verankert, oder es handelt sich nur um eine von mehreren möglichen Entwicklungen. Aber die Vwoordha glauben, daß eine der Aufgaben des intelligenten Lebens, die wichtigste, seine Rolle als Lehrmeister Gottes ist... des Multiversums. An den Intelligenzen liegt es, den winzigen Lebewesen auf den Planeten, dem Leben, das im Vergleich zu Gott viel kleiner ist als eine Mikrobe oder ein Virus im Vergleich zum Menschen, Gott die Sprache beizubringen. Sie müssen ihm auf diese Weise helfen, erwachsen zu werden.
Wobei die intelligenten Lebewesen natürlich von ihrem Verhältnis, ihrer Elternrolle zu Gott, profitieren werden.«
Das *Glyfa* bemerkte mit der Stimme von Ramstans Vater: »Irgendwie sind die Vwoordha meine Eltern, sie haben mich erzogen. Aber ich will nichts mehr mit ihnen zu tun haben. Offen gestanden, in bin ihr Feind. Warum sollte Gott anders als ich reagieren? Möglicherweise wird er seine Lehrer hassen, sie verachten oder ihnen mit Gleichgültigkeit begegnen.«
»Du bist nicht er«, entgegnete Ramstan auf subvokaler Ebene.
»Das stimmt. Jedenfalls bin ich das einzige Wesen, durch das du... jeder... mit dieser Einheit sprechen kann und durch das man vielleicht eine verständliche Antwort erhält.«
»Wenn sie nicht verständlich ist, dann handelt es sich auch um keine Antwort.«
»Immer pedantisch«, spottete das *Glyfa*. Irgendwo, weit entfernt, schwach, ein Echo in irgendwelchen Nervenfasern, ertönte ein gespenstisches, spöttisches Kichern.

Ramstan haßte das *Glyfa*, obwohl er gleichzeitig von ihm angezogen wurde. Da es die Stimmen seiner Eltern und seines Onkels benutzte, übertrug sich sein Haß auf sie. Es löste etwas in ihm aus, mit dem er sich nicht auseinandersetzen wollte. Und natürlich hatte er jetzt dafür auch keine Zeit. Die Vwoordha... sie erinnerten ihn an seine Urgroßmütter... doch darüber nachzudenken fehlte ihm ebenfalls die Zeit.

Er wandte sich wieder an die Mannschaft.

»Aber nach den Worten der Vwoordha zu urteilen, will das *Glyfa* mehr als nur der Vater Gottes sein. Es trachtet nach Macht; es beansprucht die Vorherrschaft. Es will sein Herr werden, und damit größer als Gott.«

»Lügner!« rief das *Glyfa* mit der Stimme von Ramstans Vater.

»Ja, Lügner. Elende Würmer!« bekräftigte die Stimme von Ramstans Mutter. »Sie sind es, die Gottes Eltern werden wollen, damit sie ihn wie ein Kind unterdrücken können. Tyrannen!«

»Meine Schwester und ihr Mann haben recht«, sagte die Stimme von Ramstans Onkel. »Hûd! Du darfst nicht auf diese Lügner, diese Wichte, diese wahnsinnigen Kreaturen hören! Laß dich nicht beirren!«

Ramstan gab dem *Glyfa* keine Antwort, obwohl er das Gefühl hatte, daß er einen Fehler beging.

»Das *Glyfa* besteht darauf, es seien die Vwoordha, die genau diese Pläne in die Tat umsetzen wollen. Ich kann nicht feststellen, wer von ihnen die Wahrheit spricht.« Er schwieg einen Moment. »Oder ob vielleicht beide lügen.«

»Du mußt auf mich hören!« schrie die Stimme seiner Mutter. »Du weißt, was auf dem Spiel steht!«

»Ich verschob meine Entscheidung«, fuhr Ramstan fort. »Ich weigerte mich, das *Glyfa* oder Wassruss' Geschenke an die Vwoordha auszuliefern. Zumindest für den Augenblick. Ich mußte allerdings einen Preis bezahlen. Es war nur gerecht; sie hatten mir Informationen gegeben, die ich... die wir... verzweifelt benötigen.

So versprach ich den Vwoordha, zu ihnen zu kommen, wenn sie mich brauchen. Sie an Bord des Schiffes zu nehmen und

alles für sie zu tun, was in meiner Macht steht, sofern Schiff und Besatzung dadurch nicht gefährdet werden. Allerdings mögen bestimmte Umstände auch das erfordern.
Es ist möglich, daß wir allein mit dem *Bolg* fertig werden und nicht auf die Hilfe der Vwoordha oder des *Glyfas* angewiesen sind. Wir können das *Glyfa* für den Zweck benutzen, für den es entwickelt wurde. Möglicherweise verweigert es die Zusammenarbeit, aber es befindet sich in unserer Hand, und es muß ein Mittel geben, es zum Gehorsam zu zwingen.«
»Undankbares Ungeheuer!« erklang die Stimme seiner Mutter. »Das würdest du mir antun!«
Ramstan trank einen Schluck Wasser. »Jetzt«, erklärte er, »ist der Zeitpunkt gekommen, an dem Sie Ihre Entscheidung treffen müssen. Ich brauche Ihnen nicht zu sagen, wie wichtig es ist, daß ich auch weiter Ihr Kapitän bleibe. Das müßte Ihnen inzwischen klar sein. Ob Sie mir glauben werden, kann ich nicht sagen... Aber wenn Sie mir mißtrauen, dann verurteilen Sie alle, und ich meine alle im universellen Sinne, zum Untergang. Zur Verdammnis.«
Er murmelte ein Kodewort. Ein Sessel formte sich aus dem Deck. Er nahm Platz.
Nuoli rief: »Ich glaube ihm!«
»Ich weiß nicht«, murmelte Tenno, »was... oder wem... ich glauben soll.«
»Stimmen Sie ab!« verlangte Ramstan laut. »Jetzt! Wir haben keine Zeit für lange Konferenzen und Diskussionen! Und was das betrifft, auch nicht für kurze!«
Er sprang aus dem Sessel, schrie und preßte die Hände auf die Ohren. Er konnte seine eigene Stimme nicht hören, und seine Hände boten keinen Schutz. Das Pfeifen übertönte alles andere.

27.

Die Stimme seiner Mutter – das *Glyfa* übertönte den Lärm. Sie schien aus weiter Ferne zu kommen, von einem Horizont, der zurückwich und näherkam, und sie wurde lauter und wieder leiser.

»Der *Bolg* ist zu nahe, um ihm zu entkommen. Dir bleibt nur eine Möglichkeit. Flucht. Benutze das erste von Wassruss' Geschenken.«

Ramstan verstand das *Glyfa* nur halb. Sein Kleinhirn, das tierische Erbe mit seinen unterbewußten Einflüsterungen, drängte ihn zur Flucht. Aber er hatte auch automatisch seine Zellen mental sondiert, und auch sie rieten zur Flucht. Das war der Nachteil der ansonsten äußerst nützlichen Fähigkeit, die physische Gesundheit einer jeden Körperzelle analysieren und bestimmen zu können. Ohne bewußte Absicht kontaktierte er sie, alle drei Billionen, und wurde von ihrer Reaktion auf diese Situation überwältigt.

Flucht!

Hätte sein Verstand dominiert, hätte er sich vielleicht anders entschieden. Oder auch nicht.

Das *Glyfa*, das weder über ein natürliches noch über ein künstliches Unterbewußtsein verfügte, plädierte ebenfalls dafür.

»Benutze das *shengorth*, Ramstan!«

Steif stand er da, und seine Unfähigkeit, sich körperlich zu bewegen, fand seine Entsprechung in seiner geistigen Lähmung. Rechts oder links? Hinauf oder hinunter? Vor oder zurück? Oder irgendeine Bewegung, die dazwischenlag?

»Nimm mich mit!« bat das *Glyfa* mit der Stimme von Ramstans Mutter. »Du mußt mich mit deinen Händen berühren, bevor du die Sigilie in den Mund nimmst. Oder mich fest an dich drücken. Ich muß dir so nah sein wie ein Fötus seiner Mutter oder die Lippen eines Säuglings der Brustwarze.«

Ramstan stieß einen tierischen Schrei aus, in dem sich seine Wut entlud, seine Wut, die seiner Hilflosigkeit und seinem Unwissen entstammte, das ihn noch hilfloser machte.

»Du Narr!« sagte das *Glyfa* mit der Stimme von Ramstans Vater. »Du hast jetzt nur noch eine Möglichkeit. Fliehe! Benutze das *shengorth*! Aber du mußt mich mitnehmen. Oder du bist verloren!«
»Und du auch«, knurrte Ramstan.
»Ist dir das ein Trost?«
Plötzlich brach das Pfeifen, der Lärm, mit dem sich das Auftauchen des *Bolg* ankündigte, ab. Ramstan empfand tiefe Erleichterung, doch die Panik war nicht von ihm gewichen.
Das Schiff konnte erst in den Alaraf-Flug übergehen, wenn es dem Planeten Shabbkorng nah genug war, um seine »Glocke« zu läuten. Aber selbst wenn es in den Tunnel eintauchte, würde der *Bolg* es sofort verfolgen. Falls... falls der *Bolg* nicht von dem Leben auf Shabbkorng abgelenkt wurde und dort verharrte, um es zu vernichten. Der Gedanke war fast unerträglich, daß sieben Milliarden Wesen dem Tode geweiht waren und die *Al-Buraq* dennoch den *Bolg* erst angreifen konnte, wenn er all seine Geschosse abgefeuert hatte. Vorausgesetzt, der *Bolg* behielt keinen Vorrat für Notfälle zurück.
Aber die *Al-Buraq* konnte nicht in diesem Universum bleiben und darauf warten, daß der *Bolg* seine Munition verschoß. Möglicherweise griff er zuerst das Schiff an.
Auf einem der Bildschirme war ein grüner Kreis zu sehen, die *Popucapyu*. Plötzlich wurde aus dem Kreis ein weißer Ball. Nur eine knappe Sekunde dehnte sich der helle Ball aus, dann verwandelte er sich in einen Schwarm aus vielen winzigen matten Flecken.
»Allah!« rief Ramstan.
Tenno schrie etwas auf Japanisch, dann wechselte er ins Terrische über. »Ich nehme Zuflucht bei Buddha.«
Der Ortungsoffizier bekreuzigte sich, murmelte etwas auf Polnisch und sagte dann: »Sir, die *Popacapyu* wurde von den Geschossen des *Bolg* getroffen. Ihr Energiereaktor muß explodiert sein.«
Ein anderer Monitor zeigte den Sektor, in dem sich der *Bolg* befand; in der Mitte glühte ein kleiner orangefarbener Kreis. Hellrot aufblitzende Zahlen verrieten, daß sich das Gebilde mit

hoher Geschwindigkeit und Beschleunigung bewegte. Innerhalb von drei Stunden würde es auf den Schirmen sichtbar werden. Lange vorher jedoch würden seine Geschosse die *Al-Buraq* zerstört haben.
»Tenno«, fragte Ramstan, »wenn das Schiff das Tor erreicht hat, wieviel Zeit bleibt dann noch, ehe es in Reichweite der *Bolg*-Kugeln gerät?«
»Wenn wir es schaffen, dann steht uns etwa eine Minute zur Verfügung. Das heißt, vielleicht.«
Ramstan schob seine Hand in die Jackentasche.
»Das ist die richtige Entscheidung«, lobte die Stimme seiner Mutter. »Aber drücke mich an deine Brust, bevor du das *shengorth* in den Mund nimmst. Sonst bleibe ich hier zurück.«
Ramstans Finger schoben die Scheibe und das Rechteck zur Seite und schlossen sich um das Dreieck. Es fühlte sich schlüpfrig und warm an. Nachdem er es aus der Tasche gezogen hatte, ging er zum *Glyfa*, justierte die A-G-Einheiten an beiden Seiten und nahm es in die Hand. Es entglitt ihm und fiel auf den Boden. Mit zitternder Hand bückte er sich und packte das Ei fester. Es wog jetzt nur noch zehn Gramm, aber bei dieser Einstellung würden die Batterien der A-G-Einheiten rasch verbraucht sein.
Dann, als wäre etwas in ihn gefahren, begab er sich vor das Schott, an dem sein Gebetsteppich hing. Es gab dafür keinen rationalen Grund; seit seinem Eintritt in die Akademie hatte er ihn nicht mehr benutzt. Als Nuoli seine Geliebte gewesen war, hatte sie sich über ihn lustig gemacht und ihn gefragt, warum er, ein Atheist, den Gebetsteppich behielt. Er war vermutlich, so hatte sie gespottet, eine Art Schmusedecke. Damals war er wütend geworden. Aber jetzt, von Furcht erfüllt, nahm er mit der Hand, in der er das *shengorth* hielt, den Teppich von dem Schott. Das Dreieck rutschte aus seinen Fingern und fiel auf das Deck. Er ließ es einen Moment liegen, während er das *Glyfa* in den Teppich wickelte. Dann hob er den dreieckigen Stein auf und führte ihn zu den offenen Lippen.
Ein Bild blitzte in ihm auf; Branwen in der Fähre. Sie mußte noch verängstigter sein als alle anderen, da sie allein war.

Ob der Bolg ein lebendes Wesen ist, kann niemand mit Gewißheit sagen. Eines steht jedoch fest, er ist für die Menschen ein unerbittlicher Gegner. Gleichzeitig ist er aber auch eine fremdartige Wesenheit, die zunächst erforscht werden muß, wenn man sie erfolgreich bekämpfen will. Dabei sind für Ramstan und seine Crew wache Sinne und Kombinationsvermögen wichtig.
Wache Sinne und Kombinationsvermögen brauchen auch Sie, wenn Sie mit Ihren Freunden das fantastische Rollenspiel »Das Schwarze Auge« spielen und dabei in unbekannte Gegenden vordringen. Auf Feinde wie den Bolg werden Sie im Land Aventurien zwar nicht stoßen, aber dort warten andere Herausforderungen auf Sie. Stellen Sie sich ihnen …

Bitte umblättern ☞

»Warte! Warte!« schrie jemand.
Es war seine eigene Stimme, die nicht aus seinem Mund drang, sondern in seinen Gedanken dröhnte.
»Die Mannschaft... Die Mannschaft!«
Er rief – oder er glaubte es zumindest, da er seine eigenen Worte nicht hören konnte – nach der *Al-Buraq*. Er befahl ihr, Benagur freizulassen und ihm zu gehorchen, bis er, Ramstan, zurückkehrte.
Mit der rechten Hand schob er das *shengorth* in den Mund, während er mit der linken den Teppich festhielt, das *Glyfa* an seine Brust drückte.
Trotz der Behinderung, die der Stein in seinem Mund darstellte, begann er die *Licht-Sure* aus dem *Qu'ran* zu rezitieren. »Gott ist das Licht der Himmel und der Erde...«
Der Stein schien zu wachsen. Er dehnte sich aus und erstickte die Worte, doch als er einen Finger in den Mund schob, um ihn herauszuholen, bevor er seinen Gaumen sprengte, stellte er fest, daß sich seine Größe nicht verändert hatte.
Die Transition erfolgte so schnell wie ein Blitz.
Er zwinkerte, und seine Lider bewegten sich auf und ab. Als sie sich schlossen, sah er seine Kabine. Als sie sich öffneten, sah er einen fremden Raum. Der Ortswechsel war erfolgt, ohne daß er etwas gespürt hatte. Stille umgab ihn. Die Luft wirkte tot, schwer und schal, aber binnen weniger Sekunden geriet sie in Bewegung und wurde frisch.
Er bemerkte, daß er sich die Hose naßgemacht hatte.
Er ließ den Teppich mit dem *Glyfa* los. Weich fiel er auf einen dicken weißen Teppich, der mit einem hellblauen, blaßrot geränderten Karomuster bestickt war. Als er Anstalten machte, das *shengorth* aus dem Mund zu nehmen, vernahm er die Stimme seiner Mutter: »Zunächst schalte die A-G-Einheiten ab. Wenn ihre Batterien leer sind, wirst du mich nicht mehr hochheben können.«
Er wickelte den Teppich auseinander und murmelte das Kodewort, das die Energieversorgung der A-G-Einheiten unterbrach.
Der Raum war groß und rechteckig und besaß an jeder Seite

einen torbogenförmigen Ausgang. Die Decke war niedrig und von einem blassen Blau. Die Wände waren grauweiß. Holzgerahmte Gemälde schmückten sie, und einige zeigten Landschaften, wie es sie auch auf der Erde hätte geben können. Aber die Portraits stellten Wesen mit haarigen, dreieckigen Gesichtern und großen, kegelförmigen Köpfen dar. Ihre Augen waren katzenähnlich.
Um ihn herum war alles von Licht erhellt, nichts warf einen Schatten.
Er drehte sich um und schrak zurück. Zwei Meter von ihm entfernt erhob sich eine Pyramide. Sie war doppelt so hoch wie er und bestand aus einem schimmernden, grauen Metall.
»Das ist der Magnet, der Pol, der dich hierhergezogen hat«, erklärte die Stimme seines Vaters. »Zum Glück befand sich bei deiner Ankunft niemand in der Nähe. Sonst wärt ihr beide zu Asche verbrannt.«
»Warum haben die Erbauer keine Sicherheitsvorkehrungen getroffen?«
»Ich weiß es nicht. Es war ihnen nicht möglich. Nun, alles, was Vorteile hat, besitzt auch Nachteile. Das ist das unergründliche Gesetz des Multiversums.«
»Ich weiß«, knurrte Ramstan verärgert.
»Es schadet nichts, dich daran zu erinnern.«
Das *Glyfa* benutzte nun die Stimme Habib Ibn-Ali O'Rileys, Ramstans Chemieprofessor an der Grundschule. Ramstan war zu verwirrt, um nach dem Grund dafür zu fragen. Und wahrscheinlich hätte es auch nicht geantwortet.
»Was ist das für ein Ort?« fragte er.
»Eine Zuflucht für die Benutzer des *shengorth*, nehme ich an. Ich weiß nur, was die Vwoordha mir verraten haben, und das ist nicht viel. Die Station ist so angelegt, daß sie viele Jahre lang sechzig Wesen von deiner Größe beherbergen kann. Möglicherweise befindet sie sich in einem anderen Universum, da das Volk, das die Sigilien erschaffen hat, mit Völkern anderer Universen kommunizieren konnte. Ich glaube, sie bedienten sich dafür derselben Mittel wie die Vwoordha. Dadurch vermieden sie eine karzinogene Entwicklung des Multiversums.

Nachdem die Empfangsstationen errichtet worden waren, benutzten sie die Siligien zum Reisen, wenn auch nicht sehr oft.«
»Um Allahs willen!« rief Ramstan. »Hier haben wir das Mittel für interuniverselle Reisen, ohne das Multiversum zu schädigen! Warum hat nicht jeder es benutzt?«
»Erstens, es gibt Billionen Universen und in jedem zahllose bewohnte Planeten. Es wäre unmöglich, alle Planeten in allen Universen zu kontaktieren. Nur sehr wenige waren an diese Verbindung angeschlossen. Zweitens kostet der Bau der Sigilien viel Zeit, Material und Arbeit. Lediglich eine kleine Anzahl davon wurde hergestellt. Die Vwoordha sprachen von etwa einer Million. Drittens konnten – aus Gründen, die selbst ihren Erbauern unbekannt blieben – die Sigilien nur einmal von einer Person benutzt werden.«
»Selbst dann hätte man sie analysieren und nachbauen können.«
»Sie sind unzerstörbar, und aus diesem Grund auch unanalysierbar.«
Ramstan verließ den Raum durch den linken Torbogen. Er wanderte von einem Raum in den anderen, manche rechteckig, siebeneckig, neuneckig oder rund, die Wände mit Gemälden und goldenen, juwelenbesetzten Wappen behangen; hier und dort stieß er auf Skulpturen und, in einer großen Kammer, auf eine Bücherei. Die Bücher waren Kristallkugeln, die sangen oder sprachen, sobald man sie berührte, und die verstummten, wenn man den Finger wieder zurückzog. Einige beinhalteten bewegliche dreidimensionale Bilder. Bei einer ganzen Reihe schien es sich um Fachbücher zu handeln, bei anderen um Unterhaltungsliteratur. Er verstand die Sprache nicht, und die unheimliche Musik zerrte an seinen Nerven.
Schließlich erreichte er das Ende, die Außenwand der Station. Sie wurde von einem überaus massiven Fenster durchbrochen. Er sah hinaus. Der Boden war eben und sandig. Die Atmosphäre schien aus klarer Luft zu bestehen, aber plötzlich schwammen eine Anzahl fischartiger Geschöpfe durch die palmähnlichen Zweige eines Gewächses. Sie bewegten sich sehr rasch. Kurz darauf tauchte der Grund ihrer Eile auf. Mehr als an alles

andere erinnerte er an einen Stachelrochen, denn er glitt mit flügelartigen Flossenschlägen heran. Zähne hatte er allerdings wie ein Hai.
Ramstan näherte sich der anderen Hälfte der Station, schwenkte aber in einen Raum ab, der offenbar eine Toilette darstellte. Er trank einige Schlucke Wasser und inspizierte die Toiletten. Es gab keine Urinbecken. Entweder waren sie für Frauen reserviert, wie es sie einst auch auf der Erde gegeben hatte, oder die Erbauer hatten sich zum Urinieren hinsetzen müssen.
Als er die andere Seite der Station erreichte, bot sich ihm das gleiche Bild. Fische, die scheinbar in der Luft schwammen, dünne, zerbrechliche Pflanzen, die sich unter einer Strömung neigten. Das Licht war hell, aber die Sonne war unsichtbar.
Auf dem Rückweg verharrte er in einem Raum, bei dem es sich zweifellos um eine Kantine handelte. Per Druckknopf konnte man sich Speisen und Getränke bestellen. Während er das warme Gemüse verzehrte, das auf dem Teller in seiner Hand lag, begab er sich wieder in den Zentralraum.
»Wir befinden uns am Grund eines Meeres oder Sees«, sagte er sich. »Aber bei der Flüssigkeit handelt es sich nicht um Wasser.«
»Wahrscheinlich sind wir auf einem Planeten, der von der Erde aus nicht im Alaraf-Flug erreicht werden kann«, ertönte Habibs Stimme. »Das Tor gehört zu einem Tunnelnetz, das nur Sternsysteme miteinander verbindet, deren Sonne kein GO-Typ ist. Zweifellos wirst du auf der Stelle sterben, wenn du einen Fuß nach draußen setzt.«
»Dann gibt es nur einen Ausweg«, entgegnete Ramstan. »Ich muß die nächste Sigilie benutzen.«
»Richtig. Aber so lange du hier bleibst, bist du vor dem *Bolg* sicher.«
Er fragte sich, ob er seine Hose waschen und trocknen lassen sollte. Nein. Das konnte er in der nächsten Station machen. Er stellte den Teller auf den Teppich, hob ihn dann wieder auf und brachte ihn in die Kantine zurück. Nachdem er ihn in eine Öffnung geworfen hatte, die seiner Meinung nach der

Beseitigung des schmutzigen Geschirrs diente, ging er wieder in den Zentralraum. Habibs Stimme empfing ihn. »Der nächste Besucher hätte sich um den Teller kümmern können. Wenn es einen nächsten Besucher gibt.«
Ramstan sagte nichts. Er justierte die A-G-Einheiten, so daß sie das Gewicht des *Glyfas* auf zehn Gramm verringerten, und wickelte das Ei wieder in den Gebetsteppich. Dann schob er das *pengrathon*, den rechteckigen Stein, in den Mund. Auch er schien zu wachsen, und plötzlich befand sich Ramstan in einer anderen Station. Als er sich umdrehte, entdeckte er auf dem Parkettboden eine dünne, aufrechte Struktur aus grauem Metall.
Nachdem er das *pengrathon* wieder in seine Tasche geschoben hatte, setzte er das *Glyfa* ab und schaltete die A-G-Einheiten aus. Die Gemälde und Kunstwerke verrieten ihm, daß menschenähnliche Intelligenzen diese Station errichtet hatten. Er wanderte umher, bis er auf ein Fenster stieß. Die Station erhob sich hoch auf einem Berg. Der Himmel war blau und wolkenlos; die Sonne hatten ihren Zenit fast erreicht. Der Horizont lag in etwa 150 Kilometern Entfernung. Vor ihm befand sich nur der vegetationslose Felshang des Berges und eine riesige gelbbraune Ebene ohne Pflanzenwuchs und Humusboden. Risse durchzogen die Ödnis.
In der Nähe, zu seiner Linken, entdeckte er die Überreste eines steinernen Denkmals. Sockel und Körper waren umgestürzt und zersplittert. Der Kopf war zwanzig Meter weit davongerollt. Obwohl der Kopf gesprungen und die Gesichtszüge erodiert waren, handelte es sich bei der Statue zweifellos um einen Urzint, deren Fotos er auf Kalafala gesehen hatte.
Er kehrte zum *Glyfa* zurück und berichtete von seinen Beobachtungen.
»Ich konnte in der ersten Station nicht nach draußen gehen, und hier ist es ebenfalls unmöglich. Ich nehme an, ich könnte in jeder bleiben, bis ich an Altersschwäche sterbe. Aber lange vorher würde ich verrückt werden. Ob die nächste Station nun ebenfalls eine Falle ist oder nicht – ich muß sie aufsuchen. Aber was haben die Sigilien für einen Sinn, wenn sie einen aus einer

gefährlichen Lage befreien, nur um eine andere Gefahr folgen zu lassen?«

»In einem gekrümmten Universum«, erwiderte das *Glyfa*, »läuft jeder, der vor einer Gefahr davonläuft, auf sie zu.«

»Zum Teufel mit dir und deinen Milliarden Jahre alten Platitüden.«

Ramstan drückte das Ei an sich und schob die Scheibe in den Mund.

28.

Von allen Orten, die er sich als dritte Station hätte vorstellen können, wäre dieser gewiß nicht in seinen Spekulationen aufgetaucht. Ein unglaublicher Zufall, dachte er. Aber das Unmögliche ist viel größer als das Mögliche. Intelligente Wesen haben mit dem Unmöglichen und dem Möglichen zu tun, und sie können nur mit dem Möglichen umgehen. Selbst das ist gewöhnlich noch zuviel für sie.

Der Raum war groß und kuppelförmig und aus nacktem grünem Metall erbaut. Er war von aufrecht stehenden, dünnen Scheiben umgeben, die doppelt so groß waren wie er und deren untere Seiten auf dem Boden ruhten. Es gab mindestens fünfhundert von ihnen.

Er wußte sofort, wo er sich befand. Hinter dem einzigen Ausgang, einem Torbogen, lag ein Gang. Er mündete in der Ferne in einen weiteren Torbogen. Der Eingang führte in den großen Raum, in dem er die Vwoordha getroffen hatte.

Er holte die Sigilie aus dem Mund und verstaute sie in seiner Tasche.

»Warum haben sie mir nicht gesagt, daß ich hier wieder auftauchen würde?« brummte er.

Er legte das *Glyfa* auf den Boden und sagte: »Du wußtest die ganze Zeit, daß wir hier ankommen würden. ›Jeder, der vor einer Gefahr davonläuft, läuft auf sie zu.‹ Warum hast du nichts gesagt?«

»Ich war mir nicht ganz sicher«, erklärte das *Glyfa* mit Habibs Stimme. »Ich habe vor langer, sehr langer Zeit gehört, daß die

Vwoordha ein *ph'rimon*-Ziel besitzen sollten. Ich habe außerdem gehört, daß sie viele Jahre damit verbracht haben, die Spur der *ph'rimon* zurückzuverfolgen und sie aus den Stationen zu entfernen. Aber es muß im ganzen Multiversum Tausende von ihnen geben. Deshalb konnte ich nicht mit Gewißheit sagen, ob uns dein *ph'rimon* zu diesem Ziel befördern würde. Jedenfalls hast du deine Sigilie benutzen müssen, aber vielleicht hättest du gezögert, wenn dir klar gewesen wäre, daß wir hier eintreffen werden.«

»Ihr manipuliert mich alle«, stieß Ramstan zornig hervor.

»Du bist noch nicht geschlagen«, versicherte das *Glyfa.* »Um eine andere Analogie zu benutzen: Du befindest dich in einer Art kosmischem Pokerspiel. Wir, die Vwoordha und ich, besitzen sehr gute Blätter. Aber der Joker ist noch nicht aufgetaucht. Vielleicht bist du es.«

Das frettchenähnliche Tier, Duurowms, huschte durch den fernen Torbogen, raste durch den Gang und eine Schneise im Scheibenwald. Es richtete sich auf seine Hinterläufe auf und bedeutete Ramstan, ihm zu folgen. Er kam der Aufforderung nach, und das Tier sprang aufgeregt hin und her. Hinter dem zweiten Torbogen wandten sie sich nach links – was für ihn ein gutes Omen war – und näherten sich den drei Uralten. Sie saßen auf ihren Teppichen und Kissen an der gegenüberliegenden Wand. Ramstan warf einen Blick hinter sich. Wenn er während seines ersten Gesprächs mit den Vwoordha aufgestanden und herumgewandert wäre, hätte er den *ph'rimon*-Zielraum wahrscheinlich schon früher entdeckt.

Aber was hätte ihm dieses Wissen schon genützt? Trotz der Behauptung des *Glyfas* wäre er nicht auf der Urzint-Welt geblieben.

Die blaugekleidete Grrindah lachte und rief: »Willkommen, Ramstan!«

Er erwiderte nichts. Als er dicht vor den dreien stand, setzte er das *Glyfa* ab und holte die drei Sigilien aus der Tasche.

»Ihr wußtet, daß ihr sie möglicherweise bekommen werdet«, bemerkte er. »Verratet ihr mir jetzt, welche Informationen oder welche Hilfe ich für diesen Preis erhalte?«

Die grüngekleidete Shiyai streckte ihm eine runzlige Hand entgegen. Er ging auf sie zu und verharrte dann. Durch den Torbogen des Ausgangs sah er die *Al Buraq*.
Er war schockiert und verwirrt. Das Schiff war dem *Bolg* entkommen! Das Gebilde *war* von dem Planeten Shabbkorng abgelenkt worden. Das war die einzige Erklärung. Selbst wenn die *Al-Buraq* vor dem Eintreffen der Raketen die Glocke von Shabbkorng verlassen hätte, wäre sie rasch aufgebracht worden, wenn der *Bolg* ihr zur nächsten Glocke nachgesprungen wäre.
Wie dem auch war, die *Al-Buraq* konnte nicht genug Zeit gehabt haben, mehrere Systeme und Glocken zu überbrücken und hierher zurückzukehren. Das hätte zuviel Zeit erfordert, und er hatte in den ersten beiden Stationen nicht mehr als eine halbe Stunde verbracht – wenn überhaupt.
»Die Zeit ist abhängig von den Krümmungen des Raumes«, erklärte das *Glyfa*. »Und von den Krümmungen des Geistes.«
»Weiß Benagur, daß ich hier bin?«
»Nein«, antwortete Shiyai. »Wir wußten nicht genau, ob du kommen würdest.«
»Was wollen sie hier?«
»Benagur mußte deine Geschichte überprüfen«, entgegnete Grrindah. »Er konnte dem Drang nicht widerstehen, uns aufzusuchen und uns zu fragen. Wir versicherten ihm, daß seine Rückkehr zur Erde den *Bolg* noch schneller zu seinem Heimatplaneten führen wird. Vielleicht glaubt er uns nicht. Nun, er hat außerdem erfahren wollen, ob es eine Möglichkeit gibt, den *Bolg* anzugreifen. Oder sich ihm zu entziehen.«
Ramstan steckte die Sigilien wieder in die Tasche. Shiyai senkte ihre Hand. »Überlegst du, ob du sie jemand auf dem Schiff geben sollst?«
Er antwortete nicht, sondern näherte sich dem Torbogen und sah nach draußen. Ungefähr einen halben Kilometer hinter der *Al-Buraq* und seitlich versetzt, ragte der Bug der Fähre über ein Wurzelbündel empor. Branwen Davis war also unversehrt. Ramstan fuhr herum. »Kann gegen den *Bolg* irgend etwas ausgerichtet werden?«

»Er wird die meisten oder sogar alle Geschosse verfeuert haben«, informierte ihn Shiyai.

»Dann könnte die *Al-Buraq* durch eines der Hörner in sein Inneres vordringen«, stellte Ramstan fest. »Möglicherweise ist er dort verwundbar.«

»Wir haben das Benagur bereits vorgeschlagen. Er verriet nicht, was er vorhatte.«

»Wie können wir den *Bolg* finden?« fragte Ramstan. »Ist er nicht schon fort?«

»Das ist möglich. Aber oft bleibt er im Orbit um den kurz vorher verwüsteten Planeten, bis er seinen Kugelvorrat erneuert hat.«

»Wie lange braucht er dafür?«

»Ich weiß es nicht.«

»Er ist kurz nach seinem Angriff auf Kalafala verschwunden«, erinnerte Ramstan.

Er dachte einen Moment nach und erkundigte sich dann: »Wie war Benagurs Reaktion auf mein Verschwinden?«

»Er war verwirrt und zornig«, entgegnete Shiyai. »Wir haben ihm nicht die Wahrheit gesagt. Komm, Ramstan. Gib mir die Sigilien.«

Sie streckte erneut die Hand aus.

»Nur einer von euch könnte sie benutzen, um dem *Bolg* zu entkommen«, murmelte er. »Was für einen Nutzen hätten sie für die beiden anderen?«

Grrindah lachte und rief: »Du bist nicht so intelligent, wie wir gedacht haben. Warum...«

Ihm wurde heiß.

»Ich verstehe. Ich habe das *Glyfa* festgehalten, und es wurde mittransportiert. Wenn ihr drei euch aneinander festhaltet...«

»So ist es.«

Er zögerte noch immer. Konnte er Wassruss' Geschenk verwenden, um seine Mannschaft dazu zu bringen, daß sie ihn wieder als Kapitän anerkannte? Es war kein Problem, als Gefangener an Bord zurückzukehren, doch das wollte er nicht. Der einzige, der die Autorität besaß, ihn zum Mitglied der

Mannschaft oder des Offizierkorps zu machen, war Benagur. Würde Benagur die Sigilien als Preis dafür akzeptieren?
Nein, das würde er nicht.
Ramstan besaß nichts, was er der Besatzung der *Al-Buraq* anbieten konnte. Sie würden ihn verachten, weil er sie verlassen hatte, als sie der Bedrohung durch den *Bolg* ausgesetzt gewesen waren. Sie würden seine Rechtfertigung für sein Handeln nicht anerkennen.
Er holte die Sigilien heraus, ging zu Shiyai und ließ sie in ihre Hand fallen.
Sie rieb mit dem Daumen über die drei Gegenstände und schob sie unter ihr Gewand.
»Das *Glyfa* arbeitet nur für sich selbst«, erklärte sie. »Aber gleichgültig, wie intelligent und widerspenstig es sein mag, es ist in gewisser Hinsicht ein Werkzeug. Jeder, der weiß, wie man es benutzt, ist auch dazu in der Lage, und es gibt nichts, was das *Glyfa* dagegen tun kann.«
»Das stimmt«, bestätigte das *Glyfa* mit der Stimme von Ramstans Mutter. Es klang sehr zornig. »Das stimmt. Aber wenn du mich im Sinne der Vwoordha benutzt, dann wirst du *ihr* Werkzeug. Sie wollen sich Gott unter den Nagel reißen.«
»Zweifellos spricht das *Glyfa* jetzt zu dir«, murmelte Shiyai. »Wir haben dir die Wahrheit gesagt, aber ich werde es noch einmal wiederholen. Es dürstet nach Macht, nach der absoluten Macht. Wenn eine durch und durch egoistische Person absolute Macht besitzt, was wird sie dann damit anfangen? Denke gut darüber nach, Ramstan.«
Vielleicht logen die Vwoordha oder das *Glyfa* oder beide.
»Das *Glyfa* ist ein Werkzeug«, nickte er. »Für was?«
»Wir haben es dir gesagt. Seine ursprüngliche Aufgabe war die Kommunikation mit dem Multiversum.«
»Wie kann man mit jemand kommunizieren, der nicht einmal sprechen kann?«
»Bis zu einem gewissen Punkt kann man auch mit einem Säugling kommunizieren, der die Sprache noch nicht beherrscht«, antwortete Shiyai. »Jedenfalls...«
Ramstan war wütend genug, um sie zu unterbrechen.

»Zeigt es mir.«
Grrindah lachte erneut und machte ihn dadurch nur noch wütender.
»Das werden wir auch, aber erst, wenn du dich zwischen dem *Glyfa* und uns entschieden hast.«
»Zeigt es mir jetzt.«
Grrindah und Shiyai tauschten Blicke aus und sahen dann kurz zu der schwarzgekleideten Wopolsa hinüber. Es war schwer zu sagen, was oder wem sie gerade ihre Aufmerksamkeit schenkte. Außerdem hatte er das Gefühl, daß sich die anderen ein wenig vor ihr fürchteten.
»Nun gut«, seufzte Shiyai. »Aber wisse, Ramstan, das alles durchdringende Licht, das dich im Tolt-Tempel erfüllt hat, war nur ein Bruchteil des Numinosen, das dich bei deinem... Wagnis erwartet. Es wurde von dem *Glyfa* übertragen, um dich, Nuoli und Benagur zu beeindrucken. Und um euren Widerstand gegen seine Arglist zu schwächen.
Es war der Beginn, der relativ schwache Beginn einer tieferen Erfahrung. Es war das, was die Mystiker und die Heiligen von vielen Welten, deine eingeschlossen, nun... soll ich sagen... *gesehen* haben? Viele intelligente Wesen sind verstärkende Richtantennen... die einen Teil dessen empfangen, was das Multiversum ausstrahlt. Oder vielleicht sollte ich sagen, daß sie in sein Bewußtsein schauen. Nicht sehr tief hinein, auch wenn einige mehr als andere sehen.
Jedenfalls stellen einige intelligente Wesen derartige, wenn auch nicht sehr leistungsstarke Antennen dar. Das *Glyfa* ermöglicht es jedem, der diese angeborene Fähigkeit besitzt, die Gedanken des Multiversums zu empfangen und zu entschlüsseln und, wenn man das *Glyfa* richtig einsetzt, mit ihm zu kommunizieren. Oder besser ausgedrückt: Zu beobachten und beobachtet zu werden. Aber man braucht viel Zeit, um dies zu lernen. Wie lange, wissen wir nicht. Dem *Glyfa* gelang es, sich uns zu entziehen, bevor wir dieses Stadium erreichen konnten.«
»Wenn«, wandte Ramstan ein, »das *Glyfa* nicht mit diesem... Wesen... *Kontakt* aufnehmen kann, wie war es dann möglich,

daß es diese... Macht... damals im Tempel auf uns übertrug?«
Shiyai öffnete den Mund. Ramstan fügte rasch hinzu: »Es muß einen Tolt benutzt haben. Ich nehme an, den Hohepriester.«
Shiyai erhob sich. »Wir beginnen jetzt.«
Grrindah stand ebenfalls auf und wollte ihrer Schwester behilflich sein, aber Wopolsa blieb sitzen, während sich ihre Lider schlossen, als ob eine helle Nacht von einer dunkleren verdrängt würde. Auf Shiyais Aufforderung hin legte Ramstan das *Glyfa* auf einen Tisch. Er war viel höher als die anderen und bei seinem ersten Besuch noch nicht dagewesen. Er war überzeugt, daß man ihn nur für diesen Zweck hierhergeschafft hatte. Zorn wallte in ihm auf. Er wurde manipuliert, kontrolliert.
Je eine Vwoordha stand an seiner Seite, aber weit genug von ihm entfernt und durch den Tisch getrennt. Die drei bildeten ein gleichschenkliges Dreieck. Er war überrascht, als Shiyai leise etwas zu Duurowms sagte und das Tier auf den Tisch sprang und mit den Vorderpfoten das *Glyfa* berührte.
»Er repräsentiert unsere tierische Natur«, erklärte Shiyai. »Sie ist in uns intelligenten Wesen noch dominant genug, um die Übertragung zu verstärken, aber er wird den Empfang sehr viel klarer machen.«
»Das *Glyfa* ist die einzige Intelligenz im Universum, die kein Unterbewußtsein besitzt«, warf Grrindah ein und kicherte. »Es schläft nie, und deshalb kann es auch nicht träumen. Nicht in unserem Sinne. Wenn es sich abschaltet, um seinen Energievorrat zu ergänzen, kann es sich nicht vollständig abschalten, selbst wenn es das will. Wir haben ihm diese Beschränkung eingebaut. Und während es sich auflädt, während es nur von einem schwachen Energiestrom bei Bewußtsein gehalten wird, dann träumt es auf einzigartige Weise.«
»Ja«, nickte Shiyai. »In dieser Zeit betrachtet es die mikroskopischen Abbilder der Geschöpfe, die sich in seinem Innern befinden. Es hat dort viele Welten erschaffen und verfolgt das Treiben dieser Wesen, die zumeist intelligent sind und im Innern des *Glyfas* ihre Träume ausleben. Das *Glyfa* ist sogar in

der Lage, bis zu einem bestimmten Grad an diesen Dramen und Komödien teilzunehmen. Es fühlt und sieht und hört und riecht das gleiche wie die winzigen Geschöpfe.«

»Ja, ich weiß«, brummte Ramstan. »Es hat gesagt, daß es meine neuralen Atome in sich aufnehmen und mit einem Phantomkörper versehen kann. So könnte ich in ihm ewig leben und sogar die Identität von Mohammed, Einstein, Jesus, Buddha, Crazy Horse, ja selbst eines beliebigen fiktiven Charakters, annehmen; Natty Bumppo, Sam Spade, der Zauberer von Oz, Sindbad der Seefahrer, Ishmael, der unter Kapitän Ahab gesegelt ist, Ishmael, der Sohn Abrahams von Hagar, Stammvater der Araber, Alyosha Karamasow, Sherlock Holmes, Frodo... Ich würde noch immer wissen, daß ich Ramstan bin und mich jederzeit zurückziehen kann, doch ein Teil von mir würde diese *Person* sein – zumindest scheinbar. Es war sehr verlockend, aber nicht verlockend genug.«

»Warum hast du abgelehnt?« erkundigte sich Shiyai.

»Es ist nicht das, was ich will.«

»Du hättest dir Simulationen der Ewigkeit oder deines moslemischen Paradieses erschaffen können«, erinnerte Shiyai. »Du hättest mit den *houris* schlafen können, und dein Orgasmus hätte – wenn auch scheinbar – tausend Jahre gedauert. Du hättest zur rechten Hand Allahs sitzen können, während die himmlischen Heerscharen dich gelobt und gepriesen hätten.«

»Ich will keine Simulationen. Ich will die Wirklichkeit. Außerdem hätte mich das moslemische, das christliche oder sonst ein von Menschen erdachtes Paradies nicht interessiert.«

»Was willst du dann?«

»Ich weiß es nicht. Aber wenn ich es sehe, werde ich es wissen.«

»Unglücklicherweise – oder vielleicht glücklicherweise – wirst du es nie sehen«, erwiderte Shiyai. »Es ist selten, daß jemand das Beste bekommt, und es dauert nie sehr lange. Warum gibst du dich nicht mit dem Zweitbesten zufrieden?«

»Weil es nicht das ist, was ich will.«

»Du bist in der Tat ein sehr starrköpfiges Wesen, Ramstan.

Und jetzt lege deine linke Hand auf das *Glyfa* und deine rechte auf mich.«
Er gehorchte, während Shiyai mit der einen Hand das Ei und mit der anderen Grrindahs Schulter berührte. Die Blaugekleidete griff ihrerseits mit der einen Hand nach Ramstans linker Schulter und mit der anderen nach dem *Glyfa;* einer ihrer Finger berührte Duurowms lange Nase.
Ihm kam ein schrecklicher Gedanke. Wenn ihn nun das *Glyfa* bereits auf irgendeine Weise verschlungen hatte und er sich in einem seiner Träume befand?
Das *Glyfa* konnte seine Gedanken nicht lesen, wenn er sie nicht subvokal artikulierte. Dennoch war er schockiert, als er die Stimme seiner Mutter und ihre Worte hörte.
»Du bist ein Narr, Ramstan!«
Leise entgegnete er: «Dann bin ich eben einer.«
»Was ich dir jetzt sage, meine ich im übertragenen, nicht im wörtlichen Sinne«, fuhr Shiyai fort. Ihre grünen Pupillen und die roten, geäderten Augäpfel schienen lange Messer zu sein, die sich in sein Herz bohrten. »Du mußt dich fallen lassen, Ramstan. Wie ein großer, schwerer, aber mit mächtigen Schwingen versehener Adler. Du mußt dein hohes Nest verlassen, und du fällst, bevor du fliegst. Dann, wenn du getan hast, was getan werden muß, wirst du zu einem Kolibri. Um das zu erreichen, mußt du deine Furcht überwinden.«
»Furcht!« rief Grrindah, und sie lachte.
»Sie lacht, weil auch sie Furcht verspürt«, erklärte Shiyai. »Ich lache nicht, aber ich fürchte mich ebenfalls.«
»Was geschieht, wenn einer von uns soviel Furcht bekommt, daß er oder sie die Verbindung mit den anderen unterbricht?« fragte Ramstan.
»Es wäre nicht gut. Vielleicht. Wer weiß? Schließe deine Augen. Es hilft, auch wenn es nicht unbedingt notwendig ist.«
Ramstan gehorchte. Er hatte einen weniger abrupten Übergang erwartet, aber sofort begann er zu stürzen. Er sah sich schwerelos durch die Lüfte fliegen. Seine Hände berührten noch immer Shiyai und das *Glyfa,* und er fühlte Grrindahs Hand auf sich ruhen und den Boden unter seinen Füßen und

die Tischkante an seinem Bauch. Dann verblaßten die Sinnesreize. Das Licht erstrahlte, das Licht, das blendete und dennoch klar und deutlich war.
Er hatte sich geschworen, keine Furcht zu empfinden, aber er hatte sich etwas vorgemacht. Es war so leicht, sich etwas vorzumachen.

29.

Ein Geist unter Geistern, so stürzte er hilflos »hinunter«, während er sich dabei immer wieder um seine Achse drehte. Das Licht wurde heller und heller, und seine Furcht schien proportional im Quadrat der zunehmenden Intensität des Lichtes zu wachsen. Dennoch handelte es sich bei dem Licht nicht um Photonenlicht. Es war anderen Ursprungs und vollkommen fremd. Und trotz seines Entsetzens besaß es gleichzeitig etwas Anziehendes, schien es ein Versprechen zu beinhalten, ein Versprechen auf... was?
Und obwohl ihn das Licht blendete, konnte er noch immer »sehen«. Er *fiel* durch etwas, das sonderbarerweise noch immer Außenwelt hieß, als ob nicht alles, was jenseits seiner Haut lag, zur Außenwelt gehörte. Aber gab es überhaupt eine Welt außerhalb seines Selbst? Was auch immer zutreffen mochte, er konnte die blassen Phantome leuchtender Sterne erkennen, die von dunkleren Planeten, Monden, Kometen und Meteoriten umkreist wurden, und da waren auch Gaswolken wie gebauschte Gardinen in einem Haus, durch das Zugluft pfiff.
Dann durchstieß er eine Wand, eine schimmernde Barriere, und befand sich nun, wie es schien, in einem anderen Universum, das sich bis auf die Muster der Raum-Energie-Materie-Struktur kaum von jenem unterschied, das er verlassen hatte. Jetzt »hörte« er zum ersten Mal Stimmen. Gewisper. Gekicher. Schreie. Agonie. Ekstase. Oder Laute, in denen sich Agonie und Ekstase mischten. Gewimmer. Pfeifen. (Einen kurzen Moment dachte er an den *Bolg*.) Donnerphantome. Blitzgespenster. Den gedämpften Zusammenstoß von Sternen, von Galaxien.

Ächzen als expandierende Universen aufeinandertrafen und sich so sanft, weich und zart wie zwei Amöben berührten.
Wohin stürzte er? Was immer das Ziel seiner Reise sein mochte – vielleicht gab es überhaupt keines –, er war von Entsetzen und Panik erfüllt. Er kämpfte und schlug mit Armen und Beinen um sich, doch möglicherweise bildete er sich das auch nur ein. Selbst seine Seele, diese nebulöse und wahrscheinlich nichtexistente Komponente seines Selbst, wehrte sich und schlug mit ektoplasmischen Händen gegen die Wände einer Zelle.
Das Licht war sengend und dennoch beruhigend. Wäre da nicht jenes winzige, aber merkbar lindernde Element gewesen, dieses Versprechen einer Besserung, er hätte sich seinen Weg zurück zu dem Tisch der Vwoordha geschrien und Zuflucht in der Welt gesucht, die er kannte, aber nur sehr selten mochte. Er wäre mit erhobenen Händen von dem Tisch zurückgewichen, als hätte er soeben einen Leprakranken oder im Dunkeln das dichte Fell eines schwer atmenden Wesens berührt. Doch dann sagte er sich, daß dies unmöglich war, daß er den Kontakt nicht abbrechen und die anderen nicht verlassen und zum ewigen Sturz durch diese lichterfüllte Schwärze verdammen durfte. Er hatte zu oft seine Pflicht vergessen, Mangel an Mut gezeigt, jene enttäuscht, die ihm vertrauten und – vielleicht war dies das Schlimmste – sich selbst im Stich gelassen.
Hätte er seine Zähne zusammenbeißen können, er hätte es getan. Aber er besaß keine Zähne. Keine Kiefer. Keine Zunge. Keine Augen. Er war so organlos wie eine Gaswolke, wie ein Tropfen destilliertes Wasser.
Dann begann er nah und deutlich Planeten zu sehen, schemenhafte und transparente Himmelskörper. Auf ihnen wimmelte es von pflanzlichem und tierischem Leben, aber es gab nur wenig intelligente Wesen. Sie strahlten heller als die anderen Geschöpfe. Aber immer gab es nur einige tausend von ihnen auf Planeten, die Milliarden hätten ernähren können. Warum so wenige? Dann kam ihm der Gedanke, daß es sich bei ihnen um die einzigen handelte, die es wert oder potentiell

wert waren, die Unsterblichkeit zu erlangen. Alle anderen, die jetzt unsichtbaren, würden und mußten auf ewig zugrunde gehen.
Aber war dieser Gedanke nicht eine Reflexion dessen, was er tief im Innern glaubte? Und wenn dem so war, entlarvte ihn dieser Gedanke dann nicht als Unwürdigen? Oder war die Wahrheit selbst für ihn so hart, daß er sich an ihr die Zähne ausbiß?
Ohne ihre Namen zu kennen, wußte er doch um die Identität jener, die an ihm vorbeizogen. Nicht eine bekannte Person war darunter, nicht einmal sein geliebter Vater, seine Mutter und sein Onkel. Nein. Er irrte sich. Da war Benagur, der wahrscheinlich der letzte war, den er zu sehen erwartet hatte. Dort war Nuoli. Und da, und dies war so verwirrend wie Benagurs Anwesenheit, Aisha Toyce. Die vergnügungssüchtige, oft berauschte Toyce.
Jetzt, wo der Schrecken ein wenig wich und das Licht auf sonderbare Weise angenehm wirkte, wenngleich es noch immer entsetzlich genug war, begann er plötzlich »nach oben« zu steigen. Bänder aus konzentrierterem Licht entstanden in dem milchigen Chaos und verbanden die weiß flammenden Sterne und ihre dunklen Planeten. Er sah durch die Wände der Universen, die jenen Kosmos umgaben, in dem er sich aufhielt, und auch dort spannten sich die Lichtfäden zwischen den Sternen und verbanden sich mit den Fäden dieses Universums. Überall war nun dieses systematische Netzwerk aus schimmernden Spinnweben.
Nichts von dem, was er sah, enthüllte ihm seine wahre Gestalt. Er würde nie verstehen können, was dieses Phänomen wirklich darstellte. Ebensogut hätte er versuchen können, den Tisch der Vwoordha als eine Ansammlung wirbelnder subatomarer Partikel zu sehen. Bei diesem Gedanken boten sich ihm plötzlich die weißen »Objekte« – aber nicht die Verbindungsfäden – als Wirbel und Strudel dar, zwischen denen sich ungeheure Leere ausbreitete.
Und bei diesem Gedanken erkannte er, daß die leeren Räume mit einem weißen Dunst erfüllt waren, der – obwohl er nicht fest wirkte – das »Fleisch« eines Etwas war. Eines Wesens.

»Ich befinde mich in keiner subjektiven oder objektiven Zeit. Ich befinde mich in der Wahren Zeit«, sagte er zu sich. Oder richtete er diese Worte auch an einen Unsichtbaren?
Sein Entsetzen kehrte zurück, als er in eine Richtung getragen, gezerrt, gezogen wurde, in der es keine Richtung gab.
Shiyais »Stimme«, die trotz ihrer Lautlosigkeit eine Stimme war, erschreckte ihn.
»Jetzt reiten wir auf den Gedanken Gottes«, erklärte sie. »Wenn du dich mit der Zeit daran gewöhnt hast, auch wenn du dich niemals wirklich daran gewöhnen wirst, dann kannst du so reisen wie ich, als ich dir auf Kalafala als Stimme und anderswo als Vision erschienen bin. Aber mir ist es nie gelungen, mich über einen bestimmten Punkt hinaus zu entwickeln. Äonenlange Erfahrung und der sehnliche Wunsch, es zu schaffen, haben nicht ausgereicht. Ich kann nichts dagegen tun. Mir fehlt ein gewisses angeborenes Talent. Besäße ich auch nur die geringste Begabung, ich hätte diesen Punkt bereits überschritten, und zwar schon vor langer Zeit. Vielleicht besitzt du diese Gabe, Ramstan.«
»Welchen Punkt meinst du?« fragte er.
»Du wirst es wissen, wenn du ihn erreichst.«
Nun wurde er »gedreht« und von einem der Fäden umhüllt. Oder befand er sich gleichzeitig in allen Lichtfäden? Es schien ihm, daß der milchige Strang, der zuvor starr und scharf umrissen gewesen war, sich veränderte und ausfranste. Er bewegte sich nicht, dennoch ritt er auf den Wellen und glitt über den kosmischen Ozean. Er fühlte, daß er so reglos war wie stets in seinem Leben, regloser als ein Leichnam, wirbelte und tanzte er mit jedem Elektron seines Körpers und mit etwas Unbegreiflichem, das sich sowohl innerhalb als auch außerhalb seines Selbst befand.
Das Entsetzen war nicht gewichen, aber die unbeschreibliche Ekstase wurde stärker. Wenn sie noch weiter wuchs, würde sie ihn töten. Aber er konnte nicht getötet werden. Er hatte das Leben der Wesen aus Fleisch und Blut hinter sich gelassen. Vielleicht ähnelte er mehr den Geschöpfen aus purer Energie, die er im weißen Feuer neugeborener Sterne gesehen hatte.

Modulation. Waren die Lichtfäden oder die »Ströme« in ihnen wirklich moduliert, oder entstammte das Gefühl der »Bewegung« lediglich seiner Einbildung? Konnte es sich bei den Sternen um Neutronen und bei den Fäden um Transmittersubstanzen des kosmischen Organismus' handeln?
Er wußte es nicht und würde es wahrscheinlich auch niemals wissen. Aber was war Wissen im Sinne intelligenter Wesen im Vergleich zu dieser Ekstase? Möglicherweise war die Ekstase das absolute Wissen selbst. Wissen bestand nicht nur aus der Kenntnis von Tatsachen. Liebe und Haß waren Wissen von anderer Art als das Faktische. Sehnsucht und ihr Fehlen, Hoffnung und Verzweiflung waren Formen des Wissens.
Jetzt begann er etwas zu »hören«. Oder »sah« er? Jedenfalls hatte er den Eindruck, daß sich aus dem Chaos langsam eine Ordnung herausbildete. Welche Ordnung? Welches Chaos?
Leise vernahm er Shiyais Stimme. »Du beginnst das Geplappere des Multiversums zu hören.«
»Wo bist du?« rief er. »Verlaß mich nicht!«
»Eine Weile noch bleibe ich bei dir«, antwortete sie.
Inmitten der fast unerträglichen weißen Helligkeit der Ekstase entstand Gefunkel in allen Farben und Schattierungen, und er war überzeugt, daß er andere Farben und Schattierungen gesehen hätte, wäre sein Bewußtsein anders aufgebaut. Das Flakkern besaß die Gestalt von Feuerzungen und Eiszapfen – wie konnten Eiszapfen flackern? –, die auf ihn einstürmten. Und während er weiter nach »oben« stürzte, erkannte er, daß sich Sterne in dem Gefunkel verbargen, Kometen, Gaswolken, Schwarze Löcher, Planeten, die Sonnen umkreisten, öde und von Leben wimmelnde Planeten. Plötzlich wurden sie umgeformt, veränderten ihre Gestalt, verwandelten sich in Toroide, Tesserakte, Möbiusstreifen, Spiralen, Würfel und Dreiecke. Und es gab Formen von solcher Fremdartigkeit, daß er sie nicht einordnen konnte; sie entglitten den Fingern seines Verstandes.
»Es spricht«, erklärte Shiyai. »Oder besser, es plappert und benutzt alle *Laute* – die in Wirklichkeit Formen sind –, die es beherrscht. Falls es nicht zum Tode verdammt ist, gelingt es

ihm möglicherweise, eine Syntax zu entwickeln. Aber nur, wenn wir, seine Parasiten, Symbionten werden und ihm das Sprechen beibringen.«

Dann meldete sich das *Glyfa* mit der Stimme von Ramstans Mutter.

»Sie will kein Symbiont sein. Sie will sein Herr werden.«

»Du lügst«, sagte Shiyai.

Shiyai hatte behauptet, oder ihm zumindest zu verstehen gegeben, daß sie seine Gespräche mit dem *Glyfa* nicht belauschen konnte. Aber sie hatte gelogen, oder die Bedingungen, die hier herrschten, befähigten sie, ihre Unterhaltung zu *hören*.

»Ich wußte nicht, daß auch du bei mir bist«, wandte sich Ramstan an das *Glyfa*.

»Ja, natürlich. Ohne mich hättest du diese Reise nicht unternehmen können. Wo immer du auch hingehst, ich begleite dich.«

»Weil es das muß«, warf Shiyai ein. Ihre Stimme, der Eindruck ihrer Gegenwart, wurde schwächer. »Aber es kann nicht wie wir das Entsetzen und die Ekstase fühlen. Obwohl es manche Emotionen intelligenter Wesen besitzt, wie Haß, Gier und Sehnsucht, fehlen ihm doch die meisten.«

»Du lügst!« beschuldigte das *Glyfa* sie. »Ich kann lieben!«

»Du?« Shiyais höhnisches Gelächter ebbte rasch ab.

»Ja! Wie du sagst, kenne ich Haß, Gier und Sehnsucht. Aber außerdem kenne ich Liebe und Mitleid. Es ist unmöglich, nur die eine Seite der Gefühle zu kennen und die andere nicht. Nein. Das ist eine falsche Analogie. Emotionen besitzen keine gegensätzlichen Pole. Was Oben ist, verwandelt sich in das, was Unten ist, wenn das Untere zum Oberen wird.

Zudem hast du gelogen, als du Ramstan gegenüber behauptet hast, ich besäße kein Unterbewußtsein. Es stimmt, ihr habt mich ohne Unterbewußtsein geschaffen. Aber ich habe aus eigener Kraft eines entwickelt.«

»Ein Phantom, ein Simulakrum!« erwiderte Shiyai.

Wie konnten die beiden nur in dieser Ekstase streiten?

»Shiyai!« rief er. Sie antwortete nicht.

»Ich bin noch immer bei dir«, versicherte das *Glyfa*.
Die Stimme seiner Mutter war beruhigend – sofern es hier so etwas wie Beruhigung geben konnte.
»In einer Hinsicht bist du es«, bemerkte Ramstan. »In anderer wirst du es nie sein.«
Das *Glyfa* schwieg. Weit vor sich, an einem Ort, wo es kein Vorn und Hinten, Rechts und Links, Oben oder Unten geben konnte, sah Ramstan etwas Riesiges und Drohendes. Es war schwarz und rund und schoß direkt auf ihn zu.
Er schrie vor Entsetzen. Aber sein Schrei wurde von einem grausigen Pfeifen übertönt.
Er stürzte zurück, immer weiter zurück. Universen rasten an ihm vorbei, und die Ekstase wich so plötzlich, als sei sie abgeschaltet worden. Das Grauen wuchs; der *Bolg* wuchs; die Universen verblaßten.
Als er erwachte – oder ankam – stand er vor dem Tisch, in der gleichen Haltung wie vor seinem Aufbruch. Das Pfeifen erschütterte ihn bis ins Innerste seines Seins.
»Er ist hier!« rief Shiyai.

30.

Shiyai sagte etwas in einer Ramstan unbekannten Sprache. Das Tier, Duurowms, sprang vom Tisch, rannte zu dem Torbogen, der sich zum Wald hin öffnete, richtete sich auf und drückte eine der Wandverzierungen. Aus einer Vertiefung glitt eine massive Tür und verschloß den Eingang. Augenblicklich brach das Pfeifen ab, obwohl Ramstan meinte, durch seine Stiefelsohlen leise Vibrationen zu spüren.
»Wir haben Glück«, sagte Shiyai. »Der *Bolg* ist hier, und er kann keine Zeit gehabt haben, neue Geschosse zu produzieren. Zumindest nicht viele.«
Ramstan stieß einen verzweifelten Schrei aus und preßte hervor: »Aber die *Al-Buraq* wird starten! Man wird mich hier zurücklassen!«
»Das Schiff kann nicht sofort starten«, widersprach Grrindah.

»Die Mannschaft wird verwirrt und wahrscheinlich wie gelähmt sein. Ebenso die *Al-Buraq* selbst.«
»Warum?«
»Weil das Schiff den Kräften ausgesetzt war, die das *Glyfa* während der Übertragung ausgestrahlt hat. Schiff und Mannschaft dürften nur am Rande davon betroffen worden sein, aber dies genügt bereits, sie für eine Weile aus der Fassung zu bringen. Nun, die starken Persönlichkeiten wie Benagur und Nuoli werden sich schneller als die anderen davon erholen.«
Ramstan erinnerte sich an die katatonischen Wächter im Tolt-Tempel. In jenem Moment waren sie nicht absichtlich von dem *Glyfa* betäubt worden, sondern den Randgebieten der Strahlung ausgesetzt gewesen. Natürlich hatte das *Glyfa* diese Wirkung vorhergesehen und gewußt, daß Ramstan dann unerkannt an ihnen vorbeikommen konnte.
»Wir werden angreifen!« erklärte er.
»Wir begleiten dich«, sagte Shiyai nach einem Moment der Stille.
Ramstan starrte sie an und drängte: »Dann gehen wir jetzt. Öffne diese Tür.«
Grrindah lachte und rief: »Sollen wir? Was hätten wir davon?«
»Wir haben überhaupt nichts davon, hier herumzusitzen«, entgegnete Shiyai. Sie wandte sich an Wopolsa. »Ist es nicht so?«
Die schwarzen, eingefallenen Augen schlossen sich für einen Moment. Als sie sich wieder öffneten, nickte Wopolsa.
»Zwei gegen eine«, sagte Shiyai zu Grrindah. »Das macht drei zu eins.«
»So soll es also sein«, murmelte Grrindah, »obwohl ich es noch immer für sinnlos halte.«
»Geh, bevor sie wieder zu sich kommen«, sagte Shiyai.
Ramstan näherte sich dem Torbogen, aber nach einigen Schritten verharrte er.
»Du sagtest, ihr werdet mich begleiten.«
»Ja, aber nicht auf dein Schiff. Geh jetzt!«
Er griff nach dem *Glyfa* und ging auf den Torbogen zu. Die Tür glitt wieder in die Vertiefung, als Duurowms auf die Zierleiste

drückte. Ramstan schrak vor dem entsetzlichen Pfeifen zurück, einer Katze gleich, die nach draußen will, aber mit aufgerichtetem Schwanz zögerte, weil ihr ein eisiger Winterwind entgegenbläst. Dann setzte er sich wieder in Bewegung, aber erneut hielt er inne. Das Pfeifen war verstummt.

Ramstan wandte sich um.

»Warum gibt es keine Erdbeben, keine Stürme?«

»Ich nehme an«, antwortete Shiyai, »der *Bolg* besitzt jetzt nur noch die Hälfte seiner normalen Masse, weil er alle Kugeln verbraucht hat. Aber selbst dann müßte er, wenn er in der Nähe, in Höhe der obersten Atmosphäreschichten wäre, die Planetenkruste und die Lufthülle in Mitleidenschaft ziehen. Aber wahrscheinlich befindet er sich in einem Orbit, für dessen Aufrechterhaltung er keine Energie verschwenden muß. Er wird dort bleiben, bis er genug neue Geschosse produziert hat. Bleibe nicht stehen! Geh!«

Ramstan rannte aus dem Haus und über das grünliche, schwammige Polster des Waldbodens. Rasch erreichte er das Schiff und entdeckte, daß die Hauptsternbordschleuse geöffnet war.

Er hastete durch einen Korridor und blieb vor einem Lifteingang stehen. Seine Kodeworte erzielten keine Wirkung. Der Lift rührte sich nicht. Er wandte sich ab und eilte einen Gang hinunter bis in einen kleinen Raum und kletterte, einen Arm um das *Glyfa* geschlungen, an einer Notleiter hinauf und durch eine schmale Öffnung auf das nächste Deck. Schließlich erreichte er keuchend die Brücke. Die Besatzung lag auf dem Boden oder stand steif da, die Augen so leer wie die der zu Stein erstarrten Menschen in der Stadt Al-Qoreib aus *Tausendundeiner Nacht*. Benagur lag mit geschlossenen Augen auf dem Rücken. Nuoli löste sich aus der Trance, als Ramstan versuchte, die *Al-Buraq* zu wecken. Nuoli wirkte erstaunt, ihn hier zu sehen, aber weniger als er erwartet hatte.

»Ich übernehme wieder das Kommando«, erklärte er. »Wir werden den *Bolg* angreifen. Besorgen Sie einen Strick und binden sie dem Commodore die Hände zusammen. Und auch die Füße.«

»In Ordnung, Sir«, nickte sie und öffnete eine Wandnische. In diesem Moment reagierte das Schiff auf Ramstans wiederholte Befehle. Der Boden zitterte unter den Füßen ihres Kapitäns. Nachdem er sich davon überzeugt hatte, daß mit der *Al-Buraq* wieder alles in Ordnung war, legte Ramstan das *Glyfa* auf das Deck und sprudelte einen Schwall Anweisungen für das Schiff hervor. Kurz bevor er fertig war, wurde er von Nuoli unterbrochen. Ungeduldig bedeutete er ihr mit einem Wink zu warten, und sie gehorchte. Dann fragte er: »Was gibt es?«

»Commodore Benagur ist tot, Sir.«

»Was?«

Er trat zu dem Commodore, bückte sich, öffnete die Augenlider und befühlte die Halsschlagader. Als er sich erhob, sagte er: »Sobald sich Doktor Hu wieder erholt hat, soll sie Benagur untersuchen. Vielleicht unterliegt er nur einem tiefen Schockzustand.«

Allerdings glaubte er seinen eigenen Worten nicht. Die graublaue Hautfarbe, die Starre der Pupillen und die Reglosigkeit, die nach Tod roch, hatte ihn davon überzeugt, daß Benagur nicht mehr unter ihnen weilte. Wo war er jetzt? Vielleicht reiste er auf den Gedankenwellen des Multiversums, reiste dem Ziel der Sufis entgegen, dem Einswerden mit dem Einen. Aber vielleicht bildete sich Ramstan das nur ein. Wahrscheinlich hatte ein Herzanfall und kein Gottanfall Benagur niedergestreckt.

»Allah möge ihm gnädig sein«, murmelte Ramstan, ohne zu bemerken, daß er den uralten Segen laut aussprach.

Dann kam ihm der Gedanke... war dies möglich... daß die Vwoordha Benagur auf irgendeine Weise getötet hatten? Sie wußten, wenn er versuchte, wieder das Kommando zu übernehmen, stellte er Commodore Ramstans größtes Hindernis dar. Hätten sie Benagur aus dem Weg geschafft, falls sie die Möglichkeit dazu besaßen und überzeugt waren, daß er beseitigt werden mußte? Ja. Jeder, der den Tod zweier Universen erlebt, der die Vergänglichkeit, das Ephemerische des Lebens gesehen hatte, der würde gewiß nicht zögern, eine einzige Person umzubringen.

Nein. Er wurde offenbar paranoid, falls er das nicht schon immer gewesen war.
Ja. Sie würden es tun. Der Gedanke war realistisch, nicht im geringsten irrational.
Jedenfalls war es sinnlos, weiter darüber zu grübeln. Er hatte jetzt keine Zeit, und später, falls es ein Später für ihn gab, würde er nie die Wahrheit von den Vwoordha erfahren. Sie brauchten nur behaupten, daß er sich irrte und sie nicht logen. Wie wollte er ihnen das Gegenteil beweisen?
Die Kommunikationsspezialistin setzte sich auf und schüttelte den Kopf. Ramstan rief: »Soong!« Nehmen Sie Verbindung mit Lieutenant Davis in der Fähre auf. Sie soll unverzüglich an Bord des Schiffes kommen!«
Soong wirkte benommen. Sie sagte: »Verstanden, Sir!« Mit matter Stimme fügte sie hinzu: »Aber...?«
»Commodore Benagur ist tot. Ich bin jetzt der Kommandant. Wir werden den *Bolg* angreifen!«
Sie wandte sich ihrem Kontrollpult zu. Ramstan sah sich um. Die Besatzung der Brücke hatte sich inzwischen fast völlig erholt. Die Monitore zeigten ihm, daß auch die übrige Mannschaft in Kürze wieder diensttauglich sein würde.
Seine Stimme dröhnte durch das ganze Schiff.
»Achtung! Achtung! Captain Ramstan spricht! Alle herhören! Alle herhören!«
Seine Aufforderung war überflüssig. Jeder konnte ihn sehen, und ihre Aufmerksamkeit war ganz auf ihn gerichtet. Aber jetzt, wo er wieder das Kommando hatte, mußte er ihnen das Gefühl vermitteln, daß er wieder die rechtmäßige Autorität an Bord war.
»Ich... wir... können keine Zeit verschwenden und uns mit den Dingen aufhalten, die seit meinem Verschwinden geschehen sind. Es muß Ihnen genügen, wenn ich sage, daß ich die drei Geschenke von Wassruss benutzt habe, um einen anderen Ort aufzusuchen. Und daß sie sich nun, da sie für mich nutzlos sind, in den Händen der Vwoordha befinden.
Wie sie sehen können, bin ich zurückgekehrt. Ich habe wieder das Kommando, aber ich bitte Sie um Ihre freiwillige Mitar-

beit; ich werde nicht wieder wie damals, vor meinem Verschwinden, Zwang auf Sie ausüben. Sie sind gerade aus einem... Schockzustand... erwacht, über dessen Ursache ich jetzt nicht sprechen will. Ich komme später darauf zurück.
Commodore Benagur ist tot. Ich weiß nicht, was ihn getötet hat, obwohl ich eine Vermutung habe. Nachher werde ich sie Ihnen nennen. Ich nehme an, einige von Ihnen denken wahrscheinlich, ich hätte ihn ermordet, während Sie bewußtlos waren... oder wie auch immer man diesen Zustand bezeichnen soll. Das stimmt nicht! Als ich an Bord kam, war er bereits tot.
Wichtig in diesem Moment ist nur, daß der *Bolg* über diesem Planeten aufgetaucht ist. Er hat eine Umlaufbahn eingeschlagen und produziert wahrscheinlich neue Kugeln. Deshalb dürfte er jetzt verwundbar sein.
Wir werden ihn angreifen! So bald wie möglich! Wir starten binnen einer Stunde!
Uns bleibt keine andere Wahl. Ich spreche die Wahrheit, wenn ich Ihnen sage, daß der *Bolg* die Erde bedroht. Er bedroht Abertausende Planeten, deren Bewohner für sie das gleiche empfinden wie wir für die Erde. Er muß gestoppt werden.
Nun... ich gestehe, möglicherweise gibt es mehr als nur einen *Bolg*. Wenn wir diesen einen vernichten, wird vielleicht ein zweiter erschaffen werden. Oder es gibt bereits Tausende von ihnen. Wenn dem so ist, so ist unser Handeln sinnlos.
Außerdem müssen Sie wissen, falls wir in den *Bolg* eindringen, später unter Umständen keine Möglichkeit mehr haben, ihn im Alaraf-Flug zu verlassen. Das Material seiner Hülle wird das Triebwerk neutralisieren. Zumindest haben dies die Vwoordha behauptet. Es ist möglich, das Schiff durch eine der Hornöffnungen zu steuern. Aber das Schiff muß exakt auf die Alaraf-Kanäle ausgerichtet werden, und ich weiß nicht, wie uns das gelingen soll.
Das Schiff der Vwoordha besitzt keinen Alaraf-Antrieb. Aber sie können eine der Sigilien benutzen, um dem *Bolg* zu entkommen. Ich will damit sagen, falls der *Bolg* auf irgendeine

Weise die Hornöffnungen blockieren sollte, dann sitzen wir in der Falle. Wir werden eine andere Möglichkeit finden müssen, um aus ihm zu fliehen.«
Aber ich kenne keine andere Möglichkeit als die Hörner, dachte er.
»Die Vwoordha glauben, daß es nur einen *Bolg* gibt. Wenn es doch mehr als einen geben sollte oder ein zweiter den ersten ersetzt, dann haben wir zumindest der Erde... und anderen Welten... ein wenig Zeit geschenkt.
Aber was ist dagegen einzuwenden? Das Leben ist den Lebenden teuer. Wenn es uns gelingt, die Leben von den Milliarden auf der Erde und auf anderen Welten um ein Jahrhundert... oder auch nur um ein paar Jahre... zu verlängern, dann ist es das wert.
Jedenfalls ist der *Bolg* ein Feind. Kein menschlicher Feind, mit dem es eine Möglichkeit der Verständigung geben oder der einen rationalen Grund haben könnte, uns anzugreifen. Er besitzt kein Bewußtsein, er ist ein automatisch handelndes Gebilde. Er hat keine Seele. Er hat nur eine Funktion. Wir wissen, welche. Wir haben sein Werk gesehen.«
Und dennoch, dachte er, hat dieses Weltenschlachten einen Zweck: Es dient dazu, den Einen am Leben zu erhalten. Wären wir Heilige, würden wir dann nicht den Tod begrüßen, den er uns bringt, wären wir dann nicht froh, uns für den Einen zu opfern?
Einige vielleicht. Ich nicht. Ich bin auf seinen Gedanken geritten und habe möglicherweise mehr von ihm gesehen, als jedes andere Wesen. Aber er ist nicht mein Schöpfer. Obwohl er es in gewisser Hinsicht doch ist. Aber nicht in dem Sinne, daß er uns bewußt erschaffen hat. Er bemerkt uns ebensowenig wie wir ihn. Nein, das stimmt nicht. Wir, seine Nebenprodukte, seine Parasiten, wissen mehr von ihm als er von uns. In der Tat hat er, soweit wir wissen, nicht die geringste Kenntnis von unserer Existenz.
Allerdings konnte er sich dessen nicht sicher sein.
Aber jetzt war es Zeit, alle Unsicherheit, alle Zweifel, alle toleranten philosophischen Erwägungen zu vergessen.

Aber ... was für eine ... wie sollte er es nennen? Situation? ... Unglück? ... nein, diese Begriffe trafen nicht zu, waren nicht adäquat. Tragödie? Warum nicht? Es war wirklich eine Tragödie. Immer und immer wieder, ein Multiversum nach dem anderen ... Äon um Äon ... Er erschafft intelligentes Leben, das den Alaraf-Antrieb entwickelt, wodurch der Tod des Multiversums eingeleitet wird ... Dennoch wollen seine Geschöpfe mit ihm reden, um ihn zu entwickeln, ihn aufzuziehen, ihn zu lehren ... aber gleichzeitig erzeugt er ein Gebilde, das seine Geschöpfe tötet, um dem Krebs vorzubeugen oder Einhalt zu gebieten, der von den einzigen Kreaturen hervorgerufen wird, die ihm helfen können, erwachsen zu werden ...

Gewiß, gewiß, es mußte einen Weg geben ...

Was war, wenn selbst das äonenalte und äonenweise *Glyfa* und die Vwoordha nicht die Wahrheit erkannt hatten? Was war, wenn es eine andere Erklärung für diese ... Tragödie gab, die alles lösen würde? Was, wenn dieses Verständnis der wahren Vorgänge diesem scheinbar unausweichlichen Zyklus aus Leben und Sterben, Leben und Sterben ein Ende setzen würde, dieser nie enden wollenden, scheinbar sinnlosen, ewig währenden Verdammnis?

Gab es noch einen anderen ... Einen Anderen? Einen, für den das Multiversum ... oder Gott, wenn man so wollte ... nur ein weiteres Geschöpf war?

»Wir haben sein Werk gesehen!« stieß er hervor. »Wir wissen nicht, was er ist, woher er kommt oder warum er so darauf versessen ist, alles intelligente Leben zu vernichten. Wir haben nur die Erklärung der Vwoordha. Ich habe sie Ihnen genannt. Aber wir haben keine Zeit, um zu überlegen, ob die Vwoordha die Wahrheit gesagt haben oder nicht.

Wir sind Geschöpfe des Augenblicks. Wir sind Wesen, die in der Vergangenheit und Zukunft leben. Aber niemals so sehr wie in der Gegenwart. Und gegenwärtig sehen wir uns einem Feind gegenüber. Wir wissen, was in der Vergangenheit geschehen ist; wir wissen, was er in der Zukunft anrichten wird. Wenn wir ihn nicht aufhalten!

Ich bin der einzige, der gewußt hat, wenn auch nur ver-

schwommen, was vorgegangen ist! Deshalb werde ich derjenige sein, der Sie in den Kampf gegen den *Bolg* führen wird!«
Er sagte nicht, daß dies für ihn vielleicht eine Sühne für die Dinge war, die er ihnen und sich selbst angetan hatte.
Möglicherweise waren sie durch die Nachwirkungen der vom *Glyfa* emittierten Strahlung noch immer benommen, eingeschüchtert, geistig und seelisch verwirrt und deshalb unsicher. Begierig, sich an jemand zu klammern, der sicher wirkte.
Was immer der Grund war, sie jubelten ihm zu, fielen einander um den Hals, tanzten, weinten, brüllten, schrien oder gestikulierten, um ihren Haß auf den *Bolg* und ihren Glauben an Ramstan Ausdruck zu verleihen.
»Ramstan! Ramstan! Ramstan!«
Indem sie seinen Namen riefen, riefen sie auch ihre eigenen.
Mit erhobenen Händen gebot er Stille. Eine schwere Aufgabe lag vor ihm, aber er war geduldig. Wie kurz die Zeit auch war, die ihnen noch zur Verfügung stand, es gab eine Zeit der Geduld und eine Zeit der Ungeduld.
Aus den Augenwinkeln sah er, daß Benagurs Leichnam fortgetragen wurde. Dennoch waren die Gesichter der Träger ihrem Kommandanten zugewandt; sie konzentrierten sich nicht auf ihre Arbeit.
Der arme Benagur! Vielleicht ist er weiter vorgestoßen als ich. Warum... *armer* Benagur?
Wenn die Seele sich vom Körper lösen und sich mit Gott oder dem Multiversum vereinigen konnte, dann würden ihre Hoffnungen möglicherweise enttäuscht werden. Gott oder das Multiversum würde sterben. Würde dann auch die Seele, die einer Motte gleich von Gott angezogen worden war, sterben? Oder gab es einen Himmel, einen Zufluchtsort, wo die vom Einen angezogene Seele überdauern konnte, so wie das *Glyfa* und die Vwoordha die Phase zwischen den Äonen überdauert hatten?
Wie Toyce einst gesagt hatte: »Man kann sich in dieser Welt nicht umdrehen, ohne auf eine Frage zu stoßen. Die Antworten sind alle irgendwo versteckt.«
In einem expandierenden Universum hatten die Antworten

mehr als genug Platz, um sich zu verstecken. Aber wenn die Universen kollabierten, würden die verborgenen Antworten dann herauskommen und dem äonenalten *Eins, zwei, drei, entdeckt* gehorchen?

Der Kommunikationsoffizier meldete: »Sir! Lieutenant Davis bittet um die Erlaubnis, an Bord kommen zu dürfen.«

»Erlaubnis erteilt. Sagen Sie ihr, sie soll sich sofort bei mir melden.«

Branwen erschien auf der Brücke. Sie begann zu weinen, als sie Benagur sah.

»Ich war so verängstigt, so allein!« schluchzte sie.

»Es tut mir leid«, sagte er. »Aber Sie sind jetzt hier. Nehmen Sie ihren Posten ein.«

»Haben Sie keine Angst, daß ich in die Luft fliege?«

»Das Risiko müssen wir eingehen. Aber im Grunde glaube ich es nicht. Zuviel Zeit ist schon vergangen. Jedenfalls...«

Er wollte sagen, daß sie genug gelitten hatte und die Gefahr, ob sie nun existierte oder nicht, nun keine Rolle mehr spielte. Er konnte die Worte nicht herausbringen. Es war, als ob man einem sterbenden Baby zur Geburt verhelfen wollte.

Er war verblüfft, als sich ihr Gesicht rötete und der Kummer dem Zorn wich.

»Sie Hurensohn!«

»Was? Ich dachte, Sie würden dankbar...«

»Ohne Sie wäre ich nie in diese Lage geraten!«

»Das stimmt«, nickte er gleichmütig. »Nun... Ich habe Sie bisher wegen Ihrer prekären Situation mit Nachsicht behandelt. Das ist jetzt vorbei. Nehmen Sie Ihren Posten ein, oder begeben Sie sich in Ihre Kabine und bleiben Sie dort.«

»Heilige Mutter Gottes!« rief sie, wirbelte herum und stolperte hinaus.

Er wandte sich an Tenno. »Finden Sie heraus, was sie vorhat. Jemand wird ihren Posten einnehmen müssen, falls...«

»Captain, schauen Sie«, unterbrach der Kommunikationsoffizier. »BS So6.«

Ramstan betrachtete den bezeichneten Bildschirm. Ein Teil vom Erdgeschoß des Vwoordhahauses war zur Seite geglitten, ein Schiff von absonderlicher Form flog heraus. Es erinnerte mehr an ein antikes Tintenfaß als an alles andere. Hinter der transparenten Hülle saßen Shiyai und Grrindah mit überkreuzten Beinen auf einem Stoß Teppichen und Kissen. Ramstan konnte keine Kontrollpulte oder Instrumente erkennen. Der Raum unter dem ebenfalls durchsichtigen Oberdeck war leer.

Das Schiff stieg einige Meter in die Höhe und schoß um ein Wurzelbündel. Ramstan mußte dann die Meldungen aus den verschiedenen Situationen des Schiffes entgegennehmen, aber er hielt ein Auge auf den Monitor gerichtet.

Binnen zehn Minuten wurde das Schiff wieder sichtbar. Die untere Hälfte war halb mit der Flüssigkeit aus dem Brunnen gefüllt. Sie war klar, und er konnte sie nicht sehen, aber es bestand kein Zweifel, daß sie sich dort befand. Scheinbar schwerelos in der Luft schwebend, trieben dort die drei seltsamen Haustiere. Das känguruhähnliche Wesen schien direkt in Ramstans Augen zu blicken, sein Mund öffnete sich zu einem unhörbaren Gelächter. Der riesige Lachs schien ihn mit einem Auge zu fixieren. Die unergründlichen Augen des schimmernden Geschöpfes drohten ihn zu verschlingen, und er hatte das Gefühl, als fiele er.

»Captain, ist mit Ihnen alles in Ordnung?« fragte Tenno.

»Natürlich. Warum?«

»Sie waren so bleich; und Sie haben gezittert.«

Ramstan sagte nichts. Er verfolgte, wie das Schiff wieder in dem Haus verschwand und wie sich die Wand dem grimmigen Mund einer Sphinx gleich schloß, die die Geheimnisse verschluckte, die sie hatte mitteilen wollen. Eine Minute später war die *Al-Buraq* startbereit. Es stellte sich nur noch die Frage, wie die Vwoordha ihr Versprechen, Ramstan zu begleiten, erfüllen wollten. Sollte er warten, bis sie ihm einen Boten schickten? Wenn ja, dann mußte er sie enttäuschen. Er würde nicht länger als sechzig Sekunden warten.

Er fuhr zusammen. Eine Stimme ertönte in seinem Bewußtsein. Sie gehörte Shiyai und nicht dem *Glyfa*. Obgleich es nicht dieselbe Stimme war, die er in dem uralten Haus gehört hatte, wußte er, daß es sich um die Vwoordha handelte. Allerdings war er nicht erstaunt, weil sie so unvermittelt erklang, sondern weil er sie plötzlich erkannte. Er hatte sie schon einmal gehört, als er in der kalafalanischen Taverne aus seinem Schlummer erwacht war.

»Shiyai!« sagte er. »Nein. Omar ibn Wu Tai. Mein bester Freund, als ich noch ein Kind war. Er ertrank mit elf Jahren im *Schatt-el-Arab*. Wir waren enge Freunde, haben zusammen gefischt, Wanderungen unternommen, Kämpfe ausgetragen, in derselben Baseball-Mannschaft gespielt. Außerdem war er ein wundervoller Erzähler von Schauergeschichten, von Märchen über Djinns, Menschenfresser, den Vogel Rock, Erzählungen aus *Tausendundeiner Nacht*, von japanischen Gruselgeschichten, von slawischen und finnischen Legenden...«

Er verstummte. Er hatte keine Zeit dafür. Aber Omars Stimme hatte etwas in ihm aufgewühlt. Etwas, das darauf gewartet hatte, ans Tageslicht zu kommen.

»Warum benutzt du diese Stimme?« fragte er. »Versuchst du, mich in eine bestimmte Richtung zu lenken?«

»Ich habe keinen Einfluß auf die Stimme«, erwiderte Shiyai schroff. »Dein Unterbewußtsein trifft die Wahl. Wie, weiß ich nicht.«

Seine psychische oder emotionale Verfassung oder beides mußte für die Wahl der Stimme verantwortlich sein, dachte er. Omar hatte gesprochen, weil ihm die Worte der Vwoordha Angst eingeflößt hatten. Aber woher wußte sein Unterbewußtsein, welcher Stimme es sich bedienen sollte, wenn die Worte noch nicht ausgesprochen waren? Möglicherweise hörte es sie und hielt sie zurück, bis es seine Wahl getroffen hatte. Und was war mit den Erscheinungen, jenem Wesen, das er für Al-Khidhr gehalten hatte? Er hatte diese mythische Gestalt nie gesehen. Nein. Er hatte Bilder von ihr gesehen und sich eine eigene Vorstellung von Al-Khidhr gemacht.

Er warf einen Blick auf das Chronometer.

»Wir starten in wenigen Sekunden.«

»Warte zwei Minuten. Dann sind wir fertig.«

Die Digitalziffern huschten über das Chronometer. Als achtzig

Sekunden verstrichen waren, sah er, daß das dreistöckige Haus zu steigen begann. Langsam gewann es an Höhe, Vegetation und Erdbrocken fielen von seinem Fundament zu Boden. Außerdem entdeckte er einen langen Wurm, oder vielleicht war es eine Schlange, die sich um einen Dreckklumpen gewickelt hatte, der hartnäckig an dem gerundeten Fundament kleben blieb. Der Klumpen löste sich, und mit ihm stürzte der Wurm, der sich wand, als versuchte er, Hieroglyphen zu formen.
Die Alarmsirenen ertönten. Nachdem er sich überzeugt hatte, daß alles bereit war, gab Ramstan den Befehl, dem Hausraumschiff der Vwoordha zu folgen. Sobald sie sich im Orbit befanden, würde die *Al-Buraq* die Führung übernehmen. Ramstan würde sich nicht länger herumstoßen oder zu einem Anhängsel machen lassen.

31.

Als sie über den Horizont hinwegschossen, sah Ramstan die riesige gehörnte Kugel des *Bolg*. Er sah aus wie der Kopf Scheitans, Al-Eblis, der sich aus den Tiefen der Hölle erhob. Aber er war nur ein elementares, durch die Natur geschaffenes Gebilde, unbewußte Schöpfung eines Lebewesens. Von einem anderen Standpunkt aus betrachtet, konnte es auch der Kopf eines Racheengels sein. Diente er nicht einem *guten* Zweck – genau wie Ramstan? Er war hier, um das Leben des kosmischen Wesens zu beschützen, und Ramstan war hier, um das Leben jener zu beschützen, die in diesem Wesen wohnten.
»Ob man nun gewinnt oder verliert, es ist gleichermaßen falsch«, murmelte Ramstan.
»Was, Captain?« fragte Tenno.
»Was, Captain?« äffte Ramstan boshaft nach, aber er lachte.
Die *Al-Buraq*, die die Entfernung zwischen sich und dem *Bolg* und ihre relativen Geschwindigkeiten gemessen hatte, begann zu verzögern. Sechs Stunden würde es noch dauern, bis das Schiff das Gebilde erreicht hatte. Hinter ihr, in einer Entfernung von 60 Kilometern, befand sich das Raumschiff der

Vwoordha. Da es weniger stark verzögerte als die *Al-Buraq*, würde es bald längsseits gehen.

Er begab sich in seine Kabine und legte das *Glyfa* auf einen Tisch.

»Wenn du irgend etwas zu sagen hast, dann sage es jetzt«, erklärte er. »Ich werde bald zu beschäftigt sein, um dir zuzuhören. Ich kann mich dann nicht mehr um dich kümmern.«

»Nun... du hast die Stimme Gottes gehört«, sagte das *Glyfa* mit der Stimme seiner Mutter. »Aber dieses Erlebnis scheint dich nicht sehr verändert zu haben.«

»Es war die Stimme eines Idioten«, entgegnete Ramstan. »Wenn auch die eines ehrfurchtgebietenden Idioten. Nein. Das ist nicht ganz richtig. Ein Idiot besitzt nicht das Potential für eine höhere Intelligenz. Im Gegensatz zu diesem Wesen.«

»Dann sei sein Lehrer, sein Vater«, forderte ihn das *Glyfa* auf. »Laß uns beide für ihn Mentor und Kinderschwester sein.«

»Und dann?«

»Vergiß für einen Moment, daß du, ich oder sonst jemand ihn kontrollieren könnten. Vielleicht ist er nicht wirklich der Gott, wie ihn sich intelligente Wesen vorstellen, aber seine Macht wird unbeschreiblich sein. Wir könnten nicht...«

»Nicht seine Herren sein? Warum nicht? Wir hätten ihn gefühlsmäßig in der Hand. Wie groß auch immer seine Macht sein wird, er wäre uns gegenüber wie ein Kind zu seinen Eltern. Und einige... viele Eltern sind Tyrannen und benutzen das Kind für ihre eigenen Zwecke.«

»Dann ist es von den Eltern abhängig. Glaubst du, daß einer von uns fähig ist, ihn für böse Zwecke zu mißbrauchen?«

»Ich bin es«, gestand Ramstan. »Und du hast noch nicht bewiesen, kannst es nicht beweisen, daß du es nicht bist.«

»Was ist mit den Vwoordha?«

»Ich kann nicht tiefer in sie hineinschauen und ihren wahren Charakter erkennen als bei dir.«

»Hab Vertrauen zu mir.«

Ramstan lachte und erwiderte: »Es gibt nur Einen, dem wir vertrauen sollten. Und dieser Eine ist, wie du weißt, von uns abhängig und dabei, uns zu töten, obwohl er es nicht weiß. Du mußt verzweifelt sein, wenn du dich mit einer derartigen Bitte an mich wendest.«

»Ich bin nie verzweifelt. Ich kann warten.«

»Auf was? Auf wen? Wie lange? Glaubst du, daß du in dem nächsten Multiversum jemanden findest, der sich von mir unterscheidet? Und falls du Erfolg haben solltest, dann wird dich derjenige nur für seine Ziele benutzen.«

»Du nicht?«

»Ich kann Böses tun, und ich habe Böses getan. Aber meine jetzigen Ziele sind nicht böse. Nicht-böse zu sein bedeutet nicht notwendigerweise, gut zu sein. Es spielt keine Rolle. Ich habe meine Entscheidung getroffen. Ich werde sie nicht mehr ändern.«

»Der Beweis für einen starrköpfigen und verdorbenen Charakter«, sagte das *Glyfa*.

»Deine Fallen sind zugeschnappt, und ich bin noch immer frei.«

»Niemand ist wirklich frei.«

»Aber ich weiß, daß ich es bin.«

»Du *weißt* nichts.«

»Du irrst dich. Eines weiß ich sehr genau – daß ich nichts *weiß*. Und deshalb weiß ich doch etwas. Lebwohl, *Glyfa*. Ich werde dich nicht wiedersehen oder dir zuhören.«

»Du kannst mich nicht davon abhalten, mit dir zu sprechen. Du mußt mir zuhören!« schrie das *Glyfa* mit der Stimme seiner Mutter. »Soviel zum freien Willen!«

Der klägliche Ton der Stimme griff ihm ans Herz. Aber er antwortete: »Der freie Wille besteht darin, deine Stimme zu ignorieren.«

Er wandte sich ab und verließ rasch seine Kabine. Auf dem Weg zur Brücke sagte er: »Shiyai! Hast du mitgehört?«

»Ja«, bestätigte die Stimme seines Vaters. »Was jetzt, Ramstan? Hast du das *Glyfa* zurückgewiesen, weil du auf unserer Seite stehst?«

Vielleicht brauchte er die Vwoordha noch. Er erklärte: »Im Moment, ja. Was später sein wird... falls... wir den *Bolg* töten, hängt von eurem jetzigen Verhalten ab.«

»Wir werden dein Vertrauen verdienen. Das *Glyfa* versteht nicht, daß du auf diese Weise andere dazu bringst, dir zu vertrauen.«
Die Minuten, die Stunden verstrichen nur langsam und verstreuten Blumen der Angst. Die Spannung wurde immer drükkender, als wäre sie Luft in einem Zylinder, deren Druck von einem Kompressor langsam erhöht wurde. Sie vibrierte in den Herzen wie ein dünner, aber starker Draht, an dessen beiden Enden heftig gezogen wurde, und erinnerte an die Schwere, die einem Herzanfall vorausging. Mägen drehten sich wie Möbiusstreifen oder hüpften wie Äpfel in einer Badewanne.
Jeder sah das explodierende Tolt-Schiff vor sich.
»Wenn der *Bolg* aus größerer Entfernung schießt, können wir den Kugeln entkommen«, sagte Ramstan zu Tenno. »Ich glaube nicht, daß die Geschosse Lenkwaffen mit eigenem Antrieb sind. Sie sind mehr wie Schrotkugeln, die sich über ein großes Gebiet verteilen. Wenn der *Bolg* wartet, bis wir ihm zu nahe sind, können wir versuchen, sie mit den Lasern zu zerstören. Unser Überleben hängt davon ab, wieviel wir während einer bestimmten Zeit abschießen können.
Nun, vielleicht besitzt der *Bolg* im Moment noch keine Raketen. Oder er hat nur eine Handvoll, und in diesem Falle müßten wir sie zerstören oder ihnen ausweichen können.
Die Vwoordha glauben, daß wir mit unseren Lasern und Atombomben die Hülle des *Bolg* nicht einmal ritzen können. Sie glauben, die Hülle des *Bolg* besteht aus dem gleichen Material wie die des *Glyfas*. Wir werden vier mit Sprengköpfen ausgerüstete Raketen abschießen und so programmieren, daß alle innerhalb eines 0,1 Kilometer durchmessenden Gebietes niedergehen. Gleichzeitig konzentrieren wir alle zehn Buglaser auf ein anderes, nahegelegenes Gebiet, das nicht mehr als 0,1 Meter durchmißt.«
»Wenn wir ihn damit nicht verwunden... ich meine beschädigen können?«
»Dann alarafieren wir. Vielleicht. Möglicherweise entscheide ich mich auch anders. Das wird von der Situation abhängen.«
Die Besatzung der Brücke war nervös, aber ihre Nervosität

beruhte, wie Ramstan vermutete, nicht allein auf der nahenden Auseinandersetzung. Sie hatte ihn wieder als ihren Kapitän akzeptiert, aber nur für die Dauer der Gefahrensituation. Er zweifelte nicht daran, daß man ihn seines Kommandos entheben und ihn unter Arrest stellen würde, sobald alles vorbei war. Die Vorschriften verlangten dies, auch wenn die Vorschriften im Moment außer Kraft gesetzt waren. Daß sie daran dachten, verriet sich in ihren Gesichtern, ihren Stimmen und den subtilen Körperbewegungen.

Um die Spannung zu lindern und Zeit zu gewinnen, erzählte ihnen Ramstan von den Sigilien und von seiner Reise, die bei den Vwoordha geendet hatte.

»Dann«, warf Tenno ein, »bedeutet das, die Vwoordha können noch immer entkommen.«

»Ja.«

»Wir können sterben, sie aber nicht. Ebensowenig das *Glyfa.*«

Ramstan erwiderte nichts. Er befahl, Essen auszugeben. Er blieb auf der Brücke, würgte ein halbes Sandwich hinunter und trank ein großes Glas Milch. Sein Magen würde nicht mehr annehmen, und selbst dagegen wehrte er sich.

Aus dem Lazarett rief Doktor Hu an und erstattete Ramstan Bericht.

»Ich habe die Sektion abgeschlossen. Commodore Benagur starb an einem schweren Herzanfall. Soll ich Ihnen die medizinischen Details durchgeben?«

»Nein. Ich werde Ihren Bericht später lesen«, entgegnete Ramstan. Und er dachte: Falls es ein Später gibt.

Er ging auf und ab, die Arme hinter dem Rücken verschränkt, die Hände gefaltet, Schultern und Rücken nach vorn gebeugt. Sein Spiegelbild in dem einzigen Spiegel auf der Brücke sah aus wie ein unheimlicher Vogel, wie ihn Tenniel für *Alice hinter den Spiegeln* gemalt hätte, wäre er von Lewis Caroll darum gebeten worden. Der »Kummervogel«? Danach schritt er zwar weiter hin und her, aber er hielt seine Schultern und seinen Rücken gerade und die Arme locker. Es war nicht gut für die Mannschaft, wenn sie ihn so tief besorgt sah.

Nach einer Weile blieb er stehen. »Tenno, ich werde erst Befehl für den Einsatz der Waffen geben, wenn wir angegriffen werden. Die Vwoordha haben mir gesagt, daß sie gegen den *Bolg* vielleicht wirkungslos sind. Warum sollen wir dann den schlafenden Riesen wecken?

Tenno warf einen Blick auf den Monitor, der den *Bolg* zeigte. »Die Worte Napoleons, mehr oder weniger, nicht wahr? Nun, er ist nicht China, aber ich halte den Ratschlag für vernünftig.«

»Möglicherweise kann er uns nicht orten«, fuhr Ramstan fort. »Er ist inaktiv, erneuert seinen Kugelvorrat. Warum sollte ich auch nur die geringste Menge Energie verschwenden? Er ist unverwundbar. Ich meine, seine Hülle ist undurchdringlich. Selbst ein sehr großer Asteroid würde ihn nur aus dem Orbit schleudern, und er hat den Weltraum mit Sicherheit in dieser Hinsicht überprüft. Was uns betrifft, so hält er uns vielleicht für bedeutungslos ... nun, ich glaube nicht, daß er denkt, denn er ist zweifellos so gehirnlos und unbelebt wie ein Virus ... Ich meine, sein Reaktionsmechanismus, sein Tropismus und Antitropismus, spricht nicht auf uns an. Unter Umständen hat er Daten über uns gesammelt, um unsere Spur zu verfolgen, wenn er Grrymguurdha mit seinen Geschossen ausgelöscht hat. Aber ich vermute, daß er sich seit dem Eintritt in die Umlaufbahn in einer Art Hibernation befindet. Wir werden unsere Geschwindigkeit verringern und versuchen, uns an ihn heranzuschleichen.«

»Eine gute Idee«, stimmte Shiyai mit der Stimme seines Vaters zu.

Der *Bolg* und die *Al-Buraq* befanden sich nun über der Nachtseite des Planeten. Der Schatten der dunklen Welt unter ihnen verwandelte den *Bolg* in einen Halbmond. Die eine Hälfte, deren Musterung an das Auge eines Schädels erinnerte, war hellerleuchtet; die andere war unsichtbar. Fast schien es, als zwinkere ihnen der *Bolg* von grimmigem Spott erfüllt zu, einem Spott, den auch seine Opfer teilen sollten.

Er rotierte, wie sich der Erdmond drehte, gerade genug, um eine Seite dem Planeten zuzukehren. Man hatte seinen Kurs vorausberechnet, und so näherte sich die *Al-Buraq* der ungeheuren Öffnung eines riesigen Hornes auf einem Kurs, auf dem sie sich mit dem *Bolg* treffen mußte. Die Stunden vergingen. Die Öffnung, die zunächst so winzig gewirkt hatte, schwoll an und wurde immer größer. Der Programmierung folgend, bremste die *Al-Buraq* weiter ab. Es war nicht klug, mit hoher Geschwindigkeit in das Horn zu fliegen und so das Risiko einzugehen, mit der Innenseite zu kollidieren oder so schnell abbremsen zu müssen, daß die Besatzung gegen die Wände gedrückt wurde.

Die Energie, die bei dem Bremsmanöver frei wurde, konnte natürlich nicht unbemerkt bleiben. Ramstan hoffte, daß sich der *Bolg* dadurch nicht zum Handeln veranlaßt sah.

Sein Antlitz war so kalt und ausdruckslos wie das des Erdmondes, und er wirkte auch so leblos wie der Mond oder ein Objekt, ein Ding. Aber er bestand weder aus unbeseelter Materie noch war er eine Schöpfung intelligenter Wesen. Er lebte, wenn er auch gewiß nicht mehr Bewußtsein besaß als eine Bakterie, ein Virus oder ein Antikörper. Von seiner Funktion her war er ein Antikörper, Produkt eines lebenden Organismus, um diesen Organismus vor tödlichen Bakterien oder Krebs zu schützen.

Das Horn bestand aus dem gleichen dunklen Material wie der Kugelkörper. Es erhob sich in einem rechten Winkel zu der Oberfläche bis in eine Höhe von 999,9 Kilometern. Der Durchmesser der Spitze betrug 3,33 Kilometer; an der Basis maß er 333,3 Kilometer. Nicht einmal die Vwoordha wußten, von welcher Kraft die Geschosse abgefeuert wurden, aber sie vermuteten ein elektromagnetisches Feld. Die Kugeln mußten im Innern des *Bolg* durch Energie-Materie-Umwandlung entstehen. Obwohl das Gebilde eine Oberfläche von fast 531 Millionen Quadratkilometern besaß, konnte er nicht genug Sonnenenergie aufnehmen, um viele Projektile in kurzer Zeit zu erschaffen. Aber wahrscheinlich nutzte er keine Sonnenenergie.

Während sich die *Al-Buraq* dem klaffenden Loch an der Spitze des Horns näherte, bremste sie mit Gasstrahltriebwerken statt mit der bei höheren Geschwindigkeiten üblichen Energie ab. Schließlich hatte sich das Schiff der langsamen Drehbewe-

gung des *Bolg* angepaßt. Das Loch wurde von der Sonne erhellt, die über der vom Planeten abgewandten Seite des *Bolg* stand; das Licht formte eine Sichel. Der Rest lag in Dunkelheit. Weitere Schübe aus den Gasdüsen drehten die Spitze des Schiffs nach unten, bis ihre Längsachse auf einer Linie mit der des Horns lag.
Dies war vielleicht der bis jetzt nervenaufreibendste Augenblick. Ramstan kam der Gedanke, daß der *Bolg* nur auf diesen Moment gewartet hatte. In jeder Sekunde konnten Abermillionen Kugeln aus der Öffnung herausschießen. Mehr als eine Sekunde blieb ihnen dann nicht. Obwohl die *Al-Buraq* noch immer ihren Alaraf-Antrieb einsetzen konnte und programmiert war, sofort zu alarafieren, wenn sie Geschosse ortete, war sie vielleicht nicht schnell genug. Schiff und Besatzung würden sterben, wie die *Popacapyu* gestorben war.
»Ich hoffe, der *Bolg* hat seine letzten Raketen bei dem Angriff auf die Tenolt verbraucht«, murmelte Ramstan.
Es hatte keinen Sinn, noch länger zu warten. Er erteilte den Befehl – das elektromechanische Kommunikationssystem brauchte jetzt nicht benutzt zu werden –, und getragen von kleinen Gasschüben bewegte sich die *Al-Buraq* in das Loch.

32.

»So leicht, wie Milch die Kehle eines Babys hinunterfließt«, bemerkte Tenno.
»So leicht, wie eine Elritze im Maul eines Haies verschwindet«, sagte Toyce.
Ramstan brummte: »Ruhe! Es wird nicht gesprochen, bis ich die Erlaubnis erteile.«
Auf einem Bildschirm und auf den Radar- und Lasermonitoren war das dreistöckige Hausschiff der Vwoordha sichtbar. Es glänzte in der Sonne und folgte der *Al-Buraq* in einem Kilometer Abstand. Die Geschosse konnten seine Hülle nicht durchdringen.
Allerdings würde es mit einer derartigen Geschwindigkeit zu-

rückgeschleudert werden, daß seine Insassen an den Wänden zerquetscht werden mußten.
Das Hausschiff stürzte in die Finsternis. Die Vwoordha hatten sich ihnen endgültig angeschlossen. Ramstan war sich dessen nicht sicher gewesen.
Die Radarmonitore zeigten Abbilder des Tunnels. Die Seiten waren so glatt wie ein Stierhorn und liefen unten weiter auseinander. Dann lag der Eingang zur Kugel vor ihnen. Die *Al-Buraq* durchflog ihn langsam. Jetzt untersuchten die Detektoren das Innere des *Bolg*. Im Gegensatz zu der glatten Außenhülle war die Innenseite mit regelmäßigen Reihen stalagmitenähnlicher Gebilde bedeckt. Ihre Höhe schwankte zwischen 0,5 Zentimetern und 66,6 Kilometern. Bisher konnte noch kein Muster in der Anordnung festgestellt werden. Manchmal erhoben sich sechzig der großen Gebilde an einem Ort und manchmal mehrere hundert der winzigen neben den großen. Manchmal wurden ein, zwei oder drei der höheren Gebilde von Abertausenden kürzeren gesäumt.
Die anderen Phänomene, auf die man bis jetzt gestoßen war, befanden sich nicht im sichtbaren Spektrum. Einige lagen im ultravioletten, andere im infraroten Bereich. Sie erhoben sich von einer Kugel, die im Zentrum der Hohlwelt hing; ein dunkler Innenmond des *Bolg*. Sie veränderten ihre Form, während sie flackerten und erloschen und wieder aufflackerten: Speere, Pyramiden, zungen- und stangenähnliche Gebilde, an deren dünnen Spitzen Bälle befestigt waren. Das »dunn« war relativ, da ihr Durchmesser schätzungsweise drei Kilometer betrug. Die Kugel im Zentrum war groß genug, um ein Asteroid zu sein; ihr Durchmesser lag bei 135,791 Kilometern. Sie rotierte am Äquator mit einer Geschwindigkeit von 379,17 Kilometern pro Stunde.
Der Ortungsoffizier rief: »Captain! Da ist etwas!«
Ramstan sah auf den bezeichneten Bildschirm. Weit unter dem Rand der Öffnung, durch die sie soeben gekommen waren, befand sich ein Haufen so groß wie ein Berg. Der Ortungsoffizier tastete ihn mit empfindlicheren Detektoren ab und erhöhte den Vergrößerungsfaktor. Mehrere tausend der kugelförmi-

gen Objekte wurden auf dem Monitor sichtbar. Auf Ramstans Befehl hin, verringerte der Ortungsoffizier die Vergrößerung wieder. Der gesamte Haufen war größer als der Mount Everest; er war 100 Kilometer breit und 12 Kilometer hoch. Andere Bildschirme zeigten ähnlich große Haufen um oder unter den anderen fünf Öffnungen.

»Der *Bolg* dreht sich nicht schnell genug, um hier Zentrifugalkraft zu erzeugen«, bemerkte Ramstan. »Was hält die Geschosse an ihrem Platz?«

»Wir haben ein schwaches E-M-Feld angemessen, Sir«, erwiderte der Ortungsoffizier.

Ramstan wies ihn an, die Detektoren auf den Rand des nächsten Haufens zu richten. Die Instrumente tasteten langsam die Peripherie ab und verharrten dann auf Ramstans Befehl.

Ein winziges Kügelchen war plötzlich auf den Haufen gefallen, abgeprallt und auf dem glatten Boden zwischen zwei Stalagmitoiden zur Ruhe gekommen. Innerhalb von zwei Minuten begann es zu wachsen. In der Zwischenzeit tauchten weitere Kügelchen auf und begannen die gleiche Entwicklung durchzumachen.

Die Instrumente maßen ungeheure Energiemengen, die sich in diesem Gebiet konzentrierten.

Ramstan überlegte, ob die Raketen vielleicht von einem E-M-Feld zu dem hohlen Horn hinaufgetragen wurden. Wenn der *Bolg* fertig war, würde er sie dann aus dem Horn schleudern. Aber um auch nur in die ungefähre Richtung seiner Ziele zu feuern, mußte er eine lenkende Kraft einsetzen. Möglicherweise erledigten dies die Geschosse selbst. Obwohl es nicht sehr wahrscheinlich erschien. Dennoch waren die Geschosse äußerst wirksam.

»Wir nehmen Kurs auf die Kugel im Zentrum«, sagte er. »Sie muß das Herz dieses Gebildes sein, der Hauptgenerator oder -konverter.«

Shiyai meldete sich mit der Stimme seines Vaters. »Ramstan. Was hast du vor?«

»Wir werden alle unsere mit Sprengköpfen ausgerüsteten Raketen um die Zentralkugel postieren. Wir werden sie so programmieren, daß sie auf ein Funksignal hin explodieren. Dann begeben wir uns nach draußen und funken den Zündimpuls durch die Hornöffnung. Wenn das nichts hilft, weiß ich auch nicht mehr weiter.«

»Captain!«

Der Ortungsoffizier deutete auf die Farben und Zahlen, die auf den Bildschirmen flackerten. »Dort draußen hat sich verdammt viel Energie zusammengebraut!«

Dort draußen waren die Eingänge zu den Hörnern. Die Haufen unter ihnen waren in Bewegung geraten, und ihre einzelnen Teile stiegen zu den Öffnungen hinauf. Während er zusah, verschwand der Berg. Aber weitere Kugeln, kleine und große, bildeten sich.

»Eine Falle!« rief Toyce.

Ramstan machte sich nicht die Mühe, sie zurechtzuweisen. Er war selbst entsetzt. Er glaubte nicht, daß der *Bolg* über einen Verstand verfügte. Deshalb hatte er nicht absichtlich gewartet, bis sich das Schiff in ihm befand. Es war ihr Pech, daß sie nicht früher eingedrungen waren. Sie waren erschienen, kurz bevor der *Bolg*, Befehlen von welcher Form auch immer gehorchend, die ersten Ladungen zu den Spitzen der Hörner beförderte. Die nächsten Ladungen würden hinter den ersten verstaut werden. Es würde einige Zeit dauern, aber vielleicht war es dann schon zu spät für das Schiff. Alle Öffnungen würden durch Kugelgeschosse verstopft sein.

Er gab einen Befehl. Die *Al-Buraq* und das Begleitschiff wendeten und schossen dem nächsten Loch entgegen. Das Manöver beanspruchte nicht viel Zeit, da sie sehr langsam geflogen waren. Aber als die Schiffe in das Horn eindrangen, stellten die Detektoren fest, daß die Spitze nicht mehr geöffnet war. Ihnen war der Durchflug versperrt.

Es war unnötig, Worte über das Geschehene zu verlieren. Alle Gesichter auf der Brücke drückten die Frage aus: »Was machen wir jetzt?«

Sie konnten die Barriere nicht mit ihren Raketen vernichten. Sie würden zwar einen Teil pulverisieren, doch nicht genug. Mit den Lasern konnten sie versuchen, einen Tunnel durch die restliche Schmelze zu bohren. Aber ihre Energie würde verbraucht sein, lange bevor sie mit ihrer Arbeit fertig waren. Selbst wenn ihnen die Flucht gelang, blieb der *Bolg* unbeschädigt. Er würde weiter seinen Vorrat an Projektilen auffüllen.

Sanft sagte Shiyai mit der Stimme seiner Mutter: »Wir drei können hier warten, bis der Weg frei ist. Es wird uns nicht an Nahrung und Wasser fehlen. Aber wenn wir mit euch teilen, müßten auch wir verhungern und verdursten.«

»Und wenn wir hier bleiben, bis wir an Hunger gestorben sind, dann könnt ihr herkommen und euch das *Glyfa* holen«, entgegnete Ramstan.

»Dieses Mißtrauen! Nein, das war nicht unser Plan. Die Ereignisse haben uns ebenso überrascht wie dich. Da wir länger gelebt haben als du, können wir die Möglichkeiten besser einschätzen. Wir wußten, daß etwas Derartiges geschehen konnte. Dennoch sind wir das Risiko eingegangen. Und haben verloren.«

»Ihr werdet nicht sterben«, erinnerte Ramstan.

»Unser Lebenswille mag erlöschen, bevor unsere Körper sterben. Wir leben schon so lange, länger als du es dir vorstellen kannst.«

»Und ich es mir auch nicht wünsche«, sagte Ramstan. »Irgendwie, irgendwo tief im Innern, wußte ich, daß dies geschehen würde.«

»Vielleicht hast du es auch so gewollt.«

Erneut dachte er an die Möglichkeit, daß er schon vor langer Zeit in dem *Glyfa* aufgegangen war und nun seine Träume auslebte. Sie war nicht sehr wahrscheinlich. Aber, bei Allah, wenn es stimmte, dann kontrollierte er wenigstens sein eigenes Leben, selbst wenn es ein Traum war. Das *Glyfa* hätte sich ein derartiges Szenario niemals ausdenken können.

»Ich mache mir deswegen keine Sorgen. Nicht um mich. Aber die anderen...«

»Dieser rotierende Ball in der Mitte«, sagte Shiyai. »Deine Detektorstrahlen werden von ihm reflektiert wie von fester Materie, und die Daten bestätigen auch, daß es sich um einen

materiellen Körper handelt. Aber er ist es nicht. Er ist ein Energiegebilde.«
Ramstan schwieg für eine Weile. Die in seiner Nähe stehenden Offiziere sahen ihn merkwürdig an. Weil sich seine Lippen bewegten? Er hatte ihnen erklärt, er spreche subvokal mit dem *Glyfa* oder den Vwoordha. Nein. Sie fragten sich, wie er sie aus dieser Falle befreien wollte.
»Unsere Instrumente konnten nichts Derartiges feststellen. Woher weißt du das?«
»Glaubst du, nur weil unser Haus nicht diese funkelnden Dioden, Monitore, Knöpfe und Skalen besitzt, ist unsere Wissenschaft und Technologie nicht viel weiter als eure entwickelt?«
»Nein, das glaube ich nicht. Aber wenn dem so ist, warum benötigt ihr dann meine... unsere Hilfe?«
»Weil wir sehr, sehr, sehr alt sind. Obwohl wir viel erreicht haben, haben wir auch viel verloren. Es gibt Dinge, die kannst du tun, aber nicht wir, weil wir zu alt sind. Ich meine nicht die Schärfe des Verstandes oder die Stärke der Muskeln. Ich meine die Seele. Die Seele wird älter, ob nun mit oder ohne Körper, Ramstan. Doch lassen wir das. Was jetzt?«
»Ich werde versuchen, das Energiegebilde mit den gleichen Mitteln zu zerstören, die ich auch gegen einen materiellen Körper eingesetzt hätte.«
»Vielleicht gelingt es. Aber...«
»Ich weiß«, nickte er.
Dann wandte er sich an die Mannschaft der *Al-Buraq*. Das *Glyfa* und die Vwoordha hörten zu, das wußte er. Er wußte außerdem, daß da noch jemand anderes war, jemand tief in seinem Innern, das dumpfe Etwas, das manchmal lauter und mächtiger sprach als er.
Nachdem er geendet hatte, war es lange Zeit still.
Schließlich murmelte Tenno: »Das ist eine elende Entscheidung.«
»Die meisten sind es.«
»Dann haben Sie Ihren Entschluß bereits unabhängig von unserer Entscheidung gefaßt?«
»Was ich vorhabe, ist weit leichter als das, was Sie erwartet. Ich

weiß, was mit mir geschehen wird. Ich kenne das Ende. Sie nicht. Zumindest noch nicht.«

»Wir können drei aufnehmen«, erklärte Shiyai. »Sie werden vor der Strahlung geschützt sein. Sobald der *Bolg* seinen Munitionsvorrat verbraucht hat, können wir fliehen. Was diese drei vorhaben, wenn wir von hier entkommen sind, ist ihre Angelegenheit. Wir können sie an jedem Ort dieses Universums absetzen. Aber sie werden nie wieder die Erde sehen.«

»Vielleicht ziehen sie das *Glyfa* vor«, warf Ramstan ein, »obwohl ich nicht weiß, ob es sie oder überhaupt einen von uns aufnehmen wird. Es hat nichts gesagt.«

»Ich werde alle zu mir nehmen«, erklang die Stimme seiner Mutter. »Alle. Auch dich.«

»Nein.«

»Nun gut. Aber laß mich erklären, wie es funktioniert.«

Ramstan wiederholte die Worte der Gedankenstimme, so daß die ganze Mannschaft des Schiffes sie hören konnte. Als er fertig war, fügte er hinzu: »Das *Glyfa* sagt, daß Sie ein schönes Leben haben werden, weit besser, als es auf der Erde möglich wäre. Ich habe meine Zweifel. Wenn man etwas gewinnt, verliert man auch etwas. Aber es liegt an Ihnen. Irgendwann, vielleicht im nächsten Multiversum, werden Sie vielleicht mit einer Zivilisation Kontakt bekommen, die in der Lage ist, Ihre neuroelektronische Matrix Körpern aus künstlichem Protein aufzuprägen, die nach Ihren Entwürfen gefertigt werden. Das *Glyfa* behauptet, daß es geschehen wird; es bestehe eine hohe statistische Wahrscheinlichkeit dafür. Aber in der Zwischenzeit...«

»Es ist besser, als zu sterben«, sagte Toyce.

»Alles ist besser«, stimmte Tenno zu.

»Nein«, widersprach Ramstan.

»Warum warten wir nicht einfach ab?« fragte Nuoli. »Möglicherweise verbraucht der *Bolg* seine Munition, bevor uns Nahrung und Wasser ausgehen. Wir sollten diese Chance nutzen.«

»Ich habe von der *Al-Buraq* durchrechnen lassen, wieviel Zeit er benötigt. Die Zeit, die er braucht, um sich einen neuen

Vorrat anzulegen – basierend auf der Annahme, daß der *Bolg* sich nicht vollständig füllen wird, und ich weiß nicht, ob das stimmt oder nicht – die Zeit, die die Herstellung von einer unbekannten Anzahl Kugeln kostet, im Vergleich zu unseren Vorräten... Nein, wir werden lange vorher sterben.
Er wird Ruhepausen einlegen müssen. Er muß seine Energie erneuern, vielleicht sogar oft, bevor er voll beladen ist. Diese geschätzte Zeitspanne ist zweimal so lang wie jene Schätzung, die von einer kontinuierlichen Produktion ausgeht.«
Der Ortungsoffizier unterbrach: »Sir. Die Kugelproduktionsrate sinkt.«
»Das überrascht mich nicht«, brummte Ramstan.
Die anderen tauschten Blicke aus. »Tenno«, befahl Ramstan, »lassen Sie das *Glyfa* von jemand in die Messe des dritten Decks bringen. Ich werde die *Al-Buraq* anweisen, die Tür meiner Kabine zu öffnen.«
»Aha«, sagte die Stimme seines Onkels. »Du hast gesagt, daß du mich nie wiedersehen wirst. Aber du wirst. Nie weißt du, was geschehen wird. Selbst ich, der ich so lange schon lebe, weiß es nicht.«
»Ich weiß es.«
Eine Minute später meldete der Ortungsoffizier: »Sir, die Produktion scheint aufgehört zu haben.«
Die Strahlen, die von der Kugel im Zentrum ausgingen, erloschen ebenfalls. Der *Bolg* sammelte neue Energie.
Plötzlich flammten die zahllosen Anzeigen auf den Kontrollpulten orangefarben auf, Alarm schrillte durch das Schiff.
Ramstan hastete zum Ortungsoffizier und blickte über ihre Schulter.
»Was ist?«
»Wir verlieren Energie, Sir! Etwas zapft unseren Reaktor an! Aber ich kann kein Leck feststellen! Schauen Sie selbst, Sir!«
Die Stimme seiner Mutter erklang. »Der *Bolg* muß die Energie aus dem Reaktor abzapfen. Vielleicht wird er auch über eure Energie herfallen, über die Lebensenergie eurer Organismen.«
Ramstan besaß noch genug Selbstbeherrschung, um sich zur

Ruhe zu zwingen. Kühl fragte er: »Bist du ebenfalls betroffen?«
»Nein. Unsere Hülle wehrt alle Zapfversuche ab. Die Schale des *Glyfas* ist ebenfalls undurchdringlich.«
Ramstan wußte erst jetzt mit Sicherheit, daß nicht das *Glyfa* zu ihm sprach.
»Ihr werdet nicht mehr als drei von uns aufnehmen?«
»Nur drei.«
»Schalten Sie alle Bildschirme bis auf einen ab«, befahl Ramstan dem Ortungsoffizier. »Ebenso alle nicht unbedingt notwendigen Beleuchtungskörper, und bei den restlichen reduzieren Sie die Stromversorgung auf die Hälfte.«
Er mußte die Energievorräte schonen. Er wußte nicht, wie schnell die Verluste zunehmen würden.
Er setzte sich mit Doktor Hu in Verbindung. »Verteilen Sie Traubenzucker, Vitamine und Proteinpillen an die Mannschaft. Wir werden sie brauchen können. Tenno wird Ihnen alles erklären.«
Wahrscheinlich wurde auch aus der Nahrung die Energie entzogen, aber so würde die Besatzung noch ein wenig länger aushalten können.
Er fluchte lautlos. Soeben noch hatte er sich gefragt, ob er seinen Entschluß ändern und sofort zuschlagen sollte, statt abzuwarten, wie lange der *Bolg* für seine Geschoßproduktion benötigte. Jetzt blieb ihm keine andere Wahl.
Er bat im ganzen Schiff um Ruhe und informierte die Mannschaft über den Vorfall.
»Wir haben vielleicht nur noch wenig Zeit. Die Instrumente melden alarmierende Energieverluste.«
Er fühlte sich ein wenig matt. Aber das konnte auch Einbildung sein.
»Tenno! Nuoli, Davis und Toyce werden sich sofort an Bord des Vwoordha-Schiffes begeben. Sofort.«
»Warum diese drei?« fragte Tenno.
»Ich weiß nicht, warum.«
Subvokal rief er: »Shiyai, hast du zugehört?«
»Ja. Wir können an einer eurer Schleusen anlegen. So brau-

chen sie nicht in die Raumanzüge zu steigen. Und, Ramstan...«
»Ja?«
Shiyai schien mit ihren weiteren Worten zu zögern.
»Die Energie wird auch den Sprengköpfen eurer Raketen und den Speicherbänken eurer Laser entzogen. Wenn ihr zu lange wartet, werden die Bomben und Laser zu schwach sein, um die Generatorkugel zu zerstören.«
»Ich weiß!«
Er warf einen Blick auf die Instrumente. Die *Al-Buraq* würde sich in zwanzig Minuten der Generatorkugel auf 1000 Kilometer genähert haben. Er konnte jetzt anordnen, die Raketen abzuschießen und die Laser auf eine bestimmte Stelle dieses wirbelnden Energiebildes zu richten. Da die Energie des Schiffes und seiner Besatzung und seiner Vorräte und der Sprengköpfe von diesem monströsen Vampir auf eine den Wissenschaftlern unbegreifliche Weise abgezapft wurde, mußte er sofort den Befehl zum Angriff geben. Aber er mußte warten, bis seine Leute in Sicherheit waren; beim *Glyfa* oder im Hausschiff der Vwoordha.
Wenn die ungeheure Explosionskraft der Sprengköpfe und das Feuer der Laser diese Kugel im Zentrum des *Bolgs* traf, so würde die Kugel zweifellos zerstört werden. Sie würde, nach den Worten der Vwoordha, in einem Energieausbruch vergehen, neben dem die Gewalten der Laser und der Sprengköpfe verblaßten. Ungezügelt würde sich die Energie weiter ausbreiten. Obwohl die kugelförmige Hülle des *Bolg* einen Durchmesser von 13 000 Kilometern besaß, mußte in seinem Innern dann eine tödliche Hitze wie im Zentrum einer Sonne herrschen.
Die Stimme seiner Mutter meldete sich, und er wußte, das *Glyfa* bediente sich ihrer und nicht Shiyai. Ein Hauch der Persönlichkeit des *Glyfa* oder der Vwoordha schwang stets in dieser Stimme mit.
»Schicke die gesamte Besatzung mit Ausnahme der drei Frauen sofort in die Messe im dritten Deck. Davis und Toyce werden in wenigen Momenten im Haus der Vwoordha sein. Nuoli befindet sich noch immer an Bord des Schiffes. Sie wird hierbleiben,

bis sie mich mit ins Haus nehmen kann. Allerdings kann sie die Messe erst betreten, wenn die Mannschaft in mir aufgegangen ist. Der Prozeß dauert nicht länger als eine Mikrosekunde, aber sie müssen sich in meiner unmittelbaren Nähe befinden. Nuoli würde das gleiche Schicksal erleiden, wenn sie dabei zugegen wäre. Bei einem derartigen Massentransit besitze ich keine Kontrolle. Alle, die sich in meiner Nähe aufhalten, werden davon erfaßt.«

Eine Pause trat ein. Dann erklang die Stimme seiner Mutter erneut, aber diesmal benutzte Shiyai sie.

»Sobald sich Nuoli im Haus aufhält, werden wir dich benachrichtigen. Danach mußt du noch fünf Minuten warten, bevor du mit dem Angriff beginnst.«

Wieder eine Pause. Dann fuhr die Stimme seiner Mutter fort: »Sag ihnen, sie sollen sich so dicht wie möglich um mich scharen. Die, die mir am nächsten sind, müssen mich mit ihren Fingern berühren, und jede Person, die mich nicht direkt berührt, soll ihren Nachbarn die Hände auf die Schultern legen. Außerdem müssen sie für körperlichen Kontakt sorgen. Sage ihnen, sie sollen sich so eng wie möglich zusammendrängen.«

Ramstan gab die Anweisungen weiter. Die Besatzung der Brücke brach sofort auf, obwohl einige, vor allem Tenno, ihm Lebewohl sagen wollten.

»Nein, nicht einmal ein Händedruck«, wehrte Ramstan ab. »Gehen Sie. Laufen Sie! Ich werde zu Ihnen sprechen, zu Ihnen allen, während Sie sich in die Messe begeben. Achten Sie auf die Monitore.«

»Es ist nicht recht«, bemerkte Tenno, aber er gehorchte und salutierte, bevor er zu laufen begann.

Ramstan verließ die Brücke und begab sich in seine Kabine. Suchte er sie auf, weil sie für ihn... was war? Ein Heim? Eine Gebärmutter? Beides?

Aber er sprach, während er ging, und seine Worte und sein Gesicht wurden aufgezeichnet und über alle mobilen Monitore übertragen.

Er sang *Die Hymne von Allahs Befehl, alle Dinge zu vernichten,* jenes Lied, das er so oft gehört hatte, wenn die Nachbarn,

die ebenfalls Mitglieder der Al-Khidhr-Sekte waren, sich in der Wohnung seiner Eltern versammelt hatten.
»Der Engel des Todes erhält von Allah den Befehl, alle Meere zu zerstören.
Der Engel des Todes kommt zu den Meeren und sagt: ›Eure Zeit ist abgelaufen.‹
Die Meere sagen: ›Gib uns ein wenig Zeit, Reue zu üben und über unsere Wunder und Herrlichkeiten nachzusinnen.‹
Der Engel des Todes sagt, daß den Meeren keine Zeit mehr gegönnt ist. Er ruft einmal, und die Meere sind verschwunden.
Nachdem der Engel des Todes die Meere vernichtet hat, begibt er sich zu den Bergen, der Erde selbst, zum Mond, zur Sonne und zu den Sternen, und jeder bittet um ein wenig Zeit, um ein Jahr, einen Monat, eine Woche, einen Tag, eine Stunde, sieben Sekunden. Aber der Engel gibt ihnen keinen Aufschub. Er ruft, und sie sind verschwunden, als hätte es sie niemals gegeben.
Dann spricht Allah: ›Oh, Engel des Todes, welche meiner Schöpfungen sind noch übrig?‹
Und der Engel des Todes entgegnet: ›Oh, Allah, nur du und deine Engel leben noch.‹
Dann sagt Allah: ›Engel, habt ihr nicht meine Worte gehört, daß jeder des Todes ist? Bittet nicht um Aufschub.‹
Und so starben der Engel des Todes und all die anderen Engel, und es ist, als hätte es sie nie gegeben.
Und nur noch er lebte.«
Und, dachte Ramstan, nicht einmal er – oder besser es – lebt ewig.
Ich werde nicht um Aufschub bitten.
Er sagte: »Ich habe dieses Lied gesungen, damit Sie vielleicht verstehen, warum ich mich weder in das *Glyfa* noch in das Haus der Vwoordha begebe.«
Er blieb vor der Iristür seiner Kabine stehen, nannte das Kodewort, und trat durch die Öffnung. Sie schloß sich zum letzten Mal.
Er ging zum Gebetsteppich, bückte sich und drehte ihn so, daß das rote, pfeilförmige Symbol, das *kiblah*, auf ihn deutete.
Er unterdrückte den Wunsch, auf dem Teppich niederzuknien.

Nein. Er würde es nicht tun. Aber er würde hier stehenbleiben, mit den Stiefelspitzen am Rand des Teppichs.
Warum hatte er das *kiblah* auf sich gerichtet? Hielt er sich etwa für Gott?
Der Sufi-Mystiker Al-Mansur hatte sich für Gott gehalten. Zumindest hatte er dies auf dem Marktplatz behauptet, und für diese Blasphemie war er zu Tode gesteinigt worden. Obwohl er nur gemeint hatte, daß er ein Teil Gottes war, so wie alle Menschen.
Einer der Bildschirme zeigte ihm, daß sich bis auf ihn und Nuoli die gesamte Besatzung des Schiffes in der Messe aufhielt. Die *Al-Buraq* hatte den Raum vergrößert, um Platz für die fast vierhundert Männer und Frauen zu schaffen. Sie hatte keine Sitze geformt, wie es üblicherweise während eines Vortrages oder einer Theateraufführung geschah. Sie standen auf dem Fußboden, bildeten konzentrische Kreise, und jene, die dem *Glyfa* am nächsten waren, berührten das Ei mit ihren Fingern, während die anderen sich eng an sie drückten, einander an den Händen hielten und wiederum von den hinter ihnen Stehenden umklammert wurden.
»Ich wünschte«, murmelte Ramstan, »daß sich die Dinge... daß ich mich... anders entwickelt hätte. Aber wenn ich noch einmal von vorn beginnen könnte, würde ich wahrscheinlich nicht anders handeln. Sie haben getan, was Sie für richtig hielten. Und ich habe getan, was ich für richtig hielt.«
Er räusperte sich, schluckte und fügte hinzu: »Vielleicht werden Sie mich vergessen, aber vergessen Sie nicht, wofür ich eintrete. Leben Sie wohl.«
Sie hatten keine Zeit, ihm zu antworten. Sie brachen zusammen, und ihre geöffneten Augen waren leer. Keine Energie wurde frei, kein Nebel und keine Lichtauren trübten die Luft, als der Teil, der ihnen Leben und Bewußtsein verlieh, in dem *Glyfa* aufging.
»Es ist geschehen«, sagte die Stimme seiner Mutter. »Hûd, du hast noch immer Zeit, dich ihnen anzuschließen.«
»Nein.«
»Bald werden sie innerhalb dieser kleinen Schale wandeln, und

sie wird ihnen so groß wie die Erde oder so groß wie die Universen erscheinen, wenn sie es wünschen.«

»Nein.«

Maija Nuoli betrat die Messe, starrte entsetzt die Leichname an, warf einen Blick auf den Monitor, der sein Gesicht zeigte, und stieg dann mit starrer Miene über die Leichen hinweg. Sie ergriff das *Glyfa*, preßte es an ihre Brust und machte sich dann auf den Rückweg. Kurz vor dem Ausgang sah sie erneut zu dem Bildschirm hinauf.

»Lebwohl, Hûd. Gott sei mit dir. Ich habe dich für eine kurze Zeit geliebt, dann habe ich dich gehaßt. Aber ich glaube, ich liebe dich wieder.«

»Ich habe einen schweren Fehler gemacht«, gestand Ramstan. »Ich liebte die Antworten auf meine Fragen mehr als die Menschen. Die einzigen Antworten, die wichtig waren, und auch die einzigen Fragen, das waren Menschen. Ich war für das *Glyfa* und die Vwoordha nur ein Werkzeug. Ich bin hin und her gestoßen worden, einem Ziel entgegen, daß ich erst jetzt kenne. Der Plan war so groß und dunkel wie dieses hohle Gebilde, in dem wir uns befinden. Aber, obwohl es anderen so erschienen sein mag, ich war nicht nur ein bloßes Werkzeug. Ich konnte wählen. Ich habe mich für das entschieden, was mein Wille mir befahl. Ich habe die Finsternis hinter mir gelassen und für kurze Zeit das Licht erreicht, um wieder in die Finsternis zurückzukehren, aber jetzt bin ich wieder im Licht. Dieses Mal ist es mein eigenes Licht, nicht das von anderen. Es gehört mir, und es ist so hell, daß ich alles sehen kann. Wenn sich die Finsternis wieder um mich schließt, wird sie nicht mehr so nahe sein wie einst. Nur wenige hatten das Glück, selbst dieses matte Flackern kennenzulernen.

Maija Nuoli, was auch immer geschieht, mögest du dein eigenes Licht besitzen.«

»Gut gesprochen«, lobte Shiyai mit der Stimme seiner Mutter. »Aber du solltest nicht sterben, wie du gelebt hast, so voller Mißtrauen. Wie dem auch sei, es spielt jetzt keine Rolle. Als Abschiedsgeschenk sei dir gestattet, zu erfahren, was mit den Frauen geschieht.«

»Wie meinst du das?«
»Du brauchst keine Furcht zu haben, daß ihnen etwas Böses widerfahren wird, denn sie befinden sich in unserem Haus. Nun, Ramstan. Du hast das letzte Angebot des *Glyfas* zurückgewiesen. Möglicherweise ist es Zeitverschwendung, wenn ich dich frage, ob du nicht deine Meinung ändern und zu uns kommen willst. Wir haben noch Platz für einen weiteren Gast. Du kannst dich uns anschließen, wenn du möchtest. Es ist nicht gut, allein zu leben, und es ist schlimm, allein zu sterben.«
»Nein.«
»Das dachte ich mir.«
»Wir sind im Haus, Ramstan«, meldete sich das *Glyfa*. »Warte noch fünf Minuten.«
»Schau. Und höre«, forderte ihn Shiyai auf.
Die Bilder waren blaß, verschwommen und so transparent, daß er durch die Menschen und Ungeheuer die Einrichtung der Brücke erkennen konnte. Die Vwoordha befanden sich in einem Raum, den er vorher noch nicht gesehen hatte, in einem runden Raum mit einem runden Becken in der Mitte, und sie standen bis zur Hüfte in der Flüssigkeit. Sie hielten einander an den Händen. Neben ihnen waren Toyce, Nuoli und Davis und halfen, einen Kreis zu bilden. Alle drei machten einen furchtsamen Eindruck. Nuoli drückte das *Glyfa* an die Brust. Neben ihr entdeckte er das große lachsähnliche Geschöpf, dessen Kopf an ihrem linken Bein ruhte. Auf der anderen Seite des Fisches, mit der einen Hand den Fisch berührend, mit der anderen das schimmernde Wesen, befand sich »der Lachende, der hüpft«. Das schimmernde Wesen, »der mit dem kalten Blut, der da trinkt heißes Blut«, berührte Wopolsa.
»Wir haben einen Kreis gebildet, und ich werde die erste Sigilie in den Mund nehmen«, erklärte Shiyai. »Und zwar, sobald ich weiß, ob du das Herz des *Bolg* zerstört hast oder nicht.
Wopolsa hat die Wahrscheinlichkeit einer Vernichtung des *Bolg* berechnet. Und sie hat noch mehr getan. Sie sieht ... ein wenig weiter als Grrindah und ich. Jedenfalls sagt sie, daß du eine fünfundsiebzigprozentige Erfolgsaussicht hast. Die Chancen stehen günstig, Ramstan.

Außerdem, eines Tages werden wir sterben. Oder besser: Grrindah und ich. Auch Wopolsa wird sterben, doch auf eine andere Art als wir. Sie wird... woanders hingehen. In der Zwischenzeit werden wir drei diesen dreien soviel beibringen, wie sie lernen können. Und irgendwann werden sie die Vwoordha sein. Natürlich nur, wenn sie es wollen. Aber ich glaube, sie werden sich dazu entschließen.
Lebwohl, Ramstan. Wir werden dich nie wiedersehen, aber vielleicht einen anderen, der so ist wie du.«
Ramstan lachte und entgegnete: »Denkt ihr selbst jetzt noch daran, daß ihr vielleicht eines Tages einen Mann wie mich brauchen werdet?«
»Vielleicht gibt es noch andere *Bolgs.*«
Er warf einen Blick auf die Zahlen, die über den Monitor flimmerten.
Die fünf Minuten waren verstrichen, während er in das Haus der Vwoordha geblickt hatte, obwohl er geschworen hätte, daß nicht mehr als dreißig Sekunden vergangen waren.
Er öffnete den Mund. Das Kodewort würde die *Al-Buraq* veranlassen, die Raketen abzuschießen und das Feuer aus den Lasern zu eröffnen, die in seinen Gedanken glühten, so hell glühten wie die Zahlen auf dem Monitor, die die Zeit anzeigten.
Warum hatte er für das Kodewort den Namen seiner Mutter gewählt, Kadijah?
Keine weiteren Fragen mehr.
Er stieß das Kodewort aus.